EUFRATES

ANDRÉ DE LEONES

EUFRATES

1ª edição

Rio de Janeiro, 2018

CIP-BRASIL. CATALOGAÇÃO NA PUBLICAÇÃO
SINDICATO NACIONAL DOS EDITORES DE LIVROS, RJ

L599e   Leones, André de
       Eufrates / André de Leones. – 1ª ed. – Rio de Janeiro:
       José Olympio, 2018.

       ISBN 978-85-03-01343-7
       1. Ficção brasileira. I. Título.

                            CDD: 869.3
17-46598   CDU: 821.134.3(81)-3

Copyright © André de Leones, 2018

Este livro foi revisado segundo o novo Acordo Ortográfico
da Língua Portuguesa.

Todos os direitos reservados. Proibida a reprodução, armazenamento
ou transmissão de partes deste livro, através de quaisquer meios,
sem prévia autorização por escrito.

Reservam-se os direitos desta edição à
EDITORA JOSÉ OLYMPIO LTDA.
Rua Argentina, 171 – 3º andar – São Cristóvão – 20921-380 – Rio de Janeiro, RJ
Tel.: (21) 2585-2000

Seja um leitor preferencial Record.
Cadastre-se no site www.record.com.br
e receba informações sobre nossos
lançamentos e promoções.

ISBN 978-85-03-01343-7

Impresso no Brasil
2018

Durante o processo de escrita deste romance,
o autor contou com o apoio da
Fundação Wajnkowski,
pelo qual é extremamente grato.

Para Kelly, minha senhora, de uma margem à outra.

ITINERÁRIO

1. EUFRATES?   15

São Paulo, dezembro de 2001

Moshe acompanha sua mãe, Nili, e seu padrasto, Avi, ao aeroporto. O casal embarcará para Israel. Entrevemos Miguel, pai de Moshe, em Belém do Pará, onde reconstruiu a vida após o turbulento processo de divórcio, concluído mais de três anos antes. No aeroporto, Nili e Moshe têm uma conversa definitiva.

2. AS ABSTENÇÕES   41

Buenos Aires, julho de 2011

Sozinho na capital argentina, Jonas passa em revista as circunstâncias do afastamento de Manoela. Coisas que aconteceram nos dois anos anteriores vêm à sua cabeça: a última viagem que fez com ela, ainda em 2009; a passagem de seu pai, Nestor, no começo de 2010; certa manhã chuvosa em São Paulo, também em 2010, quando Manoela lhe comunica uma decisão importante; e as conversas com Moshe, seu melhor amigo, sobre coisas impossíveis de serem comunicadas.

3. UMA CAIXA DE VIDRO CHEIA DE AREIA E CASCALHO   103

São Paulo, junho de 2013

Moshe ignora ligações de Miguel e recebe a visita de Iara, sua ex. Nas pausas da conversa, ele se lembra das circunstâncias da separação, seis meses antes. Depois, vai ao encontro de Jonas no Baixo Augusta. A certa altura, a narrativa é invadida por uma ocorrência de janeiro do mesmo ano: um malfadado jantar de aniversário, em que uma colega de Moshe não volta do banheiro. No adendo, Moshe está sozinho.

4. TUDO VOLTA, TUDO APARECE — 163
Brasília, 1999-2007

A vida pregressa de Jonas. Uma desilusão amorosa. Fuga para Januária, Minas Gerais. O retorno a Brasília. Uma temporada na casa da irmã mais velha. Uma entrevista de emprego. A conversa com Hilton, um amigo. A rotina no trabalho. Mais tarde, a decisão de retomar os estudos. Por fim, ele conhece Manoela e se abre a possibilidade de uma mudança.

5. RISHIKESH — 219
São Paulo, 2007

Descobrimos como Iara e Moshe foram apresentados e passeamos pelo passado dela. Em uma festa, eles conhecem Jonas e Manoela, e alguém tem uma overdose.

6. NEGEV — 231
Jerusalém, julho-agosto de 2009

Sentado ao balcão de um pub hierosolimita, Moshe ensaia um mergulho. Pensa em Nili, na decisão de viajar para Israel, na passagem por Haifa e Be'er Sheva; lembra-se da primeira visita de Miguel após muitos anos, pai e filho em uma primeira reaproximação, ainda em 2003; lembra-se de um amigo de escola, João Gabriel, da raiva que ele sentia e da possível razão dessa raiva.

7. AINDA ESTAMOS EM ABRIL — 275
São Paulo, abril de 2013

Jonas recebe a visita de Manoela e, por um breve instante, a história deles se repete como uma farsa dolorosa.

8. BEIT LEHEM, PARÁ — 293
Belém, 2011-2013

Carol se mostra indignada com o fato de que sua irmã, Cristina, esteja de mudança para a casa do então namorado, Miguel. Um ano e meio depois, Miguel e Cristina saboreiam a vida de casados. Maria Aparecida, mãe de Carol e Cristina, insiste em usar um par de sapatos apertados e espera que Deus lhe presenteie com um carro. Por fim, Cristina e Miguel recebem a visita de Carol. Elas planejam uma festa para comemorar o casamento, e Miguel diz que fará uma viagem.

9. LSD 337

São Paulo, dezembro de 2013

Jonas e Rafaela fazem um passeio lisérgico pela cidade. Mais tarde, ela sugere uma troca.

10. EUFRATES 351

São Paulo, junho de 2013

Moshe recebe a visita de Miguel. Pai e filho rumo ao Eufrates (ou a um pub em Pinheiros para encontrar Jonas e Rafaela). Ao final, novamente sozinho, Moshe vê uma tempestade se aproximando.

Inútil nos seria buscar quem aquém do rio
de todo em nós jogasse aquela vida
que plenamente existe só na nossa voz.

Ruy Belo, em *Aquele grande rio Eufrates*

1.
EUFRATES?

"We had all been here before and
would presently be here again."

— Saul Bellow,
em *Humboldt's Gift*.

Na última ocasião em que os veria com vida — uma tarde de quarta-feira, a treze dias do Natal de 2001 —, Moshe fez questão de acompanhar a mãe e o padrasto até o aeroporto de Guarulhos. Ele os hospedara por duas semanas em Perdizes, no apartamento em que morava desde os cinco anos de idade e com o qual fora presenteado como uma espécie de compensação tardia, mas bastante generosa, pelo turbulento processo de divórcio dos pais, consumado trinta e nove meses antes. Ele e a mãe não se viam desde a separação, pois ela se mudara para Israel tão logo o processo chegara ao fim, outra ida ao aeroporto então, outra despedida, confirmando aquilo que Miguel, pai de Moshe, apregoava desde os estertores do casamento, apregoava a quem quisesse ouvir (e, a partir de um dado momento, ninguém queria, ninguém se importava, não mais): havia outra pessoa e outra vida à espera dela, bem longe de São Paulo, bem longe do filho e de casa.

— Bem longe de tudo.

A mãe se chamava Nili e o padrasto, Avi. Os dois eram baixos, troncudos e bronzeados, uns seres compactos que lembravam duas sorridentes caixas de papelão. Moshe era alto como Miguel, o qual, por sua vez e à diferença do filho, sempre parecia desconfortável com o próprio tamanho, esbarrando nos outros e no que mais houvesse ao redor, seus longos braços pendendo, bobos, junto ao corpo cuja única proeminência era o ventre inchado pelo consumo excessivo de cerveja e destilados, e era como se andasse por aí lutando o tempo todo não para se manter ereto, mas, sim, para ir ao chão e lá ficar, acabando de uma vez por todas com o suspense intrínseco à sua precária capacidade de manutenção do equilíbrio. Quando ainda estavam casados, ao vê-lo esbarrar em um abajur, distribuir encontrões ao circular por uma festa ou caminhar pelo supermercado, pela calçada, pelo shopping, tropeçar no meio-fio ao descer do carro, acertar um dedo com o martelo, quebrar uma taça ao enxaguá-la, estourar o fecho de um agasalho ao puxá-lo com força desmedida, romper o fundo do saco de lixo ao amarrá-lo displicentemente ou rasgar uma camisa ao arrancá-la sem cuidado, Nili costumava dizer: — O mundo para você é uma gigantesca máquina de pinball, não é?

Com o que Miguel concordava, sem graça, antes de complementar:

— E eu sou a porra da bolinha.

Óbvio que o abuso de álcool nos últimos e conturbados tempos em que estiveram juntos (e nos longos meses seguintes à separação definitiva) incrementou, e muito, esses problemas de propriocepção, mas, naquela quarta-feira em dezembro de 2001, no momento em que encontramos o filho, a ex-esposa e o atual marido dela em um táxi, a caminho do aeroporto de Guarulhos, havia um ano e meio que Miguel regressara do que ele próprio chamava (meio ridiculamente) de temporada no inferno. Ainda bebia, mas em quantidades e circunstâncias aceitáveis, "socialmente", como se diz, não mais do que algumas latinhas de cerveja às quartas e aos sábados ou domingos, quando via um jogo do Palmeiras, e algumas taças de vinho quando jantava fora, acompanhado ou não, evitava os destilados e, salvo em aniversários, despedidas de solteiro e festas de Réveillon, raramente se embebedava — quando isso acontecia, despedia-se de todos e trotava direto para casa, onde fazia uma refeição substancial, tomava um banho gelado e ia para a cama bastante satisfeito consigo mesmo. Recuperado, renovado e reempregado, Miguel estava naquele exato instante a quase três mil quilômetros de distância de Moshe, Nili e Avi, em Belém do Pará, corrigindo a dissertação de mestrado (meio truncada, nada original, mas repleta de boas intenções) de um orientando sobre "A Paris do Segundo Império na obra de Baudelaire", mais um jovem acadêmico (ele pensava, manejando a esferográfica para circular um trecho, fazer uma seta e anotar na margem da página: "vago demais") aboletado no cadáver insepulto de Walter Benjamin.

— Seu pai vai muito bem — Nili dissera dias antes, sem que Moshe perguntasse. Estavam sob o vão livre do MASP, esperando que a chuva desse um tempo para irem ao encontro de Avi em um restaurante na Alameda Itu. — Aliás, a ideia de transferir o apartamento para o seu nome veio dele. Não falei nada. Isso nem tinha me ocorrido, para ser franca.

— Legal, mãe.

— Foi um belo gesto da parte dele. Inesperado. Outra coisa que me surpreendeu foi que ele se deu muito bem com Avi.

— Muito legal.

— Não que isso seja assim tão importante, mas mostra o quanto... você sabe...

— O quê?

— ... o quanto seu pai... — ela pigarreou. — Mostra o quanto seu pai melhorou desde aquela fase complicada.

— Ah. É, eu sei.

— Sabe mesmo?

— Tio Bené diz isso toda vez que me liga.

Antes de aterrissarem em São Paulo para aqueles dias de passeios e almoços que se prolongavam até o início da noite, com a ajuda de algumas garrafas de vinho ou de cerveja, e programas "ditos" culturais ("ditos" porque, segundo a avaliação de Nili, foram três peças ruins, um balé sonolento e duas exposições sem pé nem cabeça), ela e Avi estiveram em Belém por um período mais curto, uma amigável visita de três dias ao ressurrecto Miguel para constatar, de uma vez por todas e pouco mais de três anos após toda a confusão do divórcio, que o mal-estar entre eles estava definitiva e inteiramente superado.

— E Belém é uma cidade tão boa!

— Aposto que é.

Ela procurava, sem sucesso, os olhos do filho. Moshe fitava o outro lado da avenida. Não parecia se incomodar que as grossas lentes dos óculos estivessem muito embaçadas.

— Você ia gostar de lá.

— Aposto que sim.

A chuva os surpreendera a meio quarteirão do museu e os obrigara a correr e se abrigar sob o vão, uns grossos pingos indo de encontro às lentes que, depois, ele não limpou: gostava da maneira como o mundo se mostrava agora, disforme, desmanchando-se.

— Eu e Avi gostamos bastante.

Ele cruzou os braços e esboçou um sorrisinho. — Só passaram três dias lá.

— Acho que é o bastante.

— Para quê?

— Não para conhecer mesmo, de verdade, óbvio que não, mas para se ter uma ideia a respeito de um lugar.

— Mesmo?

Encolheu os ombros, como se não estivesse certa do que acabara de dizer. — Avi gostou muito. Passeou bastante pela cidade. Se quiser, pergunte a ele depois, quando nós...

— Ele se sentiu em casa.

— Perdão?

— Belém, ué.

Ela riu. — Não. Aquela Belém fica na Cisjordânia e pronunciamos de outro jeito.

— Claro que fica. Claro que pronunciam. Mas isso me fez lembrar uma piada.

— Qual?

— Talvez nem seja uma piada.

— Como assim?

— Talvez tenha acontecido de verdade. As pessoas sempre contam como se tivesse acontecido com fulano ou beltrano.

— Mas não é assim que tem que ser?

— Depende da piada.

— Conte.

— Um jogador de futebol é contratado pelo Paysandu.

— Paysandu — ela repetiu, saboreando a palavra. Também adorava os nomes das ruas em Perdizes: Turiassu, Caiubi, Apiacás, Cayowaá, Aimberê, Caetés.

— Ao ser apresentado, ele diz na coletiva de imprensa que está muito feliz e realizado com aquela oportunidade única de jogar na terra onde Jesus nasceu.

Ela soltou uma risada preguiçosa. — Ah! Já ouvi essa.

— Claro que ouviu. Acabei de contar.

— As pessoas dizem que aconteceu de verdade?

— Talvez tenha.

— Talvez tenha.

— As versões variam, mas tudo é possível. Ainda mais em se tratando de um jogador de futebol.

— Variam de que forma?

— Dizem que foi esse ou aquele jogador e que o sujeito falou isso ao ser contratado pelo Remo ou por outro time de Belém. Não necessariamente pelo Paysandu.

— Entendi.

— Mas se aconteceu ou não, ou onde e como aconteceu, isso não muda nada.

— Claro que não.

— Paysandu, Remo, Tuna Luso.

— Tuna Luso?

— Tuna Luso Brasileira.

A chuva começava a amainar. Nili abriu a bolsa e pegou uma bala. — Quer? É de café.

Moshe virou a cabeça para ver o que ela oferecia. As lentes estavam mais embaçadas do que nunca. — Agora não.

— Pegue. Guarde para depois.

Ele aceitou a bala e a enfiou no bolso da camisa, voltando os olhos para o lado oposto da avenida, os braços cruzados mais uma vez. Ela alcançou outra bala, desembrulhou e colocou na boca. Sorriu infantilmente, com enorme satisfação, enquanto embolava o papelzinho. Não havia lixeira por perto. Meteu na bolsa, no compartimento reservado às moedas, e fechou o zíper. Ainda sorria quando olhou para Moshe. — Você está enxergando alguma coisa com os óculos desse jeito?

— Não muito.

— Limpo para você, me dê aqui. Tenho lenço de papel.

— Não precisa. Daqui a pouco dou um jeito. Ou eles voltam sozinhos ao normal.

— Voltam sozinhos ao normal? Como assim? — ria de novo, agora menos preguiçosamente.

Havia uma pequena multidão ao redor deles. A chuva viera com tudo no momento em que o expediente chegava ao fim, quando muitos se encaminhavam para estações do metrô e pontos de ônibus. Nada felizes com a situação, alguns olhavam para o aguaceiro como se estivessem prestes a investir contra ele. Socá-lo. Chutá-lo. Mordê-lo. Aqueles que, a exemplo de Nili e Moshe, não pareciam incomodados eram turistas, locais curtindo as férias, adolescentes e casais de namorados.

— Não vai parar?

— Logo, logo. Avi se incomoda de esperar?

— Que nada! Nunca vi pessoa mais tranquila. Nem parece israelense. As pessoas lá... não todas, claro, mas a maioria é meio...

— Meio o quê?

— Estressada.

— Elas têm motivos pra isso.

— Creio que sim. Sabe, adoro essas balinhas de café.

— Eu sei. Eu me lembro.

— Lembra?

— Você sempre me pedia pra trazer do mercado ou da padaria. Bala de café, cigarro e marrom-glacê.

— Que não era marrom-glacê de verdade.

— Como assim?

— Aquilo era doce de batata-doce.

— Eu comprava errado?

— Não — ela riu bem alto. Um policial que estava por ali se virou para olhar. — Você comprava o que tinha.

— Não entendi.

— Só estou dizendo que isso que vendem no Brasil chamando de marrom-glacê não é marrom-glacê, é doce de batata-doce. O marrom--glacê de verdade é feito com outra coisa.

— Que outra coisa?

— Castanhas, se não estou enganada.

— Então por que chamam esse troço feito com batata-doce de marrom-glacê?

— Não sei. Talvez porque o gosto seja parecido. Não muito, só um pouquinho.

— Aliás, quando parou de fumar?

— Assim que me mudei.

— Foi difícil?

— Ainda é.

A mão instintivamente procurou o zíper da bolsa. Mesmo que abrisse, não encontraria nada. Força do hábito. Os anos passam, mas não a vontade, maior quando bebe, ou depois de foder, ou parada em algum lugar à espera de alguém ou alguma coisa, como nessa tarde com Moshe, por exemplo, essa chuva não vai parar? Logo, logo. Chuva de verão. Lembrou-se do último cigarro. Sua primeira noite em Israel, deitada junto com Avi. Enfim sós. Hospedados em um hotel na orla de Tel Aviv, só iriam para Haifa dali a uns dias. Fazia um pouco de frio, fins de setembro, mas a porta da sacada estava entreaberta. Cortinas esvoaçando. A vontade de alcançar o roupão jogado no chão, perto da cama, vesti-lo, acender um cigarro e ir lá fora por uns minutos. Nossa primeira lua de mel, dissera Avi. Primeira? Sim, porque teremos outras depois. Muitas outras. Que tal o Chipre? A gente pode ir para Limassol ou Ayia Napa. Claro, *neshama sheli*, o que você quiser. Pensou em fumar o último cigarro olhando para o Mediterrâneo. Não veria muita coisa àquela hora, mas e daí? As luzes no calçadão, a faixa de areia, as ondas quebrando, o barulho do vento. Tinha decidido parar de fumar ainda no avião. Sem nenhum motivo em especial. Aquilo simplesmente lhe ocorrera. Vou só terminar esse maço que está na bolsa e pronto, acabou, nunca mais. Como se quisesse marcar a mudança de algum modo. A nova vida. O recomeço. Longe de São Paulo, longe do filho, o que era uma pena, mas perto de si, tão mais perto de si. O momento em que se despediu de Moshe no aeroporto, um abraço bem forte, alguma preocupação (não imaginava então que Miguel fosse surtar como surtou, embora ele tivesse dado sinais de que o faria no decorrer dos meses anteriores, na reta final do divórcio), o filho dizendo que não se preocupasse, pode ir despreocupada, eu lido com o velho.

— Relaxa, mãe. Vai ficar tudo bem.

Algo lhe dizia que não seria tão simples, tão fácil, mas o que poderia fazer? Sua presença talvez piorasse a situação. O ex-marido se desfazia às vistas de todos. Ela não ia aguentar, e, além do mais, não faria o menor sentido continuar em São Paulo depois de tudo, faria? Fim de papo, adeus. Avi, então, à espera dela em Israel, meses e meses sem se ver, só quero que isso termine e você venha logo para cá, para junto de mim, a vida inteira pela frente, uma outra vida, nova, comigo. Nada. Não poderia fazer nada. Precisava, tinha que ir embora, e o quanto antes. Desculpe, filho, mas. Relaxa, mãe. Vai ficar tudo bem.

— Boa viagem.

Foi mesmo no avião que lhe ocorreu, que decidiu: vou só terminar esse maço que está na bolsa e pronto, acabou, nunca mais. Assim, naquela primeira noite, ainda desperta enquanto Avi ressonava ao lado, os corpos entrelaçados sob o cobertor fino, ela não se desvencilhou dele, não levantou da cama, não se vestiu e foi à sacada do quarto do hotel em Tel Aviv, mas alcançou a bolsa, pegou um cigarro, o isqueiro, e acendeu. Ainda havia outros quatro, mas (decidiu ali) aquele era, aquele seria o último, nem sequer terminaria o maço.

— Acabou, nunca mais.

O braço de Avi sobre os seios, envolvendo o tronco como se a segurasse, você nunca mais sairá de perto de mim. O braço peludo, grosso. Venha logo para cá, para junto de mim. Uma outra vida, nova. Juntos para sempre. Fumou alisando os pelinhos. Enfim sós. Terminou o cigarro e, em paz, assim aconchegada, também dormiu.

— Belém é realmente uma bela cidade — reiterou para o filho, os dois sob o vão livre do MASP, esperando que a chuva passasse naquela tarde. A língua fazia com que a balinha de café vadiasse dentro da boca, dissolvendo bem devagar. — Juro que é.

Moshe respirou fundo, descruzando os braços. Os olhos ainda fixos no outro lado da avenida, nas imediações da entrada do Parque Trianon, as pessoas caminhando apressadas pela calçada, guarda-chuvas e sombrinhas de todas as cores e tamanhos. Uma bela cidade. Juro que é. Não queria saber, não queria falar sobre o pai ou Belém do Pará, mas também não tinha a intenção de perder a cabeça, estourar com a mãe. Contou até dezoito, dezenove, vinte. Quando falou, a voz ainda saiu meio estrangulada: — Um pulo lá qualquer dia desses.

— É tudo o que ele quer, Moshe. Seu pai, ele...

— É verdade que chove todo dia?

— Perdão?

— Em Belém. Dizem que chove todo dia lá. É verdade?

— Isso é um problema?

— Depende de onde você estiver.

E agora Nili e Avi estavam no banco traseiro do táxi, de mãos dadas, cabeça apoiada em cabeça numa pose de álbum de casamento. Moshe ia na frente, ao lado do motorista. O carro avançava devagar pela Marginal Tietê, rumo ao aeroporto, quando avançava, encaixotado pelo trânsito pesado desde que se aproximara do Canindé. Sirenes e buzinas, motoristas cavoucando espaços impossíveis e travando ainda mais o tráfego, e aquela movimentação típica algumas centenas de metros adiante: pessoas uniformizadas, cones, viaturas e ambulâncias ocupando duas faixas; um incauto motorizado acertara outro em cheio, para variar.

— O que aconteceu? — Nili meteu a cabeça por entre os bancos dianteiros. — Um acidente?

24

— Um acidente — Moshe respondeu sem se virar. — Olha só o tamanho da bagunça.

— Aposto que tem motoqueiro envolvido — resmungou o taxista. — Sempre tem.

— Que horror — disse Nili e, em seguida, recostou-se outra vez para explicar a Avi o que acontecia. O casal falava em hebraico entre si e em inglês quando Moshe era incluído na conversa. A língua portuguesa só era usada quando mãe e filho tratavam de algo diretamente, ela traduzindo depois para o marido, se e quando necessário.

— Outro dia disseram na TV que morre um motoqueiro por dia em São Paulo — o taxista olhava o casal pelo retrovisor, intrigado com a língua estranha que ouvia. Que diabo era aquilo? Turco? Russo? Alemão? — Todo santo dia.

— É, eu sei — disse Moshe.

— Desse jeitinho aí. Pode acreditar. Às vezes até mais de um. Eles se metem por entre os carros, saem costurando feito uns malucos. Um segundinho de bobeira e *plau*.

— A gente é daqui.

— Daqui de São Paulo? Sabia que já arrancaram meu retrovisor uma pá de vezes?

— Eu sou, pelo menos.

— Também bateram na minha porta!

— Paulistano.

— Um por dia, tem cabimento?

— Nascido e criado nas Perdizes.

— Ah, Perdizes é um bairro bem bom. E em noventa e nove por cento dos casos a culpa é todinha deles. Te juro.

— Mas não sou palmeirense.

— Odeio futebol. Meu caçula quer porque quer comprar uma moto. Vai acabar se matando, Deus me livre. Eu e a mãe dele, a gente senta, fala, conversa, tenta meter um pouco de juízo naquela cabeça oca, mas não tem jeito. Teimoso demais.

— Torço pra time nenhum, na verdade.

— E faz muito bem. Já eu não sei mais o que fazer. Imagina, sair de moto neste trânsito, nesta cidade. Tem que ser maluco mesmo. Mas ele não ouve.

— Adoro futebol, vou sempre aos estádios. Onde o senhor mora? Zona Leste?

— Norte. No Tucuruvi. A gente fala, fala, fala, mas ele não ouve. Sei mais o que fazer, não.

O taxista prosseguiu com a ladainha por um ou dois minutos. Quando ele fez uma pausa, Moshe apoiou a cabeça na janela pensando que jamais cogitara ter uma moto. Não disse mais nada, contudo. Melhor não reavivar a conversa. Deu uma olhada ao redor. Ficariam presos naquele trecho por algum tempo. Uns trinta, quarenta minutos. Talvez mais. Por sorte, saíram de casa com bastante antecedência. Nunca se sabe quando e onde o trânsito de São Paulo vai travar, ele dissera à mãe e ao padrasto, e a viagem daqui até Guarulhos não é exatamente curta, qualquer coisa entre meia hora e a eternidade.

— Impossível saber ao certo.

Avi se espreguiçou no sofá onde estava deitado, assistindo à reprise de um *talk show* norte-americano, bocejou e disse, em inglês, que as malas estavam feitas desde a noite anterior, por mim a gente sai logo depois do almoço.

— *What do you think*?

O voo estava marcado para as vinte horas e mal passava das treze, mas Nili concordou sem hesitar. Jogou a revista que folheava sobre a mesinha de centro e se colocou de pé, dizendo, em hebraico, então vamos comer logo, estou morrendo de fome, ao que Avi bateu palmas, satisfeitíssimo, e também se levantou.

Ela se virou para Moshe. — Ok, então. Onde iremos almoçar?

— Aonde vocês querem ir?

— Qualquer lugar que seja perto.

Foram à padaria alguns quarteirões acima, na esquina da Ministro Godói com a Homem de Mello. O lugar estava cheio. Crianças, adolescentes. Férias. O zumbido de uma TV ligada sobre as cabeças de todos e o vozerio circundante tornavam o ambiente ainda mais abafado, mas não havia o que reclamar da comida. Avi ficou muito feliz pela oportunidade de comer feijoada mais uma vez e disse para Moshe, em inglês, com um meio sorriso: — Me faz um favor?

— *Yes, sure.*

Piscando um olho, o garfo suspenso com um pedaço de bisteca espetado: — Não conta pro meu rabino.

Era uma piadinha bem gasta, mas Moshe riu assim mesmo, perguntando em seguida se era verdade que, durante todo o tempo em que estavam juntos, Nili só o vira ir à sinagoga uma vez, na véspera de um jogo importantíssimo do Maccabi Haifa.

Avi pousou os talheres no prato e corrigiu com veemência, fingindo irritação: — *Hapoel* Haifa. *Hapoel*!

— Hapoel. *Sorry*.

O largo sorriso voltou como se nunca tivesse saído de lá: — *No problem*.

Nos dez minutos seguintes, ele não só confirmou a providencial ida à sinagoga como reviveu, nos mínimos e suarentos detalhes, misturando inglês, iídiche e hebraico, a vitória do time, três a dois em cima daqueles putos do Maccabi Tel Aviv, dois gols de Oren Zeituni e outro de Oren Nissim, sábado, oito de maio de 1999, vigésima sétima rodada do campeonato, Hapoel Haifa campeão israelense pela primeira vez em setenta e cinco anos de história, uma pena que meu pai não estivesse vivo para ver aquilo, foi o dia mais feliz da minha vida.

— Nossa! — reagiu Nili, também em inglês, meio brincando, meio séria. — Muito obrigada pela parte que me toca.

Avi abriu um sorriso e a beijou no rosto, depois encolheu os ombros como se pedisse desculpas e continuou a falar do jogo. — Foi maravilhoso, Moshe. Inesquecível. E eu estava lá.

— Uau!

— Foi... foi glorioso.

— Só posso imaginar.

Arrastaram-se de volta ao apartamento meia hora depois, em silêncio. A feijoada desacelerava os gestos, os passos, a Criação inteira. Nili passou um café, que tomaram trocando um mínimo de palavras, todos fitando a televisão que esqueceram ligada ao sair. O noticiário falava sobre a decoração natalina.

— Acabamos não indo ao Ibirapuera — disse Nili. — Que pena! Fica para a próxima.

Moshe levou as xícaras para a cozinha e as lavou enquanto o casal dava uma rápida passada no banheiro e checava as bagagens pela última vez. Dali a pouco, o trio descia os cinco lances de escada até o térreo. Era um prédio atarracado, sem elevador. Dois apartamentos de oitenta metros quadrados por andar, somando catorze habitações — incluindo aquelas entre o térreo e a garagem. A população era pequena, mas diversificada:

a velhinha de olhos esbugalhados e cabelos tingidos de acaju (e seu shitzu chamado Abu) no primeiro andar; o senhor esquizofrênico (que abria a porta quando ouvia alguém subindo ou descendo as escadas, gritava EI! e sempre perguntava as mesmas três coisas à queima-roupa: que dia é hoje?; o Corinthians ganhou?; lá fora está chovendo?) no segundo; o casal de contadores de meia-idade e o filho solteirão no terceiro; a mulher com o sobrinho viciado, um sempre berrando com o outro (ela porque o rapaz vendia os eletrodomésticos ou qualquer coisa de valor que encontrasse em casa para comprar drogas, ele porque a tia berrava sem parar toda vez que ele vendia algum eletrodoméstico ou qualquer coisa de valor que encontrasse em casa para comprar drogas), no quarto; as loiras altas e macérrimas, irmãs ou primas (Moshe nunca se interessou em descobrir, embora elas puxassem conversa sempre que o viam), vindas de Guaíra (uma delas dissera certa vez, quando se cruzaram na fila do mercado, sem que Moshe perguntasse, especificando desnecessariamente, dado o sotaque carregadíssimo, que se tratava da Guaíra paranaense, não da paulista), ambas estudantes de Direito, no quinto; os recém-casados gorduchos, que faziam questão de transar com a janela escancarada (ocasião em que gritavam quase tanto quanto ao ver futebol americano), no sexto; etc.

Mal chegaram à calçada (antes, no meio da descida e conforme já esperavam, o vizinho esquizofrênico abriu a porta de repente e disparou as perguntas de praxe, às quais Moshe respondeu: quarta-feira; o Corinthians só volta a jogar no ano que vem, mas o senhor pode torcer pro São Caetano no domingo; acho que não) e um táxi veio, lerdo, rua acima.

— Congonhas ou Cumbica? — perguntou o motorista, colocando a cabeça para fora assim que parou junto à calçada, os olhos fixos nas malas. E agora ele apontava para alguma coisa uns metros adiante, em meio à confusão na Marginal Tietê, a pulseira frouxa do relógio chacoalhando com a brusquidão do gesto. — Olha lá. Não falei?

Um corpo. E, mais à frente, uma motocicleta.

— É — disse Moshe —, o senhor falou.

— Falei, não falei?

— Falou, sim. Eu ouvi.

Só as pernas eram visíveis, o resto encaixado sob o carro, um Golf verde-metálico. A motocicleta estava caída uns vinte ou trinta metros adiante, os retrovisores quebrados, como se nem mesmo ela quisesse ver que diabo acontecera com seu dono.

Moshe desviou os olhos.

Sempre se impressionava com as marcas no asfalto, sangue, couro e borracha misturados na derrapagem, cacos de vidro, peças espatifadas, o corpo como que abraçado ou abocanhado pelo veículo, vem cá, vamos dar um passeio, o último.

Couro humano. Vivo e, logo depois, não.

— Que horror — repetiu Nili.

Um sujeito uniformizado sinalizava para que os carros pegassem a última pista à direita, mas havia muitos, e o pedaço afunilado da via se mostrava incapaz de absorver o fluxo a uma velocidade razoável. Carcaças humanas e corpos metálicos sufocavam juntos, justapostos; os condutores esperavam uma brecha para avançar uns poucos metros de cada vez. A coisa se prolongou.

Dez, quinze minutos.

Vinte.

O taxista começou a assoviar uma canção sertaneja. Era, como de hábito, uma melodia pegajosa e previsível, repetitiva, e Moshe acabou cochilando antes que saíssem daquele emaranhado, a cabeça pendendo para a frente; não fosse pelo cinto de segurança, bastaria uma freada mais brusca para que fosse com a testa de encontro ao painel.

Sonhou.

Está ao volante de um Lincoln Continental. Ao seu lado, assoviando o tema de *Amarcord*, Miguel usa uma faca de mesa para descascar uma laranja. Uma rodovia deserta à frente e, Moshe simplesmente sabe, o rio Eufrates como destino final. Miguel termina de descascar a laranja, atira as cascas pela janela com um gesto displicente e, antes de levar a fruta à boca, para de assoviar. Moshe se vira e o encara: ele mantém os olhos arregalados e fixos na rodovia, segurando a laranja com a mão esquerda e a faca com a direita, ambas na altura do peito. "Eufrates", sussurra Miguel. Ou, na verdade, ele não sussurra: os lábios se movem e Moshe, de algum modo, consegue compreender (ler? adivinhar?) a palavra que desenham, mudos — *Eufrates*.

A buzina de um caminhão veio arrancá-lo do sonho e atirá-lo de volta a São Paulo, a sensação terrível e familiar de despencar de uma altura considerável, um susto tremendo, horrível acordar desse jeito, como se estivesse em queda livre, como se.

(Teria gritado?)

A cabeça formigava. Os olhos demoraram um pouco para se reacostumar com a cinzenta claridade circundante. O acidente ficara para trás. O trânsito fluía bem. Respirou fundo, esfregou o rosto e olhou para o lado. O taxista dirigia, imperturbável.

(Não, não gritara ao ser jogado de volta, ao acordar.)

Depois, olhou para o banco de trás, a mãe de olhos fechados, exibindo um sorriso tranquilo, a cabeça apoiada no ombro esquerdo do marido. Avi também abriu um sorriso e perguntou, com seu inglês arenoso, se faltava muito. Moshe precisou olhar para fora a fim de se certificar do ponto do trajeto em que se encontravam. Não, não faltava muito.

— A gente chega rapidinho, Avi.

— Bom saber.

— Mais uns quinze minutos, se tanto.

— Aquele acidente lá atrás foi bem feio, hein?

— Foi, sim. E acontece o tempo todo, infelizmente.

— Infelizmente — Avi repetiu, olhando para fora, o sorriso momentaneamente suspenso.

No aeroporto, enquanto Nili pagava pela corrida, o taxista choramingando que ficaria sem troco, Moshe ajudou o padrasto a tirar as bagagens do porta-malas e colocá-las em um carrinho. Fizeram o check-in sem demora, e mãe e filho saíram pelo saguão de braços dados, ele pensando em um lugar aonde pudesse levá-los para beber alguma coisa, matar o tempo, faltava muito para a hora do embarque. Avi caminhava alguns passos à frente, distraído, as mãos nos bolsos. Sua careca reluzia.

— Se quiser, pode ir. Não há necessidade de ficar conosco. Você já nos pajeou o bastante.

— Não ligo, mãe.

— Além do mais, daqui a pouquinho eu e Avi vamos para o portão de embarque.

Ele levantou os olhos para um dos painéis. — Meio cedo pra isso, não acha?

— Que nada! Depois do que aconteceu em setembro passado, leva-se uma eternidade para passar pela segurança. Ainda mais em se tratando de um voo cujo destino final é Israel.

— Mesmo assim, a gente tem bastante tempo. Quer tomar alguma coisa?

— Certeza de que não quer voltar logo para casa?

— Não tenho absolutamente nada pra fazer hoje.

— Ok, então. Onde?

— Lá em cima.

Ela chamou Avi e apontou para as escadas rolantes. Ele concordou com a cabeça, piscando um olho como horas antes, ao brincar na padaria. *Não conta pro meu rabino*. Moshe sorriu ao se lembrar disso. Avi não tinha rabino, contudo. Uma única passagem pela sinagoga, e por causa de um jogo de futebol. Fé em coisa alguma, exceto no Hapoel Haifa e no Estado de Israel, embora esta parecesse um tanto embotada. Olha lá, ele dissera dias antes, quando jantavam em uma churrascaria e a imagem do primeiro-ministro Ariel Sharon irrompera na televisão. — *Fuckin' asshole.*

— *Calm down, dear.*

Mas não chegaram a conversar para valer sobre política no decorrer daquelas duas semanas. Sempre que Moshe fazia uma pergunta ou comentário a respeito de Israel, Palestina e afins, a resposta de Avi era a mesma: — *It's complicated.*

— Quero que você vá nos visitar logo — disse Nili, ainda de braços dados com o filho.

— Vou, sim.

— Quando quiser.

— Combinado.

— Basta me avisar que mando as passagens.

— Melhor ainda.

— Você e ele se deram bem, não é?

— Então. Você só me perguntou isso quarenta e oito vezes nos últimos dias.

— Desculpe. Quero muito que se deem bem. É importante para mim.

— Ele não se deu bem até com o doutor Miguel?

Ela sorriu. — Você precisava ver. Houve aquele constrangimento no começo, é claro. Normal, dadas as circunstâncias. Então eles beberam algumas cervejas, começaram a falar sobre futebol, contaram umas piadas e logo pareciam companheiros de pescaria.

— Ele é um careca bacana.

— É, sim — sustentava o sorriso, os olhos fixos nas dobras da nuca de Avi. Como se adivinhasse, ele se virou outra vez, com os dentes à mostra. Nenhuma piscadinha desta vez.

— Olha só que fofo — disse Moshe, gargalhando. — Fico feliz por vocês, dona Nili.

— Obrigada, filho.

— De nada.

— Ah, queria lhe dizer outra coisa. Já ia me esquecendo.

— Diga.

— Aquilo que conversamos outro dia, se você quiser ir para Israel depois que terminar a graduação, continuar os estudos, fazer o mestrado lá...

— Sim, sim.

— Pense nisso com carinho. Não só em relação a Israel, claro. Há excelentes oportunidades em muitos lugares. Eu mesma estudei por um tempo na Alemanha, como sabe.

— Claro.

— Tinha a sua idade quando fui — alargou o sorriso, uma lembrança aprazível lhe ocorrendo.

— Eu sei.

— E você tem muita sorte, Moshe.

— Tenho, é?

— Sim, porque pode aproveitar algumas dessas oportunidades.

— Beleza, mãe.

— Muitos não podem.

— Eu sei. Vou me lembrar disso.

— O mundo é bem maior do que Perdizes, bem maior do que São Paulo — ela continuou, animada, enquanto subiam a escada rolante. Avi já chegava ao topo. — E, por mais estranho que isso possa soar, ainda mais vindo de alguém que vive em Israel, com todos os problemas que enfrentamos por lá, a verdade é que o Brasil trata as pessoas muito mal.

Moshe quis retrucar, mas não soube como, não encontrou nada que rendesse uma boa resposta ou um contra-argumento razoável. Limitou-se a dizer: — Nem sempre.

O sorriso dela havia desaparecido. Já não pensava na Alemanha. — Quase sempre, filho. Quase sempre.

— É. Talvez.

— Há outra coisa que quero lhe falar.

Ele suspirou, impaciente. — Miguel? De novo?

— Mas esse seu temperamento, hein? De quem você herdou isso? Não foi de mim nem do seu pai. Não, não quero falar sobre ele. Calma. É sobre mim. Ou melhor, sobre nós dois. Eu e você.

Contou até cinco. — Desculpa. Estou ouvindo.

— É um assunto que já abordei por telefone, por e-mail, mas... a forma como eu fui embora, como lhe deixei aqui com seu pai naquele estado... eu me sinto culpada por isso.

— Não tem necessidade.

— Aquilo não foi correto.

Ele esperou que saíssem da escada rolante para dizer: — Eu já era maior de idade. Deu tudo certo no final.

— Não. Espere, por favor.

Em hebraico, Nili pediu a Avi que seguisse em frente, apontou para um restaurante à direita, preciso conversar uma coisa com o Moshe, meu bem, dois minutos. Sorrindo para o enteado, ele respondeu que ficassem à vontade, espero vocês lá, e se colocou a caminho enquanto mãe e filho davam alguns passos na direção contrária. Estancaram, apoiando os braços no parapeito, e não disseram nada por um momento. Ela virou a cabeça a tempo de ver o marido entrando no restaurante. Depois, olhou para baixo, para o saguão no piso inferior, a movimentação nas filas de check-in, gente indo e vindo ou parada, procurando alguma coisa nos painéis, checando documentos, pedindo informações, dando informações, caminhando vagarosa ou apressadamente, levando crianças de colo ou pela mão ou sendo levada por crianças estridentes, hiperativas, arrastando malas grandes, pequenas, médias, arrastando coisa alguma, as mãos nos bolsos ou livres, contando as horas, os minutos, os segundos.

— Você mal tinha completado dezenove anos — recomeçou. — E lhe deixei na mão.

— Não, não. Calma aí. Em primeiro lugar, nunca vi as coisas por esse ângulo. Não mesmo. É verdade, eu só tinha dezenove, mas dezenove não são nove aninhos.

— Eu sei.

— E, em segundo lugar, você conheceu outra pessoa, mãe. Você se apaixonou.

— Sim — ela não conteve um sorriso.

— Você e o doutor Miguel se divorciaram. Você foi embora. Ele não soube lidar com isso.

— Sim, é verdade. Ele não soube.

— Pois é. Azar o dele. Que se foda.

— Juro, juro que não passou pela minha cabeça que seu pai fosse ficar tão mal. Claro, havia alguns sinais, mas...

— Acho que nem ele pensou. É o tipo de coisa que não dá pra saber até o momento em que acontece.

— É. Creio que sim.

— Então.

— Eu só queria dizer que, se você tivesse ficado com raiva de mim como ficou do seu pai, eu ia entender.

Ele sorriu. — Para com isso.

— Desculpe, mas...

— Me diz uma coisa.

— Sim?

— A gente passou essas duas semanas andando pra baixo e pra cima, conversando fiado sem parar, grudado quase que o tempo inteiro. Por que você só veio falar sobre isso agora?

Ela encolheu os ombros. — Não sei. Eu sequer havia planejado conversar a esse respeito com você. Só senti vontade agora e achei por bem falar.

— Beleza. Mas, seja como for, acho mesmo que é uma conversa absolutamente desnecessária. É claro que eu podia ter ficado com raiva, magoado, mas não fiquei.

— Não mesmo?

— Não de você, pelo menos. Na minha cabeça, você estava seguindo com a sua vida, enquanto o doutor Miguel meio que se recusou a fazer isso com a dele, ao mesmo tempo que ferrava com a minha. E, vamos ser francos, o casamento de vocês sempre foi uma merda, pelo menos até onde eu me lembro.

— Era mesmo — ela concordou, séria, olhando de novo para baixo. — Era bem ruim.

— Quer dizer, não sei o que você espera com isso, o que espera ouvir, mãe. A gente já falou a respeito tantas vezes, por e-mail, por telefone, como você mesma lembrou.

— Sim.

34

— E é como eu disse antes, em cada uma dessas oportunidades, e repeti agorinha mesmo. Não tem por que me pedir desculpas. Por nada. E você não me deve nada. Porra nenhuma.

— Ok. Perfeito. Assunto encerrado, então.

— Ótimo.

— Mas você entende, não é?

— O quê?

— Mesmo que já tivéssemos conversado antes, mesmo que você ache desnecessário, mesmo assim, é algo que eu precisava lhe dizer pessoalmente.

— Ah, claro.

Ela o puxou para si. Um abraço forte, que a fez ficar nas pontas dos pés. Como naquela vez anterior, havia mais de três anos, quando também embarcava para Israel. Ao se desvencilharem, os olhos de ambos estavam marejados. Agora e antes.

— E a respeito de você e seu pai — disparou, cabisbaixa, depois que se puseram a caminho do restaurante —, bom, não vou me meter mais nisso. Palavra de honra. Não direi mais nada, nadinha mesmo. Mas torço para que um dia vocês se acertem.

Moshe não respondeu. Não saberia como ou o que responder. Melhor ficar calado. Melhor não prolongar a conversa. Até porque desconfiava que ela continuaria, sim, a insistir que ele fosse a Belém visitá-lo, para que se acertassem e tudo o mais.

Avi esperava sentado a uma mesa nos fundos. Acenou ao vê-los entrar. Nili se aproximou pedindo desculpas, ao que ele respondeu que não se preocupasse, vocês têm muito o que conversar, e depois apontou para as cadeiras.

— *Cerveza*? — disse para o enteado, com um sorriso.

— Sempre, Avi — respondeu Moshe em português. — Sempre.

Já havia um copo com chope pela metade sobre a mesa. Nili se acomodou ao lado do marido e o beijou nos lábios, de leve.

— Acho que também quero um desses — disse ela, em hebraico. — Que tal? É gostoso?

— É bom — ele respondeu. — Não é muito forte, mas é bom.

Em seguida, ela se virou para o filho. — Bem, Moshe, é como você falou.

— O quê?

Com um sorriso, enquanto fazia um sinal para o garçom pedindo mais três chopes, disse: — Deu tudo certo no final.

Duas horas depois, no ônibus que o levava de volta à Zona Oeste, Moshe pensou não nas coisas que conversara com a mãe enquanto caminhavam de braços dados pelo aeroporto, mas no sonho que tivera antes, ao cochilar no táxi, a tranquila viagem de carro com o pai, os dois rumo ao rio Eufrates em um Lincoln Continental que parecia novo em folha. Aquilo era de uma improbabilidade tão aberrante que só tornava o sonho mais bonito e, agora que pensava a respeito, engraçado. Moshe não sabia dirigir e jamais cogitara aprender, nunca tivera a menor vontade de viajar com Miguel e, além de tudo, odiava rios, lagos e mares (até porque outra coisa que não sabia, e que também não cogitava aprender, era nadar). No entanto, lá estavam pai e filho a caminho do rio, e não de um rio qualquer, tendo apenas um ao outro como companhia. Pela primeira vez em anos sentiu uma vontade momentânea de ligar ou mandar um e-mail para o pai, você não vai acreditar no sonho que eu tive, Miguel (sempre o chamava de Miguel, nunca de pai, e isso desde os sete anos de idade, imitando a mãe e o modo como ela falava sempre que ele protagonizava um de seus acidentes domésticos, mas não é possível, Miguel, outra xícara?, ou quando discutiam por alguma razão, e estavam sempre discutindo, vamos ser francos, o casamento de vocês sempre foi uma merda), mas logo em seguida decidiu que não, não faria isso de jeito nenhum. Nada de ligar. Nada de escrever. Nada de nada, porra nenhuma. Que se foda. Olhou para fora no momento em que aquele velho gosto ruim tomava conta da boca.

Não ligar, não escrever, não ir até lá.

Não por agora. Ainda não.

A mágoa ali. Intacta.

O pai se comportara feito um moleque nos últimos meses de casamento e durante e após o divórcio, tanto que Moshe o despachara para São Luís do Maranhão, repassando o problema para outra pessoa, Benedito, único irmão de Miguel.

— Não sei mais lidar, tio Bené, o homem está impossível.

— Tão mal assim?

— Falando sério.

— Manda ele pra cá que dou um jeito.

— Mesmo?

— Custe o que custar.

E custou bastante, mas as notícias que Moshe recebia (sem pedir, sem perguntar) desde meados do ano anterior, após uma sequência de porres, escândalos, ultimatos e o diabo a quatro, davam conta de uma espécie de milagre. Passada a turbulência inicial, a recuperação foi paulatina, lenta, mas constante, e então veio o concurso em Belém, no qual Miguel se inscreveu e que prestou por conta própria, sem contar para ninguém até a véspera de embarcar para fazer as provas. A aprovação e a consequente mudança significavam que ele havia mesmo deixado para trás a tal temporada no inferno, o longo período autodestrutivo em que ensaiara chamar "o pelotão para, morrendo, morder a coronha dos fuzis", como dizia um de seus poetas prediletos. Dali a pouco faria um ano que ele vivia e trabalhava na capital paraense, de novo um professor universitário, nervos e apetites sob controle, arrependido de tudo o que causara, do papel ridículo que desempenhara diante da então esposa, do único filho, do irmão e, claro, diante de si mesmo, mas feliz por ter conseguido, por dar a volta por cima, e ansioso para reparar a situação com Moshe, se e quando possível.

— Você é o único filho dele — o tio dizia sempre que se falavam por telefone. — Você precisa perdoar seu pai.

— Eu sei.

— Isso é muito sério, Moshe. Viajei pra Belém no feriado e você precisava ver. Aquilo ficou para trás.

— Feliz por ele. De verdade.

— Ele está seguindo em frente, animado. Trabalhando.

— Que bom, tio. Que bom.

— Você tem que fazer a mesma coisa.

— Eu sei.

— Você também precisa seguir em frente.

— Sim, sim.

— Precisa deixar pra lá.

— Eu sei, tio. Eu...

— Aquela merda toda passou mesmo, já era.

— ... sei.

— Você precisa esquecer ou isso vai te comer por dentro, vai te arrebentar inteiro sem que você perceba.

— Eu...

Não preciso fazer porra nenhuma, pensava Moshe, lembrando-se de repente do pai caído no chão do banheiro, abraçado a uma poça de vômito feito uma criança doente que se agarrasse a um bicho de estimação (também doente). Aquele filho de uma puta. Vai tomar no cu, nem pra acertar a porra da privada?

— Liguei pra ele ontem mesmo — Bené, noutra ligação.

— Aposto que ligou.

— A gente fala muito de você, rapaz.

— Aposto que falam.

— Ele sente sua falta, quer muito te ver, quer arranjar uma forma de te recompensar por... por tudo.

— Aposto que quer.

— Ele quer, sim, quer muito, mas não sabe como. Tem receio até de te ligar.

— Mas ele nem prec...

— Três anos que a sua mãe e ele...

— Eu sei.

— E a sua mãe falou com ele.

— Eu sei.

— Parece que ela vai passar uns dias em Belém quando vier agora no fim do ano.

— Eu sei.

— Por que você também não vai?

— Não sei.

— Depois você volta pra São Paulo com a Nili.

— Não sei.

— O que tem de tão complicado nisso? Três, quatro dias.

— Não sei.

— Até sua mãe, Moshe. Até ela.

— Até ela o quê?

— Até ela perdoou o homem.

— É o que parece.

— E o que mais ele tem que fazer?

— Fazer?

— Está passando da hora de perdoar, porra!

— Eu sei.

— Então!

— Eu sei, mas...

— Mas o quê?!

— Tudo a seu tempo, tio.

Talvez fizessem uma viagem no futuro, ele pensava agora, o ônibus afinal se acercando do Terminal Barra Funda.

Sim, *aquela* viagem.

Amarcord era o filme predileto do pai. Ou seria *Oito e Meio*? Algum Fellini, com certeza.

Talvez aprendesse a dirigir e os dois pegassem mesmo a estrada. O pai assoviaria ao descascar a laranja. Os dois rumo ao Eufrates. Pai e filho. Rumo ao grande rio.

— Tudo a seu tempo.

2.
AS ABSTENÇÕES

"Oro supplex et acclinis,
Cor contritum quasi cinis,
Gere curam mei finis."[1]

— Tommaso da Celano,
no *Dies Iræ*.

---

[1] Em tradução livre: "Oro-Vos, rogo-Vos de joelhos / Com o coração contrito, em cinzas / Cuidai do meu fim."

Jonas adentra o apartamento para não encontrar nada além de uma cama feita às pressas, a caneca com um resto de café na pia da cozinha e uma toalha esquecida dentro da banheira, embolada.

Está no encalço de uma sombra, e sabe disso.

É um apartamento pequeno num prédio velho, mas bem conservado. As portas do elevador não abrem automaticamente, é preciso esperar por um estalo antes de puxar uma e depois a outra e só então ganhar o corredor vermelho-escuro, algo crepuscular, lembrando-se sempre de cerrar as portas para que o elevador volte a descer ou subir livremente.

Ele sabe o que fazer.

E depois destranca e abre a porta e dá dois passos apartamento adentro, tateia procurando pelo interruptor, acende a luz, fecha a porta atrás de si e avança sem pensar muito no que faz ou, antes, pensando não nesses gestos simples, prosaicos, mas em outra coisa, em algo além, no que *não* encontrará ali dentro, ou melhor, em *quem* não encontrará, pois:

— Ela já foi — diz para si mesmo.

Já pensava nisso ao sair do avião e caminhar pelo aeroporto levando a bagagem de mão, única que trouxe, a valise esportiva preta contendo duas calças, cinco camisas, dois agasalhos, meias e cuecas e camisetas, assim como também estava com a cabeça alhures no momento em que, ainda em casa, em São Paulo, abriu o guarda-roupas, escolheu e pegou e dobrou e colocou as peças e outros objetos na valise, as mãos trabalhando enquanto a cabeça se lançava no vazio, mesmo ou sobretudo depois de já estar ciente de que não a encontraria ao chegar a Buenos Aires, ciente de que ela não estaria lá, à espera, conforme planejaram e combinaram, os planos desfeitos na última hora e ele sozinho em casa, no táxi, no avião e agora neste apartamento que, ressacado, adentra para sentir um fraco cheiro de café.

Sim, ela já foi.

É com cuidado que fecha a porta atrás de si e dá alguns passos pelo corredor estreito antes de parar e olhar ao redor. A sala à frente, um sofá de três lugares, uma poltrona e, do lado oposto, o rack com a televisão de vinte e nove polegadas e o receptor da TV por assinatura; à esquerda está a cozinha, os dois cômodos separados por uma meia-parede que serve de balcão e sobre a qual está a cafeteira. Do outro lado, a geladeira repleta de adesivos de restaurantes e pizzarias, uma constelação de números telefônicos, o fogão de quatro bocas, um armário, a pia e, dentro da pia, ele entrevê a caneca com (imagina) um resto de café, pois ela nunca bebe tudo, sempre deixa um ou dois dedos, resmungando:

— Ah! Esfriou.

Está frio ali dentro, precisa ligar o aquecedor. Talvez ela tenha esquecido uma janela aberta. Ou não, por que abriria uma janela em primeiro lugar? E, mesmo que tivesse aberto, por que não a fecharia antes de sair? Nunca se esquece de nada. Nunca se atrasa. Cada mínima coisa em seu devido lugar.

Está muito frio.

Precisa dar uma mijada, ligar o aquecedor, fumar um cigarro, desfazer a mala, fumar outro cigarro, talvez, mas não se mexe, permanece parado na boca do corredor, ainda segurando a valise, como se não estivesse decidido, como se a qualquer momento fosse dar meia-volta, abrir a porta e deixar o apartamento, retornar pelo mesmo caminho, o outro corredor, vermelho-escuro, algo crepuscular, o canal uterino que o cuspiu ali, pelo qual deslizou também sem se dar conta, a cabeça no apartamento que sabia vazio e onde se encontra agora, deslizar de volta, chamar o elevador, fugir como ela fugiu horas antes, poucas horas antes, não é uma loucura que ela tenha estado aqui até.

Fugir? Fugir *também*? Seria irônico, não?

Não. Não exatamente. Seria triste, meio ridículo, e extremamente cansativo. Ela fugiu dele, isso parece claro, mas e ele, de quem estará fugindo?

Ridículo.

Antes tivesse ficado em casa. Antes, na véspera, tivesse jogado o telefone sobre a cama ou mesmo contra a parede, espatifá-lo com toda a força (embora não seja de sua índole, nunca fez nada parecido, Moshe, sim, Moshe está sempre atirando e quebrando coisas e xingando e chutando portas e socando paredes e até pessoas) (qual o sentido de socar uma parede?) (qual o sentido de socar uma pessoa?) e, sabendo o que (não) encontraria ali, não fizesse mala alguma, não viajasse, não saísse do lugar, não.

Antes não tivesse se dado ao trabalho.

Mas, uma vez que se deu (respira fundo) (fecha os olhos por um instante) (volta a abri-los), decide ficar. Ao menos por um tempo, ao menos por enquanto. Sim, é a única coisa a fazer no momento, ele pensa: ficar. Uma vez que saiu do elevador, cruzou o gélido corredor crepuscular, destrancou a porta, adentrou o apartamento vazio e olhou ao redor, desolado, exsudando autopiedade, ficar. Uma vez que se colocou no encalço de uma sombra, ficar. Assim, ele deixa a valise sobre a mesinha de centro, vai até o quarto, liga o aquecedor, passa pelo banheiro, uma mijada, percebe a toalha embolada dentro da banheira, cada mínima coisa em seu devido lugar?, dá a descarga, enxágua as mãos e o rosto, que diabo aquela toalha está fazendo ali?, enxuga-se, a toalha de rosto pelo menos está onde deveria estar, desliga a luz, ganha o corredor e cruza de novo o apartamento. Na cozinha, constata o que já imaginava — o resto de café na caneca dentro da pia — e não consegue conter um sorriso. Pega um copo americano no armário. Enche com água do purificador e toma de uma só vez. Enche de novo. Bebe. Coloca-o dentro da pia, ao lado da caneca. Por fim, contorna o balcão, pegando o cinzeiro que está ali em cima, próximo de uma garrafa vazia de água mineral, da cafeteira e de um bloco de anotações, a primeira folha repleta de rabiscos e garranchos incompreensíveis, não há caneta à vista, e retorna à sala.

Sozinho.

Minutos depois está sentado no sofá, cigarro aceso, o cinzeiro sobre a coxa esquerda. Olha para a valise sobre a mesinha de centro e se pergunta por que a deixou ali, por que não a levou para o quarto e jogou sobre a cama ou enfiou dentro do guarda-roupas? O cinzeiro é de madeira e (ele só percebe agora) (como não percebeu antes?) tem o formato de um pulmão. Isso era para ser engraçado? O controle remoto da televisão está num braço do sofá. A notícia do dia é sobre uma moça que, levada a julgamento sob a acusação de ter matado sua melhor amiga, com quem dividia um apartamento, foi absolvida. Os canais locais só falam disso, e a grande discussão que se alastra por todos diz respeito menos ao crime em si, pois ninguém duvida de que ela matou, e mais ao péssimo trabalho feito pelos investigadores e peritos, incapazes de levantar evidências que atestassem a culpa da ré e levassem a uma condenação. Há uma emissora que parece menos estridente. Jonas opta por ela. As imagens mostram a saída da suposta assassina do tribunal. Quando tudo isso aconteceu? Hoje cedo? Ontem? Há uma pequena multidão tumultuosa, além de fotógrafos, repórteres, cinegrafistas e policiais. Os familiares e amigos da vítima estão em primeiro plano, xingando a suposta assassina. A polícia (que também é alvo de impropérios) faz o possível para protegê-la da massa em polvorosa. Ela não demonstra medo. Fala com os repórteres. Diz algo sobre a prevalência da verdade, apesar de tudo. É sempre uma questão de ter fé e confiar na justiça. Deus sabe o que faz. Tenho a consciência limpa. Fui absolvida, estão vendo? Absolv —

Mute.

Os lábios se mexendo, os gestos, a postura: a moça fala com altivez, encarando os ofensores ao redor. Como não a lincharam?, Jonas se pergunta, dando uma longa tragada. Bom, talvez tenham feito isso e eu ainda não saiba. Talvez a imagem seguinte mostre um corpo alquebrado na frente do tribunal. Não. Nada disso. Há um corte seco e agora o que se vê é a leitura do veredicto. Os juízes não estão felizes, parecem uma junta médica comunicando um quadro clínico irreversível, incontornável, sentimos muito, fizemos o possível, mas não havia mais nada que pudéssemos fazer.

Não há nada que Jonas possa fazer.

Não há nada que *ninguém* possa fazer, e, mesmo assim, desviando os olhos da televisão, ele apaga o cigarro, observando que não há outras guimbas no cinzeiro, ela não voltou a fumar enquanto esteve aqui, tira o celular de um dos bolsos do paletó, por que voltaria?, o paletó amarrotado pela viagem, lá se vão uns quatro anos ou mais que parou de fumar, encara o visor e respira fundo: por que ela fez isso?

Não sabe o que escrever.

Nada que escreva fará a menor diferença, e-mail ou SMS, mesmo que ligue, oi, cheguei, queria que você estivesse aqui, nada vai mudar o fato de que ela não está, de que foi embora e ele acabou aqui, sozinho, assistindo à televisão como se toda essa lambança jurídica em língua estrangeira envolvendo pessoas estrangeiras lhe dissesse respeito, todos no encalço de uma sombra que, absolvida, está livre e vai embora, de queixo erguido, abrindo caminho pela turba de jornalistas, matei, não matei, fodam-se, estou indo embora, estou livre.

Adiós.

Mas ele assiste como se tudo isso ou alguma coisa aí lhe dissesse respeito, o que não é o caso, evidentemente.

Nada mais lhe diz respeito.

De novo, desvia os olhos da TV e encara o celular, mas decide que é melhor não escrever, não ligar, não fazer nada.

Fazer o quê, então?

Desligar a televisão, levar a mala para o quarto, desfazê-la, a valise esportiva preta que herdou do pai, que levou de Brasília após o enterro sem que as irmãs dissessem nada, a única coisa que levou, que quis levar consigo, depois tomar um banho e sair.

Sair para onde?

Ora, para qualquer lugar.

Mas ainda está sentado no sofá, à luz enjoativa da televisão emudecida, fumando outro cigarro, quando o celular vibra cinco minutos depois.

Manoela?

Não.

Uma longa mensagem de Moshe.

> *E ai? Beleza? Ressaca? Tou morrendo aqui. Iara falou p/ n deixarem de ir ao Obrero. Eh um puta restaurante, mas ela diz p/nao ir a noite pq fica na Boca e pode ser perigoso. A analista dela foi assaltada bem na porta. Alias, no frio que deve estar fazendo aih, se for p/rolar algo assim, eu acho q eh melhor ser assaltado dentro do q fora do restaurante rs. Toma uns vinhos por mim. E n esquece dos meus livros hein. Abs.*

Jonas sorri ao ler a mensagem. Decide responder depois. O amigo pode esperar. Os amigos sempre esperam. É para isso que eles servem, não?

Manoela não exagerou quanto à boa localização, o prédio encravado bem na esquina da Coronel Díaz com a French, defronte ao Parque Las Heras. Foi ela quem teve a ideia de viajar para Buenos Aires. Foi ela quem pesquisou imóveis e comparou preços e escolheu e cuidou do aluguel do apartamento. Foi ela quem reservou as passagens. Mas também foi ela quem teve de dar o fora trinta e seis horas depois de chegar à cidade, e antes que Jonas desse as caras.

— Um lance no trabalho.

Ele sai do prédio, olha para os lados, mete as mãos nos bolsos do paletó e caminha alguns metros. Esse frio. Os agasalhos que trouxe não serão suficientes. Vai precisar de luvas, de um cachecol, de um casaco mais grosso. Manoela disse algo sobre as lojas na Florida e, vê agora, há um shopping do outro lado da rua. Pensa em ir às compras no dia seguinte.

Se ficar, é claro.

Uma banca de jornais. As manchetes são do que viu mais cedo na televisão. Aquilo foi ontem, então? A absolvição? Que diferença faz? Extremos de indignação. Será que os argentinos são como os brasileiros? Será que eles se esquecem de tudo passado um tempinho? Se não for o caso, a suposta assassina está ferrada. Letras garrafais, vermelhas. INJUSTICIA. VERGÜENZA. Ela terá de deixar o país. O mais provável é que já tenha deixado. No mesmo voo de Manoela? As duas sentadas lado a lado, que tal? Estou deixando a Argentina porque me acusaram de um crime terrível. Ao que Manoela dará uma risadinha. Nossa, é mesmo? Pois eu estou deixando para *não* cometer.

Jonas contorna a banca e para na calçada, bem próximo do meio-fio. Acende um cigarro. Dá as costas para a rua. Fica por um tempo observando as pessoas que passam apressadas e muito bem-agasalhadas, uma romaria indistinta de rostos estrangeiros, encapuzados, contritos; ele os observa, mas não consegue prestar atenção em nenhum, a cabeça ainda lateja por causa da ressaca, mas.

Mas não só por isso.

Quando enfim se recoloca em movimento, depois de terminar o cigarro, atravessa a Coronel Díaz, vira à direita na Beruti e à esquerda na Bulnes, contorna o Alto Palermo Shopping por trás, como alguém que passasse ao largo de um leito ocupado por um doente terminal, um parente que se procurasse pelos seus olhos, pela culpa inscrita neles.

Culpa?

Por que pensar nisso justo agora? Algo a ver com o que ela disse lá atrás? Sim, um ano e meio antes, em janeiro de 2010, ao recebê-lo em Congonhas. Por que ainda se lembra dessas coisas? Por que se dá ao trabalho de pensar nelas? Por que não esquece?

— Olha só pra você — disse ela na ocasião, antes de soltar uma risada. — Mas não é um milagre que o avião tenha decolado com todo esse peso?

Jonas fechou a cara. Por que não riu também? Seu idiota. Uma piadinha infeliz, claro, infeliz e desnecessária, extremamente grosseira, no momento mais inapropriado possível (ela estava meio bêbada?) (o hálito de uísque), justo quando voltava de uma jornada infernal, da temporada junto ao leito de morte do pai, egresso do velório, do enterro, mas talvez ela esperasse por isso, talvez contasse com isso, talvez torcesse por uma boa gargalhada, uma espécie de alívio cômico, por mais desajeitado, por mais estúpido e boçal, por mais bêbado e grosseiro que fosse, já passou, você está de volta e eu aqui, à sua espera, é o que importa, não é?, ou é o que deveria importar, coisa que ela não disse, jamais diria, mas ele adivinhou e, mesmo adivinhando, retrucou que não havia peso, peso nenhum, do que é que você está falando?

— De onde... de onde você tirou isso?

— Nossa, não sei — elevando a voz. Confrontar antes de ser confrontada. Um reflexo condicionado? Um vício de quem passa a vida envolvida em litígios? Que nada. Antes um traço de sua personalidade, de seu temperamento. O tipo de coisa que permite a ela ser tão boa no que faz, traço que já possuía muito antes de ingressar na faculdade de Direito, muito antes de sequer cogitar isso. Geniosa, hein?, dizem as irmãs dele, às vezes Valéria, às vezes Virgínia, elas se alternam para fustigar a cunhada (desde que esta não esteja presente, é claro). Quase tanto quanto o Moshe, Jonas costuma retrucar, mas ele vocês adoram, né? É diferente, responde a irmã da vez, quando não as duas. Diferente? Ao ter essas discussões, Jonas nunca pergunta: mas, caramba, diferente como? Até porque Moshe é seu melhor amigo e não é o caso de investir numa comparação infrutífera ou mesmo absurda entre ele e Manoela, não faria o menor sentido "defender" um em detrimento ou às custas do outro, faria? Não, não faria. De jeito nenhum. Daí que o melhor, sempre pensa ao ter esse tipo de conversa com as irmãs, é deixar quieto. E o assunto invariavelmente morre. — Foi só uma brincadeira.

— Não tem... *peso*. É só cansaço. Um montão de noites maldormidas, hospital, velório, enterro.

— Desculpa, tá? — o tom de voz e a postura corporal contradiziam o que pedia.

— Cansaço — repetiu. — Só isso.

Ela suspirou, cruzando os braços. Estavam parados bem no meio da área de desembarque. Por quê?, ele pensou, desolado. Pra quê? Que coisa mais imbecil.

— Tem certeza de que é só isso mesmo? Só cansaço? Você reagiu de um jeito tão...

Jonas quis perguntar a ela por que estava bêbada àquela hora, por que encheu a cara antes de ir a Congonhas buscá-lo, não é de seu feitio, está acontecendo alguma coisa?, mas não o fez. — Tenho. Tenho certeza, sim.

— Tá bom. Foi mal. Vamos pra casa, então.

Ele se lembra dessas coisas enquanto caminha sozinho por Buenos Aires. Um ano e meio depois. Um pouco mais do que isso.

Dobra à direita na avenida Santa Fe e, depois de atravessá-la, desce até as imediações do Jardim Botânico, mas permanece do outro lado da rua, na calçada. Não gosta muito de praças, parques, jardins, e talvez esteja na cidade errada porque há inúmeros deles em Buenos Aires. Mas, de repente, todas as cidades lhe parecem erradas e ele não faz a menor ideia, não sabe onde gostaria de estar.

Cansaço. Só isso.

Talvez se dê o mesmo com Manoela. A toalha embolada dentro da banheira, a cama feita às pressas, a caneca na pia: cada mínima coisa fora do seu devido lugar, o que é inédito ou pelo menos incomum, e é como se ela quisesse e não quisesse estar ali, como se estivesse indecisa entre esperá-lo ou não, entre ficar e ir embora, entre ficar e fugir antes que ele aparecesse, e entre fugir apagando todos os rastros ou deixando algo (cama mal arrumada, toalha dentro da banheira, caneca na pia) para marcar sua breve passagem pelo lugar, apesar de tudo.

(Ou talvez eu esteja pensando demais.)

Seja como for, o que for, as coisas que ela disse ao ligar na noite anterior permanecem vagas, aconteceu uma coisa e eu não posso ficar aqui, preciso voltar amanhã no primeiro voo.

— Mas eu embarco amanhã cedo.

— Eu sei, eu sei.

— Porra, eu...

— Me desculpa, eu... droga.

— Mas o que foi que aconteceu?

— Uma... uma coisa...

— Que coisa?

— Um lance no trabalho.

— Fala comigo, poxa.

— Eu estou falando — gritou. E continuou gritando: — Aconteceu uma coisa no trabalho. Tem a ver com um cliente muito importante. Preciso voltar correndo pro Rio. Me diz, pra que tanta dificuldade pra entender isso?

Os modos exasperados, a um passo do esgotamento, como se o problema fosse inteiramente dela, não dele ou de ambos, mas única e exclusivamente *dela*, e piorado por *ele*, por sua insistência, por sua dificuldade em entender algo tão miseravelmente simples, e não houvesse tempo, não houvesse paciência, não houvesse sequer interesse em explicar, entrar em maiores detalhes (não com *ele*, pelo menos).

— Dificuldade nenhuma. Eu... eu não quis...

Uma bufada do outro lado. Depois, os trinta segundos regulamentares de silêncio. Ela se acalmando, ou tentando se acalmar. Quando voltou a falar, já não gritava, embora a rispidez ainda calçasse o tom: — Então. Você ainda vem?

— É claro que eu vou. O apartamento está pago até o fim do mês, e as passagens, tudo...

— Deixo as chaves com a proprietária. Ela mora aqui perto. Explico o que aconteceu. Você passa lá e pega quando chegar. Ela foi muito legal comigo. Muito, muito gentil.

— Eu... eu reembolso a sua parte.

— Não tem a menor necessidade disso.

— Claro que tem. Você pagou por quase tudo, chegou ontem e já vai embora amanhã cedo. Eu vou... é claro que eu vou te reembolsar. Como não?

Um novo momento de silêncio, como se ela pensasse a respeito, mas era outra coisa que lhe passava pela cabeça.

— Alô?

— A gente devia ter vindo junto. Eu estava pensando nisso antes de te ligar.

— Mas você não...

— A gente devia ter vindo junto. Eu devia ter te esperado, Jonas. Não sei por que vim antes. Não sei por que eu... Assim, eu devia ter ido pra São Paulo te encontrar, daí a gente embarcava amanhã, nós dois, no mesmo voo. Juntos.

Aquilo irritou Jonas terrivelmente. Por muito pouco ele não perguntou, aos berros, qual seria a porra da diferença, pois, dada a merda da emergência no trabalho, a bosta do cliente importante, todo esse caralho de situação imbecil, ela não teria que dar o fora, não teria que *voltar correndo pro Rio* de um jeito ou de outro? Não ia me deixar aqui sozinho da mesmíssima forma? Ia, não ia? Então do que é que você está falando, sua filha de uma...

Não.

Calma.

Respirou fundo.

Melhor não embarcar numa discussão dessas. Berros de um lado e do outro. Xingamentos. Nas poucas vezes em que chegaram a tanto, a troca de ofensas foi tão pesada que ficaram semanas sem se falar e, o que era pior, o motivo da briga continuou sem solução. Claro que, tanto num caso quanto no outro, a sensação era bem parecida. Um jogo sem vencedores. Se estourasse, a coisa degringolava. Se não estourasse, a coisa degringolava do mesmo jeito, mas em silêncio, o não dito estrangulando a ambos até o momento em que suas cabeças se separassem de seus respectivos corpos e saíssem quicando por aí, os olhos vidrados. Mortos.

— Jonas? Você está aí?

Ele estava, sim. Onde mais estaria?

Respirou fundo mais uma vez e, rangendo os dentes, perguntou outra coisa, ou a mesma coisa que perguntara antes (ela que estoure sozinha, pensou passivo-agressivamente, que berre e xingue e desligue na minha cara, que me mande à merda, que faça o que bem entender, eu não dou mais a mínima pra toda essa porcaria): — Você... você não vai mesmo me dizer o que aconteceu?

Surpreendentemente, Manoela não estourou. O tom de voz controlado, a respiração normal, apenas uma nota de desamparo, como se falasse com uma criança meio lerda: — Mas eu já te disse, Jonas. Já te falei. É mesmo um lance no trabalho. Você me conhece, não conhece? Você sabe melhor do que ninguém, não sabe? Você entende, não entende?

Ele ficou sem graça. — É, eu...

— Ah, tem outra coisa que quero te dizer.

— O quê?

— Eu realmente acho... — foi quando a ligação caiu. Ou será que ela desligou? Não seria a primeira vez.

(Talvez eu esteja pensando demais.)

Já faz algum tempo que dobrou à esquerda na Jorge Luis Borges e agora se aproxima da praça na interseção com a Honduras, da aglomeração de bares e danceterias. Ainda é cedo, sete e pouco. Há uma infinidade de mesas e cadeiras vazias, ali mesmo na calçada, à margem da praça. Ele se senta defronte a um lugar chamado Bar Abierto, pede uma cerveja, acende mais um cigarro. É permitido fumar aqui fora? Olha ao redor, vê outras pessoas fumando. Volta a pensar no que fazer.

Os primeiros goles não descem bem.

— Caralho.

Não devia ter enchido a cara na véspera, sem falar na vergonha por conta do.

— Moshe filho da puta — sorri.

Mas: o que fazer?

Bem, são três as possibilidades que lhe ocorrem, e nenhuma delas parece boa, nenhuma se aproxima ou parece se aproximar, um mínimo que seja, de uma solução, de uma saída ou coisa que o valha.

Primeira: aproveitar como puder, mas sozinho, os vinte e sete dias que tem pela frente na Cidade Autônoma de Buenos Aires.

Segunda: remarcar o voo, devolver as chaves do apartamento no dia seguinte e despencar no Rio de Janeiro, sem avisar, uma surpresa, por mais que Manoela odeie surpresas, por mais que talvez (será?) ela nem esteja lá (onde estará, então?).

Terceira: remarcar o voo, entregar as chaves do apartamento no dia seguinte e ir embora para São Paulo, para casa, sozinho lá como aqui, mas em casa, ligar para Moshe, ir para algum boteco e, como aconteceu na véspera, encher a cara enquanto chora com a barriga colada no balcão (que vergonha, bicho, puta que pariu).

Três possibilidades de merda, pensa.

Mesmo assim, ali sentado, bebericando com dificuldade a cerveja, fumando sem parar, ele as considera com vagar, uma careta a cada gole, a ressaca como que puxando cérebro e entranhas para os pés, arrastando-os centímetro a centímetro, arranhando tudo por dentro enquanto o faz, mas não é hora de desistir, um gole de cada vez até que esteja anestesiado, e pelo visto não vai demorar muito, a pressão diminuindo, não vá ter um troço no meio da rua, no meio da rua numa cidade estrangeira, no meio dessa confusão de merda, mais um gole, respira fundo, espera um pouco, a pressão parece se normalizar, mas o estômago, puta que pariu, concentre-se, considera tudo outra vez, cada uma das possibilidades de merda, primeira, segunda, terceira, projeta as consequências, visualiza o que provavelmente acontecerá (não muito) e sente um cansaço devastador.

— Bosta!

Ignora o estômago, que se revira, e pede outra cerveja. O movimento ao redor se intensifica. Agora ele bebe rápido, em goles longos, fechando os olhos. A garçonete se aproxima para dizer que seu turno está no fim e que agradeceria se ele pudesse acertar o que já consumiu. Jonas concorda, pede outra cerveja, paga a conta e deixa uma boa gorjeta antes de se levantar, acenar para um táxi e voltar para o apartamento, apoiando a garrafa ainda cheia na coxa direita enquanto olha para fora e repassa, inutilmente, de novo e de novo e de novo, aquelas três possibilidades de.

Merda: foi logo após a viagem de Jonas a Brasília para o enterro do pai, para a morte do pai, pouco mais de um ano e meio antes do mergulho inadvertidamente solitário que ele faria no inverno buenairense, que ele voltou do Distrito Federal para descobrir que Manoela mudara de ideia sobre a oferta de trabalho, a princípio recusada enfaticamente, de um grande escritório carioca.

— O valor que me ofereceram agora é obsceno. Não dá pra ignorar isso, seria burrice demais.

— Eu entendo, é... é muita grana.

— E não é só pelo dinheiro, não.

— Eu sei que não, eu sei que não.

A conversa se deu ainda na cama, na manhã seguinte ao retorno dele de Brasília. Se não tivesse rolado aquele estranhamento lá no aeroporto, ele pensou, virando-se de lado, o quarto escuro demais para que distinguisse bem as feições de Manoela, lá fora um dia chuvoso de janeiro, daqueles pegajosos e abafados, a gente teria falado a respeito disso ontem mesmo, aposto, mesmo com ela meio bêbada daquele jeito. A garrafa de Glenlivet com que a presenteara no Natal ainda estava sobre o balcão da cozinha. Quase vazia.

— É uma tremenda oportunidade profissional — a voz ensolarada, destoando do ambiente penumbroso. — E eles querem uma resposta no máximo até quarta-feira.

— Que tal se eu fizesse um café? Você está com fome?

Ela ignorou ou não ouviu a sugestão. Deitada de costas, não olhava para ele. Volta e meia, um trovão investia contra o mundo lá fora.

— Sei que é muito pouco tempo pra tomar uma decisão dessas, mas, por outro lado, mostra que não estão de brincadeira.

— A gente pode conversar a respeito na cozinha — Jonas insistiu. Não se lembrava de tê-la visto tão entusiasmada antes, nem mesmo quando se mudaram de Brasília para São Paulo, mas então era um entusiasmo compartilhado, eles iniciando a vida em um novo lugar, cientes de que, acontecesse o que acontecesse, estavam juntos e isso era o mais importante. — Conversar com mais calma.

— Surgiu essa vaga e eles querem preencher o mais rápido possível. Eles não estão mesmo de brincadeira.

— Eu sei que não.

— E, olha, se você não quiser mesmo se mudar, a gente pode muito bem viver na ponte aérea, não é mesmo?

Sério mesmo? — Ah, eu não sei...

— Muita gente vive.

Ele foi sincero: — É, muita gente vive, e eu e você bem que podíamos. Mas é que... eu não sei se quero.

Aqueles trinta segundos regulamentares de silêncio, tão comuns em suas discussões, deitados na cama, descobertos e nus, ele ainda de lado, olhando para ela, tentando divisá-la, um rosto a dois palmos de distância do outro, mas os dois cobertos pela penumbra, a janela e as cortinas cerradas, uma merda conversar desse jeito, ele pensou, forçando as vistas, e Manoela mantinha o nariz apontado para o teto, nem sequer olhava na direção de Jonas, e ele enfim compreendeu que aquilo não era um debate, não se tratava de uma discussão com vistas a chegarem, juntos, a uma conclusão relativa à proposta — à excelente proposta, à proposta *obscena* — do tal escritório. Não, não. A decisão já estava tomada.

— Eu não sei se quero — repetiu mais para si mesmo, a chuva torrencial abafando as palavras.

Ela continuou calada.

Tinham acordado quase uma hora antes. Impossível precisar quem começou, os dois ainda sonolentos, mas as mãos se procuraram, depois as bocas e línguas, e treparam ao som da chuva, o clima pesado da noite anterior parecendo se dissipar, afinal.

— Você gozou?

— Você sabe que sim.

— Mesmo?

— Junto com você.

— Fazia tempo, né? Que a gente não gozava junto?

— Fazia tempo que a gente não transava — ela riu.

Só depois é que veio a conversa, preciso te falar, eles fizeram outra proposta, o assunto que ele julgava encerrado (porque ela própria dissera dias antes, ao telefone, que estava encerrado) voltando com força, do nada, como um soco no escuro.

— Vem — tornou a sugerir, sentando-se na beira da cama. — Estou morto de fome. A gente conversa sobre isso na cozinha.

Por um momento, teve a impressão de que ela lhe daria as costas e continuaria na cama, você e seu café da manhã que se explodam, mas não foi o caso. — Não precisa se decidir agora.

— Como?

— Talvez as coisas não deem certo por lá. Talvez eu precise voltar aqui pra São Paulo. Você não precisa decidir agora se vem ou não comigo. Se estamos juntos nessa ou não.

De fato, a questão não era *mesmo* se ela aceitaria o trabalho, pois quanto a isso já estava mais do que decidida, sem a menor sombra de dúvida, mas se ele eventualmente toparia acompanhá-la pela segunda vez na vida, dessa vez até o Rio de Janeiro.

— Hein?

— Você me ouviu. Talvez dê tudo errado.

Trinta segundos mais trinta segundos mais trinta segundos: no *fim*, passariam ao todo quanto tempo *não* dizendo as coisas um para o outro, segurando na garganta, sufocando? Agora, por exemplo, mais trinta segundos, após os quais Jonas esticou o braço e acendeu a luz do abajur. Manoela protegeu os olhos com a mão esquerda, virando o rosto para o outro lado, quando se lembrou de que estava nua e buscou o lençol, não gostava de se expor. Em todos aqueles anos, ele jamais a vira desfilando sem roupas, nem mesmo ao sair do banho. Gostava disso. A manutenção de algum mistério, a insistência ou, melhor dizendo, o cuidado em não mostrar mais do que o necessário, quando necessário. Ele realmente gostava disso nela, tanto quanto apreciava o corpo andrógino, alto e muito magro, como se o médico a tivesse esticado ao puxá-la com força, ao arrancá-la do ventre da mãe, corpo tão diferente do dele, atarracado, arredondado feito um sabonete infantil.

— Apaga essa luz — disse, remexendo-se, já coberta pelo lençol e, agora, sim, de costas para ele. — Meus olhos.

Obedeceu, virando-se em seguida para tocá-la com a outra mão, com as pontas dos dedos. Alisou as costas. Acariciou a nuca. No escuro reconquistado, ela suspirou.

— Vai... vai dar tudo certo.

— O quê?

— Não tem isso de "talvez dê tudo errado". Não tem, não. Vai dar tudo certo.

— Ué, Jonas. Sei lá.

De repente, a nuca e as costas já não estavam ao alcance da mão: saiu pelo outro lado, enrolada no lençol. Um vulto na penumbra, em pé junto à cama. Girando. Um vulto fantasmagórico procurando pelo quê? Os chinelos, talvez.

— Eu vou lá na cozinha fazer aquele café. Quer uma omelete?

— Quero. Mas vou tomar uma ducha antes.

A cueca estava por ali, ele tateou e a encontrou no chão, perto da cama. Talvez ela procurasse não os chinelos, mas a camisola que arrancara para foder. Talvez procurasse ambos, camisola e chinelos. Talvez não soubesse o que procurava.

— Você não quer mesmo que eu acenda a luz?

— Não, meus olhos... minha cabeça está doendo um pouco.

Jonas se levantou, abriu a porta do guarda-roupas, pegou uma bermuda e uma camiseta e se vestiu rapidamente. Manoela continuava ao pé da cama, enrolada no lençol, quando a porta foi aberta e a luz baça que vinha da sala incidiu fracamente no quarto. Ainda que a chuva parasse logo, aquele seria um dia de luzes acesas no meio da tarde, a cidade lá fora e os cômodos e a mobília ali dentro adquirindo contornos imprecisos, sombrios, e os humores reagindo de acordo, acidiosos.

Manoela não procurava pelos chinelos, na verdade, ou pela camisola. Não mais. Só restava ali. Parada. Esperma escorrendo pelas pernas. Apreciava a sensação, coisa que dissera a ele algumas vezes: — Tão bom isso descendo pelas coxas quando levanto depois de meter.

Ele sorria. Tão bom ouvi-la dizer isso. Esse tipo de coisa. A maneira como dizia *meter*.

E ela também perguntava (ou resmungava): — Por que a gente fica tanto tempo sem meter?

Ele nunca sabia o que responder. Talvez fosse pelas brigas, por aqueles silêncios malditos. O tipo de coisa que arruinava o clima. Estragava tudo. Carcomia, corrompia. Apodrecia. Brochava. Mas ainda era bom quando *metiam*. Não era? Ainda. Sim.

Jonas não fechou a porta ao sair; só encostou, deixando uma fresta. Ficou parado no corredor, fora do campo de visão dela, ou pelo menos assim esperava, ouvindo.

Manoela não se mexeu de imediato. Um minuto ali, quieta. Um minuto e meio. Será que ela sabe que estou aqui? É possível. Nenhum barulho vindo da cozinha. Você não ia passar o café? Talvez dali a pouco o chamasse. Ou viesse à porta. Que diabo você está fazendo aí parado desse jeito? Ficou maluco?

Ou não.

Ele ouviu um bocejo.

A camisola estava do outro lado do quarto, ele vira pouco antes de sair, meio dependurada na sapateira. O modo como ela a arrancara e jogara longe quando começaram, dizendo: — Vem.

Sim, ainda era bom.

Ele a ouviu se desvencilhar do lençol, o farfalhar do tecido embolado e atirado na cama.

Não, ela não sabe que estou aqui.

Ele a ouviu caminhar até o banheiro contíguo, ouviu os passos descalços, ligeiros, o ranger da porta, mas não o clique do interruptor, ela não acendeu a luz, embora a escuridão do dia certamente pedisse isso.

Então, com cuidado, em silêncio, ele readentrou o quarto. Que diabo estava fazendo? O que esperava ver ou ouvir?

Ora.

A porta do banheiro entreaberta.

Ele a ouviu abrir o chuveiro e, enquanto a água esquentava, baixar a tampa do vaso sanitário, sentar-se e urinar.

Os sons da chuva, do chuveiro e do mijo se confundiram.

Era relaxante.

Ele a ouviu bocejar outra vez, limpar-se, dar a descarga e, por fim, entrar no boxe e se enfiar debaixo d'água.

— Que delícia — disse ela.

Jonas deu um passo à frente e olhou pela fresta: ela estava de costas, parada, os braços cruzados na altura dos seios, apenas sentindo a água cair sobre o corpo, saboreando aquilo. Com os respingos no box, não era possível vê-la com nitidez, mas também isso era ou lhe parecia muito excitante. Ele se ajoelhou no chão, a meio metro da porta, meio camuflado pela escuridão do quarto, e buscou o pau com a mão direita. Duro. Ela ficou um bom tempo imóvel sob a água, o corpo macérrimo, de ossos proeminentes, lembrando o de um adolescente que crescera rápido demais, mas também isso era, sempre fora, sempre lhe parecera muito excitante. Ele cuspiu na palma da mão direita e a esfregou na glande no momento em que Manoela alcançou o sabonete. Enquanto se masturbava, rápido, com força, sentia vontade de se despir e entrar no banheiro, no box, e abraçá-la, pedir que esquecesse aquela história, nada de aceitar trabalho no Rio, fica aqui comigo, a gente já tem tudo o que precisa.

Não tem?

Entrar lá e dizer essas coisas e então ela veria o pau duro e abriria um sorriso e ele diria, você tem razão, a gente não precisa ficar tanto tempo sem meter.

— Vem.

Gozou no momento em que Manoela, agora de frente para a porta, de frente para ele, as pernas meio abertas, depilava-se com um aparelho descartável, cor-de-rosa, a mão enorme e branca, de dedos finos, manuseando a lâmina com destreza, os lábios vaginais fitando Jonas com o que parecia um meio sorriso, como se ironizassem o que imaginara (entrar lá, dizer aquelas coisas, o pau duro, o sorriso dela, vem) e dissessem:

— Nada vai dar certo.

— Vai dar tudo certo — disse Jonas no dia em que ela foi embora, duas malas enormes e a promessa de estar "em casa" (semanas depois deixaria de se referir ao apartamento na rua Padre Antônio dessa forma, apartamento em que viviam desde que vieram de Brasília, em 2007) na sexta à noite ou, no máximo, no sábado pela manhã. — Você vai ver.

— Obrigada.

— Me liga quando chegar?

— Ligo, sim. Mas não faz essa cara.

— Que cara?

— Essa.

— Mas eu... eu estou feliz por você.

— Feliz por mim, mas triste por nós dois.

Sim, era verdade. Mas ele não disse nada. O que poderia dizer? Apenas: — A gente se vê no fim de semana, então.

— Isso. E pode ser que daqui a pouquinho eu faça o caminho inverso, com essas malas e tudo.

Mas Manoela não fez o caminho inverso, e com o tempo passou a viajar para São Paulo com uma frequência gradativamente menor, uma vez por semana nos dois primeiros meses, então uma noite maldormida a cada quinze ou vinte dias, depois nem isso. Mais e mais trabalho, a plena confiança dos chefes, bônus sobre o tal salário obsceno. Óbvio que ninguém tem *culpa* de porra nenhuma, ele pensa e diz o tempo todo, para si, para os outros, para ela, nas raras vezes em que ainda têm uma discussão (sobre o que quer que seja) entremeada por aqueles silenciosos e sufocantes intervalos de trinta segundos.

— Você sabe que fico muito feliz por você, né? Que eu... que eu te acho brilhante?

— Eu sei.

— Fico muito feliz pelo seu sucesso, por tudo o que já fez, por tudo o que você é e... e por tudo que ainda vai fazer.

— Eu sei.

— Você tem consciência, você... sabe disso, não sabe?

— Sei, sim, e até me esforço um bocado pra ignorar a sua condescendência.

(Feliz por mim, mas triste por nós dois.)

As tentativas de convencê-lo a se mudar (que funcionavam como estopim para as discussões) rarearam na mesma proporção que as idas a São Paulo. Aos poucos, as coisas se inverteram e, quando deu por si, Jonas viajava para o Rio com uma frequência cada vez maior. Mas isso tampouco ajudou, pois, em geral, passava o tempo vadiando sozinho pelo flat em que ela vivia, Manoela presa no escritório ou numa infinidade de compromissos profissionais que invadiam as tardes de sábado e, às vezes, as manhãs de domingo, fulano vai para Boston hoje à noite, preciso que ele assine uns documentos, fulana estará indisponível no decorrer da semana e tenho que esclarecer uns pontos hoje, você entende, né?

— Ali pelas duas estou em casa.

— Tá, mas é que volto pra São Paulo às cinco.

Em um desses fins de semana, levou Moshe consigo. Foi a estadia mais agradável. Boteco, passeio, praia, cinema. Alguém com quem conversar. Alguém ao alcance das mãos, da voz, dos olhos.

— Claro que não — disse ela ao telefone depois de ouvi-lo perguntar se não haveria problema.

— Iara vai a um workshop em Curitiba, coisa do trabalho, e ele vai ficar de bobeira, daí pensei que seria bacana o convite.

— Acho ótimo. Assim você não fica largado aqui em casa, sozinho, porque estou enroladíssima, pra variar.

(Aqui em casa.)

Foi nessa ocasião que Moshe perguntou como iam as coisas. Estavam no café de uma livraria na rua Dias Ferreira, tarde ensolarada de sábado. Jonas recém-desligara o telefone, Manoela pedindo mil desculpas, acho que só saio daqui lá pelas dez, podem jantar sem mim. Trabalho, trabalho, trabalho. Óbvio que ninguém tem *culpa* de porra nenhuma.

— As coisas? Ué, as coisas vão... bem. Por quê?

— Porque olhando daqui não parecem nada bem.

— Ah, não?

— Não. E isso não é de hoje. O que ela queria?

— Você achou todos os livros que precisava?

— Quase todos — a pequena pilha sobre a mesa, ao lado das xícaras de café. — Mas desembucha aí.

— Ah, não tem muito assim o que contar, não. O meu... relacionamento... ele meio que morre de inanição. Sabe como é? E o desgraçado morre bem devagarzinho, e... não tem nada que a gente possa fazer pra... pra... enfim.

— Nada?

— Nada.

— Mais de um ano que estão nessa de ponte aérea.

— Um ano, dois meses e uns dias.

— Você mais do que ela, inclusive.

— De uns tempos para cá, sim, é verdade. Mas e daí?

— Como e daí? Não pensa mesmo em se mudar?

— Ah, não. Eu... eu gosto de São Paulo, cara. Eu gosto do meu emprego. Acho que se eu fosse me mudar pra algum lugar, não sei, mas... acho que seria de volta pra Brasília. Não que eu cogite isso, né? Eu... eu gosto mesmo de São Paulo.

— Mais do que gosta dela?

— Porra. Não é assim tão simples, né?

— É, acho que não.

— Você *sabe* que não, Moshe.

— Não, parceiro. Na verdade, não sei de nada. Porra nenhuma. Sei nem de mim, quanto mais de vocês dois e dessa confusão aí. Mas qual é o plano, então?

Os olhos baixos, fixos no café. — Aproveitar o que resta, enquanto resta.

— Que frieza.

— Frieza? Eu... morrendo aqui por dentro.

— Que pieguice.

Começou a rir, encarando o amigo. — Ah, vai tomar no centro do olho do seu cu, seu... seu grosseirão.

— Sempre gostei dessa expressão.

— Qual?

— "Tomar no centro do olho do cu." É de uma especificidade que considero inspiradora. Não é simplesmente tomar no cu, mas tomar no centro do olho do cu. Inclusive, vou adotar. Caso não haja objeção da sua parte, é claro.

— Objeção? Minha? Olha, por mim você pode tomar no cu do jeito que achar melhor.

Surpreendentemente, a ideia da viagem a Buenos Aires partiu de Manoela, e num momento em que um ainda mais conformado Jonas pensava não restar mais nada para aproveitar.

— Acho que já era, viu? — disse a Moshe por telefone, numa tarde qualquer, meses após aquele fim de semana no Rio. Estava num apartamento vazio, no nono andar de um prédio na rua Conde de Itu, circulando por ali, à espera de um cliente. — Mas o pior é que não tenho coragem pra... pra...

— Terminar?

— É. Terminar. Separar.

— Mas tem coragem pra ficar desse jeito aí. Meus parabéns.

— Você não está ajudando.

— Ajudaria, se soubesse como.

— Se alguém me dissesse naquele dia lá atrás, no dia em que ela falou que ia aceitar o trabalho, que quase um ano e meio depois a gente... a gente ainda...

— Sim. Exato. Se alguém te dissesse que, quase um ano e meio depois, ainda estariam nessa, você aqui em São Paulo, teimando e sofrendo, e ela tocando a vida lá no Rio, o que você faria?

Não respondeu logo. Parado no corredor, olhado para o chão. Alguns tacos estavam soltos. — Eu... eu não sei, cara. Mas desconfio que nada assim de muito diferente.

— Sério?

— Sério.

— Então diz isso pra ela. Aposto que vai servir.

Mal desligou e o celular voltou a vibrar. Seria o cliente desmarcando a visita ao imóvel? Não. Era Manoela. Talvez ela tenha coragem, Jonas pensou ao atender. Talvez ela consiga fazer o que eu não.

— Olha só. Minhas férias venceram já faz um tempinho e o pessoal do RH está em cima. Você está mais ou menos na mesma situação na imobiliária, não é?

— É, estou, sim.

— Pensei que a gente podia, você sabe, organizar tudo e dar uma fugida.

— Férias? Onde?

— Pensei em Buenos Aires. O que você acha?

Jonas não conseguia acreditar no que ouvia. — Nossa, eu... eu acho sensacional.

Sim. Talvez dessem um jeito.

— Pois é — disse para Moshe na véspera do embarque, os dois ao balcão de um pé-sujo na rua João Ramalho, quase na esquina com a Sumaré. — Não vou negar que fiquei bem surpreso.

Brindaram e beberam.

— Talvez ainda reste mais do que você pensa — disse Moshe, mal disfarçando uma careta.

— Pode ser, pode ser — Jonas concordou para, em seguida, do nada, cair no choro.

Sem dizer uma palavra sequer, o dono do boteco se aproximou, serviu outras duas doses de cachaça e voltou a se afastar. A TV ligada transmitia uma partida da segunda divisão do Brasileirão, o aparelho em cima de um freezer vermelho e enferrujado. Brindaram e beberam mais uma vez. E de novo, e de novo, até Jonas dizer que precisava ir embora.

— Ainda nem fiz a mala.

— Consegue voltar sozinho pra casa?

— E quando foi que não consegui?

— Deixa ver...

Como muito provavelmente a enumeração levasse algum tempo, tomaram a decisão (referida por ambos como "democrática") de pedir uma saideira. E outras duas na sequência.

— Então, eu estava aqui pensando que... caralho, não sei — disse Jonas depois que, para variar, foram expulsos do boteco, pois o dono precisava fechar. Estavam na calçada defronte e, ao falar, olhava não para Moshe, mas na direção do cruzamento com a Sumaré, dois ciclistas subindo a João Ramalho, subindo noite adentro.

— O quê?

Com dificuldade, as mãos um pouco trêmulas, acendeu um cigarro. Tragou. — Talvez... tava pensando... pode ser que eu acabe mesmo me mudando.

— Rio?

— Pra onde mais?

— Sério?

Outra tragada, o corpo balançando para trás e para a frente. — Assim, eu não decidi nada.

— Claro que não. Você só teve um ano e meio pra considerar a possibilidade.

— Só... só pensando alto aqui.

— Vai conversar com ela a respeito?

— Vou, sim. Óbvio que vou.

— Vai mesmo? — Moshe cruzou os braços, um sorriso torto se desenhando na cara.

Jonas encolheu os ombros, dando uma última tragada e jogando o cigarro ainda quase inteiro na calçada. Apagou com o pé direito, o solado acariciando o concreto. — Você... você acha assim que é uma boa? O que você... o que você acha?

Como se imitasse o amigo, Moshe também encolheu os ombros e depois ajeitou os óculos, empurrando a armação com as pontas dos dedos. O sorriso desaparecera.

65

— Não sei o que dizer.

— É. Bom, acho que, primeiro, tenho que ver o que rola lá em Buenos Aires.

— Sim. Boa ideia.

Meio curvado, Jonas agora fitava o chão, o cigarro recém-pisoteado. Os cabelos loiros cada vez mais ralos, quebradiços, e esse ninho aí, Moshe costumava sacaneá-lo, é de quê? Acho que é de sabiá-de-barriga-vermelha, olha só o tamanho da pança. O amigo engordara doze quilos desde o início daquela novela. Doze quilos em um ano e meio. Inchando, amarrotado, doentio. Quem é que vai comprar apartamento de um corretor nesse estado?, Moshe também dizia. Eu, não.

— Só quero que você fique bem.

— Eu sei, irmãozinho. Eu sei.

Vai chorar de novo?

O rosto ovalado, inchado. Moshe também curtia chamá-lo de Fassbinder, e aí, como é que andam as coisas, Rainer Werner? Quando é que sai filme novo? Nunca, Jonas respondia, gargalhando, eu morri, lembra? Nesse caso, descanse em paz, Rainer Werner Fassbinder.

Não, não voltou a chorar.

Não ali, na calçada.

E disse: — Só sei que não dá para continuar desse jeito. Não mesmo. Tem gente que leva esse tipo de... de coisa, esse tipo de relação, numa boa, mas eu não. Sei lá. Acho ruim demais.

— É bem chato mesmo.

— Eu preciso assim ter... ficar perto, sabe? Sentir que a pessoa... enfim...

— Eu também não ia conseguir.

— Nem sei como foi que eu aguentei esse tempo todo.

— Mal. Muito mal. Olha pra você.

O dono do boteco baixou a porta com um estrondo. Depois, disse a eles que se cuidassem e subiu a rua na direção contrária à Sumaré. Desapareceu na esquina, dobrando à esquerda na Iperoig.

— Onde será que ele estaciona o carro?

— Ué, talvez ele more aqui pertinho e vá a pé pra casa.

— Sim. É uma possibilidade.

— Tô morto de fome.

— O Geribá ainda está aberto — Moshe sugeriu, bocejando em seguida. — A gente pode tomar outra saideira.

Jonas e seu característico encolher de ombros. — Mas eu também preciso mesmo comer alguma coisa, eu... minhas ressacas tão cada vez mais fodidas, não sei o que acontece.

— Não sabe o que acontece? — começou a rir, os dois já cambaleando rumo ao cruzamento, ao outro bar.

— Tá, tá, tá, eu sei, eu... bebendo demais.

— E a porra do cigarro. A ressaca não é ainda pior por causa do cigarro?

— É o que dizem por aí, deve ter até uns estudos, mas... como é que eu vou saber se nunca bebi sem fumar?

— Por que não tenta, arrombado?

— Ah, nem, eu...

— O quê?

— Que graça ia ter, Moshe?

Foi quase três horas depois que, em casa, após tomar um banho de quase uma hora, mas ainda bêbado, Jonas recebeu a ligação de Manoela. Estava justamente (ou, como depois pontuaria Moshe, ironicamente) arrumando a mala quando o celular tocou.

— Aconteceu uma coisa e eu não posso ficar aqui, preciso voltar amanhã no primeiro voo.

— Mas eu embarco amanhã.

Etc. e tal.

Tão logo irrompe no apartamento e entrevê a caneca dentro da pia, decide ligar para Manoela. Enquanto o telefone chama e chama, vai até o banheiro. Acende a luz. A toalha deixada na banheira, ele a pegou e dependurou num suporte na parede, junto à porta, quando tomou banho; não passou por sua cabeça usá-la, é como se fosse de Manoela, como se ela fosse voltar a qualquer momento dizendo que está exausta e precisa urgentemente de um banho, cadê a toalha que eu usei?

— Ali, meu bem. No suporte.

Ele se senta dentro da banheira vazia, mas não completamente seca, vestido e calçado. Bote salva-vidas ou caixão? O telefone segue chamando. Observa os sapatos, os azulejos azuis, o chuveiro, o teto. Ainda segura a garrafa de cerveja que trouxe consigo no táxi, desde o bar, vazia a essa altura.

Ela não vai atender, vai?

Não, não vai.

Jonas fecha os olhos com força no instante em que a ligação cai na secretária eletrônica. Não sabe se deixa um recado (o que poderia dizer?) (o que ela gostaria de ouvir?), mas, tão logo ouve o som do bip, talvez incorrendo em mais um daqueles gestos automáticos, não resiste.

— Oi, sou eu. Cheguei bem. Até já saí para dar uma volta. Está muito frio aqui. Bem frio mesmo. Adoro esse clima, você sabe, e... acho que mais tarde vou jantar num daqueles restaurantes que a Iara sugeriu. E dar um pulo amanhã ou depois naquele museu em Puerto Madero, como é mesmo o nome? Fortabat? Enfim. Espero que esteja tudo bem contigo, que você tenha resolvido o pepino aí no trabalho. Me liga quando puder? Eu... eu sinto sua falta, sabe? Sinto muito, muito mesmo.

Então, Jonas respira fundo, levanta-se, sai da banheira, vai até o quarto, descalça os sapatos, tira toda a roupa, meio molhada por causa da banheira, arruma a cama e se deita cobrindo até a cabeça. Ainda é muito cedo, mas, exausto, sente que conseguirá dormir um pouco. Cogita rezar. Lembra-se da última vez que adentrou uma igreja. Estava com Manoela. Não assistiram à missa, mas a um concerto. Foi na última viagem que fizeram juntos. Aquela foi uma noite bacana, e é nela que está pensando quando pega no sono.

O aquecedor está mal regulado e o cobertor, no chão. Jonas às vezes se debate enquanto dorme, tem pesadelos com alguma frequência, pesadelos dos quais nunca se lembra, nem sabe do que se tratam, depois de acordar. Moshe sempre se recorda dos que tem e se diverte contando; o mais provável (todos concordam e o acusam disso) é que invente detalhes, exagere, crie uma narrativa a partir de um fiapo de sonho, de uma imagem que lhe ocorre.

Jonas alcança o cobertor mas não se cobre, não por inteiro, não como horas antes, ao se deitar, por mais frio que esteja ali dentro, o corpo exposto da boca do estômago para cima.

Sabe que não voltará a dormir. Sabe que já dormiu demais, apesar de tudo. Pelo menos isso.

Checa as horas no celular que deixou sobre o criado-mudo: 4h48. Um SMS chegou enquanto dormia. Dela.

Não se preocupe comigo. Aproveite.

Mais nada.

Sabe que tem pesadelos porque Manoela certa vez lhe disse: — Às vezes você grita e se debate. Deve ter uns sonhos bem ruins, nossa.

O pai também já comentou a respeito, não se lembra exatamente quando, tinha uns dez ou onze anos, à mesa do café da manhã, talvez, ou no carro voltando de algum lugar, ele o buscava na natação aos sábados e depois almoçavam, viam um filme, passeavam no shopping, talvez tenha dito algo enquanto esperavam o filme começar, qualquer que fosse, a luz fraca na sala de projeção, a tela apagada, quanto tempo falta?

— Que diabo você anda sonhando?

— Eu não sei.

— Acordou suas irmãs do outro lado do corredor anteontem. Sua mãe fica preocupada.

— Eu... eu não me lembro.

— De nada?

— Nadinha, pai.

Manoela chegou a sugerir que procurasse ajuda, alguém com quem conversar, um profissional.

— Mas como é que eu vou falar a respeito — ele retrucou — se nem me lembro deles?

— Ah, larga de ser bobo. Você sabe como funciona. É só começar a falar que tudo volta, tudo aparece.

Mesmo assim, mesmo que tudo voltasse, que tudo aparecesse, falaria sobre o que com um "profissional"? Porque o sujeito ia querer mais do que a descrição do que sonhasse. Ia cavoucar. Não é o que essa gente faz? Fale da sua infância. Fale dos seus pais. Das suas irmãs. Por onde começaria, então? Nada aconteceu de grave ou incomum ou trágico na infância passada no Distrito Federal; os pais, tranquilos funcionários públicos, ela no Ministério da Educação, ele na Câmara dos Deputados, ambos já mortos, a mãe em 2007, o coração parou durante o sono, morreu nova, aos cinquenta e nove, mas em paz, como se diz, o pai três anos depois, câncer, mas nada restou que demandasse terapia, nenhuma rusga ou desentendimento, nenhuma palavra a ser retirada ou repetida, nenhuma falta, seja em relação aos pais, seja em relação às irmãs, ambas casadas, Valéria em Brasília, Virgínia em Curitiba, estamos todos muito bem, obrigado. Sobre o que falaria, então? Da desilusão amorosa que sofreu aos dezoito? Por pior que tenha se sentido, era um moleque, um adolescente chorão, e foi melhor assim, não foi? E anos depois veio Manoela. Sim. É claro que sim. Falaria sobre Manoela. É o que há. O que tem a oferecer. O que há de mais próximo, aquilo que tem de imediato, que está ou deveria estar ao alcance da fala, e depois, quem sabe?

Tudo volta, tudo aparece.

Pensa na última viagem que fizeram juntos, quando foi mesmo? Antes da doença, da morte do pai. Mas quanto tempo faz? Quase dois anos, mais ou menos na mesma época em que Moshe viajou para Israel. Meses depois, na verdade. Em setembro ou outubro de 2009. Foram para o interior de Pernambuco, para Manoela uma viagem de trabalho, ao menos em parte, porque o levou consigo, e depois ainda passaram uns dias no Recife, de férias.

Aquele concerto, a igreja lotada.

Algo volta, algo aparece: certa noite, naquela viagem, depois de um jantar cansativo com o vice-prefeito de Garanhuns, dois deputados federais e o secretário de saúde de Pernambuco, pessoas com quem Manoela precisava lidar, estava ali para isso, para *lidar* com aquelas pessoas, conseguir algo delas (foi o que ela disse depois, com seu jeito peculiar de explicar sem explicar), foram, não se lembra como, parar em uma igreja e assistiram a uma apresentação do *Réquiem* de Mozart com uma orquestra da capital pernambucana.

— Dois vira-latas — ela brincou depois. — A porta aberta e a gente entrando na maior cara de pau.

O coral era dali mesmo, de Garanhuns, dizia o folheto que encontraram sobre o banco (um dos poucos com espaços ainda vazios, nos fundos da igreja) em que se acomodaram. Ficaram até o fim do concerto, quando ele trouxe a mão dela até os lábios e beijou cada um dos dedos, bem em cima dos nós, ela achando graça, surpresa com o gesto enquanto as pessoas ao redor se levantavam para aplaudir a apresentação. Esperou que ele terminasse antes de convidá-lo a fazer o mesmo, puxando-o pela mão e em seguida se desvencilhando a fim de bater palmas, mas com os olhos fixos nele, nada de olhar para a frente, para o coral e a orquestra, não (e assim ele se lembraria depois), era como se Manoela aplaudisse Jonas por aquele pequeno gesto de carinho, os lábios tocando cada um dos nós, e foram poucas as vezes em que ele se sentiu tão bem, tão feliz.

Mas como foram parar naquela igreja?

Terminado o jantar, despediram-se das tais autoridades, todos felizes, sorridentes, minhas lembranças a fulano, mês que vem vou a São Paulo e acertamos o resto, depois, quando eu estiver em Brasília etc., e deixaram o restaurante, ela sugerindo que voltassem a pé para o hotel, não é longe, a noite está agradável. Caminhavam lado a lado quando viram a igreja iluminada. Era tarde para uma missa. Manoela o arrastou, vamos até lá, devem estar encenando alguma coisa. Mas não era bem uma encenação: assim que entraram, viram a orquestra e o coral, e foi como se o regente e os músicos e os cantores apenas esperassem pelo casal de retardatários para começar, os primeiros acordes soando tão logo eles se sentaram.

Depois, quando caminhavam rumo ao hotel, mãos dadas, ela falou sobre o concerto, que bonito, não?, você gostou da execução?, esta a palavra que utilizou, *execução*, ele se lembra agora, deitado na cama, cobrindo-se até o pescoço, afinal, frio aqui dentro, amanhã vou falar com a proprietária, essa porcaria de aquecedor.

— Não entendo muito de música clássica.

— Nem eu — disse ele. — Meu pai, sim, ele ouve bastante. Sempre ouviu.

— Ele ouve Mozart?

Tentou se lembrar. O homem sentado na poltrona a um canto da sala, perto do aparelho de som, a sala preenchida pela música; sempre fitava a parede, quieto. Entregue.

— Eu me lembro de um disco com o *Réquiem* do... como é que é?... Brahms. Mas ele tem uma coleção enorme, lembra?

— Lembro das estantes cheias de discos, mas nunca parei para olhar quais eram. Não sou muito ligada em música, você sabe. Ouço o que estiver tocando, nem presto muita atenção.

— Mas com certeza Mozart está por lá, nas estantes, na coleção do meu pai.

— É, com certeza.

— Ele também ouve muito Beethoven e um outro compositor, como é mesmo o nome?... Bruckner. Acho que esses dois aí são os prediletos dele ou, pelo menos, os que ele ouvia mais quando eu morava lá.

— Seu pai colocava pra você ouvir?

— Não, não funcionava assim. Ele... ele nunca me chamava pra ouvir os discos com ele. Devia achar que, se eu quisesse, ficaria perto. Mas também não sou muito fã de música clássica, não.

— Então você saía de perto?

— Não, eu até ficava, mas não era nada... Assim, ele colocava um disco e eu estava por ali, fazendo o dever de casa ou lendo um gibi. Ele até me perguntava se a música não ia incomodar, e eu balançava a cabeça, dizia que não, de jeito nenhum. E era verdade, não incomodava mesmo.

— Talvez você goste, então.

— É. Pode ser. Talvez eu goste.

Não disseram mais nada até chegar ao hotel. Jonas pegou a chave na recepção. O elevador barulhento, o painel com botõezinhos redondos e pretos, que velharia, ele pensou, tomara que o fundo não ceda, tomara que a gente não despenque lá embaixo. O corredor vazio e escuro não era menos assustador.

Ele correu ao banheiro e Manoela se sentou na cama, tirou os brincos e os colocou sobre o criado-mudo, depois se deitou, os braços abertos, as pernas suspensas, e arrancou os sapatos usando os pés, primeiro um, depois o outro.

— Uma das coisas de que mais gosto em você, Jonas — disse, ainda deitada e olhando para o teto, assim que ele saiu do banheiro, o som da caixa de descarga enchendo furiosamente —, é que você não é mórbido.

— Como assim? — ele contornava a cama. Sentou-se do outro lado, na beirada, de costas para ela, e também tirou os sapatos.

(As cortinas estavam abertas, ele se lembra agora, mas não havia muito o que ver lá fora.)

Ela parecia escolher as palavras com cuidado, os olhos fixos no teto, como se as colhesse de lá. Então: — Quando a sua mãe morreu, por exemplo. Você ficou triste e tudo, mas sua vida não ficou paralisada. A gente voltou de Brasília, do enterro dela, e no dia seguinte você já estava na imobiliária, trabalhando.

— Mas é claro que eu estava. Que mais eu podia fazer? Além disso, eu tinha acabado de ser contratado, lembra? Estava assim louco pra mostrar serviço. Cidade nova, emprego novo.

— Só estou dizendo que tem pessoas que reagem de maneira diferente. Que reagem de um jeito meio... histérico? Nem sei se a palavra é essa, mas acho que você entende o que quero dizer.

— Ué, cada um é cada um.

— Mas, por exemplo, quando acontece algo ruim, você logo se reapruma e segue em frente.

— Bom, no caso da minha mãe... voltar pro trabalho foi bom. Me distraiu. Se eu tivesse ficado em casa... lembro que a Virgínia ficou bem arrasada, demorou um bocado de tempo pra se recuperar... acho até que fez terapia ou coisa parecida. Já a Valéria, durona daquele jeito, você deve se lembrar, ela nem chorou no enterro. Ou, se chorou, disfarçou bem.

— Mas Virgínia é a caçula.

— E daí?

— E daí que passou mais tempo com seus pais, com eles dentro de casa, inclusive já aposentados. Acho que era natural que ela sentisse mais a perda. Você e a Valéria saíram antes. Tá, eu sei, você ainda voltou por uns tempos, mas foi embora de vez assim que se formou.

— Você me sequestrou — ele sorriu. — Não, tem uma palavra melhor pra isso: abduziu. Você me abduziu.

— A Virgínia ainda morava com eles, né? Quando a sua mãe morreu? Ou tinha...

— Não, ainda morava lá, sim. Ela só saiu de casa em 2008, esqueceu? Depois de casar. Mas por que é que você...?

— Nada. Só estou falando.

— Falando o quê?

— Que você é mais... isso que eu falei agorinha mesmo. Quando coisas ruins acontecem, você acusa o golpe, mas logo depois respira fundo, dá uma sacudida e segue em frente.

— Cada um é cada um — ele repetiu, começando a desabotoar a camisa. — Ainda mais em relação a esse tipo de... é complicado, né? Não tem muito "certo" ou "errado" nisso. Eu acho.

— É que tem gente que não é assim. Tem gente que anda por aí arrastando um monte de coisas. Que parece assim meio travada.

Virou-se por um instante. A cabeça ruiva ao alcance da mão. Ainda faltavam dois botões. — Por exemplo?

Ela demorou um pouco a responder. Abria e fechava os braços, alisando o lençol, um lento bater de asas. Como se o gesto meio infantil ajudasse a suavizar o que estava prestes a dizer. — Olha o Moshe, por exemplo.

— O que é que tem?

— Olha como ele é.

— Ué, o Moshe é, assim, um sujeito decente, bacana. E é inteligente pacas. Um crânio.

Os braços pararam por um instante. Abertos. — Tá, ele é tudo isso. Qualquer um vê. Mas também é meio paradão, né?

Ele endireitou o corpo. Terminou de desabotoar a camisa. — Como assim?

— Ah, você sabe. O cara já podia ter doutorado. Podia estar lecionando em universidade igual ao pai dele. Podia um monte de coisas, mas fica lá enrolando, como se aquele emprego de professor de inglês fosse o máximo que esperasse arranjar na vida.

— Talvez seja — disse Jonas, baixinho, e deu uma olhada na própria barriga exposta, depois nos pés. Uma das meias tinha um furo. Quando foi que isso aconteceu? Um pedaço da unha do dedão aparecia. Repetiu, mais alto: — Talvez seja.

— O quê?

— Talvez aquele emprego de professor de inglês seja o máximo que ele espera arranjar na vida.

— Ah, Jonas. Para, né? Você realmente acredita nisso?

Ele suspirou. Odiava ir ao shopping. Talvez Moshe pudesse acompanhá-lo. Comprar meias, depois atraí-lo para um chope na praça de alimentação, onde meteria o bedelho na vida do sujeito. Você não imagina o que a Manoela veio me falar lá em Garanhuns. Não, não. Melhor não. — Eu não sei. Tem gente que é assim mesmo, e eu não vejo nada de errado nisso. Não me sinto bem falando assim do Moshe. Não gosto, não acho... não acho certo. O cara é o meu melhor amigo.

— Sei que ele é seu melhor amigo — ela voltou a movimentar os braços. — Não quero ofender ninguém.

Como encerrar essa porcaria de assunto, então? — Tudo bem. Mas o Moshe, eu e ele... você sabe, a gente não se conhecia quando a mãe dele morreu. Eu ainda morava em Brasília, mas dá pra ver que é uma coisa que pesa nele. Já pesou mais e tudo, só que...

— Eu gosto dele. Não me entenda mal, tá? Você sabe que gosto. Vejo o quanto vocês fazem bem um pro outro. A Iara vê, eu vejo, todo mundo vê. Só estou comentando. Tem esse lado dele que é complicadinho, né?

— Complicadinho?

— É. Por exemplo, você acha que a Iara vai aguentar esse marasmo por muito tempo? Ele precisa reagir na vida.

— Ah — ele sorriu, balançando a cabeça. O furo não era assim tão grande, era? Não. Um furinho de nada. Talvez não precisasse de meias novas. Ao menos por enquanto. Preguiça de ir ao shopping. Preguiça de continuar essa conversa. Descalçou, embolou e guardou-as dentro de um dos sapatos. Em seguida, apoiando os cotovelos nas coxas, olhou na direção da janela. — Entendi.

Os braços de novo parados. — O que você entendeu?

— Bom, pelo menos ele viajou pra Israel. Até que enfim. Foi visitar o túmulo, viu... agora, essa coisa aí de enterrar o passado, superar, eu não sei, mas... ele foi lá em... como é que chama?

— Haifa?

— Haifa. Isso. Ele foi lá. Uns seis anos depois que a mãe morreu, mas foi. Já é alguma coisa.

— Também pensei assim quando ele foi, mas a merda é que voltou faz um tempinho, tem uns meses já, e continua na mesma. Não dá o menor sinal de que vai, você sabe, reagir.

— É, eu sei — ele se levantou e caminhou até a janela. De repente, a vida passa e a gente não sai do lugar, alguém lhe disse certa vez. Um velho amigo, em Brasília. — Acho que sim.

— Na mesma — ela repetiu.

Depois de dar uma olhada lá embaixo, um cachorro mancando na calçada, arrastando uma das patas traseiras, ele se virou, as mãos inquietas, apalpando os bolsos por fora, como se procurassem por alguma coisa. — Mas, diz aí, quando foi que a Iara pediu pra você falar comigo? E o que é que ela espera? Que eu converse com ele?

Manoela se sentou na cama, de costas para ele, depois virou a cabeça para encará-lo por sobre o ombro esquerdo. Sorria. — É o seu melhor amigo, como você mesmo disse. E, sim, é verdade, foi isso mesmo que rolou, a Iara comentou algumas coisas comigo outro dia. Faz um tempinho, na verdade. Talvez fosse o caso de você dar uns toques.

— Eu não sei. Não sei nem como... abordar isso. E não sei se ele levaria a mal, turrão do jeito que é.

— Levar a mal? Como? Ele te respeita muito. Acho que você pode falar sem medo. E, tá bom, mesmo que ele não goste muito, vai perceber que você só quer ajudar.

— O que foi que a Iara te falou?

Manoela respirou fundo e mudou o corpo de posição, apoiando as costas na cabeceira da cama. Esticou as pernas. Não cruzou os braços, pousando-os sobre o colo. Cada detalhe de sua postura reiterava o que dissera havia pouco sobre não querer ofender ninguém.

— Estou ouvindo.

— Então, ela me disse que está meio cansada dessa paralisia dele. Até usou outra palavra. Qual foi mesmo? Espera.

— Preguiça?

— Não. Letargia.

— Letargia?

— Sim. E ela também disse que sempre que tenta conversar a respeito, ele se irrita, fica meio... Você mesmo falou, o Moshe é turrão. Outro dia ele atirou o controle da TV na parede.

— Por quê?

— Ué, porque a Iara tentou conversar com ele sobre essas coisas. Ela ficou com medo, Jonas.

— Eu não acho que ele seja capaz de agredir a Iara. Pelo menos não fisicamente.

— Também acho que não, mas...

— Mas?

— É complicado. As coisas que ele fala quando perde a cabeça, é claro que não é o mesmo que bater nela, mas, poxa, a pessoa não pode falar nada que a outra começa a gritar e jogar coisas na parede? Imagina só que inferno.

— É verdade.

— Iara se abriu comigo. Foi bem difícil, você sabe como ela é. E a gente concordou que você talvez pudesse ajudar de algum jeito. Porque ela obviamente não desistiu dele. Só quer que algumas coisas mudem. Falando assim, desse jeito, até soa meio idiota, mas você entende o que eu quero dizer?

— Entendo, sim.

— E tem outras coisas.

— Tipo o quê?

— Filhos. Acho que ela quer ter filhos.

— Aí complica.

— Você acha?

— Taí uma coisa que ele sempre disse que não quer de jeito nenhum. Com todas as letras. Ele sempre deixou bem claro.

— Eu sei, mas...

— Olha, se no fundo a questão for essa, se tudo se resumir a isso de ter filhos, acho que já era. Mesmo que ele mude, sabe? Mesmo que ele... aprenda a se controlar um pouquinho melhor e pare com essa coisa de gritar e quebrar... mesmo que ele saia disso que a Iara chama de letargia, mesmo que, porra, ele vire reitor da Unicamp ou coisa parecida, eu... eu não vejo muito futuro pra relação deles dois, não.

Agora, sim, ela cruzou os braços. — Eu sei. Concordo com você. Mas ela pediu a nossa ajuda. Conversa com ele quando a gente voltar, Jonas. Não custa nada.

— Tá. Vou conversar.

Mas não conversou. Não encontrou o momento apropriado, as palavras certas.

Não conseguiu.

E não conseguiu também porque foi atropelado por uma série de coisas no decorrer dos meses seguintes: a doença e a morte do pai, o câncer diagnosticado tarde demais e tratando de matar o velho Nestor em pouquíssimo tempo, a viagem a Brasília para acompanhá-lo em seus últimos dias, o enterro, e depois a decisão e a mudança de Manoela, o afastamento gradual, a relação morrendo pouco a pouco.

Inanição, inação.

Agora, encolhido na cama do apartamento em Buenos Aires, ele conclui que foi naquela viagem a Garanhuns que se sentiu próximo dela, com ela, pela última vez. Caminhar pela cidade, ver a igreja iluminada, ir até lá e se deparar com o concerto. O gesto carinhoso de beijar os nós dos dedos e a forma como ela reagiu. A conversa no quarto de hotel, ainda que maçante e sobre assuntos desagradáveis, delicados, e relativa a outras pessoas, mostrando que ainda havia cumplicidade entre eles, uma sintonia ou coisa parecida. A trepada antes de dormir, os corpos ainda se entendendo bem, ainda se desejando (e, depois que retornaram daquela viagem, só voltariam a foder um bom tempo depois, na manhã seguinte ao retorno dele de Brasília, quando, em seguida, a decisão de se mudar seria não discutida, pesada, mas apenas comunicada por ela). Tudo isso diminuiria com o passar dos meses. Diminuiria até desaparecer. Não uma demolição, nada tão rápido, antes uma desconstrução lenta, telha por telha, tijolo por tijolo, uma parede após a outra, até que só restasse um lote vazio. Terreno baldio. Ela não fugiu, Jonas pensa agora, porque não se foge de uma casa que não existe mais. Não, ela não fugiu, mas se mudou, foi embora; estava aqui, e agora não está mais. Simples assim.

Mas, e Moshe?

Talvez deva ajudar o amigo, o melhor amigo, o único amigo, fazer o que Iara pediu a Manoela que pedisse a ele, Jonas, quase dois anos antes. Se não for tarde demais. Ocupar-se um pouco do outro, para variar. A casa dele ainda está lá, certo? Sim. Claro que está. *Iara falou p/ n deixarem de ir ao Obrero.* Talvez se tivesse devolvido a pergunta que Moshe lhe fez naquela livraria do Leblon.

— E como é que vão as coisas com *vocês*?

Não.

Moshe por certo desconversaria. Não consegue imaginar o amigo se abrindo com ele. Não o imagina caindo no choro ao balcão de um pé-sujo. Não consegue vê-lo vagando por uma cidade estrangeira, morrendo de pena de si mesmo, ou sentado em uma banheira vazia, completamente vestido, o celular junto ao peito, esperando por uma ligação que não virá. *Tem gente que não é assim. Tem gente que anda por aí arrastando um monte de coisas.* De repente, Jonas está rindo. *Quando coisas ruins acontecem, você acusa o golpe, mas logo depois respira fundo, dá uma sacudida e segue em frente.* Está gargalhando, e sabe que não vai demorar muito para que caia no choro. Porque Manoela *não* estava certa, afinal. De jeito nenhum. Manoela estava errada sobre Moshe e, sobretudo, sobre ele mesmo. Sim, meu amor, Moshe anda por aí arrastando um monte de coisas. Mas quem não?

Quem não está (ou não atende às ligações) no flat e não aparece no escritório há dias, desde quando entrou de férias, é Manoela. O celular está desligado e as amigas paulistanas e cariocas se surpreendem quando Jonas liga perguntando por ela, como assim, do que é que você está falando?

— Ela não está aí com você?

São quatro horas da tarde de seu segundo dia na cidade quando, exausto, joga o telefone sobre a cama e deixa o apartamento para comer alguma coisa. Saiu apenas para o desjejum, voltou e passou o dia trancado no quarto, desde o fim da manhã tentando falar com ela ou ao menos localizá-la, onde quer que esteja.

Entra em um café na esquina da French com a Billinghurst, o lugar se chama Luna e está vazio, exceto por um casal de velhinhos a uma mesa de canto. Ela lê o caderno de esportes do *La Nación*. Ele, uma biografia de Eva Braun. Senta, pede um cortado e pensa de novo no que fazer. Voltar para o Brasil? Procurá-la? Ora, talvez ela esteja fazendo de propósito, talvez não queira ser encontrada, vou desaparecer por uns dias e *preciso* que você me deixe em paz, que *todo mundo* me deixe em paz. A garçonete traz o pedido. Ele toma um gole, coloca um pouco de açúcar, mistura, toma outro gole e fica um bom tempo pensando que talvez seja o momento de dar o fora, desistir, *eu*, não ela (a não ser que ela já tenha feito isso, óbvio). Coloca mais açúcar, mistura. Talvez? Outro gole. É mais do que evidente a essa altura que ela não quer ser encontrada. Não por mim, pelo menos. Mais um gole, depois outro. Não por mim. Afasta a xícara vazia, pede a conta.

Não por.

Retorna ao apartamento e vê que há duas chamadas perdidas no celular que jogou sobre a cama, são de Manoela, e uma mensagem incompreensível no correio de voz, uma sucessão de ruídos metálicos, algo como ferro sendo retorcido, como se ela estivesse dentro de uma estrutura, um veículo ou edifício enorme, talvez de um avião, e essa estrutura se dobrasse ou fosse amassada e rasgada aos poucos. Os ruídos se mesclam à voz que sussurra (por que não fala mais alto?), e as únicas palavras que Jonas compreende são "aeroporto", "romance", "boa esposa", "ir embora", "vinho" e "querido".

Ele liga de volta. *Este celular encontra-se desligado.*

O segundo dia escorre pelo ralo.

Inação, inanição.

Na tarde do terceiro, enquanto sobe pela French, a exemplo do que fez no decorrer da noite anterior e naquela manhã, Jonas ouve a mensagem repetidamente, e de novo e de novo depois de dobrar à esquerda na Junin. Já não persegue uma sombra, mas um fiapo de voz vazado de metal por todos os lados, som que parece arrancado de um pesadelo.

Dormiu menos de três horas na noite que passou.

Suas roupas estão amarrotadas, a barba por fazer. Tem um aspecto andrajoso. Macilento. Não comprou agasalhos, não ligou para a proprietária do apartamento a fim de que ela mande alguém verificar qual é o problema com o aquecedor, se é que há mesmo um problema. Sente frio, o tempo todo sente frio, no apartamento, nos pesadelos (não se lembra, mas é bem possível que também neles, por que não?), na rua.

Onde quer que esteja: frio.

Quando se aproxima do cemitério da Recoleta, uma mulher de meia-idade, com um enorme chapéu de cossaco enfiado na cabeça, praticamente o empurra para dentro de um restaurante enquanto tece loas à qualidade da carne e do vinho servidos no lugar. Ele não sente fome ou sede, não quer nada, exceto continuar andando, mas não consegue se desvencilhar e, quando dá por si, está sentado a uma mesa tão pequena que duas pessoas teriam dificuldades para comer nela ao mesmo tempo. Desorientado, demora um pouco para perceber que todos, fregueses e garçons, estão concentrados na transmissão de um jogo de futebol exibido por diversos aparelhos de televisão espalhados pelo ambiente. É deixado ali e ignorado por dez, quinze minutos, mas, por alguma razão, não consegue se levantar e ir embora, voltar à rua, tão frio lá fora. Quando, enfim, alguém pergunta o que quer, pede meia garrafa de vinho e duas morcillas, embora não sinta fome ou sede. Precisa se controlar para não ouvir, pela enésima vez, a mensagem deixada por Manoela. Precisa se distrair com alguma coisa, ocupar mãos e boca, cabeça e olhos. Alguém quase marca um gol e os presentes se quedam com o grito engasgado, congelados, braços semilevantados por alguns segundos, e em seguida sobrevém a frustração e a raiva, socam as mesas ou as próprias pernas, xingam, lamentam, resmungam. As atenções de todos se dividem entre os televisores e um dos garçons, um rapaz que nem sequer presta atenção no jogo e, enquanto circula pelo restaurante carregando bandejas, faz imitações exageradas dos clientes, de suas reações ao que se desenrola em campo, caras e bocas e mãos que se levantam no vazio sempre que alguma coisa quase acontece. É um alívio cômico para a tragédia que, aparentemente, ganha corpo nas telas e se espalha pelo ambiente. Ao que parece, a Argentina precisa fazer mais um gol. Jonas pensa que seria ótimo se Moshe estivesse ali; ele poderia dizer do que é que se trata a partida, que raio de torneio é aquele? Eliminatórias? Copa América? Qual é a outra seleção? Uruguai? Os olhos ardem, mas ele consegue enxergar o placar no alto da tela: 1×1. Ouve alguém resmungar que restam trinta minutos mais os acréscimos. Talvez haja tempo, é claro que há, um mísero gol, ou não, a atmosfera ao redor aponta para o contrário, as pessoas pressentem essas coisas, parecem saber quando não vai acontecer, quando a noite é do outro time, quando a vez é dos adversários. O garçom traz o que pediu, é outro rapaz, não o engraçadinho, um jovem sério e com olheiras fundas, abatido pelo andamento do jogo, talvez, ele não ousa perguntar, serve um pouco de vinho, pergunta se quer mais alguma coisa, por enquanto, não, *gracias*. Jonas leva à boca um naco de morcilla, depois toma alguns goles de vinho. Ao redor, recrudesce o burburinho lúgubre, pegajoso, ninguém mais acredita que seja possível ou, se acredita, permanece em silêncio, melhor não dizer nada, não pensar, colocar-se a uma distância segura do jogo, não é possível, alguém diz, não é para ser, diz outra pessoa. Não é para ser: Jonas pensa no que isso significa enquanto engole mais vinho e pedaços de morcilla, a possibilidade de uma certeza, boa ou má, mas uma certeza, a certeza de que não vai acontecer, está claro que não vai acontecer, não há mais razão para crer que vá acontecer, a crença na derrota se instalando à medida que mais e mais bolas beliscam a trave antes de se perder atrás da linha de fundo, em que outro cabeceio só encontra o vazio, em que o goleiro adversário defende mais um chute, em que o juiz deixa de marcar uma falta na entrada da grande área, como não viu uma coisa dessas?, debaixo das fuças e ele não vê?, filho de uma puta, não vai acontecer, esquece, já era. O jogo termina empatado e será decidido nos pênaltis. Alguns vão embora antes disso, outros se trancam no banheiro ou dão as costas para a televisão, o que é inútil, há aparelhos ligados em todos os cantos, dar as costas para um é colocar-se de frente para outro. O garçom que há pouco fazia pantominas desapareceu, por certo não seria tão engraçado agora. Jonas mordisca o último pedaço de morcilla no momento em que um jogador argentino erra a cobrança. O goleiro adversário defende, na verdade. Pouco depois, a coisa termina. Então, é como se todas as luzes tivessem sido apagadas e não fosse permitido a ninguém falar alto, um pouco que fosse, nada, nem mesmo xingar, não há ânimo sequer para vociferar palavrões, uma atmosfera similar à que se instala após um enterro, quando, cansadas até mesmo da tristeza, as pessoas caminham a sós ou acompanhadas por entre as lápides, pelo cemitério até o portão, até os carros estacionados lá fora, quietas e exaustas. Jonas olha ao redor e tem a impressão de que todos deitarão as cabeças sobre as mesas e cairão no sono ou no choro. O garçom com olheiras se aproxima e pergunta se quer mais alguma coisa. Queijo, talvez? Ele balança a cabeça, não, talvez mais vinho, está quase no fim, mas o garçom não está ouvindo e já se afasta, as mãos para trás. Alguns pedem a conta, outros finalmente deixam o banheiro e não é preciso perguntar nada, já sabem o que aconteceu, é mais do que evidente como tudo terminou. A mulher com chapéu de cossaco entra no restaurante, fala alguma coisa para o garçom engraçadinho, agora tão sério e triste quanto o colega de olheiras, e ele ajeita uma mesa próxima daquela em que Jonas está, troca a toalha, os talheres, os copos. A mulher se senta, olha para Jonas e ensaia um sorriso burocrático, que não se consuma. Pouco depois, o garçom traz dois pratos cheios de sopa e os coloca sobre a mesa, fumegando, e também se senta, de frente para ela. Feito dois irmãos que não se gostam, eles tomam a sopa sem dizer palavra, sem olhar um para o outro, como se estivessem sozinhos. Jonas abastece a taça pela última vez, guarda o celular no bolso, feliz por não ter ouvido a mensagem de novo, e toma o derradeiro gole de vinho. Depois, pede a conta e aceita a xícara de café que oferecem.

Faz muito frio lá fora.

Nestor não conseguia falar por causa da traqueostomia, mas seus olhos se alegraram quando Jonas entrou no quarto naquela tarde. A valise esportiva preta estava em cima de uma cadeira, a um canto, perto da janela; recebia os últimos raios de sol. Sobre o criado-mudo, o CD player portátil. Um quarteto de cordas de Schubert soava baixinho.

— Ele fica ouvindo isso sem parar — disse Virgínia, depois de beijar o irmão no rosto.

Jonas foi até o criado-mudo, no qual, ao lado do aparelho de som, estava uma pilha de CDs. Pegou o primeiro deles, a embalagem vazia. *Der Tod und das Mädchen*, leu (ou tentou ler) na capa. Olhou para Virgínia. Agachada, amarrava os cadarços. Preparava-se para ir embora.

— Você entende alemão?

— Haha — ela respondeu sem levantar os olhos.

— Aposto que a Valéria entende. Ela tem aquele jeitão gestapo de ser, né?

Virgínia colocou-se de pé. — Olha, a nossa Valéria mal entende português.

— Haha — foi a vez dele. Recolocou a capa vazia sobre a pilha de CDs. Ouviu por um momento. — Mas é que... a melodia não me é estranha, sabe?

— Ele gosta dessas coisas desde sempre. A gente deve ter ouvido um milhão de vezes.

— Eu sei, mas acho que ouvi na trilha de um filme, e não faz muito tempo.

— Filme animadíssimo, suponho.

— Vou tirar uma foto da capa e mandar pro Moshe. Certeza que ele vai lembrar qual é e me dizer.

Os olhos do pai se fecharam no momento em que Jonas apontou o celular para a capa do disco, como se quisessem se proteger do flash (que, desativado, não espocou).

— Como ele está, por falar nisso?

Jonas guardou o celular no bolso e se virou para ela. — Quem? Moshe? Ué, do mesmo jeitinho.

— E aquela mulher esquisita dele?

— Você e a Valéria são implicantes demais. Não gostam da Iara, não gostam da Manoela.

— Até gosto, só não dou muita trela.

— Vai que elas te acham esquisita também, né?

— Na última vez que fui te visitar, a gente saiu com eles, lembra? Com a Iara e o Moshe.

— Não faz tanto tempo assim.

— Então.

— O que é que tem?

— Como assim o que é que tem? — ela começou a rir. Nestor olhava ora para um, ora para o outro com curiosidade, mas não parecia entender o que se passava. — Puta que pariu! A mulher não abriu a boca a noite inteira. Só ficou lá quietona com aquela cara de cu. Nem beber bebia direito. E ainda regulava o Moshe.

— Ah, é o jeito dela.

— *Com certeza* é o jeito dela.

— Ela já passou por muita coisa também. Você sabe disso. Perdeu os pais num acidente, depois o irmão dela ainda morreu daquele jeito. Não deve ter sido fácil, né?

Virgínia desviou os olhos para o chão, séria. Claro, parecia pensar, como pude? — Esqueci disso. Foi num assalto, né?

— O irmão? Foi.

— E eu aqui falando merda.

— E o Moshe às vezes bebe demais. Eles já brigaram um monte por causa disso.

— Não sabia. Rolou alguma coisa de ruim?

— Mais ou menos. Assim, até onde eu sei, ele nunca encostou num fio de cabelo dela, mas pode ficar bem... bem agressivo. Você sabe como ele é, fala tudo na lata, e de um jeito que pode ser muito desagradável. Quando bebe, então, ele fica ainda mais... Moshe.

— Entendi.

— É uma dinâmica complicada, a deles. Já vi os dois brigando feio porque o Moshe ficou fulo porque ela ficou fula porque ele estava bebendo muito.

— *Gzuis.*

— Mas acho que me acostumei com o jeitão da Iara. Nem presto mais atenção. E ela sempre me tratou bem, não posso ficar...

— Beleza, mas a Manoela pelo menos conversa e não fica te regulando nem enchendo o saco. Ou fica?

— Não.

— Viu?

— Então agora você curte a Manoela?

— Haha. Enviou a foto pra ele?

— Depois. O sinal aqui é uma porcaria. Acho que o filme era com a Nicole Kidman.

— Ele tá sorrindo?

De fato, um ricto num dos lados da boca dava essa impressão.

— Acho que sim. Olhando pra você e sorrindo.

Virgínia contornou a cama. — Ai, pai.

Nestor tentou levantar uma das mãos, como se quisesse acariciar o rosto da filha, mas desistiu no meio do caminho. Virgínia se abaixou. Um beijo na testa. Depois, afastou-se e caminhou até o outro lado do quarto, a cadeira onde deixara a bolsa.

— Você está bem?

Jonas sabia que ela tentava disfarçar o choro parada ali de costas, fuçando na bolsa, e se arrependeu de ter perguntado.

Ninguém ali estava bem.

O pai morria. Os filhos sofriam.

Que pergunta mais idiota.

— Cansada — ela, no entanto, respondeu após um momento. — Cansada pra burro.

A sombra do sorriso desaparecera. Os olhos de Nestor estavam fechados. Será que? Não. Ainda não.

— Claro.

Passado mais um minuto, Virgínia se virou, ainda mexendo na bolsa, certificando-se de que estava tudo ali dentro, chaves, carteira, celular. Quando terminou a vistoria, fechou o zíper e encarou Jonas. — E você? Está bem?

Olhou para ela. — Cansado pra burro também.

Era a mais alta e bonita dos três irmãos, os cabelos castanho-claros encaracolados descendo até o meio das costas, o corpo rechonchudo, mas bem proporcionado e arredondado, os seios pequenos, mas não pequenos demais, e os olhos verdes, herança da avó materna. Lembrava a Vênus de Tintoretto, como um galanteador e algo pedante colega de faculdade lhe dissera certa vez em um churrasco (quando Valéria soube e foi sacaneá-la, Virgínia retrucou, apontando para a barriga da irmã mais velha: antes Tintoretto que Balthus, né? Valéria teve de googlar depois, mas soube de imediato que não era um elogio).

— O médico acabou de sair. Aquele mais novo, baixinho, meio oriental. Esqueci o nome dele.

— Eu também sempre esqueço.

— Mandou a enfermeira aumentar a dosagem.

— Certo.

— Ele está bem grogue, mas pelo menos a dor não... — pigarreou. — Enfim. Já vou indo.

— Fiz macarrão.

— Até que enfim uma boa notícia.

— Se sobrar, coloca na geladeira?

— Mano, não vai sobrar.

Estavam hospedados no apartamento do pai, na Asa Sul, onde cresceram. Valéria insistira para que fossem para a casa dela, no Guará II, mas tanto Jonas quanto Virgínia sentiam, sem a necessidade de expressar, que passar aqueles dias em um ambiente tão ligado ao enfermo e que lhes era tão familiar fazia parte do processo em andamento.

— A Valéria vem amanhã cedo, né?

— Vem, sim. Cedinho.

— Acho que volto com ela, então.

— Sim. Liga pra ela. Ou quer que eu ligue?

— Nem precisa. Mais tarde vou ao cinema com ela e a Mariana.

— Nossa, faz um tempão que não vou ao cinema. Nem lembro quando foi a última vez. O que vocês vão assistir?

— Nem sei. A Mariana ficou de escolher.

— Vocês podiam trazer a Mariana amanhã cedo. Acho importante ela passar mais um tempinho com o avô e tudo.

— Sim, sim. Vou falar com a Val. — Olhou para o pai, que a fitava com dificuldade, zonzo, os olhos dançando nas órbitas. — Também quero passar o máximo de tempo que conseguir com ele.

— Eu também.

Depois de respirar fundo, voltou a contornar o leito, abaixar-se e beijar a testa. — Volto amanhã bem cedo, seu Nestor. Com a Valéria. Tá bom? Talvez a gente traga a Mariana para te ver. Tenta dormir um pouco. Jonas vai passar a noite com o senhor outra vez.

O velho ainda a buscava com os olhos quando a filha deixou o quarto. Com um sorriso, Jonas disse a ele que voltaria logo e também saiu, sempre acompanhava Virgínia até o elevador.

Ela parecia mesmo bastante cansada. Aquele era o fim de uma longa semana.

O que poderia dizer?

Nada, em absoluto.

Apenas ficar ali, junto dela por mais uns instantes, antes de voltar para junto dele, que não partisse enquanto estivesse sozinho lá no quarto, pelo amor de Deus.

O elevador em sua subida lentíssima, que os dois acompanhavam pelo painel acima da porta, luzes acendendo e apagando e acendendo enquanto o maldito parava em quase todos os andares. Se a morte vier de elevador, pensou Jonas, pode ser que ainda demore um pouco. Pode ser que tenhamos mais algum tempo.

Com ele.

Como se adivinhasse o que ia pela cabeça do irmão, sem desviar os olhos do painel, ela disse: — Não falta muito agora.

— Não — ele concordou, acariciando de leve seu antebraço esquerdo. — Falta pouco.

— Desculpa ficar falando essas coisas nada a ver da Manoela, da Iara, você sabe muito bem que...

— Não tem problema.

— É só implicância besta.

— Eu sei. Relaxa. Também não gosto desses boçais que você e a Valéria escolheram pra casar.

Ela sorriu, cruzando os braços. Era visível o esforço que fazia para não chorar, balançando o corpo para a frente e para trás quase imperceptivelmente e evitando encará-lo. Óbvio que não pensava mesmo em Manoela, Iara, no cunhado, no marido. Pensava no pai lá dentro, prestes a.

Quando voltou a falar, a voz tremia. — Essa doença é maldita demais. Mamãe pelo menos não passou por isso.

— É, a dona Inês teve um fim mais tranquilo, mas às vezes eu acho... sei lá.

— O quê? Pode falar.

— Ela foi embora cedo demais, né? E o pai também está indo cedo demais. Com a mesma idade, os dois. Cinquenta e nove é... ah, eu nem devia ficar pensando desse jeito.

— Qual é o problema de pensar desse jeito? — ela perguntou, a voz embargada.

Ele encolheu os ombros. Queria dizer que não adiantava nada. Que era inútil. A mãe se fora, o pai estava a caminho, ambos muito novos, mas as coisas são como são. Ponto final. Queria dizer, mas não disse.

Então, ouviram aquele som característico, uma campainha curta, e a porta se escancarou. Jonas quis dizer outra coisa antes que ela entrasse, mas não houve tempo, e (de novo) o que poderia dizer?

— Qualquer coisa, liga — Virgínia pediu segundos antes de ser engolida pelo elevador.

— Pode deixar — assegurou ele, a porta já se fechando.

Quando Jonas voltou ao quarto, deparou-se com a mesma expressão dopada e interrogativa de antes. Procurou sorrir. Nestor piscou algumas vezes, depois olhou na direção da janela, a luz do sol já não se fazia presente. A música havia parado.

— Quer que eu coloque outro?

Após um momento, o leve, débil aceno de concordância. Jonas foi até o criado-mudo e escolheu um CD ao acaso.

— E esse aqui? Scriabin. — Outro aceno. — Scriabin, então. Mas não parece nome de doença venérea? Putz, peguei uns scriabin, tá cheio de pus lá embaixo, vou precisar tomar um antiscriabínico. Que tal?

Aquilo era um sorriso? Difícil dizer. Mas Jonas ainda ria quando as primeiras notas de um dos *Études* começaram a soar.

O pai fechou os olhos.

O filho pensou: fiz a escolha certa.

Satisfeito consigo mesmo, foi ao banheiro, deu uma mijada, lavou as mãos e o rosto. Quando se procurou no espelho, percebeu que se esquecera de ligar a luz ao entrar e, de novo, riu sozinho. Então, a satisfação deu lugar ao esgotamento.

— Falta pouco — sussurrou junto à pia, as mãos unidas sob a torneira aberta.

Havia outro leito no quarto, defronte ao que estava o pai, e Jonas se estirou nele.

Era a quinta noite que passava ali.

Escurecia rápido lá fora. Logo viria a enfermeira para uma das checagens de rotina. Trocariam alguns gracejos, falariam sobre o tempo, quando é que esse calorão vai passar? Mais tarde trariam o jantar. Depois, no decorrer da noite, mais checagens, talvez o médico de plantão desse uma passada. A ideia era manter o velho confortável, pelo menos até onde fosse possível. Atenuar o sofrimento. Manter a dor no limite do suportável. Facilitar a passagem, como dissera uma enfermeira dias antes.

Passagem.

Aquilo ficou na cabeça de Jonas. Aquela expressão. Ele comentou a respeito com Moshe na última vez em que se falaram por telefone. Desde que a ouvira, saía do elevador e caminhava pelo corredor rumo ao quarto, pensando: aqui estou, de volta ao lugar da *passagem*. Moshe lhe disse que, em geral, não gostava muito de eufemismos. Jonas também não, mas, ao contrário do amigo, preferia não dizer algo, guardar para si (e estava sempre guardando coisas para si, o tempo todo) (por que não fizera isso enquanto esperava o elevador, por que ressaltar aquilo diante da irmã, aquilo sobre a mãe e o pai, a idade com que?...), a falar eufemisticamente. No entanto, ambos concordaram que o termo *passagem* não representava algo do tipo. Moshe lhe disse que estava mais para a expressão de uma ou outra crença do que para um eufemismo propriamente dito.

— A gente passa de um lugar a outro, de um estado a outro, daqui para lá. No entender dessa enfermeira aí, por exemplo, rola uma continuidade, a ida, *passagem* para outro lugar, seja lá qual for. A maioria das pessoas acredita nesse tipo de coisa.

— É, eu sei — disse Jonas. — A Valéria acredita. Eu e a Virgínia, a gente também...

— Eu não — riu Moshe. — De jeito nenhum. Que o fim seja o *fim*, faça-me o favor.

— Mas, espera...

— O quê?

— Me ocorreu aqui. Mesmo que seja esse o caso, mesmo que o fim seja o fim e não tenha nada depois, aí também não ia rolar uma espécie de passagem?

— Como assim?

— Tipo, uma passagem da existência pra inexistência? Da vida ao nada? Moshe ficou em silêncio por um instante. E então: — Onde você está?

— No apartamento do meu pai. Por quê?

— Você bebeu alguma coisa hoje?

— Não. Ainda está cedo e daqui a pouco tenho que ir para o hospital. Por quê?

— Faz isso agora. Bebe alguma coisa, qualquer coisa que tiver aí. Cerveja, cachaça, vinho. Se não tiver, vai comprar. Mas bebe. Porque você não parece nada bem, cara.

Jonas sorriu ao se lembrar dessa conversa. Vinha ligando menos do que gostaria para Moshe. Também sorriu porque seguira a sugestão dele e, desde aquela tarde, antes de sair para o hospital, bebia duas taças de vinho.

Nestor soltou um gemido. Jonas olhou na direção dele, o quarto agora meio escuro. Levantou-se e acendeu a luz do banheiro, deixando a porta entreaberta. Melhor assim. Parou junto ao leito. Os olhos do pai estavam fechados. Talvez cochilasse. Talvez tivesse um pesadelo.

Faltava pouco.

O pai fez a *passagem* na manhã seguinte.

Valéria e Virgínia também estavam no quarto quando aconteceu. Mariana tinha acabado de sair. Os três irmãos se abraçaram com força e ao mesmo tempo, feito pessoas que se reencontram após uma longa e tumultuada viagem.

— Vou chamar alguém — disse Valéria, desvencilhando-se, e Jonas concordou com a cabeça.

Virgínia se sentou na beira da cama, junto à perna direita do pai. Os olhos dele estavam abertos, vidrados. Jonas se aproximou pelo outro lado e os fechou com delicadeza.

— Acabou — sussurrou, cruzando os braços. Deu um passo para trás.

— Acabou — Virgínia repetiu.

Pouco depois, quando Valéria voltou com o médico e a enfermeira, Jonas pediu licença, saiu do quarto e foi até um extremo do corredor, contornando os elevadores.

Parou diante de uma janela, olhou para o estacionamento lá embaixo. Por um momento, pensou nos carros como uma variedade de caixões dispostos lado a lado. Expostos. Caixões pretos, vermelhos, azuis, brancos, verdes, mas caixões. O lugar como uma imensa funerária. A cidade inteira. Então, lembrou-se do que Manoela dissera naquele quarto de hotel em Garanhuns, uma das coisas de que eu mais gosto em você, Jonas, é que você não é mórbido, e riu ali parado, sozinho. Talvez eu esteja me tornando isso agora, pensou. Mórbido. Talvez seja uma dessas coisas que vêm com a idade, a morbidez. Um hábito que se adquire, ver o mundo como um cemitério. Se for o caso, vai sobrar alguma coisa em mim de que você goste? Não, melhor nem perguntar uma coisa dessas. Melhor não perguntar nada nesse sentido. Melhor não perguntar nada em sentido algum. Ligar para ela e dar a notícia. Contar o que tinha acabado de acontecer. Dizer justamente: *acabou*. Dizer: ele completou a *passagem*. Sim, fazer a ligação e voltar para o quarto, ver o que precisava ser feito, ajudar as irmãs a organizar tudo. Puxou o celular do bolso direito da calça. A bateria no fim. Haveria tempo?

— Oi.

— Oi. E aí?

— Então... seu Nestor morreu agora há pouco.

O som de alguém respirando fundo. — Sinto muito, Jonas.

— Eu sei, eu... obrigado.

— O enterro é amanhã? Posso estar aí hoje à tarde. Dou um jeito aqui, eu...

Ele a interrompeu: — Não, não precisa.

— Como não?

— De verdade.

— Você não quer que eu vá?

— Eu só estou dizendo que não tem necessidade, só isso.

— Nossa, mas...

— Só me... me espera em Congonhas quando eu voltar? Assim, se puder e...

— Tem certeza?

— Vai ser ótimo te ver assim que eu desembarcar.

— Mas eu posso ir, não tem problema.

— Não precisa. Mesmo. Não se preocupe.

— Não sei. Eu podia aproveitar pra visitar meus pais. Faz um tempão que não vou a Brasília.

— Mas eles não estão aqui. Dei uma passada lá anteontem, esqueceu? Na casa deles. Fui lá depois que saí aqui do hospital e a empregada me falou que...

— É verdade. Eles foram pra Pirenópolis.

— Então. E você não precisa vir mesmo. Sei que está atolada aí no trabalho. Só me espera lá no aeroporto quando eu voltar.

— Se você... — respirou fundo mais uma vez. — Tá bom, então. Se é o que... Diz pras suas irmãs que eu sinto muito. Ou melhor, não, não diz nada. Eu mesma ligo depois. Hoje à noite ou amanhã logo cedo, eu ligo.

— Certo. Eu tenho que ir agora. Um montão de coisas para resolver. A gente se fala mais tarde?

— Claro, quando quiser. Estou aqui.

(Ele jamais entendeu por que pediu a ela que não fosse ao enterro. Não foi algo planejado. Simplesmente saiu. E tampouco compreende por que ela se deixou convencer com tanta facilidade, mesmo estranhando o que ouvia.)

Ligou para Moshe em seguida. O amigo externou os pêsames e também se prontificou a ir para Brasília. Teve mais dificuldades para convencê-lo a não viajar, também sem entender por que o fazia, mas conseguiu. Moshe concordou que não havia muito o que dizer numa hora dessas.

Ao velório compareceram, além de parentes e amigos mais próximos do pai, os vizinhos e ex-colegas de trabalho. Havia também algumas pessoas, poucas, que Jonas nunca vira antes. Entre elas, uma mulher de uns sessenta anos, muito bem vestida, que a certa altura se aproximou e perguntou à queima-roupa:

— E você, quem é?

— Eu sou o...

— Claro, deve ser o filho. Vocês são três, né? Aquelas ali são suas irmãs? E sua sobrinha? Filha de qual delas? Da gorda? Aposto que é, são bem parecidas, o mesmo nariz batatudo, e os cabelos... São bem parecidas mesmo. Eu e seu pai estudamos juntos.

— Mesmo? Onde?

Ela fez um gesto com a mão direita, como se espantasse um inseto, e desconversou: — Você mora aqui em Brasília?

Jonas explicou que se mudara para São Paulo havia alguns anos. — Estudei Direito, mas virei corretor. Você e meu pai se conheceram na faculdade?

A cabeça balançou negativamente, os cabelos curtos tingidos de um ruivo tão chamativo que lhe denunciava a idade em vez de escondê-la ou disfarçá-la. — Nunca fiz faculdade.

— Onde foi que vocês se conheceram, então? — ele sorriu. — No maternal?

Ela riu um pouco mais alto do que deveria e atraiu alguns olhares inamistosos, aos quais não deu a menor atenção. — Mais ou menos por aí, querido. Mais ou menos por aí.

Parecia mais velha que o morto, e talvez não tivessem estudado juntos, no fim das contas. Talvez ela estivesse dois ou três anos à frente na escola. Aqui, Jonas se entregava ao mesmo tipo de exercício que Moshe às vezes fazia. Especular, inventar. Imaginou que talvez Nestor tivesse sido amigo do irmão caçula daquela (hoje) senhora, e então, numa tarde qualquer, a casa vazia, meu irmão não está, mas entra (a cena tão possível porque comum) (até porque com Jonas se dera mais ou menos assim), o pai aos treze ou catorze anos sendo conduzido pela irmã mais velha do colega, o qual não compareceu ao enterro, talvez já esteja morto e só tenha sobrado a irmã para se despedir.

— No que você está pensando, querido? — ela perguntou, achando graça da expressão que o rosto dele assumia, um meio sorriso dependurado ali.

— Em nada. No passado. Acho.

Ou talvez Nestor tenha sido o primeiro namorado dela, uma iniciação mútua, os dois curiosos, inseguros, assustados, isso está mesmo acontecendo? A lembrança mais íntima possível. Por que ela lhe diria alguma coisa a respeito, então? E justo agora, no velório da outra metade?

Não, não.

Fosse quem fosse, aquela senhora não precisava dizer ou explicar porra nenhuma.

Para ninguém.

— Me desculpe — ela pediu, meio sem graça, quando Jonas comentou que a mãe morrera anos antes. — Passei muito tempo fora. Na verdade, acho que seu pai nem se lembraria de mim se me visse agora.

— Duvido — ele sorriu.

— A gente não se via há décadas. É quase como se tivesse se conhecido numa outra vida.

Sem que ela perguntasse, e sem que ele entendesse por que o fazia, Jonas emendou uma espécie de discurso fúnebre. Disse que o morto fora um homem excelente, um bom companheiro, um ótimo marido, um excelente pai, alguém discreto, modesto, tímido, sempre justo, presente, encorajador, pronto para ajudar, e a velha ouviu tudo isso sem dizer palavra, limitando-se a concordar com a cabeça. Quando Jonas terminou o discurso improvisado, ela sorriu tristemente e, com um abraço, disse que sentia muito, muito mesmo.

— Boa sorte, querido.

— Obrigado.

— E meus pêsames.

— Obrigado por ter vindo.

— Eu jamais faltaria. Fique com Deus — e se afastou.

Ele não a viu mais.

Nem mesmo no momento em que baixavam o caixão, quando correu os olhos ao redor, fitando cada um dos presentes.

Depois, olhou para o fundo da cova.

Hilton, um amigo de infância que Jonas não via desde que se mudara para São Paulo, estava ao seu lado e lhe acariciava as costas feito uma mãe que aplicasse uma pomada no filho a fim de aliviar os sintomas de uma gripe forte.

Aquele foi o pior momento.

O fundo da cova. Olhar para *lá*.

Aquele foi o momento em que se deu conta para valer.

O caixão fechado. Descendo.

Valéria de mãos dadas com o marido e a filha, todos protegidos por óculos escuros. Virgínia chorando abraçada ao esposo, de costas para o buraco.

O caixão chegou ao fundo.

As pessoas ao redor, em silêncio. Não rezavam mais. Cabisbaixas.

Até mais, seu Nestor.

Hilton fez questão de dar uma carona para Jonas. Ele e as irmãs combinaram de se encontrar no apartamento do pai após o enterro. Comeriam alguma coisa, conversariam. Ficariam juntos. Enquanto dirigia, Hilton falou da mulher e dos filhos.

— Ela pediu desculpas, não teve como vir. Nossa caçula acordou com febre. Acho que não é nada sério, mas você sabe como são essas coisas.

— É, eu imagino. Mas não tem problema, você veio.

— Claro.

— E os negócios?

— Vão bem. Nada de novo. E São Paulo, como é que anda a vida lá? A gente perdeu completamente o contato, que maluquice. A culpa é minha. Filhos. Trabalho. Você mora onde, no Brooklyn?

— Sim, na Padre Antônio.

— Conheço São Paulo muito pouco. Nas vezes em que a gente foi praqueles lados, desceu direto pro litoral. Duas, três vezes. Guarujá, Riviera. Minha mulher prefere o nordeste. Natal, Maceió, Aracaju, Itaparica, Alcobaça. Mas, claro, fui sozinho um monte de vezes, a trabalho, sempre naquelas de bater e voltar. Faço o que tenho que fazer e caio fora. A gente mudou pro Lago Sul.

— Pois é, a Virgínia comentou comigo.

— Mas tenho saudade daquele apartamento no Sudoeste, lembra dele?

— Claro que lembro. Era muito bom.

— Não era? As crianças eram menores e a minha barriga também hahaha. Mas a vida parecia mais simples naquela época. Ou não, vai ver é só uma impressão, uma dessas coisas que a gente idealiza, quando na verdade era mais ou menos a mesma bosta. Você está no Facebook?

— Estou, sim.

— Vou te adicionar. Daí a gente pelo menos troca um alô de vez em quando. Você ainda está com a... como é o nome dela mesmo?

— Manoela.

— Manoela, isso. E filhos, não vão ter?

— Acho que não.

— Não? Putz. Eu respeito, mas não entendo. Não sei o que seria de mim sem as crias. Acho que nem estaria casado mais, sabe como é.

Riram da gracinha, depois se lembraram da vida em Brasília quinze anos antes, vinte, vinte e cinco, das pessoas com quem conviveram, a escola, suas respectivas primeiras namoradas, Jonas aos dezoito com o coração tão partido que chegou a atirar tudo para o alto, foi morar com a irmã mais velha por um tempo, arranjou trabalho numa empresa de TV por assinatura em vez de continuar os estudos, nossa, você ficou muito mal, a gente tinha medo que fizesse uma besteira, sei lá.

— E quando foi pra casa da sua tia lá em Minas, que cidade era mesmo? Januária?

Sorriu. — Isso mesmo. Januária.

— Foi e não queria mais voltar. Ficou um tempinho perdido, né? Mas depois retomou o rumo, facul de Direito, foi lá que você conheceu a Marcela, certo?

— Manoela. Foi, sim. Quer dizer, a gente se conheceu num simpósio. Ela já era formada e tudo.

— E de quem foi a ideia de se mudar pra São Paulo?

— Dela.

— Bacana, mas e você? Corretagem?

— Ah, eu não posso reclamar.

— Os pais dela ainda moram aqui no DF? Acho que não vi eles no enterro.

— Moram, sim, mas estão viajando. Foram pra Pirenópolis.

— Porra, Pirenópolis é bacana. Faz tempo que não vou. Lembra daquela vez que a gente foi acampar? Eu fiquei tão bêbado que dormi fora da barraca, debaixo de chuva, quase peguei a porra duma pneumonia.

— Você tinha aquele Fiat Uno rebaixado, não era?

— Rebaixado e tunado. Caralho, a gente tem coisa demais pra conversar, pra colocar em dia. Você fica até quando?

— Só até depois de amanhã. Queria ficar mais e tudo, mas tenho que voltar pra São Paulo.

— Me adiciona no Facebook, pelo menos. A gente se fala por lá.

— Pode deixar. Não sei por que eu não fiz isso antes.

— E me avisa quando vier de novo, a gente combina um chope, faz um churrasco lá em casa, qualquer coisa do tipo. Claro, eu também te aviso quando for pra São Paulo, você me leva em algum lugar bacana.

— Certeza, Hilton.

— Taí. Chegamos. Dá cá um abraço. Fica com Deus. Vai pela sombra.

— Obrigado, cara.

— E meus pêsames.

— Ninguém — disse Valéria mais tarde, quando Jonas comentou a respeito da senhora presente no velório. — Deixa isso quieto.

— Então você sabe quem é.

— Esquece.

— Eu só queria saber quem é a figura.

— Esquece, infeliz! Prometi que não ia falar disso com ninguém.

— Prometeu? Prometeu pra quem?

— Pra ele, ora. Papai.

— Ele morreu, Val.

— Justamente. Eu é que não vou quebrar minha promessa no dia do enterro dele.

Ele sorriu. — Amanhã cedo, então?

— Puta merda, Jonas, como você é insuportável! Como a Manoela te aguenta?

— Eu não faço ideia, juro que não. Mas, sei lá, devo ter alguns atrativos.

— Ah, é? Então, por que você não pega seus atrativos e some da minha frente?

— É que eu realmente não quero estar em nenhum outro lugar.

— Porra, vai lá na cozinha ajudar a Virgínia com a louça, vai ver o que sua sobrinha está aprontando, vai dar uma volta na quadra, sei lá. Por que não compra umas cervejas?

— Tá bom, tá bom. Deixa quieto. Não precisa contar.

— Eu não ia contar. Não vou. Agora me deixa em paz, quero ver esse filme.

Ele olhou para a televisão. Bruce Willis saltava de um carro em movimento, que se chocava contra um helicóptero na saída de um túnel, causando uma tremenda explosão.

— Esse filme aí é uma bela duma bosta.

— Acontece que filme bosta é o meu tipo de filme. Tchau.

Em vez de ir à cozinha ajudar Virgínia com a louça do jantar, ver o que Mariana aprontava lá dentro, dar uma volta na quadra ou comprar umas cervejas, Jonas se dirigiu à sacada. Era estranho aquele apartamento sem a presença do pai ou, melhor dizendo, dada a completa ausência do pai, uma vez que ele já não se encontrava em lugar algum, nem mesmo naquela maldita cama de hospital. Como se o lugar não tivesse mais um rosto, perdida a identidade, perdida a sua razão de ser, e agora se assemelhasse a um flat no qual aquelas pessoas, na falta de coisa melhor para fazer, estavam reunidas: Valéria na sala, assistindo ao seu filme bosta; Virgínia lavando a louça, o lanche que fizeram ao voltar do enterro estava delicioso, pães de queijo, enroladinhos, bolo de fubá, cuscuz; os cunhados à mesa da cozinha, bebendo café e jogando conversa fora; Mariana no quarto que um dia fora da mãe e da tia, usando o computador para atualizar o status no Facebook, talvez — *hoje, vovô morreu*. Ele pensou no pai vivendo ali sozinho nos últimos anos, após a morte da mulher. Será que, para ele, em função do falecimento de Dona Inês, o lugar também perdera repentinamente o rosto, a identidade? Talvez não. Se fosse o caso, ele não teria se mudado? Acontece, certo? Aqui há lembranças demais, a saudade sufoca, preciso ir para outro lugar. Mas ele não foi. Ele ficou. Talvez soubesse ou pressentisse que não ia demorar muito para acompanhar a esposa. Pouco antes, em uma conversa rápida na sala de estar, os herdeiros decidiram vender o apartamento. Jonas abriu mão da parte que lhe caberia, o dinheiro vai ficar melhor nas mãos de vocês duas, talvez a Mariana possa usá-lo para estudar fora ou viajar. Os cunhados se entreolhando quando ouviram isso. Boçais, ele pensou agora, sentindo uma bruta vontade de, apoiando-se na sacada, lançar o corpo para a frente e cuspir, cuspir com toda a força. Não, não eram tão ruins. Verdade que mal conhecia o marido de Virgínia, pois o vira poucas vezes no decorrer dos anos, não chegaram a conviver para valer, um dentista curitibano de sobrenome alemão que ficaria bem num uniforme nazista (nas palavras de Valéria, obviamente): Tomaz Algumamerdamüller. E o marido de Valéria, Ricardo, pacato, bancário e gordo como ela, o casal comprometido com seu auspicioso projeto de entupimento arterial. Não eram mesmo tão ruins. Cidadãos de bem, como Moshe costumava dizer, para depois gargalhar. Sacana. Ainda sentia ganas de cuspir lá embaixo, mas, em vez disso, meteu a mão no bolso, pegou o celular e ligou para o amigo, que não atendeu. O aparelho jogado em algum lugar. Retornaria quando pudesse. Nunca encontrara alguém com tão pouco apreço pela telefonia. Iara sempre brigava com ele por conta disso, por que você nunca atende essa porcaria?

De fato, era irritante. Sacana, estourado, irritante. Um cidadão de bem. Ria sozinho enquanto ligava para Manoela. Confirmou o número do voo e o horário em que chegaria dali a dois dias, depois contou sobre o velório e o enterro.

— Hilton apareceu lá. Lembra dele?

— Não sei. O que ele faz?

— É dono de umas lojas de autopeças. A gente foi numa festa de aniversário dele uma vez, quando estava começando a namorar. Um apê enorme lá no Sudoeste?

— Ah, sim. Ele ainda mora lá?

— Não, mudou pro Lago Sul.

— Bacana.

— Ele se casou muito cedo, teve um monte de filhos. Nossa, nem sei quantos são agora, acho que uns três ou quatro. E sempre teve talento para fazer dinheiro.

— Taí um talento que admiro.

— Quando a gente se conheceu e começou a namorar, eu e ele já quase não nos víamos.

— Mas vocês viviam grudados antes, né? Estou lembrando agora. Você falava bastante dele no começo.

— Sim. Da pré-escola até os dezoito, dezenove anos, a gente andava sempre junto. Ele me ajudou muito numa fase bem complicada da vida.

— E como ele está agora?

— Parece bem. Não sei direito o que dizer. Tem uns dez anos que a gente se afastou e...

— Ele parece outra pessoa.

— Na verdade, acho que não.

— Você parece outra pessoa.

— Na verdade, eu não sei.

Ela suspirou. — Só consegui falar com os meus pais hoje cedo.

— Em Pirenópolis?

— É, eles estão numa fazenda perto da cidade, se entendi direito. E pediram desculpas por... você sabe.

— Não tem problema. Eles acharam que seu Nestor fosse durar mais um pouco.

— É, por aí.

— Mas a Valéria disse que eles deram uma passada no hospital na semana passada. Eu ainda estava em São Paulo.

— Sim. Minha mãe comentou.

— Foi até melhor. Meu pai ainda não estava tão grogue, acho que deu pra eles conversarem um pouco.

— Sim, sim. Ela ralhou comigo por eu não ter ido.

— Quem? Sua mãe?

— Vacilei mesmo. Por que você não...?

— Ah, não sei. Mas agora já passou. Não faz mais diferença, né?

— Aposto que as suas irmãs...

— Deixa disso. Ninguém comentou nada.

Ela voltou a suspirar. — Você parece bem cansado.

— É, um pouco.

Pensou em falar sobre a mulher misteriosa, mas desistiu. O que Manoela poderia dizer a respeito? No máximo faria algum comentário sardônico sobre a irascibilidade de Valéria, que se recusou a dizer quem era a tal, de onde conhecia o pai, qual a história por trás de tudo aquilo, e a conversa por certo tomaria outro rumo. Jonas, então, perguntou sobre o trabalho dela.

— O de sempre.

— E aquela proposta?

— Que proposta?

— O lance lá no Rio.

— Recusei, ora.

— Mesmo?

— Claro. Por quê?

— Por nada. Achei que eles não fossem... pensei que fariam outra proposta, mais generosa e tal.

— Que nada. Acho que sacaram logo.

— Sacaram?

Ele a ouviu sorrir. — Que não tem ninguém do outro lado da linha.

Por fim, exausto e meio bêbado, Jonas sai do restaurante defronte ao cemitério da Recoleta, caminha alguns metros, pega um táxi na avenida Presidente Quintana e informa o endereço. Minutos depois, o taxista encosta o carro na esquina da Coronel Díaz com a French, diz quanto foi a corrida e, enquanto espera que ele alcance a carteira no bolso do paletó, comenta, apontando com o indicador da mão direita, que *allí funcionaba la Penitenciaria Nacional.*

— Ali onde?

— *Allí donde ahora está el parque. El edifício fue demolido.*

3.
UMA CAIXA DE VIDRO
CHEIA DE AREIA E CASCALHO

"Therefore we have these few things."

— John Ashbery,
em *Abstentions*.

Miguel tem ligado com insistência desde a semana anterior, duas, às vezes três chamadas por dia, e Moshe, optado por não atender. Vê o número na tela do celular e ignora uma ligação após a outra, ignora e, estando ou não sozinho, diz: — Agora, não.

— Olha, eu peço desculpas por ficar me intrometendo, mas essa sua atitude aí não é nada educada — Jonas não se cansa de repetir desde que o viu fazer isso dias antes. Na noite anterior, sentados à mesa de um boteco na Apinajés, tiveram outro replay dessa situação, a chamada não atendida, a tímida tentativa de repreensão, o pedido para que atendesse o telefone. — Para com essa palhaçada, vai. Sei lá, cara, ignorar o próprio pai e depois nem se dar ao trabalho de retornar?

Mas quem se preocupa com essas merdas nos dias de hoje?, Moshe pensa agora, manhã de sexta, recolocando o celular sobre o criado-mudo, assim como disse na véspera para o amigo: — Ninguém mais dá a mínima.

— Olha, eu dou. Ou daria, se meu pai, você sabe, ainda estivesse vivo e...

— Meu pai, minhas regras.

— Você é teimoso demais.

— É mais ressentimento que teimosia. Ou preguiça. Ou melhor, é isso. Nem ressentimento, nem teimosia. Só preguiça mesmo.

— Eu não tenho certeza, mas acho que, seja lá o que for, vai te matar do mesmo jeito.

— Tenho uma novidade pra você.

— Aí, tocando de novo.

— E daí?

— Atende logo essa desgraça, vai, que agonia dos infernos.

— Agora, não.

O velho parece mesmo ansioso para dizer algo e, por mais que se esforce, Moshe não consegue se lembrar em que outra circunstância, desde que voltaram a se falar, ele ligou tantas vezes. Não é do feitio de Miguel. Talvez esteja morrendo, cinquenta e quatro anos não são brincadeira, sobretudo para um sujeito que atravessou boa parte deles com

105

um copo de cachaça na mão e uma angústia galopante no peito. Talvez tenha sido demitido da universidade, já aconteceu uma vez, anos antes, quando tudo desandou em São Paulo, por que não aconteceria de novo em Belém? Talvez tenha, afinal, decidido se casar com a namorada, lá se vão uns dois anos que começaram o idílio, Miguel se sentindo décadas mais jovem e ela, bem, Moshe não faz ideia de como se sente ou do que se passa naquela cabeça ornada por uns cabelos pretíssimos e escorridos, é muito bonita a (ex?-)namorada do velho, é isso, talvez haja uma (meia-) irmã muito bonita e de cabelos pretíssimos e escorridos a caminho, ou não, pode ser que tenham rompido mesmo e ele precise de alguém com quem conversar e se lamuriar. Uma moça de vinte e poucos anos, dirá aos prantos, onde é que eu estava com a cabeça?, ao que Moshe fará um silêncio trespassado de empatia antes de retrucar, meio brincando, meio sério:

— Nem eu me meto com moças de vinte e poucos anos. De fato, onde é que você estava com a cabeça?

No entanto, ele pensa, é algo bastante improvável, não o rompimento, as pessoas estão sempre corneando ou passando para trás ou sacaneando ou dando o fora umas nas outras, já aconteceu com o próprio Miguel, aliás, e aconteceu com Jonas, acontece com todo mundo, o tempo todo, não, o que Moshe acha improvável é que Miguel se sinta confortável para conversar com ele a respeito de uma coisa dessas. Nunca foram próximos a esse ponto, nem mesmo quando ainda viviam todos, pai, mãe e filho, debaixo do mesmo teto.

Ficaram alguns anos sem se falar e, mesmo depois que retomaram o contato, em meados de 2002 (por insistência da mãe e do tio), continua-ram e continuam dois estranhos: uma visita por ano (de Miguel, pois Moshe nunca foi a Belém em todo esse tempo), uma ligação por trimestre e/ou nas malditas datas obrigatórias, dia dos pais, Natal, aniversários, por que as pessoas ainda se dão ao trabalho?, Moshe sempre se pergunta, por que as pessoas perdem tempo com isso, *por que ainda se importam*? Não faz a menor ideia, mas o fato é que se dão ao trabalho e perdem tempo com isso e se importam, ainda que muitas vezes se esforcem para não, de tal modo que, nesta manhã de sexta-feira, 14 de junho de 2013, estendido na cama, o quarto quase inteiramente às escuras (exceto pelo visor do celular, a notificação de outra chamada não atendida), ele fica se remoendo, momentaneamente esquecido tanto do ressentimento quanto da teimosia, mas não da preguiça. Algo sério deve ter acontecido para Miguel ligar tantas vezes nos últimos dias e, bem, bastava atender a joça do telefone ou ligar de volta, mas, em vez de fazer uma coisa ou outra, diz para si mesmo que não quer saber, diz e repete que não dá a mínima, que se foda o velho, que se foda a sua (ex?-)namorada de vinte e poucos aninhos, o nome dela é Sayonara, dá pra acreditar num troço desses?, uma tocantinense de Gurupi radicada em Belém do Pará que atende pelo nome de Sayonara Cristina, que se foda Sayonara Cristina, que se foda Gurupi, Tocantins e, bom, já que é assim, que se foda Belém e toda a capitania do Grão-Pará.

— Que se foda — diz e julga se sentir melhor.

(Quem não se sentiria melhor depois de dizer isso?)

Sabe que, cedo ou tarde, atenderá ou retornará a ligação, seja por esquecer (momentaneamente) o ressentimento e a teimosia, seja por superar (também momentaneamente) a preguiça, seja para fazer com que Jonas pare de encher o saco, seja para dirimir a culpa que, queira ou não, tempera esse cozido de sensações que experimenta (a boca seca, o ritmo cardíaco acelerado, os olhos ameaçando lacrimejar) sempre que pensa a respeito do pai.

Cedo ou tarde.

Agora, precisa se levantar.

Vai ao banheiro, dá uma mijada, depois enxágua as mãos e escova os dentes e lava o rosto com gestos raivosos, praguejando, pois odeia acordar — ou ser acordado — desse jeito, nunca usou despertadores por essa razão, há algo de estúpido em ser arrancado do sono por uma campainha ou musiquinha irritante, despertar com o coração na boca, a cabeça em polvorosa desde o primeiro segundo de consciência. Tem que se lembrar de colocar o celular no silencioso sempre que for para a cama, ou desligar o troço, talvez deixá-lo na sala, talvez jogá-lo fora, quem precisa dessa merda? Mas a raiva arrefece logo, é o tipo de pessoa que se irrita com facilidade para, às vezes, quando o motivo da irritação não é ou não parece tão importante, acalmar-se com a mesma rapidez, a cabeça desligando uma coisa para ligar outra, feito uma simples troca de canais. Quando enxuga o rosto, já pensa na aula que dará mais tarde. Talvez seja o caso de levar as provas corrigidas, se tiver disposição para corrigi-las, claro, mas é melhor fazer um esforço hoje que no domingo à noite, ninguém merece lidar com essa porcariada no momento mais modorrento, pegajoso e deprimente da semana, é isso, decide, vou me trocar, fazer um café e atacar a pilha de avaliações, investir contra ela armado de alguma boa vontade e uma caneta vermelha novinha em folha.

Assim decidido, volta ao quarto, veste uma calça jeans e uma camisa de flanela, mas continua descalço. Talvez ainda haja salvação para este dia, pensa e, ato contínuo, abre um sorrisinho melancólico: mal se levantou da cama e já precisa pensar num jeito de salvar a porra do dia.

— Você devia procurar ajuda — Jonas também disse na noite anterior, ecoando dezenas de outras conversas similares mantidas no decorrer dos últimos meses.

— E que diabo estou fazendo neste aprazível pé-sujo acompanhado pela sua diligente pessoa?

— Terapia é que não é.

E quanto a salvar o dia, bem, as duas leves batidas que ouve tão logo adentra a cozinha e olha com preguiça na direção da pia atulhada lhe dizem que só pode ser *ela*, alguém que o porteiro conhece tão bem que não vê necessidade de anunciar pelo interfone, a única pessoa das suas relações (se é que ainda pode ser considerada como tal) (não, não pode) a não suportar o som da velha e zurrante campainha, mesmo quando se encontra do outro lado da porta, isto é, do lado de fora, parada e exposta à frialdade do corredor escuro, sempre alguma luz queimada, esperando que Moshe atenda e dizendo tão logo ele o faz:

— Oi. Tudo bem?

— Opa. E aí?

— Desculpa vir assim.

— Assim como?

— Sem avisar.

— Não tem problema.

— Meu celular descarregou, por isso não liguei antes.

— Acontece.

— E pra piorar eu esqueci o carregador na agência.

— Acontece com tudo mundo.

— Visitei um cliente aqui no bairro, daí pensei que era uma boa ideia, você sabe...

Sim, ele sabe. E, sim, é mesmo uma boa ideia, tanto que abre passagem e um sorriso (nessa ordem), dizendo: — Entra logo.

A caixa contendo alguns livros, CDs e outros objetos que Iara deixou para trás ao buscar a mudança seis meses antes está ali mesmo num canto da sala, sob a mesa, ela vê e aponta: — Só vim pegar isso. Não quero mesmo te incomodar.

— Você não incomoda — ele está parado atrás dela no corredor estreito, bocejando, quinze minutos ou nem isso que saltou da cama, a cabeça e os olhos ainda pesam, os gestos um tanto lerdos. — Senta um pouco. Ou tem que voltar correndo?

— Na verdade, não — ela sorri, virando-se. Os dentes parecem mais brancos. Clareamento pode ser catalogado como *procurar ajuda*? Bom, antes melhorar a dentição que virar *sparring* de algum lacaniano, certo? Sem falar que uma coisa incrementa a aparência e a outra, bom, melhor deixar pra lá. — Só preciso voltar pra agência à uma, tem uma reunião... mas pensei que, sei lá, talvez você...

— Não, não. Tenho umas provas pra corrigir, mas é coisa pouca. Aula mesmo, só à tarde. Senta lá, vai.

Ela hesita por um segundo antes de concordar com a cabeça e contornar a mesa, passando ao segundo ambiente da sala, sentar-se numa poltrona, colocar a bolsa na mesinha de centro e respirar fundo. O vizinho de cima martela alguma coisa. Uma sirene se faz ouvir desde a Sumaré. Estão assando um bolo ou coisa que o valha na TV, que Moshe ligou antes de ir à cozinha e ouvir as batidas na porta, sempre a deixa ligada quando está em casa, é verdade que o onipresente ruído de fundo faz companhia àqueles que vivem sozinhos, como ele. (Cogitou adotar um gato, mas uma colega de trabalho disse (como se elogiasse) que são meio autistas. Ele não entende muito dessa condição, mas (fez questão de perguntar a ela) que caralho isso quer dizer? Gatos contam cartas?)

— Quer água? Suco?

— Não, não. Obrigada. Estou bem.

Senta-se no sofá, à direita da poltrona em que ela se acomodou, e coloca os pés na mesa de centro, a dois centímetros da bolsa. Vou mesmo corrigir as porcarias daquelas provas? Começar logo, se for o caso. O relógio de parede afixado no outro extremo da sala informa que já são onze e dez e ele precisa estar na escola às três em ponto.

Ela endireita o corpo e sorri. — E então?

— Nada de novo. E você?

— Nada. Só trabalho mesmo. Ah, vou fazer aquela especialização. Começo em agosto.

— O banco vai pagar?

Um riso franco. — Até parece.

Continua bonita, talvez mais do que antes, ele pensa. Difícil dizer, em geral a gente se acostuma com as pessoas só para estranhá-las melhor depois. Veste a armadura profissional padrão, terninho e sapatos discretos, cabelos presos; os peitos maiores, ganhou uns dois ou três quilos desde a última vez em que se viram, na semana entre o Natal e o Réveillon, quando veio com um pequeno caminhão de mudança buscar o restante das roupas, a cômoda, a sapateira, uma poltrona, o computador, um armário de cozinha, a secadora, algumas panelas e pratos e talheres e copos, a TV e o rack que instalaram no quarto, uma das estantes.

— Pode levar duas, se quiser — ele disse na ocasião.

— Como?

— Duas estantes.

— Ah. Acho que não. Tenho poucos livros.

— Você é quem sabe.

Naquele dia, Moshe se lembra agora, enquanto os sujeitos carregavam o armário, ele perguntou se ia levar tudo aquilo para a casa da amiga onde se instalara desde a separação, dez dias antes, e Iara negou com a cabeça.

— O quê? Já achou apartamento?

— Já. Acredita?

— Onde fica?

— Em Pinheiros. Na Artur de Azevedo. Lembra da Esther?

— Esther?

— Trabalha comigo.

— Aquela que usa muito laquê?

— Ela mora nesse prédio e me falou que tinha vagado um apartamento. Daí eu pedi e ela me conseguiu o telefone da proprietária. Fui lá no dia seguinte mesmo, antes de ir pro trabalho, e acertei tudo direto com a mulher.

— Que sorte.

— Vai ser bom morar sozinha por uns tempos.

A sensação é de que uma década se passou desde essa conversa, desde aquele dia, o dia da mudança, e agora ele se recorda de ter sorrido com a expressão "por uns tempos", do otimismo que encerrava, tem tanta certeza assim de que encontrará alguém, de que voltará a dividir uma cama, um teto, uma vida, as contas, de que não viverá sozinha para todo o sempre, pela eternidade afora, talvez acompanhada apenas por um gato autista contador de cartas?

— Maluquice o que rolou ontem, né? — diz Iara, referindo-se à manifestação. — Polícia, tumulto, bala de borracha, depredação, bomba de efeito moral.

Moshe sempre achou isso meio engraçado, *bomba de efeito moral*, não sabe bem por quê. Talvez prefira uma bomba de verdade causando uma explosão de fato, fogo e estilhaços, paredes ruindo, um buraco no asfalto, uma tremenda cratera, corpos e pedaços de corpos voando, como naquele restaurante em Haifa dez anos antes, a mãe e o padrasto feitos em pedaços; quer um efeito *moral* maior do que esse?

Ela o encara, meio intrigada. — Que foi? Que cara é essa?

— Nada. Besteira.

— Você deve ter visto tudo de camarote, não?

— Eu?

— Vive por ali. Tem um boteco de estimação em cada esquina do Baixo Augusta.

— Ontem fiquei aqui por perto, na Apinajés. Mas a gente acompanhou a porradaria pela televisão.

— A gente?

— Eu e Jonas. Quem mais?

— Por que é que você fez aquela careta agorinha?

— Besteira.

— Fala.

Força um sorriso. — Agora eu pensei que você podia ir na próxima manifestação e se juntar aos... como é que essas cabeças falantes ficam chamando mesmo na televisão? Ah, sim: "vândalos infiltrados". Você podia se juntar aos "vândalos infiltrados". Redecorar a cidade, depredar uma agência do seu banco. Que tal?

— "Meu" banco.

— Mas fazer isso de cara limpa, sem cobrir o rosto. E com o crachá dependurado no pescoço.

— Aham. Tá.

— Falando sério aqui, presta atenção. Você precisa dar o exemplo, berrar pra tudo que é colega fazer o mesmo. Tem que agir pra despertar a massa de bancários, operadores do mercado financeiro, gerentes de investimento. Liga pra irmã e pro cunhado do Jonas lá em Brasília, coloca pilha nos dois. Dá pra organizar uma sublevação bancária nacional. Botar pra quebrar. Isso, sim, ia significar alguma coisa. Não acha?

Ela tenta se conter, mas não consegue, logo está rindo com ele. — Ia significar a minha demissão. Sem falar no monte de bala de borracha na minha cara.

— Das balas você desvia. Sempre desviou.

O sorriso desaparece. — Não sei muito bem o que você quer dizer com isso.

— Nem eu.

E não sabe mesmo. Mais uma dessas coisas que escapam sabe-se lá de onde, saem pela boca sem que ele perceba e ficam pairando por ali, entre o tampo da mesa de centro e o teto do apartamento. É a mesma história de sempre, portanto.

A história deles.

Em que sempre há alguma forma de violência à espreita, uma agressão verbalizada quando menos se espera, irrompendo quase inadvertidamente numa ou noutra direção, o jogo exaustivo que estabeleceram mais ou menos desde o começo, desde sempre, e que ainda mostra a que veio.

Ela suspira, desvia os olhos para a TV. Estão tirando o bolo do forno. Chocolate.

Por que não vai embora, então?, ele se pergunta. Por que não pega o que veio buscar e se arranca daqui de uma vez por todas?

Por quê?

Ele não sabe, não saberia dizer.

— As coisas estão bem complicadas — diz ela.

— Acho que ainda vão piorar bastante.

— Lembra daquele filme que a gente viu, aquele com o menino do *Crepúsculo*? Ele faz um especulador que passa o dia dentro da limusine enquanto a cidade pega fogo lá fora?

— O que é que tem?

— Tem um personagem que diz, nunca me esqueci disso, até repeti outro dia numa reunião e ficaram me olhando como se fosse louca — ela dá uma risadinha. — Precisava ver a cara deles. O personagem diz que o dinheiro está perdendo a qualidade narrativa.

— Me lembro disso. Dessa fala. Acho que também está no livro. Não sei. Faz muito tempo que li.

— Eu nem gostei muito do filme. Mas essas coisas são engraçadas.

— Que coisas?

— As coisas que a gente guarda na memória.

— Bom, quem lida com isso é você.

— Eu? Com memória?

— Não. Com dinheiro.

Iara ri outra vez, o clima já desanuviado. As oscilações mais ou menos repentinas também são típicas do jogo deles.

— Eu não lido com dinheiro. Eu só administro expectativas.

— Não, não.

— Não?

— Quem administra expectativa é comentarista esportivo e marqueteiro de campanha política

Gosta de vê-la gargalhar. Quando foi a última vez?

— Sério agora — diz ele instantes depois, quando param de rir. — Você concorda com isso?

— Com o quê?

— Acha que o dinheiro está perdendo a qualidade narrativa?

Ela pensa um pouco. — Não sei. Acho que nunca teve isso, né? É o grande barato dele. Do dinheiro. O que ele tem de melhor. Mas, por outro lado, quem de fato lida com isso é você.

— Com o quê? Dinheiro?

— Não — sorri. — Com narrativa.

— Que nada. Sou um mísero professor de inglês.

Iara o encara como se ele tivesse acabado de cagar no tapete e se recusasse terminantemente a limpar. Moshe conhece bem esse olhar. Precisa dizer alguma coisa. Qualquer coisa. Mas o quê? Para quê? A essa altura, que diferença faz?

— Acho que tudo está perdendo a qualidade narrativa — solta mesmo assim, depois de ajeitar os óculos. — Não só o dinheiro. Tudo. A começar pelas pessoas.

— É — ela concorda sem muita convicção, com um súbito desinteresse. — Acho que sim.

Melhor mudar de assunto. Ou calar a boca. — Que cliente é esse que veio visitar?

— Foram dois, na verdade. Tem esse dentista, o consultório fica ali na Cardoso, pertinho do Krystal, e o dono da academia de artes marciais, aqui perto, sabe qual é?

— Ainda ouço os caras treinando de vez em quando.

— Não, não é essa aqui na rua detrás. Aquela outra, na João Ramalho. Na frente do restaurante árabe.

— Ah, sim. Bom, se tem dentista e professor de kung-fu investindo, as coisas não devem estar tão ruins.

— Que nada. Os caras são meio cretinos. Querem ganhar muito sem correr risco nenhum, e...

— Nesse caso, todo mundo é meio cretino.

Um sorriso pequeno, mal dá para ver os dentes recém-branqueados. — Talvez seja. Enfim. Falei com o dentista bem cedinho, tomei café com ele na padoca. Mas o outro cancelou na última hora, pra variar, e como eu estava aqui pertinho...

— Já cogitava te mandar essa caixa pelo correio.

— Desculpa, Moshe. Eu meio que deixei de lado. Fui deixando, na verdade, ocupada com outras coisas. Devia era ter voltado no mesmo dia, assim que você ligou avisando que tinha ficado pra trás.

— Besteira. Tem certeza que não quer um copo d'água? Vou tomar um pouco.

— Não, não quero mesmo. Obrigada.

Vai à cozinha e abre a geladeira, pega uma garrafa de água mineral, bebe do gargalo; estava mesmo com sede. Um pouco ressacado, na verdade.

Na véspera, ele e Jonas ficaram desde as seis e pouco no tal boteco na rua Apinajés, jogando conversa fora, assistindo à confusão nas ruas pela TV, até que foram expulsos, o garçom disse que precisavam fechar, e então já passava da meia-noite e meia. Antes, quando ainda estavam à mesa do bar, Jonas contou o que fizera no sábado, uma festinha no apartamento de alguém na Chácara Klabin, você podia ter ido, por que não atendeu a porra do celular?, e ele não soube responder, estava trancado em casa, assistindo a uma maratona de *The Walking Dead* e comendo porcaria, sozinho, o telefone jogado em algum canto.

— Desculpa aí, mas da próxima vez eu não vou nem ligar — disse Jonas. — Vou direto lá no seu prédio e interfono até você descer. Porque eu sei que você está enfurnado lá dentro. Você e esses... esses seus vampiros.

— Zumbis. Mas, beleza, também vi a estreia da temporada nova de *True Blood*.

— Vampiro, zumbi, é tudo uma porcaria só pra mim.

— Que falta de imaginação do caralho, Jonas. Às vezes eu sinto muita pena de você.

— Nossa, olha lá a PM. Tão descendo o cacete.

— É o lance deles, o que eles fazem. Que diabo você esperava?

— Sei lá.

— Olha, pra dizer a verdade, não é só às vezes, não. Eu sinto pena de você o tempo inteiro.

— Vou lá fora fumar um cigarro.

Moshe sorri ao se lembrar disso. Em seguida, toma mais um gole de água, devolve a garrafa de água mineral à geladeira e volta para a sala.

— Mas, e aí? Saindo com alguém? — pergunta à queima-roupa para Iara, assim que se joga no sofá.

Algum desconforto, os olhos dela repentinamente voltados para as mãos que, por sua vez, repousam cada qual sobre uma perna. — Ainda é meio cedo pra isso, você não acha?

— Não é, não — sorri, embora não saiba direito a que ela se refere, se é cedo para sair com alguém ou cedo para que ele, na condição de ex, faça esse tipo de pergunta.

Iara respira fundo, o que significa (ou significava) rendição. — Tropecei nuns caras, mas...

— Mas?

— Nada. Sabe como é. Um jantar aqui, um cineminha ali, mas... não virou nada.

— Eu ainda não cheguei sequer a tropeçar em ninguém.

— Mas você... — engole um pouco de saliva, pigarreia. — Você quer isso? Agora? Quer dizer, está procurando e...

— Bom, eu ainda não morri — um sorriso torto, como se pedisse desculpas por ainda não ter morrido. — Mas não sei dizer se estou

115

procurando ou não. Eu estou aqui, do mesmo jeito que estava quando a gente se conheceu, por exemplo. As coisas acontecem ou não acontecem. Não sei se estou conseguindo explicar direito.

— Você não procura, mas espera. É o que está dizendo?

— Sim. Algo do tipo.

— Mas você também não liga muito de ficar sozinho, né?

— Até que não. Às vezes é meio sacal, mas é verdade, não ligo muito. Até hoje você foi a única pessoa com quem eu tive um relacionamento propriamente dito.

— Sua primeira namorada — ela sorri, enrubescendo, os olhos ainda fixos nas mãos espalmadas nas coxas.

— Minha primeira namorada — ele concorda, rindo.

A conversa morre. Não conseguem pensar em mais nada para dizer depois disso e ficam um bom tempo olhando vaziamente para a televisão.

A verdade é que nunca foram muito de papear, mesmo quando viviam juntos ou antes, no começo do relacionamento. E, nos últimos tempos, tornou-se comum qualquer conversa fiada de algum modo involuir para bate-bocas de proporções absurdas, inclusive na frente de estranhos. Tanto isso era ou se tornou frequente que foi uma surpresa, até para eles mesmos, que não tivessem brigado feio ao terminar, pelo contrário, aquela foi uma conversa das mais tranquilas, a primeira desse tipo em muito, muito tempo, permeada pela constatação, tão honesta quanto óbvia, de que não fazia mais sentido continuarem juntos, e isso por uma série de razões devida e civilizadamente elencadas na ocasião.

Assim, havia motivos mais imediatos para o rompimento, como as brigas pululando do nada, por motivos reles, arranca-rabos que escalavam brutalmente, indomáveis, e só chegavam ao fim depois que ele golpeasse ou quebrasse alguma coisa, incluindo um dos ossos do pé direito, certa vez, ao chutar a mesinha de centro, a raiva represada sempre prestes a explodir, Iara se encolhendo toda onde estivesse, menos por medo de apanhar, achava que ele não seria capaz de fazer uma coisa dessas, de machucá-la, no dia em que pensasse ou temesse tal coisa, dizia para si mesma, daria o fora no ato, sem olhar para trás, ou chamaria a polícia, gritaria por socorro ao menor sinal de perigo, armaria um escândalo, não, a raiva que ele sentia e descarregava parecia mais direcionada a si mesmo, Iara não passando de um instrumento, o estopim, algo que oferecia um pretexto, tanto que tinha medo, sim, óbvio que tinha, mas de que *ele* que *se* machucasse para valer, como de fato aconteceu, não só na ocasião em que chutou a mesinha, fraturando um metatarso, mas em várias outras, os punhos sangrando depois de socar o espelho do banheiro, a testa inchada depois de atingir com ela a parede do corredor, os cortes na mão direita após esmigalhar um copo, os dedos das mãos, aliás, sempre feridos pelas mordidas que infligia em si mesmo naquelas e em outras circunstâncias. Moshe estava sempre pronto para, no auge do estouro, no paroxismo da raiva, arranjar uma forma de acometer contra o próprio corpo, de cortar ou rasgar ou quebrar alguma parte de si, e depois, encerrada a descarga de fúria, quando se jogava em algum canto, ofegando, ferido, babando, chorando de ódio, um bicho acuado que se entregasse, ela esperava um pouco, como que para se certificar de que a coisa chegara mesmo ao fim, e então se aproximava bem devagar, mãos e pernas trêmulas, e a única coisa que dizia era:

— Você se maltrata demais.

Por fim, dentre as razões elencadas por ocasião do rompimento, havia a inércia, a preguiça, a estagnação profissional e acadêmica como um empecilho à convivência, às coisas que esperava conquistar, a gente não caminha junto, disse, você anda por aí como se não desse a mínima pra mim e pra você mesmo, pro futuro, pra nada, e eu acho que não dá mesmo, e (ela também disse) aos poucos foi se descobrindo incapaz de viver com alguém que, do seu ponto de vista, e desculpe se estou te ofendendo, a última coisa que eu quero é te ofender, ainda mais agora, por favor, não se irrite, não fique bravo comigo, falo isso numa boa, mas:

— Caramba, Moshe. Você parece que desistiu. Não quer mais saber de crescer. Entende o que estou dizendo? Tem o bastante pra viver, tem mais do que a maioria das pessoas tem, é verdade, mas não vejo em você a menor vontade de fazer alguma coisa *a mais*. Não quer continuar os estudos, por exemplo. Conquistar algo, sabe? Arranjar um trabalho que exija mais comprometimento. É como se você vivesse desligado do mundo. Como se não se importasse realmente com mais nada, fosse só se deixando levar. Mesmo isso aí do mestrado. Poxa, eu achei o máximo quando veio me contar, me mostrar o projeto. Na época eu pensei que estava animado, que ia se dedicar pra valer, construir uma carreira, sair desse... desse atoleiro. E agora, olha só, você aí se arrastando, cabulando aula, deixando a coisa morrer. Pra que foi começar com essa história, então?

Moshe ouviu tudo cabisbaixo, esperou que fizesse uma pausa e só então olhou para ela e disse roboticamente: — Sim. Você tem toda a razão. Tem razão em tudo o que disse. Não sinto a menor vontade de fazer nada em especial. Cago pro meu trabalho, cago pro mestrado. E concordo com você, a melhor coisa a fazer é mesmo a gente se separar. A única coisa a fazer, na verdade. Nossa vida virou um inferno, em grande parte por minha culpa. Tenho a porra desse meu gênio infernal, eu me maltrato pra caralho, não é assim que você fala? E você merece coisa melhor. Ou, pelo menos, alguém com uma cabeça mais afinada com a sua, com o que você quer, com o que você *precisa*. Alguém assim disposto a te ajudar a botar um filho no mundo, por exemplo.

Não obstante o tom frio, distanciado, tal expressão, *te ajudar a botar um filho no mundo, por exemplo*, foi a única coisa grosseira que ele disse. Iara fez uma careta, mas não respondeu, não retrucou. Em seguida, já discutiam as questões práticas.

— Vou ficar um tempinho na casa da Bia, pelo menos até encontrar um apartamento. Depois a gente combina, eu venho e busco as minhas coisas. Tudo bem?

— Tranquilo. Sem pressa. Sem problema.

Ela ligou para a amiga, oi, lembra aquilo que a gente conversou?, pois é, depois separou algumas roupas, secador, escova de dentes, bolsas, joias, documentos, e colocou tudo numa mala que Moshe carregou pelos cinco lances de escada.

Lá fora, na calçada, perguntou se ela queria que chamasse um táxi. — Acho que tem um no ponto lá embaixo.

— Não, não precisa. A Bia vem me buscar.

— Certeza? Sempre foi meio enrolada.

— Acabou de mandar mensagem. Tá chegando.

Um abraço bem forte, cinco anos não são cinco meses, ela disse. — E eu realmente quero que você fique bem.

— Eu sei.

— Mas você precisa se cuidar.

— Eu me ajeito.

— Fico... — ela olhou para cima, para o prédio às costas dele. — Fico lembrando do dia em que cheguei aqui. De mudança.

— Parece que foi ontem?

Balançou a cabeça. — Na verdade, não. Mas talvez isso seja uma coisa boa.

— É. Talvez.

— Talvez — ela repetiu e o fitou ali parado, segurando a mala como se fosse ele quem estava de partida. — Você vai se cuidar?

Ele sorriu. — Segue com a sua vida, tá bom? Seja feliz.

Pouco depois, o carro parava defronte ao prédio, a amiga descendo com um olhar desolado, abraçando Iara e depois Moshe, sinto muito, disse, parecendo sincera, ele agradeceu e então colocou a bagagem no porta-malas, tchau, tchau, depois voltou para dentro, subiu as escadas bem devagar, entrou em casa, foi à cozinha, pegou uma cerveja na geladeira, abriu, tomou um gole bem longo e ficou ali parado por um bom tempo, zilhões de coisas passando pela cabeça, tantas que nem percebeu que mordia com força o indicador da mão esquerda, ou só percebeu quando olhou para baixo e viu os respingos de sangue na camiseta.

— Puta que pariu.

Enrolou um pano de prato no dedo, bebeu o resto da cerveja, pegou outra, foi para a sala e ligou a televisão. Zapeou até se deparar com uma reprise da versão original de *O massacre da serra elétrica*.

Não se mordeu mais naquela noite.

E agora, mais de seis meses depois, olhando para Iara sentada à sua esquerda, saudável, bonita, Moshe percebe o quão correta foi a decisão tomada, porque (não obstante os cinco anos que, mal ou bem, passaram juntos) eles de fato não têm nada ou quase nada em comum, dois completos estranhos que, por falta de coisa melhor para fazer, irrefletidamente se escoraram um no outro até que alguém (ela, óbvio) se deu ao trabalho de pensar um pouco, só um pouquinho, fazer uns cálculos bem simples e constatar que o melhor era dar a brincadeira por encerrada e partir para outra enquanto havia tempo. Tempo e disposição.

— Eu me preocupo com você — ela diz, do nada, passado aquele momento de silêncio.

— Eu sei.

— Eu me preocupo de verdade — reitera olhando para a televisão, como se falasse com a apresentadora do programa, meio sem graça, nunca foi muito boa nisso, em se abrir, e ele muito menos.

— Agradecido.

— Aquilo que eu falei da outra vez é verdade.

— Aquilo o quê? Quando?

— Na calçada lá fora. No dia em que fui embora. Lembra?

— Lembro. Claro que lembro.

— Eu... quero mesmo...

— Sim?

Ela respira fundo, os olhos ainda fixos na televisão. — Eu realmente quero que você fique bem.

— Vai dar tudo certo. Você vai ficar bem.

— Eu estou bem.

— Viu?

— E você?

— Eu? Estou normal.

O sorriso que Iara esboça é de uma tristeza avassaladora. — Normal — repete, e balança a cabeça. Ainda evita olhar para ele.

Moshe morde os lábios. Com força. E depois de soltá-los: — Isso aí. Normal.

Quando, minutos depois, ela vai embora levando a caixa, tão leve que nem precisa de ajuda como da outra vez, ocorre a ele que esta é muito provavelmente a última vez em que se verão em suas vidas, pois não têm nada em comum além dos anos que passaram juntos, nada além da lembrança desses anos, que agora não são mais do que isso, lembrança, história, já eram, estão ficando ou ficaram para trás, na poeira, são, eles próprios, poeira, e a única coisa que ela pode fazer é seguir em frente, assim como a única coisa que ele pode fazer é continuar aqui.

— Se cuida.

— Você também.

Estão parados à entrada do apartamento, procurando algo para dizer, mas não há mais nada, evidente que não, exceto: — Boa sorte com os vândalos infiltrados.

— Eu desvio das balas, lembra?

Sorriem, a luz oscilando sobre suas cabeças. Iara coloca a caixa no chão e dá um beijo no rosto e um meio abraço em Moshe, que ele retribui como pode, meio torto, meio sem graça, e depois ela suspira e volta a se abaixar, pega a caixa outra vez e, virando-se, inicia a descida com uns passos incertos.

— Não quer mesmo ajuda?

— Tchau — responde sem se virar.

— Tchau.

E isso é tudo. Fim de papo.

Fim.

Ele entra, tranca a porta e vai à cozinha. O soco que desfere na parede azulejada, um palmo abaixo do interfone, não faz com que se sinta melhor. O urro que solta, tampouco. Olha para a mão esquerda. Ainda fechada. O punho está vermelho, como se sentisse vergonha. Abre a mão bem devagar. Ela treme. A dor que sente é das mais familiares.

(Não quer mesmo ajuda?)

A dor, a raiva.

(Vai dar tudo certo.)

A raiva, sobretudo.

(Você vai ficar bem.)

Quando afinal se acalma, olha com preguiça para a pia atulhada, como fez pouco antes de ouvir as batidas e pressupor quem estava lá fora, no corredor. Uma panela grande, o escorredor, alguns pratos e copos, uma taça, uma caneca trincada, talheres, xícaras, um tabuleiro engordurado. Então, lembra que a diarista virá na segunda-feira e sorri, aliviado.

Não, Moshe não sabia nada sobre iguanas, coisa que achou por bem esclarecer logo de saída, mas pontuou que existem animais muito mais nojentos dando sopa por aí, não é mesmo?

— Ah, sim, é claro, o senhor disse tudo, sempre tem coisa mais nojenta. Sempre tem.

Isso se deu cinco meses antes da visita de Iara, em meados de janeiro. Ele estava no banco traseiro de um táxi e o motorista falava sobre um programa a que assistira.

— Vi num desses canais a cabo que só mostram bichos o dia inteiro.

— Tem gente que cria iguana em casa.

O taxista olhou pelo retrovisor. — Pensei que o senhor não soubesse nada a respeito.

— Pode me chamar de você. E, bom, é verdade, acho que eu não sei mesmo.

— Mas é verdade — o outro concordou, animado. — Tem maluco que cria essa nojeira dentro de casa. Aquele troço verde esquisito. É tipo um lagarto, né? Deve ser meio pegajoso.

— Acho que sim.

— Já criei preá e coelho. Quando era moleque. E meu irmão tinha uma caixa de vidro cheia de areia e cascalho com uma tarântula lá dentro. Acho que era isso mesmo, uma tarântula. Aquele bicho preto peludo cheio de pata. Era lindo de ver, mas só ficava lá dentro da caixa. Não saía passeando pela casa, não subia na perna de ninguém. Agora, iguana, lagarto, essas coisas? Não dá.

— E de cachorro, você gosta?

— Até gosto. Meu sogro tem uns bonitos. Tudo pastor-alemão. Mas ele mora em chácara. Ter cachorro em apartamento é complicado.

— Eu já tive cachorro.

— Teve, é?

— Um *dachshund*. Mas agora não tenho mais.

Iara quem aparecera com o cachorro, que morreria poucos meses depois. Uma infecção ou coisa parecida. Ela quem cuidou de tudo. Percebeu algo errado. Correu ao veterinário. Voltou horas depois, chorosa. O que aconteceu? O desgraçadinho morreu. Sorriu ao se lembrar da palavra escolhida por ela na ocasião. Desgraçadinho. Talvez ela pense em mim nesses termos. O que foi feito do Moshe? Nós terminamos. Por quê? Ah, ele era muito desgraçadinho.

— E o que aconteceu com ele?

— Com quem? — pergunta, distraído.

— Com o seu cachorro. Não é disso que a gente tá falando?

— Ah, sim. Ele morreu. Era da minha namorada, na verdade. Quero dizer, ex-namorada. A gente achou melhor não arranjar outro.

— Apartamento?

— É. Moro em apartamento.

— Melhor assim. Cachorro precisa de espaço.

Fazia, então, um mês que Iara o deixara. Aquela era apenas a segunda vez que ele saía de casa desde o rompimento, exceto, claro, para ir trabalhar. Estava a caminho da festa de aniversário de uma colega dos tempos da graduação, alguém que não via desde meados da década anterior e em quem tropeçara, dias antes, em um boteco na Augusta. Giovana agora lecionava em uma escola particular, estava recém-separada e era mãe de um menino de sete anos. Ela o resgatou do balcão e arrastou para a mesa que ocupava com um casal de amigos, na calçada, bem na esquina com a Luís Coelho.

— Esse aqui é o Moshe. A gente fez faculdade junto. Senta aí logo, vai. Quer outra cerveja? — e desandou a falar sobre o ex-marido, que a teria corneado. — Foi difícil, doeu muito, mas eu tentei superar, perdoar, seguir em frente. Ele é que não quis, e isso doeu mais ainda. Eu lá me humilhando só pra ele dizer que era aquilo mesmo, que estava apaixonado pela outra. Você acredita numa porra dessas?

Moshe não quis compartilhar a própria experiência. Lamentou não se sentir confortável para fazer isso (limitou-se a dizer que havia pouco tempo também saíra de um longo relacionamento, mas sem mortos ou feridos no processo), pois talvez se sentisse melhor, tanto que não se importou que a colega o fizesse e, assim, ouviu com a maior boa vontade o que ela contava, falando pelos cotovelos, todos bebendo bastante, entretidos por um bom tempo com os detalhes mais sórdidos da confusão.

— Ele chegou a pagar motel com cartão de crédito, dá pra acreditar na burrice? Aliás, foi assim que eu descobri a merda toda. Vi na fatura. Já desconfiava, claro, mas a gente só acredita quando a vida esfrega tudo na nossa cara. Confrontei o desgraçado e ele nem se deu ao trabalho de negar. Disse que era aquilo mesmo.

— Caralho.

— E depois eu também fucei no celular dele. Só pra achar aquele montão de mensagem da fulana. E as fotos, né? Dele pra ela, dela pra ele. Imagina só de que tipo. Tive vontade de arrancar meus olhos com uma colher e tacar fogo neles.

Era bem tarde quando se despediram, ele e Giovana trocando os números de telefone.

— Meu aniversário é na terça-feira da semana que vem — disse ela. — Vou comemorar numa churrascaria e é pra você ir, quero nem saber. Depois te passo o endereço certinho.

E agora Moshe estava a caminho, afundado no banco traseiro do táxi e ouvindo o motorista dizer que: — Melhor assim. Cachorro precisa de espaço.

— É. Precisa mesmo.

— A gente que é gente precisa de espaço, né? E espaço é uma coisa que não existe mais nessa cidade. Não existe mais em lugar nenhum, acho.

Moshe olhou para fora. Estavam chegando.

— Aqui está bom?

Pagou, agradeceu e logo caminhava pela calçada, as mãos nos bolsos do paletó. Não se atrasara, mas a enorme mesa já estava tomada. O lugar era mesmo uma churrascaria ou, conforme lera nas dicas gastronômicas de um portal, uma churrascaria gourmet. Cumprimentou as duas únicas pessoas que conhecia, o mesmo casal que estava à mesa do boteco dias antes, acenou para os demais e perguntou pela aniversariante.

— Ela foi ao banheiro — alguém respondeu. — Senta aí.

Havia uma cadeira vaga, num extremo da mesa, defronte a outro casal. Com licença. Boa noite. Olá. Muito prazer. A mulher se chamava Sara e era muito bonita, os cabelos castanho-claros presos num coque, o rosto anguloso maquiado com discrição. Usava um vestido azul-escuro, decotado. Seios grandes. O marido dela, Alberto, era extremamente gordo e meio careca, os olhos esgazeados fixos num ponto qualquer, os braços sobre a mesa, como se mantivesse a enorme estrutura roliça em stand-by. Moshe pediu uma água com gás e um chope e evitou fazer contato visual com os dois por um tempo. As pessoas na outra ponta da mesa, entre elas as que por acaso conhecia, falavam sobre uma goleada sofrida pelo Palmeiras no Paulistão, mas a conversa seguia tão entranhada naquele lado que lhe pareceu impossível se imiscuir nela. O garçom não demorou a trazer o que pedira. Tomou um gole d'água, esperou um pouco e começou a se ocupar do chope. Alberto perguntou que tal.

— Está muito bom.

— Não gosto muito de chope.

— Eu não desgosto de nada que tenha álcool — Sara atalhou. Moshe sorriu, ela retribuiu, depois ambos olharam para o outro lado da mesa. A cadeira vaga na cabeceira. A aniversariante ainda não tinha voltado, mas ninguém parecia preocupado. — Eu não entendi o seu nome.

— É Moshe.

— *Móshê?*

— Sim.

— Que diabo de nome é esse? — riu Alberto.

— É um nome hebreu — disse Sara. — Não é?

— Sim. Moisés.

— Hein? Como assim, hebreu? — o homem parecia confuso. — Tipo judeu?

— Sim. Tipo judeu.

— E por que seu pai não te chamou simplesmente de Moisés?

— Porque a minha mãe preferiu me chamar de Moshe.

— Por quê?

— Ela não era daqui.

— Era de onde?

Respirou fundo, olhando para a espuma do chope. — De uma cidade chamada Tiberíades. Fica em Israel.

— Tibê o quê? Onde?

— Tiberíades. Israel. Na beira do mar da Galileia.

Alberto se calou, balançando a cabeça, um meio sorriso de nojo, parecendo inconformado com a ideia de alguém se chamar Moshe em vez de simplesmente Moisés e por existir uma cidade chamada Tibê o quê lá na puta que pariu, na beira de um mar que nem é um mar (embora provavelmente não soubesse disso). Sara ficou olhando para Moshe que, cabisbaixo, bebericava o chope, torcendo para que aquele assunto cansativo tivesse se encerrado.

— Você não tem nariz de judeu — ela disse.

Um sorriso triste. — Sinto muito.

— Sente muito pelo quê? — perguntou Alberto, elevando um pouco a voz, ainda mais inconformado.

— Por não ter nariz de judeu.

— Não entendi — disse ele. A mulher conteve o riso.

— Deixa pra lá.

O garçom trouxe uma cesta com pães e um prato com pedaços de linguiças e queijos diversos. Os braços roliços começaram a se mexer. Sara permaneceu quieta, olhando para Moshe de vez em quando, curiosa, intrigada. Uma caixa de vidro com areia e cascalho. Alberto comia, desfolegado.

— Vocês não vão beber nada?

— A gente pediu um vinho — ela disse, um sorriso educado. — Mas parece que esqueceram de trazer.

— É verdade — sobressaltou-se o marido, virando o corpo, procurando pelo garçom, acenando. — Ei!

— Sua mãe veio pro Brasil com que idade?

— Bem pequena. Devia ter uns dois anos. Meu avô emigrou porque não queria ir pro exército. As coisas por lá são tensas até hoje. Desde sempre, aliás.

— É. De vez em quando vejo alguma coisa na TV.

— E a minha mãe sempre se considerou mais brasileira que israelense, embora tenha voltado pra lá depois de se separar do meu pai.

— Ah, ela voltou pra Israel? E vive em... desculpe, como é que é o nome da cidade mesmo? Tiberíades?

— Sim, mas ela não voltou pra Tiberíades. Ela foi morar numa outra cidade, chamada Haifa.

— E onde é que fica essa? — Alberto perguntou com rispidez.

— No norte. Perto do Líbano.

— Não entendo nada dessas coisas. Israel, Líbano. Iraque. Mas parece que só tem gente maluca por lá.

— Maluco é só o que tem em toda parte — Moshe retrucou com enfado, e o outro bufou como se tivesse ouvido um absurdo. — Maluco e imbecil.

— E sua mãe ainda vive lá? Em... Haifa?

— Não. Ela morreu faz uns anos. Num atentado.

— Num o quê? — Alberto estava vermelho, mastigando um pedaço de linguiça toscana.

— Que triste — disse Sara, parecendo realmente chocada.

— Atentado? Atentado terrorista? — outra vez sobressaltando-se, a boca ainda cheia. — Como é que foi isso?

— Ela estava num restaurante, ela e o meu padrasto, daí um homem-bomba entrou e... bum.

Sara arregalou os olhos. — Sinto muito.

— Obrigado.

— Quando foi?

— Em 2003. Dez anos agora em março.

Alberto bateu palmas. Era o garçom com o vinho, afinal. Moshe aproveitou para pedir mais um chope.

Os três pareciam exilados naquele extremo da mesa, as emanações da conversa vizinha morrendo a meio caminho. Falavam da Copa do Mundo agora, se ia mesmo rolar, faltava um ano e meio para começar e os estádios, será que ficariam prontos?, que vergonha, que desperdício de dinheiro, esse monte de elefantes brancos. Os garçons trocaram os pratos e talheres. Pouco depois, carne de todo tipo começou a ser servida.

— Mas cadê a Giovana? — Moshe perguntou mais uma vez. Ninguém lhe deu atenção. Comiam, agora. Os conhecidos, os desconhecidos. O casal à frente. Garrafas de vinho, taças, copos de chope. Alguém pediu uma dose de Boazinha. Brindes.

— E você conhece Israel?

Era Sara outra vez. Moshe levantou a cabeça (olhava para um pedaço de baby beef no prato) e sorriu. Não queria ser deseducado. Não com ela. — Sim, conheço. Fui lá duas vezes. Uma quando era pequeno, a minha mãe foi ver uns parentes e me levou, e de novo uns anos atrás, visitar o túmulo dela. Eu não pude ir ao enterro.

— E o seu pai, ele também é de lá?

— Não, não, meu pai é brasileiro. Paulistano como eu. Mora em Belém do Pará, agora. É professor universitário.

— Que bom — ela sorriu.

127

— O que é que tem de bom em ser professor? — Alberto perguntou, mas não obteve resposta.

Os garçons trazendo carnes e mais carnes. A certa altura, Moshe afastou o prato, queria se desvencilhar de toda aquela coisa gordurosa, desviar das perguntas da mulher e da burrice do marido dela que, com seu olhar estupidificado, seguia comendo e soltando impropérios, é grande o tal mar da Galileia?, a taça de vinho emporcalhada, a boca, o prato, os talheres emporcalhados, enquanto as pessoas conversavam ao lado, falavam sem parar, ignorando a cadeira vazia da aniversariante, ainda vazia, vazia desde quando?, será que chegou a ser ocupada?

— Com licença, vou ao banheiro.

Ficou um bom tempo lá, parado, olhando para o reflexo do próprio rosto na água da privada. Cogitou ir direto ao caixa, pagar a parte que lhe cabia da conta e ir embora sem se despedir.

Onde, caralho, estava Giovana?

Teria ela feito isso, dito com licença, vou ao banheiro, e depois (se é que foi mesmo ao banheiro) dado o fora sem se despedir de ninguém, como ele agora pensava seriamente em fazer?

Não a culparia. Pelo contrário.

Saiu, afinal, mas estancou no corredor, diante da porta onde se lia *senhoras*. Junto à mesa, que via parcialmente de onde se encontrava, o lugar da aniversariante continuava vago.

— Será?

A churrascaria não estava cheia, e ninguém prestava atenção nele ali parado. Depois de hesitar por mais um instante, acabou entrando.

— Giovana? — chamou.

O banheiro parecia vazio. Uma torneira gotejava. Apenas um dos reservados, o último deles, tinha a porta fechada.

— Giovana?

Silêncio.

Chamou de novo e de novo, enquanto se aproximava.

Nada.

Um pequeno vão: na verdade, via agora, a porta do reservado não estava fechada, mas apenas encostada. Chamou uma última vez, o nome aberto, sonoro, enquanto estendia o braço para empurrar a porta.

— Que diabo você pensa que está fazendo?

Olhou para a esquerda, assustado. Sara estava à entrada do banheiro. Que diabo eu penso que estou fazendo? Abriu a boca para responder, mas não conseguiu dizer nada.

Ela repetiu a pergunta.

O vestido azul-escuro, os olhos inquisidores. O rosto anguloso, de traços lispectorianos. Mantinha a porta do banheiro entreaberta, indecisa entre continuar ali e, talvez, sair correndo, chamar o marido, os garçons, a gerência, os seguranças, a polícia, o Mossad. O barulho lá de fora chegava mastigado até eles. As falas atropeladas, o riso, os talheres riscando os pratos, brindes, a música ambiente.

— Moshe?

Por fim, gaguejando, conseguiu dizer que estava preocupado com Giovana, trancada ali havia tanto tempo.

— Mas ela está aí dentro? — Sara perguntou, dando um passo adiante, curiosa.

Olhou para o braço ainda estendido, quase tocando a porta do reservado. Ela está? — Não sei.

— Não sabe?

— Não, não sei. Eu chamei, mas ela...

Então, Sara caminhou resolutamente até onde ele estava, estancou ao seu lado e, com um gesto meio infantil, que lembrava o de uma criança ajudando outra no balanço de um playground, empurrou a porta com as duas mãos.

E berrou.

Berrou ao constatar o que havia dentro do reservado.

Berrou, arregalando os olhos e levando as duas mãos ao rosto.

Berrou feito uma vítima desnomeada em um *slasher movie* dos anos oitenta do século passado.

Berrou como se arregimentasse várias vozes expressando estridentemente e ao mesmo tempo o mais puro terror.

Aquele foi um berro dos mais encorpados.

— Sem exagero — ele dirá depois para Jonas, quando narrar o acontecido —, acho que aquele foi a porra do berro mais alto que eu ouvi em toda a minha vida.

E, antes que o berro chegasse ao fim, acompanhando o olhar aterrorizado dela, um assustado Moshe conseguiu virar a cabeça e checar o que havia lá dentro.

Antes não tivesse conseguido.

A primeira coisa que viu foram os joelhos ali juntinhos, feito as cabeças de um casal de noivos ao serem fotografados após a cerimônia, dentro do carro que os levará para a lua de mel.

(Feito a mãe e o padrasto no banco traseiro daquele táxi, tantos anos antes, a caminho do aeroporto.)

Depois, a calça jeans empapada de mijo e merda, as mãos quase tocando o chão e os braços pendendo, soltos.

(A última vez em que os veria com vida.)

A cabeça, seu rosto arroxeado, os olhos esbugalhados. A língua para fora.

(Avi abrindo um sorriso e perguntando, com seu inglês arenoso, se faltava muito.)

Por fim, o cinto ao redor do pescoço, a ponta amarrada ao cano de descarga.

(Não, não faltava muito.)

Antes não tivesse se virado.

Antes não tivesse olhado.

Quando Sara veio em sua direção, Moshe fixou os olhos nela, no rosto, no decote, momentaneamente esquecido do motivo de estar ali e pensando, por um instante, que ela fora atrás dele, que deixara o marido entretido com o churrasco e a própria imbecilidade e fora atrás dele, pois não é possível (pensou) que alguém assim atraente (e tão peculiar era o seu rosto, os olhos meio puxados como os de uma mongol, mas de pele clara, muito mais bonito do que os rostos dessas beldades às quais os homens em geral respondem ou, melhor dizendo, reagem sem pensar, adestrados por décadas de filmes, novelas e comerciais estrelados por espécimes dotados de um tipo muito específico e previsível de beleza), que alguém assim invulgarmente bela se sinta confortável ao lado daquele Duroc. O mais provável, pensou naqueles segundos, é que a insistência em falar comigo expresse mais do que mera curiosidade ou educação, o mais provável é que esteja entediada com o porcoesposo e interessada por mim, pensou e se sentiu lisonjeado, a cabeça viajando para bem longe, um encontro futuro, só os dois, por que não?, de tal modo que só se virou para o interior do reservado, isto é, só desviou o olhar embasbacado de uma mulher (viva) para a outra (morta) depois que a primeira, chocada com o que via, arregalou os olhos, levou as mãos ao rosto e soltou aquele berro.

Antes não tivesse.

Antes tivesse mantido os olhos naquela que estava viva, no rosto de lábios bem desenhados, discretos, carnudos sem exagero, no decote revelando parte da carne macia dos seios, antes tivesse mantido nela toda a atenção, nela e no encontro futuro, ardente, apaixonado; ao desviar os olhos e encarar a defunta, seu pau estava duro.

A polícia foi chamada e todos os presentes conduzidos (os putos adoram essa palavrinha, dirá depois a Jonas, "conduzir") à delegacia, onde o delegado colheu depoimentos acerca da ocorrência (também adoram "depoimento", "colher", "ocorrência"), houve choro e estupefação, ou estupefação e depois choro, o gerente da churrascaria implorando para que mantivessem a discrição, ressaltando que não cobrara a conta, um escarcéu dos diabos, e Moshe tendo de explicar ao delegado que diabo fazia no banheiro *feminino* com *a mulher do outro*, o "doutor" olhando para os dois com um sorriso safado, e com um misto de pena e desprezo para Alberto, que, por sua vez, fitava o teto e soltava, aqui e ali, algum lamento energúmeno, tão jovem, né, um pecado, que desperdício etc.

Moshe deu o fora assim que pôde, exausto, aliviado, louco para desaparecer da frente de todo mundo, desaparecer para nunca mais voltar, a imagem da defunta pulsando atrás das retinas, o corpo meio suspenso, a bunda mal tocando o assento do vaso, o cheiro de mijo e merda que, curiosamente, só sentiu depois de olhar, como é possível?, o som da torneira gotejando numa das pias repentinamente amplificado, terá sido aquilo a última coisa que ouviu antes de morrer?, ou não, provável que o som do próprio estrangulamento, a vida se apagando aos poucos, rumo ao desligamento total.

— O que foi que aprendemos hoje? — disse, amuado no banco traseiro do táxi que o levava para casa.

— Como? — perguntou o taxista, um rapaz de vinte e poucos anos, abaixando o volume do rádio. Uma música antiga do R.E.M. — O senhor falou comigo?

— Não, não.

— Como?

— Falando sozinho. Mania.

— Ah. Também faço isso às vezes.

— Pois é.

— A minha noiva reclama que eu falo mais sozinho do que com ela — riu o taxista.

— É mesmo?

— Fica à vontade.

Óbvio que Moshe não ficou nem um pouco à vontade, mas prometeu a si mesmo fazer um esforço — ainda que inútil — nesse sentido.

Será que eu perdi alguma coisa?, Moshe se perguntou por dias e noites a fio após o ocorrido. Será possível que ela tivesse acenado com ou deixado no ar a possibilidade de se matar, ou ao menos externado a tristeza ou, melhor dizendo, uma tristeza que seria tão sufocante ao ponto de fazê-la tomar aquela atitude, naquele lugar e daquela maneira?

Pensou nisso por um bom tempo.

Chegou a se culpar em um primeiro momento, maldizendo o próprio egoísmo, a distração, a falta de empatia, a possível desconsideração para com alguém em uma situação assim tão desesperadora, não é possível que eu seja tão cretino, não é possível que seja tão tapado.

— Não é possível, vai se foder.

Passou e repassou tudo incontáveis vezes, incansavelmente, ao acordar, a caminho do trabalho, tomando um café ao balcão da padaria, no cinema, antes que a sessão começasse, com os olhos abertos no escuro, no meio da noite, incapaz de dormir, e o sono, quando vinha, trazia pesadelos que rearranjavam o que vira de maneiras peculiarmente aterradoras, por exemplo, a porta do reservado sendo aberta e ele e Sara se deparando não com a defunta, não com a coisa já consumada, como de fato aconteceu, mas com Giovana estertorando, nos instantes finais do ato suicida, a segundos do desenlace, e os dois tentavam e não conseguiam salvá-la, incapazes de desatar o cinto, incapazes de suspendê-la, o corpo pesado demais, não havia tempo para fazer mais nada, para fazer coisa alguma, e ela morria diante deles, nos braços deles, mijo e merda liberados, tomando o lugar, tornando o chão ainda mais escorregadio, e então o berro de Sara o trazia de volta à consciência, os olhos abertos no escuro, no meio da noite. Passou e repassou tudo até concluir que não,

Giovana não disse ou deu a entender nada naquele dia, naquela noite, quando se encontraram por acaso após tantos anos e se sentaram à mesa do boteco, ela falando sobre a traição do marido, a humilhação, mas não sugerindo nada quanto a se matar ou estar deprimida a esse ponto, pelo contrário: ao falar da separação, embora lamentasse o desgaste causado pelo processo, longo e repleto de baixezas, espinhoso, com dois elementos extremamente complicadores (o filho pequeno, a amante), e ainda sentisse uma raiva estridulante do ex-marido, coisa mais do que justa e natural, mostrava-se animada com o que chamava meio bisonhamente (no entender de Moshe) de "nova vida", dizia que se deparar com um colega de faculdade assim, do nada, depois de tanto tempo, era uma "bênção", um "sinal", e que vinha procurando e adicionando uma pá de gente no Facebook, combinando jantares e baladas e cineminhas, e que esses reencontros e reaproximações são tão legais, não é mesmo?

— Uma das melhores coisas da vida, Moshe, pode ter certeza, e é nisso que estou interessada agora, em *viver*. Só lamento ter perdido tanto tempo sendo feita de trouxa por um desgraçado daqueles.

Assim, ele eventualmente se convenceu de que não deixara escapar nada, não tivera chance ou oportunidade de ajudar, sequer sabia que ela precisava de ajuda (e talvez nem ela soubesse até o momento em que se decidiu e escreveu a carta e foi à churrascaria e ao banheiro da churrascaria e desgraciosamente se enforcou) (talvez a decisão tenha sido fruto de um dia particularmente ruim) (e basta um dia ruim, não é mesmo?).

Moshe concluiu que não teve culpa, a não ser (ainda matutou) que o fato de tê-la apelidado de Monica Lewinsky quando estavam na faculdade (porque então já era gorducha e, o mais importante, chupava como ninguém, segundo o relato detalhado e fidedigno de alguns discentes — incluindo o próprio Moshe — e um docente) tivesse alguma coisa a ver com a decisão, tomada uma década depois, de se matar. Mas isso, ele pensou, era absurdo, inconcebível. Giovana sabia do apelido e nunca se mostrou incomodada, pelo contrário, chegou a chamar um dos colegas de Bill e à namorada dele, Hillary, depois de ter comido o menino (foi a expressão que usou, comi o menino mesmo, por quê?) em uma festa, no banheiro, enquanto a corneada jogava conversa fora na sacada, ignorante do que acontecia lá dentro, julgando que o namorado se enfurnara em um dos quartos para fumar um baseadinho quando, na verdade, ele e Giovana transavam sem fazer muito esforço para disfarçar o ato, qualquer um (como Moshe) que passasse pelo corredor saberia exatamente o que acontecia no banheiro. E depois, ao confrontá-la, que sacanagem, imagina se ela dá o flagra, o inferno que ia ser, fim de festa pra todo mundo, Giovana riu, ela que se foda, comi o menino mesmo, por quê?, comi o Bill hahaha, e agora a Hillary só vai descobrir se você contar, Moshe, então não seja filho da puta. E ele não foi, é claro. Não comentou a respeito com ninguém que já não soubesse, e Hillary e Bill continuaram juntos. Não disse nada, não deu com a língua nos dentes, mas riu horrores do chiste. Bill e Monica e Hillary.

Enfim.

As razões pelas quais Giovana tomou a decisão de se enforcar não tinham nada a ver, em absoluto, com qualquer coisa relativa a ele. Moshe não era parte daquela equação, as festas universitárias movidas a vodca barata, Pavement, maconha de quinta categoria e sexo bêbado não eram parte daquela equação. Nada daquilo tinha a menor importância, não era decisivo ou sequer relevante no cômputo geral dos pequenos desastres que, acumulados, levaram sua ex-colega de faculdade ao suicídio.

Tal impressão foi confirmada pelas razões que, Moshe descobriria depois, Giovana detalhou de próprio punho em uma carta que a polícia encontrou em seu apartamento. Nenhuma surpresa ali: o casamento que implodira e a insensibilidade e a canalhice do ex-marido, ao que tudo indicava, eram as únicas coisas que passavam pela cabeça dela enquanto amarrava o cinto no cano de descarga, enrolava o troço no pescoço e se deixava enforcar no banheiro daquela churrascaria.

Quem contou a respeito da carta foi Sara. Ela adicionou Moshe no Facebook dez dias depois da tragédia, quando ele ainda se torturava (mas não muito, àquela altura), pensando que deixara escapar alguma coisa.

> Vc ficou sabendo?
> Do quê?
> A polícia encontrou uma carta no ap da Giovana. Ela grudou no meio da tela da TV c/fita isolante
> Fita isolante?

Ela devia estar s/ fita adesiva em casa

Eu não sabia. Que maluquice. Ela já foi pra festa com tudo planejado.

Botou a culpa no ex. Vc n conhece o cara né

Não, não conheço.

Se alguém aqui precisa se culpar sou eu...

Como assim?

Eu q apresentei os dois

Ah, mas você não obrigou ninguém a se casar com ninguém ou agir como fdp depois, então para com isso.

Mesmo assim

De onde você e ela se conheciam mesmo?

Eu trabalhei um tempinho na admin do colégio onde ela dava aula e gente n perdeu contato. Vc conheceu ela na facul é isso

Sim, a gente foi colega de turma, mas nunca mais se viu depois da formatura. Daí eu encontrei com ela por acaso outro dia, uma semana antes do aniversário. A gente botou a conversa o dia e ela me convidou.

Nossa

O quê?

Vc nem ia saber de nada então

Como?

Se n tivesse encontrado c/ela por acaso vc n ia ver nem saber de nada, vc nem ia saber q ela se matou

Moshe não entendeu (e não quis perguntar) o que Sara pretendia com aquela observação. Ele próprio pensara naquilo, é claro, mas desconsiderara como o tipo de especulação descabida que não levava a lugar nenhum. Eles se encontraram por acaso. Ela o convidou para o jantar de aniversário. Ela se matou no banheiro da churrascaria. Ele e Sara encontraram o corpo. Insistir naquela conversa cheia de "e se" era uma empreitada dolorosamente inútil. Melhor mudar de assunto, mas isso tampouco funcionou muito bem: após alguns dias de conversa fiada pela rede social, ela achou melhor se afastar no momento em que irrompeu em sua caixa de mensagens um convite meio desajeitado para tomar um café um dia desses, ou uma cerveja, o que você quiser.

Melhor n Moshe

Ah. Tá bom. Foi mal.

Vc é um cara bacana e eu fico lisonjeada mas é q n rola né

Claro, claro, desculpa aí.

N tem pq pedir desculpa

Certo.

Bom tenho q ir pro trabalho

Blz. A gente se fala depois.

Se cuida

Você também.

Depois disso, sentindo-se envergonhado, Moshe não encontrou mais pretextos para conversar com ela, que, por sua vez, tampouco voltou a puxar assunto.

— Puta merda, eu sou burro pra caralho — comentou com Jonas. Circulavam por entre as prateleiras de uma livraria, fazendo hora. Era uma tarde de sábado, o lugar apinhado de gente. — Estraguei tudo.

— Mas não foi ela que te adicionou?

— Foi.

— E você não disse que ela estava assim toda interessada lá na churrascaria?

— Aí eu já não sei. Devo ter entendido tudo errado.

— É o que tá parecendo...

Pararam junto a uma gôndola. A sessão no cinema vizinho à livraria só começaria dali a uma hora, e Moshe nem tinha certeza de que queria mesmo assistir ao filme, um drama histórico escandinavo ou coisa parecida. Talvez fosse melhor dar a tarde por encerrada, ou chamar o amigo para ir com ele para casa, comprariam cervejas, ligariam a TV, sempre algum jogo passando. Distraído, Jonas olhava na direção do café, queria se sentar um pouco, mas todas as mesas pareciam ocupadas.

— É muita cretinice da minha parte achar que a mulher quer trepar comigo só porque foi simpática, me adicionou no Face, depois puxou conversa e...

— A não ser que ela quisesse mesmo trepar com você.

— O que, evidentemente, não era o caso. Cretinice demais. Mas deve acontecer, né?

— O quê?

— Das pessoas às vezes puxarem conversa querendo só, você sabe... *conversar*. Acho melhor fazer uma forcinha pra me lembrar disso na próxima vez.

— Também acho melhor — Jonas sorriu, voltando os olhos para Moshe. — Agora, se você achou ela assim tão bacana e... e quer manter contato, por que não escreve pedindo desculpas?

— Ah, não sei.

— Não custa nada. Como você não insistiu, não encheu o saco, não stalkeou, não surtou, enfim, não foi um boçal, acho que não tem motivo pra ela não deixar o assunto pra lá.

— É. Talvez. Daí a gente volta a trocar figurinha sobre aquelas amenidades.

— Amenidades?

— Você sabe. Churrascarias gourmet, mães de família se enforcando no banheiro...

No entanto, passados mais alguns dias, quando afinal criou coragem e foi enviar a tal mensagem de desculpas, Moshe não a encontrou mais. Sara havia apagado o perfil, desaparecido da rede. Jonas ria sem parar quando ele contou sobre esse novo desdobramento. Dessa vez estavam no apartamento de Moshe, assistindo a um jogo do Miami Heat. Cerveja na geladeira, costeletas assando no forno.

— Olha só o efeito que eu tenho nas mulheres. Uma se enforca e a outra some das redes, o que nos dias de hoje equivale a uma espécie de suicídio social. Ainda que eu não tenha dado em cima da Giovana. Isso nem passou pela minha cabeça.

— Posso te dar assim um conselho?

— Manda.

— Nem é um conselho pra valer, é mais uma sugestão de um sujeito que também passou por um relacionamento longo e... você sabe, o jeito como o troço terminou aqui do meu lado foi até mais tenso e... e, além do mais, eu estou solteiro há mais tempo do que você e...

— Fala logo.

— É sério, tem quase dois anos que estou avulso, contra o quê, uns dois meses aí no seu caso?

— Fala, arrombado.

137

— Evite constrangimentos.

— Como?

— Evite constrangimentos. Enquanto estiver se sentindo assim inseguro, perdidão, até meio bocó, o melhor é... o melhor é evitar constrangimentos. Quer dizer, não fazer nada.

— Não fazer nada? Ficar trancado em casa? Isso eu já meio que faço e você vive me enchendo o saco pra sair.

— Não, não é ficar trancado em casa. Presta atenção. Você tem mais é que sair mesmo, tem que se encontrar com as pessoas, conhecer gente e... mas... o que eu quero dizer é outra coisa.

— Que outra coisa?

— Quando você sair e conhecer alguém, a não ser que a mulher diga com todas as letras exatamente o que quer com você, não faça nada.

— Hein?

— Isso mesmo que você ouviu — Jonas bateu as cinzas do cigarro numa lata vazia de cerveja que estava sobre a mesa de centro, depois voltou a se recostar na poltrona. Mantinha uma expressão grave no rosto. Estendido no sofá vizinho, Moshe fazia uma careta engraçada, como se fosse cair no riso a qualquer momento. — Não faça porra nenhuma. Não tenta passar nenhuma cantadinha, sabe? Não encosta num fio de cabelo da fulana, não fica rindo mais alto que os outros das... das piadas que ela contar. Não concorda com tudo o que ela disser feito um... um...

— Um bocó?

— É. Um bocó. Está me entendendo? Vou resumir: tenta não chamar muito a atenção.

— Belíssima estratégia. Só me diz uma coisa: quem é que vai querer ficar com um cara que se finge de morto?

— Ué, sei lá, mas é bem melhor do que abrir a boca e dar com os burros n'água.

— Ah, não sei.

— Vai por mim. No seu atual... é... estado de espírito, acho que é o melhor... como é que os caras falam mesmo?... acho que é o melhor curso de ação possível.

— Curso de ação? Que porra é essa agora? Você fala como se eu fosse invadir a Síria.

— Não, é sério, presta atenção, não é tão complicado assim. Quando você sair... da próxima vez que conhecer alguém, faz um teste.

— Um teste.

— Sim, um teste. Tenta ficar na sua.

— Uau.

— Tipo, ouvir mais do que falar.

— Isso eu já faço.

— E aja naturalmente.

— Agir naturalmente?

— Isso aí.

— A essa altura, meu caro, não creio que eu seja capaz de agir naturalmente junto a um espécime do sexo oposto.

— Se a fulana te quiser, pode ter certeza, ela... ela vai dizer ou deixar isso bem claro.

— Ah, não é bem assim, né? Nem todas fazem isso.

— Tá, mas alguma vai. Eventualmente.

— Eventualmente?

— *Eventualmente* é melhor do que *nunca*.

— Você não está ajudando, Jonas.

Mas a verdade é que estava, sim. E muito.

139

Corrigir as provas, preparar e comer um bife de contrafilé e uma salada com tomate, cenoura e agrião, tomar banho, barbear-se, vestir-se: Moshe faz todas essas coisas com a sensação de que um capítulo de sua vida finalmente se encerrou com a visita de Iara pela manhã e o consequente desaparecimento da caixa com os pertences que ela esquecera ali meses antes. Por mais que um semestre tenha se passado e ambos, mal ou bem, seguido com suas vidas, a visão cotidiana daquela caixa emanava algo de irresolvido ou pendente, e o primeiro lugar em que, aliviado, ele deitou os olhos ao sair do banho foi justamente o espaço agora vazio sob a mesa.

Ela não está mais aqui, pensou.

Eu estou.

Guardadas as devidas proporções, é algo parecido com o que sentiu quando, em meados de 2009, finalmente viajou para Israel e visitou o túmulo da mãe. Nili estava morta havia então seis anos, mas só quando parou diante daquele túmulo em Haifa é que Moshe conseguiu mensurar a perda sofrida, e, além disso, pôde considerar com alguma clareza onde se encontrava, não só em relação à mãe, mas também no que dizia respeito aos estudos, ao trabalho e sobretudo às pessoas que seguiam vivas e mais ou menos próximas (ou próximas e mais ou menos vivas, como gostava de brincar), especialmente Iara e Miguel.

Podia fazer algo. Podia fazer muito mais.

Ainda era tempo.

O efeito não durou muito, bastou voltar a São Paulo para se deixar atolar outra vez, mas o que sentira lá fora real e efetivo, um sopro de vida e de presença diante da morte e da ausência — enfim presentificada, visível — da mãe.

Vez por outra (como agora, no momento em que amarra os cadarços), pensa naquela sensação.

Como recuperá-la? E, o mais importante, como mantê-la?

A verdade é que não faz a menor ideia.

Está abotoando a camisa quando o celular começa a vibrar sobre o criado-mudo, ao lado dos óculos que coloca antes de dar uma olhada no visor, e lá está o nome do pai. De novo, precisa se ocupar em *não* atender, até porque está atrasado para a aula.

— Ligo amanhã cedo — diz, como se Miguel pudesse ouvi-lo e não ao toque repetitivo. — Palavra.

No momento em que vira à direita e começa a subir a João Ramalho, o celular vibra de novo, agora no bolso da calça, e ele cogita nem mesmo checar, já falei que ligo amanhã cedo, caralho, agora vê se me deixa em paz. No entanto, alcança o aparelho e logo está falando não com o pai, que provavelmente deu o dia por encerrado, depois voltará a tentar (ou não), mas com Jonas.

— Dando aula?

— A caminho de.

— Que horas você sai mesmo?

— Às sete.

— Então. Tava pensando... quer me encontrar depois lá na Augusta? No Ibotirama?

— Pode ser.

— Combinado, então.

— Mas, peraí, logo na Augusta? O pau comeu feio praqueles lados ontem, lembra?

— Ah, pois é, mas eu ouvi dizer que hoje vai estar tranquilo, não tem nada assim rolando.

— E se não estiver? E se rolar?

— Ué, acho difícil, mas... se for o caso, a gente... não sei, eu...

— Relaxa — ele sorri. — Te enchendo o saco.

— Imaginei mesmo.

— A gente pode inventar um drinque e chamar de Bomba de Efeito Moral.

— Haha. Qual a receita?

— Sei lá. Fogo Paulista com Campari e Paratudo.

— Consigo beber isso, não.

— Bunda-mole. Até mais tarde, então.

— Ah, peraí, você... você ligou pro seu pai?

— Amanhã. Vou ligar amanhã cedo, sem falta, daí você pode parar de me encher por causa disso.

— Bacana, mas... por que não liga hoje?

— Porque agora vou trabalhar e mais tarde, pelo visto, ter com a sua pessoa.

— Não dá pra ligar, sei lá, no intervalo da aula? Ou no trajeto entre o trabalho e o boteco?

— Amanhã.

— Tá bom, tá bom. Seu pai, suas regras.

— Mas, por falar em família, sabe quem passou lá em casa hoje de manhã?

— Sério? Ela foi buscar a caixa?

— Finalmente.

— Teve... teve flashback?

— Nem perto disso. Na verdade, fiquei foi pensando como eu e ela passamos tanto tempo juntos.

— Ah, isso aí, eu acho que todo mundo se pergunta a mesma coisa depois de se separar.

— É o que dizem.

— Mas você... você está bem, irmãozinho?

— Estou.

— Mesmo?

— Palavra. Tranquilo, tranquilo.

E é tranquilo, tranquilo que adentra a escola, feliz por ainda ter uma pessoa tão próxima, alguém que não afugentou ou que não se enforcou no banheiro de uma churrascaria em plena festa de aniversário. Cumprimenta a recepcionista e alguns colegas e alunos pelo corredor e vai direto para a sala de aula, está três minutos atrasado e já estão à espera. Por sorte, as horas seguintes passam bem rápido.

Moshe começou a trabalhar ali pouco antes de se formar, e a ideia era usar o emprego para se manter enquanto não ingressasse no mestrado e descolasse uma bolsa (ou não aparecesse coisa melhor). Terminou a graduação em 2002, mas, passados quase onze anos, segue trabalhando no mesmo lugar e desempenhando a mesma função. O dono da escola gosta dele, tanto que sugeriu certa vez que assumisse um cargo na coordenação, teria um aumento, é claro, e outros benefícios, mas, ao contemplar as longas horas de expediente, as reuniões intermináveis, a burocracia com a qual teria de lidar, as intrigas de escritório, as festas de confraternização, Moshe agradeceu e declinou educadamente, dando a desculpa de que estava prestes a encarar o mestrado e, sabe como é, não conseguiria me dedicar pra valer às duas coisas, vou acabar me enrolando todo. O homem não gostou, mas acabou aceitando, como quiser, mas na sua idade eu tinha dois empregos e ainda estudava. Uma expressão de espanto e admiração, uau, nossa, hein?, e nunca mais tocaram no assunto.

— Quando paro para pensar — comentou com Jonas certa vez, os dois bêbados de vinho e quentão na quermesse da Igreja do Calvário —, eu me surpreendo mais com o fato de que ainda existem pessoas que paguem para estudar inglês do que com a minha falta de vontade ou incapacidade para procurar outro emprego ou finalmente agilizar aquele maldito mestrado. Ou talvez eu apenas me sinta confortável no meu emprego, e *emprego* é algo bem distinto de *trabalho* ou *serviço*, a meu ver, e muito embora eu não seja cristão ou qualquer outra coisa, não obstante ter sido gestado em um ventre judeu, o que para muitos e tecnicamente já define o que sou desde antes de eu ter sido arrancado de lá, sob protestos, séculos atrás, se fiz direito as contas, é provável que a minha a falta de ambição seja premiada pelo bom e velho Yeshua, também conhecido como Jesus, quando e se ele cumprir o que supostamente prometeu e voltar a esta terra desgraçada para separar o joio do trigo e ver a quantas anda o Maccabi Ahi Nazareth FC.

— E a quantas anda o Maccabi Yada Yada FC, já que você tocou no assunto?

— Na segunda divisão israelense, onde mais?

A verdade é que, mesmo com o emprego, que exige pouco e o deixa com bastante tempo livre, Moshe poderia se dedicar sem maiores problemas e com afinco à pesquisa de mestrado.

— Sobre o que é mesmo? — Iara perguntou, animada, quando ele mostrou o projeto que rascunhara no computador anos após recusar a promoção oferecida pelo chefe, contando que planejava se inscrever no próximo processo seletivo da USP.

— Peixes-banana.

— Oi?

Ele se virou para a tela, limpou a garganta e leu, empostando a voz:

— A observação social e o papel do narrador na mediação entre o protagonista e seu meio a partir de uma leitura da primeira das *Nove estórias* de J. D. Salinger, "Um dia ideal para os peixes-banana".

No entanto, como a própria Iara fez questão de sublinhar na noite em que romperam, ele se desinteressou rápido demais, antes mesmo de aprofundar o tema (assim como está, disse a Jonas, parece bonito e pomposo, mas não quer dizer porra nenhuma), ler a bibliografia que o orientador sugeriu (Weinberg, Kazin, Freedman, Leitch, Jameson, Eagleton) e reler o próprio Jerome David.

— Mas... porra... você já está no final do segundo período — disse Jonas na véspera, os dois enfurnados no boteco na Apinajés, acompanhando a batalha campal pela TV. — Por que não respira fundo e termina logo esse troço?

— Terminar? Eu mal comecei. Só fiz dois créditos, tomei pau em outros dois porque quase não fui às aulas, meu orientador meio que desistiu de mim e, se você quer mesmo saber, o mais provável é que nunca mais coloque os pés na Universidade de São Paulo, exceto, talvez, para ir à feira do livro. Os caras dão uns descontos sensacionais.

— Eu... eu nem... olha, isso vai soar meio esquisito, mas eu não sei mais o que fazer contigo, Moshe.

— Tem dias em que até me sinto meio animado, sabe? Estudo um pouco, faço anotações, chego ao cúmulo de abrir o Word e digitar umas besteiras. Só que isso não dura muito e logo estou largado no sofá vendo algum filme em preto e branco e dublado no TCM. Ou ligando para a sua pessoa a fim de jogar conversa fora.

— Mas que... que...

— Eu sei, eu sei. Sou um homem de prazeres simples.

Moshe sabe que precisa resolver o imbróglio, ir à universidade, dar uma satisfação para o orientador, pedir desculpas pela falta de interesse e, se for mesmo o caso, formalizar o abandono, mas, em vez disso, vencido o expediente, está dentro de um ônibus menos cheio do que esperava e no qual embarcou na rua Cardoso de Almeida. Por causa do horário e do trânsito carregado, sobretudo na Dr. Arnaldo, leva mais que o dobro do tempo habitual para chegar à Paulista, cinquenta e poucos minutos sentado lá no fundo, olhando para as luzes que se movimentam, lerdas, ao redor do veículo. Desce na frente do Conjunto Nacional, atravessa a avenida, dobra à direita na Augusta e segue até a esquina com a Fernando de Albuquerque, quatro quarteirões abaixo, é bem provável que Jonas já o aguarde. Entra no bar e cumprimenta os garçons. Pergunta a um deles se por acaso não viu um baixinho metido a besta, de terno e gravata, barrigudo e com a maior pinta de corretor picareta.

— Lá em cima — é a resposta.

Ele não está no segundo piso. Mais um lance de escadas e dá com o amigo no terceiro e menos barulhento dos ambientes do Ibotirama, sentado a uma mesa próxima da janela, os cabelos penteados para trás com gel fixador, paletó no encosto da cadeira, gravata afrouxada, mangas dobradas, o primeiro chope já pela metade. Jonas se levanta ao vê-lo se aproximar. Um abraço.

— Você é enrolado demais.

— Olha só quem fala — Moshe se senta, ajeita os óculos. — É que eu vim de ônibus, né?

— Mas... putz, eu achei que você fosse pegar um táxi. Eu devia era ter ido te buscar.

— Dava na mesma. Trânsito todo travado. A não ser que a gente ficasse lá pros lados das Perdizes mesmo.

— A gente já fez isso ontem.

— E daí?

— É que... porra, eu estou aqui fazendo de tudo pra te tirar de casa sempre que possível e...

— Mas ontem você me tirou de casa.

— Aquele boteco fica a três quarteirões do seu prédio.

— Uns cinco ou seis, não?

— Não interessa, ainda... ainda é o seu quintal.

Moshe abre um sorriso meio lesado. — Meu jardim.

— Sua horta?

— Não, não. Melhor quintal mesmo. Daqueles com um monte de entulhos, com uma bananeira enorme, cheia de morcegos. Horta, não. Nunca plantei porra nenhuma na vida.

— Haha, que surpresa.

— E a massa de manifestantes?

— Ah, eu vi alguma coisa no Facebook sobre outra manifestação no começo da semana que vem, mas não tenho certeza.

— É, eu também vi.

— Mas teve uma manifestaçãozinha hoje à tarde na Paulista.

— Sério?

— É, os caras lá berrando que não vai ter Copa e...

— E deu quórum?

— Eu não sei dos detalhes, não, só li alguma coisa assim por alto na internet.

Moshe suspirou. — Bom. Ninguém vai negar que os espíritos irrequietos têm um cardápio bastante rico de pretextos para se manifestar nos dias que correm.

— E é isso que eles são? Como é que é? Espíritos irrequietos? — Jonas está gargalhando.

— Estamos todos mortos.

— E eles... eles sabem disso?

— Ainda não.

— E ninguém vai contar pra eles?

— Não. Ninguém.

— Nem a PM?

— Que o quê. A PM também não sabe.

Um garçom se aproxima e coloca um chope à frente de Moshe. — Saúde.

— Você sabe que está em casa quando sequer precisa se dar ao trabalho de expressar o que deseja.

O garçom se afasta, sorrindo. Eles erguem os copos.

— Bom. O gigante acordou — diz Jonas.

— O gigante acordou pra cagar.

E eles brindam e bebem. Em seguida, Moshe conta o que aconteceu naquela manhã, a visita de Iara, a conversa amistosa (alguns momentos de tensão, ele diz, mas creio que eu e ela nos viramos muito bem e civilizadamente), a sensação de assunto encerrado.

— É, ela é... gente boa — diz Jonas.

— Eu também sou.

— Mais ou menos, né?

— Eu sou, pode acreditar.

Cinco minutos e já estão sinalizando para o garçom: mais dois. O primeiro chope sempre escorre pelas rachaduras, é para matar a sede e a vontade, costumava dizer Miguel, é o segundo que diz a que veio e a que viemos (embora, no caso, seja o terceiro de Jonas).

— Outro dia eu estava pensando...

146

— Deve ter sido um dia bem louco.

— ... acho que ela nunca foi muito com a minha cara.

— Ela quem?

— A Iara, ué. Não é dela que a gente está falando?

— Besteira. Ela sempre foi mais ligada naquela turma lá dela, o pessoal da faculdade, do trabalho, mas não tinha nada contra a sua pessoa, não.

— Mesmo assim, sabe?...

— Vou tentar explicar de outro modo. Ela te via como se fosse uma extensão de mim, uma extensão que não servia pra muita coisa, mas que também não enchia muito o saco.

— Uau.

— Falando sério aqui. Não tinha nada contra você. Ela é meio fechada, mas teria dito alguma coisa se tivesse.

— Ela e a Manoela, as duas... até que se dão bem. Ou se davam, não sei se ainda... elas eram assim meio parecidas, né?

— Mais ou menos. Sua ex, por exemplo, se me permite dizer...

— Ah, pode falar, eu não ligo.

— ... é meio estourada e impulsiva.

— É. Um bocado — Jonas abre um sorriso.

— Que foi?

— É que o gênio da Manoela meio que lembra... lembra o seu, talvez?...

— Eu não sou impulsivo.

— Mas é estourado.

— Lindo, mas e daí?

— Mas... eu... eu não quis dizer que as duas eram parecidas assim em termos de... de temperamento. Nós dois aqui, por exemplo... a gente também é diferente pacas um do outro, mas tem um senso de humor parecido... curte mais ou menos as mesmas coisas e...

— Falando desse jeito, até parece que você acha que a nossa relação tem futuro.

— Haha.

— Ajudaria se você parasse de fumar.

— Ah, isso aí nunca vai acontecer, não.

— Talvez tenhamos um problema, então.

— Na verdade, eu nunca... eu nunca saquei a Iara direito.

— Meio fechada, como eu disse. Tímida. Sisuda.

— Mas não é uma maluquice? Quando a gente se conheceu... nossa, foi em... vocês ainda estavam no começo do namoro, certo?

— Bem no comecinho.

— E eu te digo que, passado todo esse tempo, eu não sei mais dela hoje, agora, do que soube depois de, sei lá, meia hora batendo papo com vocês dois naquela cozinha enquanto... nossa, você lembra daquilo? Os malucos cheirando na sala ao lado até que a... esqueci o nome dela... era aniversário dela, poxa.

— Ana. Foi ela quem me apresentou pra Iara.

— Sim, eu lembro de você comentar. Mas a Iara, ela... olha que ela passou por um perrengue terrível depois, mas continuou do mesmo jeitinho. Pelo menos até onde eu sei, claro.

— Entendo o que quer dizer. E é verdade, ela continuou do mesmo jeito. Não mudou nada. Nem depois de perder o irmão.

— Aquilo foi... puta merda, consigo nem imaginar.

— Ela sobreviveu. Sobreviveu à morte dos pais. Sobreviveu à morte do irmão. Sobreviveu à minha morte. Ela vai ficar bem.

— Eu não quis sugerir que...

— Eu sei que não — um sorriso forçado. — Mas eu sugiro que a gente brinde a ela quando o garçom trouxer os nossos chopes e depois mude de assunto.

— A gente pode brindar a você, também.

— E por que a gente faria uma coisa dessas?

— Eu não sei, eu... parece mais leve. Você. Mas é... é bem difícil de dizer assim com um mínimo de certeza.

— Por quê?

— Ué, porque você também é fechadão no que diz respeito a um monte de coisas.

— Não faço por mal.

— Eu sei que não, mas... enfim... não fica com essa cara.

— Que cara?

— Essa cara de cu que você faz toda vez que... ah, foda-se. Acho que preciso fumar um cigarro. Quer descer lá comigo?

— Preguiça. Te espero aqui.

— Eu devia ter escolhido uma mesa lá embaixo, né? Sou burro pra cacete.

— Você é burro pra cacete, mas tudo bem, eu gosto daqui. É tranquilo. Anda logo, vai.

Sozinho, Moshe pensa no que conversaram há pouco, não o que disseram sobre Iara, está visivelmente exasperado de pensar ou falar sobre ela, mas a respeito das manifestações e a maneira como o amigo se refere a elas. Quando se conheceram, quase seis anos antes, embora já um tanto desiludido por conta do escândalo do Mensalão e outras coisas, como o lance envolvendo o então ministro mais poderoso da república (e segundo homem forte do partido) e um caseiro, Jonas ainda era (ou se dizia) petista. No entanto, tornou-se cada vez mais crítico do governo e da figura maior, sacrossanta, adorada pelos correligionários.

— Não tem cabimento — Jonas passou a dizer. — No fim das contas, acho que ele é o maior ou um dos maiores responsáveis por toda essa... como é que você chama?

— Disenteria republicana — Moshe respondia, encolhendo os ombros e se limitando a dizer que nunca votara e jamais votaria no tal sujeito, e que achava ridículo que as pessoas defendessem com tanta veemência e se fiassem daquela forma em uma figura que, se vista com um mínimo de atenção, e isso desde sempre, não era em nada diferente das outras que ocuparam ou tentaram ocupar o mesmo cargo, uma longa fila de boçais, oportunistas e batedores de carteira, alguns mais demagogos, outros menos, alguns com mais, outros com menos verniz. — São todos feitos da mesmíssima cepa carcomida por cupins.

Nas eleições de 2010, Jonas se recusou a votar na candidata ungida pela tal eminência partidária e, com a vitória dela, suas críticas aos poucos adquiriram um fervor inédito. Novos escândalos, decisões obtusas, incapacidade para gerir o que quer que fosse, desde a base aliada no Congresso até a economia, a quantidade absurda de recursos desviada e queimada em função da Copa do Mundo e das Olimpíadas que estavam por vir, tudo isso foi irritando Jonas e, em três anos, a presidenta passou de "vacilante" e "meio assim autoritária, né?" para "desqualificada", "imbecil" e "incompetente demais da conta".

— Como é que pode uma desgraça dessas?

Moshe, que nunca foi ou se considerou de esquerda, acompanhava com curiosidade e bom humor a mudança que se operava em Jonas, e brincava dizendo que, se você continuar desse jeito, com essa raiva galopante aí, logo vai dar um jeito de se filiar ao Partido Social Cristão.

— Eu acho que não vou chegar a tanto, mas vai saber — ele respondia, sério, e então mudavam de assunto.

Da pseudoesquerda petista à centro-direita conservadora, Moshe pensa agora, sentado sozinho à mesa do bar, olhando para o paletó do amigo dependurado no encosto da cadeira, é um percurso e tanto, e reflete muito bem a enrascada em que a gente se meteu. Em todo caso (também pensa), muito pior é continuar teimosamente no mesmíssimo lugar, seja ele qual for. No fundo, e isso a própria Iara chegou a lhe dizer certa vez, ele queria ter a paixão de Jonas. Queria se importar como o amigo sempre se importou e — o que lhe parecia ainda mais impressionante — ainda se importa, apesar dos chistes, das brincadeiras, das diatribes, dos palavrões. Queria dar a mínima para o país e o que acontecia nele, mas a verdade é que não estava lá muito interessado, e nem mesmo a ruidosa inquietação popular em andamento parecia capaz de animá-lo.

— Eles ainda não trouxeram os chopes? — pergunta Jonas, voltando a se sentar. Está com as mãos e o rosto meio molhados. Uma rápida passada no banheiro a caminho da mesa.

— O que você acha?

— Ué, fiadaputa, eu acho que trouxeram e você bebeu os dois.

— Não seria nada absurdo, mas não, ainda não trouxeram. Ei, acabei de me lembrar aqui, você não ia sair com aquela menina que conheceu na choperia do Sesc? Só falava dela ontem. Fabiana?

— Ah. Então. É Rafaela. Eu ia, sim, mas é que ela me ligou hoje cedo desmarcando, pediu mil desculpas.

— Que merda.

Um sorriso. — Mas a gente remarcou pra amanhã.

— E o que é que ela faz mesmo? Acho que você me falou ontem, mas eu estava bêbado, distraído ou as duas coisas.

— Ela estuda arquitetura na Escola da Cidade. A gente... nossa, foi muito bacana, cara, a gente conversou um tempão no dia em que se conheceu, sem parar, um assunto puxando outro.

— Isso é bom.

— Fazia um século que eu não conversava com alguém desse jeito, sabe?

— Quantos anos ela tem?

— Vinte e seis. Completa vinte e sete acho que... em agosto?

— Entrou tarde na faculdade.

— Não, é que... assim, ela fez Direito antes, até trabalhou uns anos na área, mas aí descobriu que o que queria mesmo era mexer com arquitetura.

— E recomeçou tudo do zero? Caramba.

— Eu também fiquei admirado. Você vai conhecer ela depois... se der tudo certo, claro.

— Vai dar tudo certo. Relaxa.

— Não é nervosismo, é que... assim... é claro que eu só vi ela uma vez, mas a gente ficou conversando a noite inteira e desde então tem se falado bastante por telefone, todo santo dia, e eu curti muito, curti muito mesmo. Estou curtindo

— Como ela é?

— Mais ou menos da minha altura

— Ou seja, uma anã.

— Seu cu. E é loira, gordinha...

— Loira, baixa e gorducha. Estou olhando pra ela neste momento, então.

— Haha. Babaca. Ah, ela disse que é louca por futebol, daí falei de você, que frequenta estádio mesmo sem torcer pra time nenhum. Eu falei até da Javari. Ela disse que nunca foi lá.

— Corinthiana?

— São-paulina.

— Ela é da Zona Sul?

— Santo Amaro. A mãe é juíza aposentada e o pai eu não sei, acho que são separados.

— Nunca fui a Santo Amaro. Só saí de São Paulo pra ir a Israel.

— Engraçadinho.

— Ela mora com a mãe?

— Não, divide apartamento com uma amiga. Aqui perto, descendo a rua, se entendi direito... quase na esquina com a Dona Antônia?... Os pais tão bancando ela de novo. Também, parou de trabalhar pra voltar aos estudos, né?

— E levaram essa história numa boa?

— Ela disse que a mãe chiou um pouco no começo, mas acabou entendendo. É bem complicado isso.

— Deve ser mesmo.

— Imagina só, a pessoa com a vida mais ou menos feita, largando tudo pra, como você disse, recomeçar do zero. Mas parece que agora está tudo bem.

— Em que período do curso ela está?

— No quarto.

— Bacana.

O garçom traz os chopes, afinal. Moshe olha ao redor. O lugar não está cheio.

— Desculpa a demora, deputado. É que a gente teve que trocar o barril.

— Sem problema, seu Luís.

— Vocês dois estavam na rua ontem? Apanhando da polícia?

— Batendo. Eu sou da polícia, esqueceu? — Moshe retruca, a cara subitamente amarrada.

— Não fala isso nem brincando — diz o garçom e então se afasta, rindo.

— Agora foi a minha vez de lembrar duma coisa — diz Jonas, depois de tomar um gole. — Aquele seu papo de ontem era pra valer mesmo? Vai desistir do mestrado?

— Vou.

— Você... caralho... se bem que, sei lá, mas olhando daqui... parece que você já desistiu.

— É o que estou dizendo.

— Eu não falo mais nada, irmãozinho.

— Pelo que sou muito agradecido.

Ficam no Ibotirama até as dez e pouco, e então sobem alguns quarteirões pela Augusta. Optam por tomar as saideiras no Charm e outras mais no BH.

Não voltam a falar de Iara. Não voltam a falar do mestrado.

Passa das duas quando Jonas deixa Moshe em casa, dizendo ao se despedir: — Tenta não esquecer de ligar pro seu velho.

— Você é o meu velho. Beijos.

— No fim das contas, você até que é um menino bom, sabe?

— Obrigado.

— Meio perdido, mas bom.

3. (um adendo)
ASPAS

Por mais bêbado que esteja, ou talvez exatamente por isso, Moshe não consegue pegar no sono. Tomou um banho, comeu um sanduíche de presunto, bebeu um copo de suco de laranja (sem vodca), viu um pouco de televisão, e agora está na posição habitual, deitado de costas na cama, os olhos abertos no escuro, pensando, imaginando coisas.

E se.

E se, no momento em que adentraram o Charm para tomar as saideiras, ou quando já estivessem ao balcão, alguém se aproximasse e cutucasse Moshe, dizendo: "Evite o banheiro deste lugar."

Sim.

Ele começa.

Sim.

Os cabelos dela estariam mais longos e escuros, mas ele não teria dificuldades para reconhecê-la. A última vez em que se viram foi na delegacia, o choque causado pela visão de Giovana dependurada pelo cinto, arroxeando, morta, como que os acachapando, e agora, meses depois, ele imagina, surgindo do nada, Sara continuaria tão bonita quanto no momento em que se aproximou e empurrou a porta do reservado no banheiro da churrascaria, o momento imediatamente anterior ao berro, ao choque, ao desvelamento da tragédia.

Evite o banheiro deste lugar, ela diria agora, depois de cutucá-lo, ao que ele: "No nosso caso, acho que o melhor é evitar todo e qualquer banheiro."

"Não é?", um riso aberto, os olhos se fechando por um segundo, os traços incomuns do rosto ressaltados como que por uma luz interna, acesa de repente.

"Com certeza."

Tão bem maquiada que daria a impressão de não estar maquiada, um despojamento calculado, ou talvez desse a impressão de ser calculado porque se tratasse de uma pessoa tão bonita e livre desde os gestos mais simples, arejada talvez seja o termo, como se tivesse mais poros do que a média, mais poros, pulmões maiores, artérias mais grossas, tão bonita que ele respiraria fundo antes de apresentá-la a Jonas e oferecer um copo de cerveja.

155

"Aceito, sim."

Conversariam por quinze minutos ao balcão, e então Jonas puxaria o amigo pelo braço e, com um sorriso meio besta, diria estar de partida.

"Você já está bem acompanhado e, sabe como é, eu tenho que trabalhar amanhã cedo."

"Amanhã é sábado."

"Eu sou corretor, não sou bancário. Vou mostrar uns apartamentos prum cliente." E virando-se para Sara: "Muito bom te conhecer. Desculpa ter que sair desse jeito."

"Não tem problema. A gente combina outro dia."

"Quando quiser."

"E pode deixar que eu cuido aqui do seu amigo."

O sorriso de Jonas quase da extensão da Matias Aires, feliz pelo amigo, feliz por deixá-lo acompanhado, mais do que acompanhado, embasbacado. Antes de sair, viraria o copo de cerveja e, voltando-se uma última vez para Moshe: "Tenta não esquecer de ligar pro seu velho."

"Você é o meu velho. Beijos."

"No fim das contas, você até que é um menino bom, sabe?"

"Obrigado."

"Meio perdido, mas bom."

Moshe e Sara não diriam nada por um tempo depois que Jonas fosse embora. O garçom traria outra cerveja. "O amigo de vocês pagou pelas outras. Começando de novo com essa aqui, beleza?"

Os copos cheios. Um brinde. Os copos vazios.

"Não sei por que eu virei", diria ele.

"Nem eu", ela sorriria, deixando o copo sobre o balcão. "Deve ser porque é bom te ver vivo."

Sim, ele pensaria, eu estou vivo, mas não trepo com ninguém há meses, sendo Iara a última pessoa (e única, ao menos no decorrer daqueles anos de relacionamento) com quem transou, quando foi mesmo?, ainda no começo de outubro do ano anterior, quando então nem sequer imaginava que tudo estaria acabado dali a dois meses e que aquela foda burocrática, depois que voltaram de um churrasco no Limão, na casa de uma colega de trabalho dela, seria a derradeira.

(Acaso soubesse, teria caprichado mais?)

(O pior é que não.)

"É muito bom te ver também. E inesperado."

"Sim. Sim."

Então, ele a beijaria. Depois, outro intervalo silencioso, as mãos juntas sobre o balcão, até que ela diria, como quem se lembra de um detalhe importante: "Divorciei."

"Sério?"

"Em abril", e desviaria os olhos para fora, para a rua.

Moshe não saberia o que dizer além de: "Sinto muito."

Ela voltaria a olhar para ele, erguendo o copo com a outra mão, mantendo-o a poucos centímetros da boca, como se estivesse indecisa entre dar outro gole e devolver o copo ao balcão. Olharia como se medisse a sinceridade do que ouviu, sente mesmo ou foi só uma dessas coisas que falamos por falar?, feito os pêsames no velório de um colega de trabalho que mal conhecemos ou de um parente que não víamos desde a adolescência. Beberia, afinal, dizendo em seguida: "Não precisa sentir, não. Está tudo bem. De verdade."

"Foram casados por muito tempo?"

"Quinze anos. Dá pra acreditar?"

"Quinze?"

"Quinze."

"Nossa, mas você se casou com que idade? Dezoito?"

Ela riria. "Dezenove. Foi uma confusão."

"Por quê?"

"A gente namorava fazia uns dois anos e eu engravidei. Osasco não era lá muito cosmopolita, não é até hoje, acho, e nossos pais, eles meio que forçaram o casamento. Tinha o lance da igreja, também. Rolou uma pressãozinha básica de tudo que era lado."

"Que igreja era?"

"Presbiteriana. Até o pastor veio trocar uma ideia comigo. Não é uma coisa assim muito escrota o jeito como todo mundo se mete na vida de todo mundo? Ainda me lembro daquele cretino sentado na minha frente, me chamando de *menina*. 'Você precisa fazer a coisa certa, *menina*.' Ah, vai tomar no rabo."

"Mas você acabou fazendo a coisa certa."

"Não tinha muito pra onde correr, né? Dezenove anos, estudante de Ciências Contábeis na Anhanguera, desempregada, dependente. E o

Alberto queria casar. Aliás, foi ele quem contou pros pais, mesmo que eu tivesse pedido pra não dizer nada até a gente decidir o que fazer, e os pais dele contaram pros meus, e aí começou o drama todo."

"Mas e a criança? Eu nem sabia que você era mãe."

Ela respiraria fundo. "Aí é que está. A gente se casou, as famílias ajudando, tudo bonitinho... então, certa manhã, acordo com umas dores horríveis..."

"Caralho."

"Pois é. No sexto mês."

"Meu, que..."

"E depois não consegui mais engravidar, mas continuamos casados, os anos foram passando..."

"Sei mais ou menos como é isso."

"Alberto tem aquele jeito lá dele, meio trouxa, mas é um cara decente, sempre me tratou bem. Nunca me sacaneou."

"Um homem bom é difícil de encontrar", Moshe sorriria, mas ela não prestaria atenção, e então ocorreria a ele a imagem de Alberto, sua postura torta, a figura desagradável, o orgulho que parecia ter da própria idiotice, os dedos emporcalhados de gordura, as piadinhas ofensivas, não havia nada de "meio trouxa" no homem, de jeito nenhum, era babaca por inteiro, um babaca de primeiríssima grandeza, do tipo que tem plena consciência do que é e não dá a mínima para isso, a espécie de imbecil que este país se esmera em produzir em quantidades industriais, para consumo interno e para exportação, qualquer um que o visse morto numa estrada, em caso de acidente, saberia só de olhar que se tratava de um cretino, e sorriria mais ao pensar nessas coisas, e teria vontade de dizer a ela que, se me permite parafrasear assim tão desavergonhadamente, Alberto não seria um bom sujeito nem mesmo se a cada instante de sua vida houvesse alguém por perto pronto para lhe dar um tiro. "Mas você parece bem."

"E estou. Gostei muito de te encontrar. Estava esperando pra atravessar a rua e te vi parado aqui dentro, junto com o seu amigo. Você olhava praquelas garrafas de cachaça como se fossem uma televisão de cinquenta polegadas passando uma final de campeonato."

Ele riria, encolhendo os ombros. "Eu e o Jonas estávamos no Ibotirama. Viemos aqui só pra saideira. Você costuma vir muito pra esses lados?"

"Agora, sim. Morando na Bela Cintra. Arranjei trabalho no shopping ali embaixo. Frei Caneca."

"Numa loja?"

"Numa financeira. Empresto dinheiro pra gente desesperada. Você está desesperado?"

"Ainda não. Por quê? Pareço estar?"

"Não", o sorriso outra vez. "Pra falar a verdade, você parece bem melhor que antes. Lembro-me de você lá na churrascaria, sentado na nossa frente, conversando de um jeito meio tenso."

"Eu não conhecia vocês. E seu ex-marido fazia um puta esforço pra ser desagradável."

"E eu não parava de te perguntar um monte de coisas."

"Ah, isso não me incomodou. Os comentários dele, sim. E depois ainda rolou, você sabe..."

"Mas não era só isso. Você parecia, sei lá como dizer isso... meio perdido, talvez. Não foi assim que o seu amigo falou antes de ir embora? E triste. Bem triste."

"E agora não pareço mais?

"À primeira vista, não."

"E à segunda?"

"Acho que também não. Mas posso estar enganada."

Meia hora depois, ela lhe acariciaria a mão e roçaria os lábios em seu pescoço assim que se acomodassem no banco traseiro do táxi, a noite muito fria e ele perguntando, meio rindo, se ela estava com calor, pois usava um mísero agasalho de moletom sobre o vestido.

"Não. Não sou friorenta."

O carro dobraria à direita na Augusta e, lá em cima, também à direita na Paulista, e pelo túnel chegariam à Dr. Arnaldo, ele lhe acariciando a coxa direita, as pernas são finas, a pele leitosa, macia, outra vez à direita, na Cardoso, ela lhe acariciando a coxa esquerda, à esquerda na Bartira e, afinal, à direita na Franco da Rocha, o taxista pararia defronte ao prédio, deixa comigo, ela diria, você pagou as cervejas, subiriam as escadas em silêncio, entrariam no apartamento e ele perguntaria: "Quer beber alguma coisa?"

A resposta seria um beijo prolongado, após o que ela tiraria o agasalho, abriria os primeiros botões do vestido, puxaria um dos peitos para fora, para dentro da boca dele, ainda estariam no corredor.

"Onde é o quarto?"

No quarto, ela tiraria o vestido e a calcinha, o seio que chupava no corredor pendendo para fora do sutiã, ele a deitaria na cama e a viraria de costas, magra e peituda, quase sem bunda, passaria a língua na nuca, nas costas, nas coxas, ela suspenderia um pouco o traseiro, ele se ocuparia do cu, ela rindo e gemendo, Iara não gostava disso, sentia um pouco de nojo e só permitia ou não ligava quando bêbada, e mesmo assim demonstrava algum desconforto, virava o corpo depois de uns poucos minutos, virava e pedia que chupasse o grelo, adorava dizer *grelo*, mas não Sara, que empurraria a bunda contra a cara de Moshe e mexeria o quadril, e então ele se ocuparia da boceta, ela gemendo mais alto, assim ficariam por um bom tempo, até que ele sentisse a boceta se contrair e a ouvisse sufocar o grito no travesseiro, e mesmo depois não se viraria, ele mantendo a língua na boceta, lambendo mais devagar enquanto o corpo dela relaxava, só depois, passados mais alguns minutos, é que se viraria, sorrindo, isso foi bom, diria, ele se jogando sobre ela e eles se beijando, ela enfim arrancando o sutiã, fazendo com que ele se deitasse de costas e começando a chupá-lo, meu pau está duro e eu estou vivo, depois o cavalgaria e assim gozaria outra vez, e ele logo depois, duro e vivo, tanto que soltaria um obrigado quando ela se deitasse sobre o seu peito, e ela riria, como assim obrigado?, uns vinte minutos se passariam sem que dissessem coisa alguma, quietos, trocando carícias, e então ela perguntaria, posso tomar um banho?, é claro que pode, e antes que fosse para o banheiro ouviria o pedido, não vá embora, passa a noite comigo, passar a noite com você?, sim, a não ser que tenha algum compromisso pela manhã.

Um sorriso. "Estou de folga."

"Eu também."

Transariam de novo ao acordar, e seria ainda melhor, uma trepada sóbria, tranquila, compassada, e depois Sara diria estar morrendo de fome.

"Quer tomar café na padaria?"

Seriam dez e pouco da manhã de sábado quando saíssem do prédio e começassem a subir a rua. Caminhariam de mãos dadas, falando pouco, sorrindo um para o outro, trocando beijos curtos enquanto não abrisse o sinal; na padaria ela pediria uma média e um pão de queijo na chapa, com requeijão, o mesmo para mim, diria Moshe, que em seguida olharia ao redor, pensando: o lugar está cheio e eu, abençoadamente vazio.

Passariam o dia juntos.

Voltariam para o apartamento após o café, parando no mercado para comprar três garrafas de vinho tinto, dois Tannat e um Malbec.

"Gosto dos mais encorpados", ela diria na fila do caixa.

160

"Acho que eu também."

Assistiriam a um Hitchcock na TV, transariam pela terceira vez, agora no sofá da sala, e depois não se vestiriam, abraçados, as taças sobre a mesa de centro, Cary Grant e Ingrid Bergman chegando ao Rio de Janeiro, a cidade vista de cima. Beberiam uma garrafa e meia. Quando fossem para o quarto, já escureceria lá fora.

"Aquilo que você fez ontem foi bem gostoso."

"Aquilo o quê?"

"Com a língua. No meu cu."

"Foi?"

"Foi."

"Vou fazer de novo, então."

De novo, a língua girando pelo cu, e agora com o indicador e o anular atochados na boceta, o cheiro é tão bom, ele diria. Sara não sufocaria o grito no travesseiro dessa vez. Ele a seguraria pelo quadril e meteria por trás, com cuidado, alcançaria os ombros enquanto, por baixo, ela seguraria o escroto com os dedos da mão direita, no que ele soltaria os ombros, endireitaria o corpo, observaria o pau entrar e sair, tão esfolado quanto inchada a boceta, meteria por um tempo, até que ela se encolhesse toda e pedisse:

"Vem por cima."

E seria lindo vê-la se virar, os peitos como que se espalhando, enormes, molengões, macios, peitos que agarraria ao colocar outra vez, e agora, sim, metendo com um pouco mais de força, um peito em cada mão, os cotovelos apoiados no colchão, as pernas dela escancaradas, lançadas para o alto, as bocas muito próximas, mas sem se tocar, me avisa quando for gozar, ela pediria e ele obedeceria, chegando quase juntos, ele um pouco antes, questão de segundos, o gozo tão intenso que a morderia no queixo, Sara riria disso depois, ao se ver no espelho do banheiro, porra, Moshe, chupão no queixo é novidade, hein?, foi mal, nem vi o que tava fazendo, e eu vi?, o sorriso dela, tão bonito, tudo nela tão bonito, e se abraçariam e dali a pouco estariam de novo sob o chuveiro aberto, juntos, abraçados, ouvindo a água cair, Moshe pensando que não queria estar em nenhum outro lugar, com nenhuma outra pessoa, com ninguém mais.

Seriam quase oito horas da noite de sábado quando se despedissem na calçada.

"Não esquece de ligar pro seu pai", ela diria ao entrar no táxi.

"Hein?"

"Não foi o que o Jonas disse pra você fazer?"

"Pode deixar, vou ligar daqui a pouco."

"E liga pra mim, também."

"Quando?"

"Quando quiser, ué."

Moshe esperaria que o carro virasse à direita na João Ramalho antes de dar meia-volta e entrar no prédio.

Ele se levanta e sai do quarto. Não acende a luz do corredor. No banheiro, pega uma camiseta do cesto de roupa suja e se limpa. Não se sente mal. Gozou duas vezes ao imaginar, ao ver e ouvir tudo aquilo, ao desenrolar aquele filmezinho imaginário. Começo, meio, fim. Falando sozinho. Gemendo. A necessidade que sente, que sempre sentiu, mesmo quando adolescente, de criar todo um cenário para se masturbar. Não bastavam os filmes pornográficos, as revistas, ou se interessava menos por eles. Antes, sozinho no quarto, bolar toda uma história, um encontro furtivo ou inesperado, as circunstâncias favoráveis, as coisas que diria e ouviria, todo um longo diálogo, e, é claro, as coisas que faria, imaginar tudo, passo a passo, nos mínimos detalhes, prolongando a coisa, gozando uma vez e, mesmo assim, dando prosseguimento à narrativa, até que estivesse pronto para outra.

Boceja ao sair do banheiro.

Agora, tem certeza de que conseguirá dormir, e rápido.

Na manhã seguinte, acorda às onze e pouco, mas não com uma ligação, não dessa vez. Acorda, não é acordado. Põe os óculos. Há uma mensagem de Jonas no celular:

> Vou mesmo sair com a Rafa hj. Me deseja sorte. e não esquece de ligar pro seu velho

— Certo.

Ainda deitado, procura Miguel nos contatos do celular e faz a bendita ligação. *Desligado ou fora da área de serviço.* Salta da cama às gargalhadas.

4.
TUDO VOLTA, TUDO APARECE

"Tal vez ahora, al contarlo, me dé la risa."

— Javier Marías,
em *Mañana en la Batalla Piensa en Mí.*

O ano é 1999 e Jonas está sentado em uma sala de espera com outras quatro pessoas. Não se falam. Evitam trocar olhares. Alguém tosse. A recepcionista, posicionada atrás de um balcão, tenta disfarçar um bocejo.

A sala de espera é enorme e muito bem iluminada, as paredes são envidraçadas, as persianas estão abertas; dependendo de onde a pessoa estiver, é possível ver uma nesga do Parque da Cidade, do outro lado da rua. Jonas não vê porque está de costas para a entrada. Pensa em mascar um chiclete, tem alguns no bolso da jaqueta jeans, mas não sabe quando será chamado para a entrevista, talvez seja o próximo da fila, não faz ideia de como organizaram a lista de candidatos. Cada pessoa fica lá dentro por dez, quinze minutos, mas houve um que saiu após cinco, evitando os olhares dos concorrentes; saiu sem se despedir. Outro, antes dele, voltou cheio de confiança e otimismo, cumprimentou os demais com um sorriso e desejou muito boa sorte a todos, fiquem com Deus.

— Vai dar tudo certo.

E se o primeiro fosse contratado e o segundo, não?, ele pensa. Isso seria bem engraçado.

A luz do sol não incide diretamente, o que confere uma coloração azulada ao lugar, extensão de concreto, vidro e metal do próprio céu sem nuvens que os fita lá de fora da mesma forma como Jonas agora olha para a ponta do dedo mindinho da mão esquerda que mantém espalmada sobre a coxa. Por um instante, não pensa em absolutamente nada. Em seguida, pensa em ir embora. Sorri com a ideia, mas não se mexe, exceto para levantar a cabeça e dar outra olhada ao redor.

Lembra-se do conselho que Valéria lhe deu naquela manhã: — Tenta ser mais direto. Você tem esse seu jeito meio enrolado de falar, cheio de pausas, fica dando voltas. Minha mãe até pensou que você tinha dislexia quando era pequeno.

— Nossa, é mesmo... falei com uma psicóloga, não foi? Fiz uns exames e...

— Presta atenção, diabo.

— Ok.

— A questão é que não dá pra falar desse jeito numa entrevista de emprego. Pode passar uma impressão errada, ainda mais pra essa vaga aí que estão oferecendo.

— Tá, mas assim, eu...

— O que você tem que fazer é ouvir a pergunta que fizerem, pensar um pouco e responder do jeito mais direto que conseguir. Não fica perdido nessa sua lerdeza aí, não, que você se fode e eles dão a vaga pra outro. Tá, eu sei, eu sei, é coisa do seu temperamento, mas dá pra contornar isso. Você consegue ser menos bobalhão quando quer.

— É. Acho que consigo. Vou tentar.

No extremo oposto da sala, um *videowall* exibe imagens de esportes radicais, música eletrônica sincopando os cortes; não há um plano que se prolongue por mais de um segundo. Jonas está sentado em uma confortável poltrona azul, tendo o *videowall* bem à frente. Há oito poltronas, cinco delas ainda ocupadas, organizadas em semicírculo ao redor de uma mesa de centro (envidraçada) repleta de fôlderes, revistas, jornais e guias de programação.

Esta é uma empresa de TV por assinatura.

O que é que nós fazemos aqui?, talvez perguntem lá dentro. Vamos ser diretos, ele pensa, do jeitinho que a Valéria aconselhou: vocês vendem acesso a imagens ou a fragmentos de imagens, música eletrônica sincopando os cortes. Talvez possa responder isso, por que não? Também sorri com essa ideia.

O balcão de madeira escura está à sua esquerda e, atrás dele, a funcionária disfarçando bocejos, atendendo e transferindo ligações e recepcionando quem adentra o lugar, uma loira muito alta e magra trajando um terninho com as cores da empresa (branco, azul) e uma máscara sorridente. Jonas olha para ela e não consegue imaginá-la em nenhum outro lugar, fazendo qualquer outra coisa. Não consegue vê--la almoçando com os colegas de trabalho, os cotovelos sobre a mesa depois de empurrar o prato, uns restos de comida e o guardanapo embolado, sorrindo ao ouvir alguma história, tenta e não consegue enxergá-la, um borrão à mesa de um restaurante qualquer das redondezas, espaço não preenchido ou preenchido por algo que não é possível identificar.

Tampouco consegue vê-la fodendo.

No momento em que isso lhe ocorre, a recepcionista o encara e entoa seu nome completo, o sobrenome primeiro. É a senha para que se levante, e logo está diante do balcão.

— Sim?

— O senhor pode me acompanhar, por favor?

— Sim.

Ele a acompanha: contorna o balcão, passam por uma porta (envidraçada), atravessam um corredor, outra porta, outro corredor, pessoas circulam levando papeis, e então ela para diante de uma porta na qual afixaram uma tabuleta dourada com as letras RH.

— Aqui estamos — ela diz abrindo um sorriso protocolar e lhe dando passagem. — Boa sorte.

Jonas entra e a porta é fechada suavemente às suas costas.

A sala é comprida e estreita, como um trailer. Há uma mesa à esquerda, posta de lado, e outra ao fundo, de frente para quem entra. Atrás desta, em pé, uma mulher de meia-idade, loira e magra, será a mãe da recepcionista?, irmã mais velha?, vocês todas se parecem, talvez eu me torne loira e magra se vier trabalhar aqui.

(Talvez eu não queira trabalhar aqui.)

Ela sorri madrastamente e pede a ele que se aproxime. — A gente vai conversar um pouquinho.

Ele obedece e se aproxima e se acomoda.

Eles vão conversar um pouquinho.

Não a vê sentar-se, está ocupado pensando se deveria ou não ter estendido a mão para um aperto, as pessoas apreciam esse tipo de coisa, não?, um aperto de mãos vigoroso e decidido, sinalizando uma postura *assertiva*, uma presença *positiva*, como o sorriso do outro candidato antes de ir embora, quando todo mundo na sala de espera pensou: ah, merda, esse filho da puta aí ganhou a vaga.

— Eu sou a Priscila — diz a mulher. — A gente se falou por telefone.

Ela tem a voz anasalada e um sotaque carioca muito presente. Parece que tem mais pessoas com sotaque carioca em Brasília que no Rio de Janeiro, ele pensa enquanto sorri, concordando.

— Não gosto muito de dinâmicas de grupo, sabe?

— Entendo.

— Prefiro conversar in-di-vi-du-al-men-te com cada um dos candidatos. Acho que é o melhor para *todos* os envolvidos. Sim?

167

— Que bom.

— Tem gente que fica meio nervosa nas dinâmicas ou quando é avaliada em grupo, acontece, não acontece?

— Acontece, sim.

— E mesmo que a pessoa seja tímida, não quer dizer que ela não tenha algo a oferecer para a empresa. Você não acha?

— Eu acho, sim. Claro.

— Aceita alguma coisa? Água? Café?

— Não, obrigado.

— Bom. Vamos começar, então. Queria que você falasse um pouco de você mesmo. Li seu currículo, claro, mas...

— Sim?

Os olhos de Priscila giram em torno daquele *mas*, como se a palavra forçasse uma reinicialização do sistema.

— ... assim...

Ela precisa de tempo. Ele espera.

— A empresa está crescendo — diz, afinal. — Como você acha que poderia con-tri-bu-ir?

Jonas limpa a garganta. Não acha que possa realmente *contribuir* com a empresa ou com o que quer que seja, mas sabe que precisa dizer alguma coisa, e dizer de maneira direta, sem gaguejar, sem tropeçar, sem tergiversar. Mas o quê?

— Eu tenho muito interesse pelas áreas de atuação da companhia. Acho que as tecnologias tendem a convergir e vocês estão dando um passo importante ao trabalhar com diversos tipos de serviços. Além disso, é... além da tecnologia propriamente dita, a empresa lida diretamente com... é... com informações, não é mesmo? Estou certo? Estou? Com a disseminação de informações e tudo o mais? Então. Nós já estamos em 1999. Daqui a pouco começa o século XXI e eu não acredito que exista, assim, nada mais importante do que a informação nos dias de hoje.

O sorriso dela petrificou-se e paira sobre a mesa. Parecem duas entidades distintas, a mulher e o sorriso. Os olhos, por exemplo, dizem outra coisa para além ou aquém do que seus dentes branquíssimos informam ao candidato e às paredes da sala.

— Muuuito interessante. Mas, es-pe-ci-fi-ca-men-te, com o que — pigarreia —, desculpe, com o que você acha que pode contribuir na *função* para a qual se candidatou?

Ele não titubeia: — Operadores de atendimento são o elo mais importante entre a empresa e os clientes.

— Assinantes.

— Perdão?

— Nós aqui dizemos *as-si-nan-tes*. Nós aqui evitamos dizer, ou melhor, nós aqui não dizemos "clientes".

— Assinantes! Claro, claro. O elo mais importante entre a empresa e os *assinantes*. Digo, os operadores de atendimento. Eles são o elo. O elo mais importan...

— Sim! — ela interrompe, balançando a cabeça, feliz consigo mesma e com ele, olha só o que aprendemos hoje, dizemos *assinantes*, não dizemos "clientes", de jeito nenhum, não se esqueça disso. — Sim, sim, sim.

Ele não se esquecerá, ele nunca se esquece do que não é importante, as irrelevâncias que constituem o sal da terra, *desta* terra, é nisso que está pensando enquanto a observa balançar a cabeça. Saquei o que preciso fazer, tia, tenho que prestar atenção nas ir-re-le-vân-cias, nas desimportâncias, essa porra toda aqui diz respeito a tudo o que *não* é importante.

— Você se considera um bom ouvinte?

— Sim — ele responde. Já sabe o que dizer, o que ela espera ouvir. — Porque é disso que se trata, não?

— O quê?

— *Ouvir* os *assinantes*.

— Claro, claro!

— Ouvir os assinantes para conseguir ajudá-los e, por decorrência, ajudar a empresa.

Dentes são tudo o que ele vê diante de si agora. Crê que seja um bom sinal. Ela dá prosseguimento à entrevista percorrendo suas experiências profissionais anteriores, lendo os nomes dos lugares nos quais trabalhou (não são muitos, empregos de meio período durante as férias) e as funções que desempenhou (não são muitas, vendedor de jornal e atendente de videolocadora), fazendo pausas curtas para que ele teça comentários sucintos, esclarecedores e, na medida do possível, espirituosos, mas não espirituosos demais, pessoas na posição dela não costumam lidar bem com ironia, mesmo — ou sobretudo — quando são capazes de identificar uma. Ele não sabe se Priscila é capaz, mas é melhor não arriscar.

— Você gosta de música brasileira? — ela pergunta.

— Gosto, sim — ele mente. — Adoro.

— Por que não canta uma música para mim?

Os dentes brancos querem ouvir uma canção. Ele não sabe o que eles esperam ouvir. "Música brasileira" é algo tão genérico. Samba, MPB, chorinho, pagode, sertanejo? Por mais carioca que ela seja, Jonas não consegue imaginá-la em uma roda de samba, balançando a cabeça e até cantando uns versinhos do refrão, ou sentada à mesa de um barzinho assim-assim, clientela diferenciada, um banquinho, um violão.

Priscila sorri: — Calma. Não precisa procurar tanto. Quero ouvir qualquer música que seja importante para você. E não precisa cantar inteira, não. Só um trechinho.

Ele sente pena da mulher. O dia todo ouvindo candidatos cantando trechinhos que sejam *importantes* para eles. Mas, por outro lado, a ideia é dela, não é mesmo? Logo, não há por que sentir pena, ou talvez deva sentir pena dos candidatos, mães de família arranhando estrofes do cancioneiro brasuca para ver se arranjam uma vaga no setor de serviços gerais. Ele respira fundo e tenta se lembrar de alguma coisa, qualquer coisa, e acaba entoando os primeiros versos de "Quando o Carnaval chegar", a mãe adora essa porcaria, os discos organizados por ordem cronológica, vinis aqui, CDs acolá, e nas outras estantes, maiores, a coleção de música clássica do pai, da qual ela não se aproxima, preferindo samba e MPB, sempre aos domingos pela manhã enquanto prepara o almoço.

— Adoro essa música — diz ela depois que Jonas termina. — Como não amar o Chico, não é mesmo?

— Sim, é impossível não amar o Chico — ele volta a mentir. — O homem é genial.

— Genialíssimo.

— Isso. Genialíssimo.

Ao final da entrevista, Priscila se despede (agora, sim) com um aperto de mãos. — Espere uma ligação nossa até o final desta semana.

— Entendido. E obrigado.

Deixa a sala e segue pelo corredor, porta envidraçada após porta envidraçada, até a recepção. O lugar está meio escuro. As persianas estão agora entrefechadas. A recepcionista passa por ele. Acompanha outro candidato. Jonas sorri para ela, que finge não vê-lo. Ainda não consegue imaginá-la fodendo. Ou nem sequer almoçando com os colegas nas redondezas. Passa pela derradeira porta envidraçada e sai do prédio. A luz do sol se atira sobre ele como se quisesse rasgar suas roupas.

Um grito agudo vem arrastar Jonas para a vida lá fora. Ele acorda. O grito não diz nada, é só um grito. A vida lá fora não diz nada.

(Ou será que diz?)

Ele estica o braço direito e puxa a cortina, não muito. Entrevê o céu. Azul de cartolina. O sol ainda está do outro lado. Não é tão tarde.

(Diz algo, sim. Bem pouco.)

Alguém empurra a porta e entra no quarto. Ele continua olhando para fora. A Terra é azul.

— Te acordei, né?

Mariana parou junto à cama, agarrada a uma almofada em forma de hipopótamo. Azul, também. Ela ainda está de pijama. As Meninas Superpoderosas espalhadas pelos braços, pernas e tronco, possivelmente também pela cabeça. Os olhos dela encontram o braço esticado que ainda segura a cortina.

— O que tá olhando, tio?

— Nada.

— Ninguém chegou.

— Não?

Arregala os olhos. — Chegou?

— Não — ele sorri. — Ninguém chegou.

— Ah.

O hipopótamo tem aqueles estranhos olhos vidrados. Como é que um troço desses não assusta as crianças?

— Só eu, mas já tem um tempinho.

— Cê não vai levantar mais, não?

— Eu vou, ué. Calma. O que é que você estava vendo?

Sorriso aberto: — *A Vaca e o Frango.*

— E por que gritou?

Mariana dá um passo para trás e dois para a esquerda, chacoalhando o hipopótamo.

— Hein?

171

— A Vaca caiu.

Está rindo agora, e ele também. Quando tiver uma filha, pensa. Quando tiver uma filha? Ela parece ler seus pensamentos, pois solta um grito e sai correndo.

Hora de levantar.

O tapete da sala está tomado por bonecas, estojos de canetinhas, folhas de papel e almofadas em forma de animais. Mariana retomou seu nicho e está imóvel, sentada no meio do tapete, defronte à TV.

Ainda segura aquela almofada.

Ele pensa na sala de uma casa de bonecas. Ele se sente pequeno e inanimado. Desanimado, também.

Como não?

Mas acima de tudo inanimado. Cruza o corredor e se tranca no banheiro.

Há dias bons e dias ruins: o que temos para hoje?

A barba por fazer, eis o que temos. Os olhos fundos. Abre a torneira, enxágua o rosto com força, continua enxaguando por um bom tempo. A sensação é boa. Refrescante.

Não temos nada para hoje.

Ou, quem sabe, uma ligação. Sim, uma ligação que pode ou não acontecer. Não acontecendo, será ruim. Acontecendo, será ruim. Ele tenta se imaginar em um daqueles cubículos azuis, nos intestinos do prédio envidraçado, fone de ouvido encaixado na cabeça e a voz do cliente, ou melhor, a voz do *assinante* trovejando nos páramos de seu crânio. Porque é disso que se trata. Para-raios, *guard rail*. Contenção. Tudo o que ele *não* disse à tal Priscila, e nem poderia dizer.

Por quê?

Olhe bem para mim. Estou aqui, diante de você, e preciso fingir interesse. Não é assim que funciona? Os melhores atores conseguindo os empregos à disposição? Preciso que você olhe para mim e me considere apto, isto é, capaz de *contribuir*. Os dentes de Priscila pairando sobre a mesa. É tudo uma questão de encontrar, reconhecer e abraçar o meio--termo: não parecer inteligente demais, mas também não parecer burro demais. Sobretudo não parecer inteligente. A inteligência mete medo nas pessoas, assusta, faz com que elas adotem uma postura defensiva ou mesmo rancorosa. Se tiver de escolher, seja burro. Fale burramente. Seja comum. Medíocre. A burrice, desde que não seja excessiva, pode ser muito útil. A inteligência, não. Naquele ambiente corporativo, dada a posição que ofereciam, *operador de atendimento*, inteligência é algo inútil. Agarre o meio-termo. Veja, sou comum. Inofensivo. Sou tudo o que você vê, isto é, pouca coisa. Quase nada. Nem cantar eu sei.

Inanimado.

Sai do banheiro com os dentes escovados, a cara limpa. Mariana continua no mesmo lugar.

— Tio, vem ver o Johnny Bravo.

— Daqui a pouquinho, Mari. Pode ser? Eu quero tomar café antes.

— Você vai perder.

— Não tem problema.

— Tem, sim. Tem muito problema.

— Que nada. Eles repetem depois.

A sobrinha suspira e volta a se concentrar na televisão. Ele encosta a porta do banheiro atrás de si. Três passos e está na cozinha. Ouve a empregada encher um balde com água na área de serviço. Não entende por que lava a garagem todos os dias. Alcança uma caneca esmaltada e a garrafa térmica que estão sobre o balcão, ao lado da geladeira. Senta-se à mesa. Há pães e bolachas e frios ali em cima, mas não sente fome. Toma um gole. O café tem um gosto amargo e frio, velho, é o mesmo que passou na tarde anterior depois de voltar da entrevista. Faz uma careta. Por ser a única pessoa que toma, ninguém mais se dá ao trabalho de passar um novo pela manhã. Na verdade, até bem pouco tempo nem havia como passar. Foi ele quem, dias antes, depois de forçar a hospedagem, foi ao mercado e comprou pó, uma garrafa térmica, um pote e um coador de pano. (Mas "forçar" talvez seja uma palavra meio pesada para o que aconteceu. Bateu à porta e perguntou se podia ficar por um tempo. Podiam ter negado, certo? Mas não fizeram isso. Podiam ter dito: não, sua casa não é aqui. Mas não disseram isso. E agora nem importa mais. Está onde está. Ponto.) Mais um gole. O gosto é horrível, mas tem preguiça de colocar a água para ferver, pegar o coador, enchê-lo de pó etc. Aquecer no micro-ondas só pioraria tudo. Talvez se misturasse com um pouco de leite? Não. Precisa de café puro para despertar, não importa o quão ruim, velho e frio esteja. Na sala, o mesmo grito de antes. Quem será que caiu dessa vez? O som da água contra o chão da garagem também é o mesmo. A vida plana atrás e à frente.

173

Hora de levantar.

Despeja o resto de café que havia na garrafa térmica dentro da pia. Sente vontade de cuspir. Pega o coador em uma das gavetas e a vasilha no armário. O pote onde guarda o pó divide espaço com os temperos numa prateleira sobre o fogão. Enche a vasilha com água e coloca sobre uma das chamas, que acende em seguida. Quando a água começa a ferver, alcança o pote, coloca três colheres de pó no coador e o posiciona sobre a boca da garrafa térmica. Gosta muito do cheiro ao despejar a água lenta e regularmente. Um novo homem ao voltar à mesa com a caneca cheia de café recém-passado.

A vida plana atrás e à frente, em meio à fumaça.

Há três semanas, no ônibus, ao cruzar uma planície, soja à esquerda e à direita, a mesmice exaurindo o solo e as vistas, ele pensou na vida percorrida e por percorrer e quase gritou ao motorista que parasse o veículo.

Quase.

Por que parar?

Não desceria ali, no meio do nada, e tampouco voltaria. Seguir caminho, então.

A estrada reta.

De volta para casa após quase três meses de férias. Não havia sombras para onde quer que olhasse.

Toma um gole de café. Fecha os olhos.

Agora os pais se preocupam com ele. Não entendem por que está morando com a irmã mais velha no Guará II, na casa dela e do marido, Ricardo, desde que voltou de viagem.

— O que há com você? — a mãe pergunta sempre que liga. — Seu quarto está aqui. Pra que incomodar os outros?

— Ué, dona Inês, eles disseram que tudo bem, que não tem problema eu ficar uns tempos...

— É claro que eles disseram que não tem problema. O que você esperava, meu filho?

— Tá. Aham. Como se a Valéria guardasse o que pensa.

O fato é que precisava sair do quarto que ocupou a vida inteira, sair do apartamento dos pais na Asa Sul, sair do Plano Piloto, sair dos lugares que frequenta e pelos quais passa desde que se entende por gente, ainda que a casa da irmã esteja a apenas meia hora de lá.

Não é tão longe, está certo, mas pelo menos é outro lugar.

Precisava dessa mudança, de alguma mudança, qualquer uma, por menor, por mínima que fosse.

Precisava se afastar.

— Você se cobra demais — disse Valéria, que, a exemplo dos pais (ele ingenuamente pensava então), parecia desconhecer a verdadeira razão por trás da ânsia por mudar de ares, por trás da tristeza que arrastava, por trás de *tudo*. — É só a porcaria do vestibular. Você tenta de novo no fim do ano, não é? Quando se sentir melhor. Ou agora no meio do ano, qual o problema com a UnB?

— Problema nenhum, é... o problema é comigo.

— Chorão.

— E, assim, mesmo que eu quisesse prestar na UnB, eles já encerraram as inscrições.

Antes de dar com os costados no Guará II, Jonas passou quase três meses no norte de Minas Gerais, na casa de uma prima da mãe, às margens do Rio São Francisco. Januária, o nome da cidade.

— Você veio na época errada do ano — dizia a prima, Marli, uma cabeleireira. Vivia sozinha desde que se divorciara anos antes. Em suas próprias palavras, escolheu Januária porque ali estivera certa vez quando jovem e despreocupada, durante um mês de julho, e gostara bastante. Mandou o marido e Brasília à merda, vendeu o apartamento e o carro e se mudou. — Tem que voltar daqui a uns meses, quando tem praia.

Jonas caminhava na beira do rio e tentava imaginar a praia de água doce, a fila de barracas na faixa de areia, a intensa movimentação na cidade, completamente transformada. Talvez seja melhor como está agora, pensava, olhando para as ruas meio esvaziadas.

— É tipo o Araguaia, só que melhor — Marli insistia, mas ele tampouco conhecia as praias do centro-oeste, nunca estivera em Aragarças, São Miguel ou Aruanã. — No Araguaia só dá farofeiro.

Enquanto esteve em Januária, não fez nada além de conversar fiado com a prima (que às segundas não abria o salão, cujo movimento, em todo caso, só se intensificava para valer a partir de quinta-feira), ler qualquer coisa que tivesse à disposição, desde o jornal local até a revista *Bundas*, vadiar pela cidade, beber cachaça e cerveja e comer churrasquinho em um boteco na avenida defronte ao São Francisco e, em duas oportunidades, sem que estivesse à procura disso, trepar, a primeira delas com uma garota que estudava medicina em Uberlândia e estava na cidade visitando a família, a foda desajeitada, mas satisfatória, no banco traseiro do Celta vermelho da mãe dela, em uma ruela escura não muito distante do rio, e a segunda com uma cliente do salão, mulher de uns quarenta e poucos anos com quem passou um fim de semana inteiro, os dois trancados na casa dela feito "um casal de velhinhos safados", como disse a Jonas ao se despedir. Ele ficou com medo de que Marli se incomodasse, vai comer minhas clientes agora?, mas, ao voltar na segunda-feira e encontrar a prima na cozinha, tomando o café da manhã, foi recebido por uma risadinha marota.

— Comprei pão de queijo, sumido.

— Oba. Maravilha. Morto de fome.

— Hehehe.

— Ah, para...

— E a sua mãe ligou ontem.

— Mesmo?

— Quer saber quando você volta. Eu disse que por mim você fica até julho pra aproveitar a praia. Ela disse que talvez a gente não saiba, mas ainda é abril e pode ser que eu tenha enlouquecido.

— Ela perguntou onde eu estava?

— Claro. Falei que você tinha ido acampar. Não chega a ser uma mentira, chega?

Abriu um sorriso. — Acho que não.

Mas não ficou até julho. Voltou para Brasília no começo da semana seguinte e, sem que tivesse premeditado isso, foi direto para a casa da irmã mais velha, desembarcando na rodoviária e pegando um coletivo para o Guará II. Quando deu por si, batia à porta, amarrotado pela longa viagem, e perguntava se poderia ficar ali por uns tempos.

— Só até descolar um emprego — prometeu, olhando para Ricardo. — Daí procuro um barracão e me mudo.

Mariana adorou a ideia. Valéria achou engraçado. Ricardo encolheu os ombros. E agora lá se vão três semanas desde essa chegada inesperada, intempestiva. O cunhado já olha para ele de um jeito enviesado. Jamais dirá coisa alguma, mas não se furta de lançar aquele olhar inquisitivo. Jonas também enxerga ali algo do desgosto que pensou ver nos olhos dos pais quando contou que fora reprovado no vestibular.

176

— Maluquice sua — disse Valéria quando ele comentou a respeito, na noite seguinte à que chegou de Januária. — Eles ficaram tristes por você. Eles sabem o quanto você exige de si mesmo. Não tem nada a ver ficar se remoendo desse jeito.

— Ah, não sei, eu fiz um ano de cursinho, sabe? Acho que não rola fazer mais.

— Ah, tá. Vai simplesmente desistir? Arrumar um emprego de merda e, com sorte, descolar uma vaga em faculdade particular, gastando um dinheiro que não tem?

— Ué, não sei. Pode ser. É um plano.

— Larga de ser burro, Jonas. Volta pra casa. Se matricula de novo na bosta do cursinho. Eles pagam numa boa. Caramba, se eles encrespassem, o que não é o caso, de jeito nenhum, *eu* pagava pra você. Daí tenta de novo no fim do ano, se o que você quer mesmo é ir pra fora do DF.

— Não sei. Minha cabeça, ela... anda assim meio zoada.

Valéria soltou sua gargalhada grossa, tão alta que Mariana veio desde a sala para ver o que era tão engraçado. Estavam à mesa da cozinha, a louça suja do jantar espalhada por ali, pratos empilhados, talheres, copos e travessas sujos. O cunhado ainda não tinha chegado do trabalho. Era bancário como a esposa, embora, diferentemente dela (que passava os dias recusando empréstimos em uma agência do Banco do Brasil), fosse funcionário de um banco privado.

— Não queria falar nada, não, mas eu sei direitinho o que zoou a sua cabeça, maninho.

O rosto dele repentinamente vermelho, o que provocou outra gargalhada da irmã. Não queria falar sobre isso. E nem imaginava que Valéria soubesse de alguma coisa. Claro, as manhãs de sábado, quando se encontrava com a mãe para tomar um café no shopping, dar uma volta, colocar a conversa em dia.

— Eu não sei do que você está falando — disse, meio emburrado, meio envergonhado.

— Ah, Jonas.

— Não sei, eu não...

Não queria *mesmo* falar sobre isso. De jeito nenhum. Nunca mais. Com ninguém.

— Sacanagem o que aconteceu.

— Quem? Quem te falou?

— Mamãe.

— E quem contou pra ela?

— Acho que a mãe do Hilton. Ela ouviu umas conversas dele com você por telefone. E a Virgínia também sabe, você acha que as amigas dela não iam comentar? Brasília é um ovo, meu querido. Mas e daí? Isso importa? As pessoas só estão preocupadas contigo.

— Então *todo mundo* está sabendo de *tudo*?

— Que diferença faz, seu besta? E, me diz, quem nunca passou por isso?

— Porra.

— E, olha, pelo que eu ouvi, essa menina nem valia a pena.

— Não diz isso. Não fala uma merda dessas.

— Por que não? É o que todo mundo diz.

— Você quer que eu me sinta melhor ouvindo *isso*?

— Eu quero que você se sinta melhor, ponto.

— Estou tentando.

— É verdade que você escondeu uma garrafa de vodca na mochila? — ela gargalhava pela terceira vez. Mariana voltou para a sala balançando a cabeça, resmungando algo sobre a mãe ser meio doidinha. — Foi daqui até São Paulo enchendo a cara, afogando as mágoas?

Jonas ria e chorava ao mesmo tempo. — Para.

— Como é que alguém encara uma prova de vestibular no meio de uma dor de cotovelo dessas?

— Sei lá. Achei que era... errado não ir.

— Errado? Era humanamente impossível, seu estúpido.

— E você acha que eu não sei?

— Você já completou dezenove anos, beleza, mas devia pegar mais leve consigo mesmo, Jonas. Falo numa boa.

— Eu sei.

— Disseram que essa menina é meio maluca.

— Quem "disseram"?

— E isso importa?

— Importa. Eu acho. Sei lá.

— Disseram que fez gato e sapato de você e depois vazou com o primeiro sujeito tão maluco quanto ela que encontrou.

— Ela teve uma infância complicada.

— Tadinha. E agora a mãe dela vai ter uma velhice complicada, pelo visto.

— A mãe dela passa o dia bebendo.

— Como foi que isso começou? Digo, você e essa menina.

Ele respirou fundo. — A gente se conheceu no começo do ano passado. Foi no cursinho mesmo. Daí começou a sair e tal. Ela era... diferente das outras.

— Diferente como?

— Sei lá. As roupas. O tipo de som que ouvia. Burzum, Pentagram, eu nem tinha ouvido falar dessas bandas antes de conhecer ela, e tinha as coisas que lia e falava. Ela é bem inteligente. Lê pra caralho. Eu me sentia um completo idiota, às vezes, e ficava era me perguntando o que ela via em mim pra...

— O que você achava que era?

— Eu não sei. Nunca perguntei. Na verdade, tinha medo de perguntar — ele sorri, abobalhado.

— Daí ela terminou contigo?

— Hein? Não, não. Ela foi embora. Nem me falou nada.

— Que sacanagem.

— Foi uns cinco dias antes de eu viajar pra fazer a porcaria do vestibular. A gente viu um filme de terror na casa dela, fiquei lá até tarde. Tudo normal. Daí, no dia seguinte, não consegui falar com ela. Ninguém atendia o telefone. Resolvi dar um pulo lá à noite. A mãe dela abriu a porta e me contou.

— Contou o quê, exatamente?

— Que ela arrumou a mala, pediu um dinheiro emprestado e foi embora com o filho da vizinha, um sujeito esquisitão, desses metaleiros gordos de trinta e poucos anos que nunca trabalharam na vida e... e moram com a mãe, sabe?

— Você conhecia o cara?

— Ele aparecia na casa dela de vez em quando. A gente curtia um som, bebia um pouco, ficava conversando fiado. Nunca saquei nada entre eles, mas parece que eu sou lesado pra caralho, né? A mãe dela ficou lá me olhando como se sentisse pena. Isso foi o pior de tudo, acho. A mulher toda fodida, bêbada, olhando pra mim daquele jeito.

— Você sabe por que a mãe dela enche a cara assim?

— Não. Nunca me disseram, nunca perguntei.

179

— Olha, não sei o que dizer além das coisas que você já deve ter ouvido um milhão de vezes.

— Não precisa dizer nada. Isso de você e o Ricardo me deixarem ficar aqui por uns tempos já tá ajudando muito.

— Mas você precisa se mexer, Jonas. Prestar vestibular, estudar, seguir com a vida.

— Eu vou procurar trabalho, poxa. Não vou ficar parado.

— Você faz o que achar melhor, mas ainda acho que o plano original é a melhor opção.

— Sem cabeça nenhuma pra estudar e fazer prova de vestibular. Sem cabeça nenhuma mesmo.

A irmã se levantou e o abraçou, mas só depois de rir mais um pouco, balançando a cabeça.

— Mas você sempre adorou um drama, né? — ela disse quando se desvencilharam.

— Por que tá chorando, tio? — Mariana perguntou, os olhos arregalados. Tinha voltado à cozinha sem que percebessem. — Onde é que dói?

Onde é que dói?, ele se pergunta agora.

Toma um último gole de café, levanta-se e enxágua a caneca. Na sala, o telefone começa a tocar.

A ideia era ver um filme, mas os dois estão parados há quase dez minutos olhando para os monitores instalados sobre os guichês das bilheterias sem se decidir por nada, um filme de ação, uma comédia adolescente, terror, qualquer coisa, até que optam por filme algum, encolhem os ombros e voltam a circular pelo shopping, relativamente vazio na tarde ar-condicionada de sexta-feira.

— Acho que você sabe o que vem daqui pra frente, né? — começa Hilton.

— É, acho que sei.

— Você vai pegar esse emprego e se enfiar lá dentro.

— Sim, sim. Vou pegar esse emprego. Vou me enfiar lá dentro. Vou me enfiar de cabeça.

— Feito um cachorro quando jogam um osso.

— Mas, assim, você não acha que eu seria um cachorro meio burro se não pegasse o que jogam pra mim?

Uma bufada. — Se você quer ser um cachorro, eu é que não vou te segurar.

— Valeu.

— Vai em frente, Pluto. Boa sorte.

Eles têm a mesma idade, mas parecem de espécies diferentes. Jonas se veste como se tivesse dez anos a menos; Hilton, dez a mais. Os cortes de cabelo e penteados refletem a mesma discrepância, e também as posturas: o primeiro caminha cabisbaixo e o outro, com certa altivez.

— O lance é que eu não estou fazendo nada, sabe? — diz Jonas. — Porra nenhuma. Paradão demais da conta.

— O lance é que você tinha outras coisas. Você tinha outras opções. Ainda tem, né? É só isso que estou tentando te falar, que todo mundo está tentando te falar. Eu, as suas irmãs, os seus pais. Só isso, cara. Nem mais, nem menos.

— ... você me comparou com um cachorro agorinha mesmo...

— Não fiz por mal.

Estão rindo agora, e riem porque é verdade. Ele não fez por mal. Está apenas tentando dizer alguma coisa. A verdade quase nunca é engraçada. É preciso aproveitar quando é.

Chegam à praça de alimentação. Hilton aponta com a cabeça para uma mesa vazia. Enquanto Jonas vai até lá, puxa uma cadeira e se senta, o outro compra dois chopes no balcão mais próximo.

— Eu trouxe escuro — diz, colocando as tulipas sobre a mesa. — Você sempre bebe escuro. Não é?

Jonas balança a cabeça, concordando.

— O próximo pode deixar que eu pago — está meio sem graça.

— Sua bunda.

Hilton já se sentou. Eles dão alguns goles, depois olham ao redor. É uma espécie de movimento condicionado, armar-se com uma bebida, sentar-se a uma mesa e devassar o ambiente. Não há muito para se ver, contudo. E, mesmo que vejam, não farão nada. O movimento do almoço já terminou e ainda é cedo para o *happy hour*. Bebem rapidamente e em silêncio. Hilton se levanta e busca outros dois chopes.

— Mas, diz aí. Quando é que você começa? Na segunda?

— Segunda-feira, isso mesmo. Parece que vai rolar um treinamento, vou conhecer a empresa, o pessoal, ver como funciona cada departamento, essas coisas.

— E depois?

— Bom, depois é passar o tempo ouvindo merda dos assinantes. Seis horas por dia. Seis dias por semana.

O riso de Hilton sai meio truncado, hesitante. Jonas encolhe os ombros e olha para ele como se dissesse: vai, pode rir. O amigo parece bem. Saiu da casa dos pais logo após terminar o colegial e foi trabalhar em uma loja de autopeças. A filha do dono e ele já estavam enamorados. A loja integra uma rede que não para de crescer. Jonas desconhece os detalhes, e talvez não haja tantos ou não sejam sequer interessantes. Ela engravidou. Jonas foi ao casamento em uma mansão no Park Way. Hilton agora é pai de uma menina e ajuda o sogro a gerenciar uma parcela dos negócios. Parece saber o que faz e trabalha duro, o sogro não facilita. Uma tarde como essa é exceção. Ambos têm dezenove anos recém-completados, mas, para Jonas, é como se o amigo tivesse vinte e cinco, trinta. Sempre foi assim. Odiava estudar, mas exibia uma facilidade incomum para ganhar dinheiro. Aos quinze, pegou uns trocados que ganhara de presente de aniversário e emprestou para um funcionário do colégio. Meses depois, três faxineiros, uma secretária, a coordenadora pedagógica e três professores eram, como ele chamava, clientes. Outros mais fora da escola, na quadra onde morava, no trabalho da mãe. Descontando cheques. Adiantando algum. Agilizando isso ou aquilo. Quando foi à loja pedir emprego para o sogro — que àquela altura ignorava essa condição —, chegou dirigindo o próprio carro, um Fiat Uno rebaixado.

— Mas, então, você já comprou o negócio lá do seu sogro? Assumiu a porra toda?

— Ah, aquele lá não vende de jeito nenhum. Mesmo que eu pudesse pagar.

— Ele deve estar besta com a netinha. Eu lembro dos meus velhos quando a Valéria engravidou. Todo o resto parece que deixa de existir, né? A única realidade aceitável era aquele feto.

— É bem por aí — Hilton gargalha.

É bom concordar. Falar com o outro, ouvir, ambos concordando com o que quer que estejam dizendo, por mais banal que seja.

— Legal que seja assim.

— Claro. Eles ajudam bastante. Todo mundo ajuda, na verdade. Os pais dela, a minha mãe. Porque não é fácil, bicho.

Por mais diferentes que sejam, cresceram juntos. Hilton foi quem mais lhe deu força quando a coisa degringolou no final do ano anterior. Um sujeito casado àquela altura, a mulher prestes a dar à luz. Jonas se sentia ridículo, pois achava que, do ponto de vista do outro, aquilo não passava de uma paixonite juvenil de um moleque que ainda morava com os pais. Mas Hilton nunca pareceu julgá-lo. Estava sempre lá, pronto para ouvir. Antes que ele possa impedir, Jonas se levanta e paga a rodada seguinte. Volta com duas tulipas cheias, os colarinhos grossos.

Não dizem nada por um tempo. Um intervalo confortável, um oásis de concordância mútua.

Mais alguns minutos se passam.

Então, Hilton respira fundo. — Você está se afastando, Jonas. Todo mundo vê isso.

Ele sabe do quê, mas: — Eu? Mas... como assim? Me afastando do quê?

— Você sabe.

Ele sabe. É claro que ele sabe. Mas: — É que, assim, eu tenho que ganhar a vida, né?

— Eu sei — concorda Hilton, mas a concordância não é mais confortável. Agora, a concordância soa como a mera constatação de algo ruim. — Eu sei muito bem. Mas a questão é que você tem tempo. Tempo e apoio da família. Devia pelo menos se dar mais essa chance. Olhando daqui de fora, parece que você está se castigando por uma coisa que nem foi culpa sua. Você tem tempo, apoio da família, gosta de estudar. Não pode simplesmente deixar tudo isso pra lá e se esconder desse jeito. É burrice. Você nunca foi burro.

— O lance é que eu não... eu não consigo pensar assim com clareza, eu... a minha cabeça parece bloqueada, sabe? Até achei que ia fazer isso mesmo, estudar, tentar de novo, mas, caralho, toda vez que sento pra ler alguma coisa, as letras se embaralham na minha frente. Eu não ia conseguir voltar pro cursinho, começar do zero outra vez, não agora, pelo menos... tão cedo. Eu não ia conseguir mexer com aquelas apostilas, assistir às aulas, fazer simulados, não, de jeito nenhum. Agora, não. Mas eu também não posso ficar parado.

— Você só tem dezenove anos. É cedo demais pra ter a vida fodida por uma mulher.

Jonas dá uma gargalhada. — Mas olha só, você tem a mesma idade que eu e já está casado e é pai de uma menininha. Do que é que está falando, porra?

183

Hilton continua sério. Espera que Jonas pare de rir. — Do que é que eu estou falando? Eu estou falando que tudo isso aí que você citou foi escolha minha. Eu escolhi não prestar vestibular. Eu escolhi trabalhar e fazer dinheiro. E pode ter certeza que eu escolhi casar, também. Ninguém me obrigou. Pelo contrário. Meus pais e os pais dela queriam era que a gente esperasse mais um pouco. Até você sugeriu isso, se me lembro direito.

Um encolher de ombros. — É que parecia a... a coisa certa a dizer. Mas, no fundo, ninguém sabe de porra nenhuma.

— Não. Não sabe mesmo. Eu, por exemplo, apesar de ficar aqui dizendo isso ou aquilo, não faço ideia do que se passa aí nessa sua cabeça. Até imagino, faço umas suposições, mas saber mesmo?

— De jeito nenhum.

— Mas talvez você devesse voltar pra casa dos seus pais. Minha mãe disse que eles estão bem preocupados.

— Não é pra tanto. Eu estou na casa da minha irmã mais velha, poxa. E, seja como for, vou arranjar um lugar só pra mim assim que receber o primeiro pagamento. Vai me fazer bem morar sozinho e me manter ocupado, trabalhando, toda essa coisa de um dia de cada vez.

— É. Pensando por esse lado, também acho que vai ser melhor. Só toma cuidado pra não se atolar nisso. De repente, a vida passa e a gente não sai do lugar. Tenta se lembrar disso.

— Vou me lembrar — Jonas sorri, levantando a tulipa. Eles brindam. — Vou me lembrar.

— Mas, já que você falou nisso, conta aí, como é que foi a tal da entrevista? Rolou uma daquelas dinâmicas?

— Não, mas... porra, me fizeram cantar, você acredita numa coisa dessas?

— Hein?

— Cantar. A tia do RH me fez aquelas perguntinhas de praxe e, pra encerrar o troço com chave de ouro, me pediu assim do nada pra cantar uma música.

— E o que você cantou?

— Uma bosta qualquer do Chico Buarque.

Hilton está gargalhando. — Puta que pariu.

— É a vida no centro-oeste selvagem.

— Acho que é a vida em qualquer lugar.

Depois que para de rir, Hilton respira fundo e então se coloca de pé. Sem dizer nada, caminha por entre as mesas até o balcão e pede outros dois chopes. Quando retorna, Jonas ainda não terminou de beber o anterior.

— Vira logo essa porquera.

— Sim, senhor.

Por alguma razão, o gosto não é bom. O copo seguinte está logo à frente. Ele precisa de um tempo. Quer dizer ao amigo: preciso de um tempo. Mas não consegue.

A partir daqui, as coisas se aceleram e se fragmentam, uma coleção de dias mais ou menos iguais, repletos de situações mesquinhas que vão se empilhando. Passadas as primeiras semanas de treinamento e adaptação às funções, os macetes que precisa aprender, os procedimentos internos e externos, as formas de conseguir o que precisa, a quem recorrer nesse ou naquele caso e, sobretudo, as maneiras de lidar com os assinantes que, em geral, esbravejam do outro lado da linha, e esbravejam com razão, pois a empresa é porcamente organizada e administrada, a rotina se instala e canibaliza o tempo. O trabalho é repetitivo: alguém não recebeu a revista de programação, outro precisa trocar o controle remoto detonado pelo filho pequeno ou devorado pelo cachorro (mas não aceita pagar a taxa), aquele não consegue cadastrar uma senha para os canais adultos (por mais que o atendente explique de novo e de novo o que fazer, passo a passo), há sempre uma queda de sinal em algum lugar no pior momento possível, a central de atendimento atolada em ligações porque o Gama Leste ficou sem TV depois que um carro bateu e derrubou um poste em plena quarta-feira de futebol, um assinante inadimplente se recusa a aceitar o fato de que, enquanto não pagar a fatura que consta em aberto, não pode assinar o pay-per-view do Brasileirão, pior do que isso, terá o sinal cortado dentro de poucos dias, a imagem está ruim, as legendas desapareceram, debitaram a fatura duas vezes na minha conta, meu decodificador queimou e não vou pagar por outro porque não foi culpa minha, a energia acabou e voltou e ele estourou assim do nada, a programação está uma bosta, por que demoram tanto pra atender?, vou trocar de operadora, vocês são uns imbecis incompetentes.

Assim encaixotados e tornados iguais, os dias passam cada vez mais rápido e, quando Jonas percebe, já está em dezembro, o ano 2000 dobrando a esquina com uma cara que não é das melhores.

Ainda na primeira quinzena do mês, há uma festa de confraternização promovida pela empresa e à qual não pode (ou "não pega bem", como dizem) faltar.

Uma festa a fantasia, num clube às margens do Lago Paranoá.

Luzes estroboscópicas, música alta.

As pessoas dançam e se entreolham dançando, como se pedissem desculpas umas às outras por se portar daquele modo.

A princípio, ninguém parece relaxado. Depois, todos estão bêbados. Não há meio-termo.

Jonas se fantasiou de Zorro.

A caminho da festa, parou num posto de gasolina e, ao descer do carro para pagar — pegou o carro da mãe emprestado; faz isso de vez em quando, embora os pais ainda morem na Asa Sul e ele tenha alugado um apartamento no Setor de Oficinas do Guará II —, o frentista olhou para ele com indiferença, como se todos os dias alguém fantasiado de Zorro parasse ali para abastecer.

— Você parece o Tonto — Jonas tentou brincar.

O frentista não respondeu.

Na festa, Zorro tentou dançar um pouco, coisa em que nunca foi muito bom. Desistiu logo. Sentou-se a uma mesa com dois técnicos fantasiados de Caça-Fantasmas e passou as horas seguintes falando sobre trabalho. O assinante que trancou o apartamento e disse para um deles que só o deixaria sair depois que o problema fosse resolvido, e era inútil explicar que o defeito era externo.

— Falei pra ele que precisava sair para consertar, que me trancar lá dentro não ia adiantar porra nenhuma.

— As pessoas não ouvem.

— As pessoas são loucas.

Depois, quando os chefes e supervisores já foram embora e a festa está prestes a terminar, ele, os técnicos e mais algumas pessoas que restam por ali deixam o clube e vão para a casa de uma colega, alguém que trabalha com Jonas na central de atendimento, uma garota desbocada, que divide um apartamento na Asa Norte com uma tia.

— Ela viajou e tem cerveja e cachaça lá em casa. Só não rola fazer muito barulho.

E não fazem, embora sejam agora oito pessoas no apartamento: Zorro, os dois Caça-Fantasmas, Mulher-Maravilha (a moradora), Fred Flintstone, Papai Smurf, Patricia Reichardt (ou Patty Pimentinha) e uma tigresa tristonha porque lhe arrancaram a calda enquanto dançava.

— Pisaram. Rasgou.

— Você devia ter segurado ela — diz Papai Smurf.

— Não dá pra dançar direito segurando o rabo.

— É. Acho que não.

Ficam pela sala, bebem, acendem um baseado, Fred Flintstone e a tigresa começam a se beijar e dali a pouco vão embora para um motel, um dos Caça-Fantasmas desmaia no tapete e o outro pede licença e corre ao banheiro, a cachaça ou a maconha ou ambas não bateram bem e ele vomita, Patty Pimentinha (que trabalha no departamento financeiro) diz que o gerente anterior da operação deixou um rombo de dezenas de milhões e agora a empresa vai muito mal das pernas, pode apostar, vai rolar um monte de demissões, Papai Smurf (supervisor de marketing) corrobora as informações, ressaltando o quanto cortaram do orçamento e dizendo que não vai demorar muito pra acabarem com a minha área inteira, que se foda, volto pra São Paulo se me demitirem, não aguento mais Brasília, e a Mulher-Maravilha pergunta se alguém quer caipirinha.

— Vou fazer logo uma jarra. Me ajuda, Jonas?

Na cozinha, Zorro espreme os limões enquanto a Mulher-Maravilha xinga a tia e dona do apartamento com todos os palavrões possíveis e imagináveis, passando em seguida aos vizinhos, à síndica, ao ex-namorado, à mãe, às supervisoras da central de atendimento, às paquitas (*sic*) do RH, aos folgados da técnica, aos jumentos da área de vendas e por aí afora.

— Nossa. Você, assim, odeia todo mundo?

Com um sorriso e gestos bêbados, ela leva a mão ao rosto do Zorro e o acaricia desajeitadamente. Estão junto à pia. Ele para de espremer os limões. Ela, que já estava bem próxima enquanto monologava contra tudo e todos, aproxima-se ainda mais, colando o corpo no dele. Parece que vai beijá-lo, mas a boca desvia no último instante e ela cola os lábios na orelha dele para sussurrar:

— Odeio.

Semanas depois, por conta do bug do milênio, uma sombra supostamente apocalíptica pairando sobre todos, Jonas passa o Réveillon trabalhando. Com ele, são doze pessoas espalhadas pela empresa como fantasmas. Os supervisores mandaram pão italiano, salgados e refrigerantes. Dois funcionários da TI fazem backups e monitoram o banco de dados. Há um grupo de técnicos de prontidão. Na central de atendimento, as ligações são poucas e rotineiras: um garoto tenta se passar pelo pai e assinar um canal adulto; um homem reclama que não recebe o guia de programação há meses; a fatura de uma senhora está errada. Uma colega de Jonas passa a noite inteira ao telefone, não atendendo aos clientes, mas discutindo com o namorado, que não gostou que ela trabalhasse em pleno Réveillon.

— Ele é mais novo do que eu — ela diz a quem quiser ouvir, numa pausa entre as muitas e longas ligações. — Ciumento. Cabeça quente. Vocês acreditam que ele implicou até com uns amigos nossos da igreja? E aqui da empresa, ele não quis ir e não me deixou ir na festa.

— Quantos anos ele tem? — pergunta a garota que no outro dia se fantasiou de Mulher-Maravilha.

— Vinte e um. Novo, né?

— A imbecilidade masculina não tem nada a ver com idade, mas deve ser bem complicado administrar um relacionamento desses.

Jonas olha para a colega. Ela parece ter quase cinquenta. — Você gosta dele?

— Que bosta de pergunta é essa? — a Mulher-Maravilha reage antes que a outra possa responder.

Talvez pela forma como brincou com ele junto à pia naquela noite, flertando só para rejeitá-lo, e a despeito da eterna ranzinzice que muito em breve, antes mesmo do Carnaval, fará com que seja demitida, Jonas se sente um pouco atraído por ela.

— O que você vai fazer depois, Cláudia?

Estão em cabines de atendimento vizinhas, de tal modo que podem falar em voz baixa sem que os colegas ouçam.

— Depois? — ela rosna, surpresa. — Depois do quê?

— Ué, depois que a gente, você sabe, encerrar o expediente, sair daqui...

— A desgraça desse plantão vai até as seis da manhã.

— E daí?

Olha para ele como se o visse pela primeira vez, a expressão fechada, lábios contritos. Não é feia, pelo contrário, mas seu rosto parece sempre congelado em uma expressão de nojo e desagrado. Jonas pensa que talvez não tenha sido uma boa ideia fazer aquela pergunta.

— Que merda você quer de mim?

— Ah, sair... beber alguma coisa... é ano-novo, poxa.

Ela se aproxima um pouco, arrastando a cadeira até o limite entre as cabines. Algo parecido com um sorriso se forma na parte inferior do rosto. Ele abaixa a cabeça, oferecendo a orelha esquerda feito um confessor. E ouve: — Transar?

Tarde demais para recuar, certo? Levanta os olhos e sussurra: — É, isso aí também. Na verdade, já que... já que é assim, eu acho até melhor esquecer essa besteirada de celebrar ano-novo. Só quero te comer mesmo.

Cláudia se afasta sem dizer nada. Atende uma ligação. Depois, levanta--se dizendo que vai ao banheiro. Quando volta, antes de se sentar outra vez, debruça-se bem perto dele, Jonas outra vez oferecendo a orelha esquerda, e diz, baixinho: — Minha tia está lá em casa e nem a pau que eu vou pra sua. Você está de carro?

— Estou.

— Você paga o motel.

Ao contrário do que ele talvez esperasse, Cláudia fode com suavidade, pedindo calma, que não se apresse, que a beije mais e mais vezes, que faça mais devagar, que prolongue.

— A gente tem o dia inteiro, não tem?

— Tem, sim.

— Tem mesmo? — está montada nele, rebolando devagar, às vezes se abaixando, oferecendo um dos seios. Abre um sorriso maldoso. — Não precisa devolver o carro pra mamãezinha?

— Não, ela viajou.

No fim da tarde, ao estacionar diante do bloco na Asa Norte, ele diz que foi bom e deseja um feliz ano-novo. Cláudia não desce de imediato do carro. Em silêncio, abre a bolsa, pega um cigarro, o isqueiro, acende, traga. Ele a observa. O rosto arredondado, os cabelos muito pretos e longos, alisados, presos em um rabo de cavalo, não os molhou no motel, sem essa de tomar banho comigo, hein? A pele é morena e macia. Sente vontade de tocá-la, mas se contém. Ela fuma olhando através da janela. Poucos carros passam por ali. A calmaria do primeiro dia do ano. Fuma como se estivesse sozinha. Quando termina, atira o cigarro lá fora, na calçada, e diz, desafivelando o cinto:

— Você é menos babaca do que a média, Jonas. Tenta continuar assim.

Em seguida, puxa-o pelo colarinho e o beija com força, mordiscando os lábios, enfiando a língua como se lhe fodesse a boca, enquanto a mão esquerda o segura pela nuca e a direita lhe acaricia o púbis. Quando percebe que o pau endureceu, passa a esfregar com mais força, até que ele goza. Então, trata de empurrá-lo e, exibindo um sorriso displicente, desce do carro sem dizer mais nada. Naquele momento, ele sente uma enorme ternura por ela e tem vontade de também descer e alcançá-la, dizer alguma coisa, qualquer coisa, talvez repetir os votos de feliz ano--novo, mas não o faz, fica ali, sentado, ofegando por um bom tempo antes de afinal dar a partida e ir embora.

Não voltam a trepar.

Embora sinta vontade, não tem coragem para dizer a ela, que age como se jamais tivessem sequer se encontrado fora do ambiente de trabalho.

No dia em que é demitida, no começo de fevereiro, Cláudia envia um e-mail para Jonas dizendo apenas: "Não esquece: tenta continuar assim."

Jonas é promovido logo após o Carnaval e passa a trabalhar no Departamento de Cobrança. Sua nova supervisora fez lipoaspiração na barriga e nos culotes, mas não nos braços. Quando não está por perto, riem dela, fazem troça. Por sorte, ela volta a engordar rapidamente e o corpo readquire a harmonia arredondada.

Impera um clima de passivo-agressividade entre os funcionários, como se as pessoas não se perdoassem por estar ali, e cada um visse no outro a imagem da própria frustração. Jonas tem a vaga impressão de que não permanecerá naquele lugar por muito tempo. Aquilo o consola, de certo modo. E, ironicamente, faz com que trabalhe melhor do que a média dos colegas.

Às quartas, enche a cara com alguns deles, gente da área técnica e ex-cúmplices (como dizem) da central de atendimento. Na cobrança, só há mulheres mais velhas, mães de família, e ele não consegue fazer amizade com ninguém ali.

Quando não sai para beber, pega um cinema ou vai à Asa Norte trepar com alguma puta que escolhe pela seção de acompanhantes dos classificados do *Correio Braziliense*. O fato é que não gosta de ir para casa, que divide com dois colegas dos tempos de cursinho e que, como ele, não foram aprovados no vestibular e agarraram o primeiro emprego que apareceu; ambos são vendedores no Carrefour, e um deles estuda para um concurso da Polícia Militar. O outro ainda não decidiu o que fazer da vida.

— Como você — costuma dizer, olhando meio sério, meio rindo para Jonas.

— É — ele concorda, sentindo um nó na garganta e se lembrando da conversa com Hilton naquela praça de alimentação, quanto tempo faz isso? De repente, a vida passa e a gente não sai do lugar. — Como eu.

Mais para o final daquele ano, Jonas é promovido mais uma vez. Departamento Financeiro. Também acumula outras funções — integra o Programa de Aperfeiçoamento da Qualidade, por exemplo, uma desculpa para perder tardes inteiras em reuniões nas quais discutem bobagens e criam estratégias que jamais serão colocadas em prática pelos outros departamentos—, embora não receba bonificações por conta disso.

Passa a viajar com frequência e seu tempo é quase que inteiramente tomado por uma sucessão de desimportâncias profissionais: faturamentos, relatórios, ligações, cursos de aprimoramento recheados de vacuidades de autoajuda e dinâmicas de grupo, pequenas, apressadas e desajeitadas confraternizações de aniversário, reuniões.

Nos almoços em restaurantes das redondezas, na companhia dos colegas com quem ainda enche a cara de vez em quando, todos se entregam à boataria. Fulana teria trepado com fulano para ser promovida. O supervisor regional teria humilhado o gerente de operação em uma conferência. A secretária do gerente estaria grávida de um reles técnico de rede. Haveria demissões em massa. Não haveria demissões em massa.

Haveria. Não haveria.

Certo dia, Jonas e um colega chamado Pedro têm de fazer uma apresentação para todos os funcionários. Eles são "agentes multiplicadores": ficam sabendo de certas mudanças primeiro e então têm de repassá-las aos demais de forma "lúdica e interessante".

Estão nervosos naquela manhã. Há muito o que informar. Fizeram um curso em São Paulo na semana anterior. A grade de programação passará por mudanças enormes. Canais extintos, outros mudando de nome, vários brotando do nada. Chegam bem cedo à empresa e repassam a apresentação, organizam os slides, as pastas com os folhetos, tudo. Então, resolvem dar um pulo no terraço.

Pedro acende um baseado.

Jonas nunca gostou muito de maconha, mas acha que não fará mal, dadas as circunstâncias; dois gerentes regionais estão na cidade e assistirão à apresentação, talvez os convidem para visitar suas respectivas operações e repetir a performance.

Ele traga e traga.

É relaxante.

Quando terminam, Pedro se estira numa cadeira e pede a ele que alcance o colírio em sua mochila, largada num canto. — Aí no bolsinho lateral.

— Bem lembrado, também vou usar.

— Pega aí.

Há dois frascos pequenos e muito parecidos, ambos sem rótulo algum. Jonas escolhe um ao acaso. Quando pinga no olho esquerdo, sente o globo ocular queimando e começa a urrar de dor. Pedro entra em desespero: um frasco está cheio de colírio; o outro, que Jonas pegou, tem perfume. Correm até o banheiro mais próximo e lavam o olho, que, mesmo assim, permanece inchado e vermelho durante toda a apresentação. As pessoas acham estranho, mas ninguém comenta nada. Só voltará ao normal no dia seguinte.

— Você nunca se confunde, Pedro? — pergunta ao colega quando, dias depois, almoçam sozinhos em um restaurante self-service próximo da empresa e enfim têm a chance de conversar a respeito.

— Os frascos são diferentes.

— Acho que não são, não.

— São, sim.

— Diferentes como?

Pedro começa a rir. — A tampa do frasco que tem colírio é branca e a do que tem perfume é vermelha.

— Nossa, eu... não prestei atenção mesmo.

— A culpa foi minha. Eu devia ter te avisado.

— Não, eu é que devia ter perguntado em vez de ir pegando e despejando no olho.

Sorriem, encolhendo os ombros.

— Mas a apresentação ficou bem legal — diz Pedro.

— Ficou mesmo.

— BH na semana que vem.

— BH e depois Goiânia.

Mesmo quando sai do trabalho e vai à Asa Norte ter com alguma puta, Jonas ainda pensa na ex-namorada, a mesma que, anos antes, fez a gentileza de trocá-lo por um boçal, e depois trocou este por outro (ficou sabendo pelos colegas com quem divide o apartamento e que ainda mantém contato com a galera do cursinho), e então sumiu no mundo.

Menos do que antes, mas ainda pensa.

Tanto que, de vez em quando, escolhe mulheres cujas descrições no jornal têm algo a ver com a ex. Magra, branca, seios pequenos, bunda grande, cabelos pretos e lisos, baixinha.

Certo dia, resolve que não fará mais isso. Sente-se bem ao tomar essa decisão. Folheia o jornal com ânimo renovado. Escolhe e vai ao encontro de uma jovem negra que diz que Jonas é apenas o sexto cliente que atende.

— Jura?

— Cheguei aqui ontem de manhã.

— De onde você é?

— Goianésia.

Ele esteve em Goianésia anos antes, para o Carnaval. Foi acompanhado por Hilton, agora pai de dois. Tinham dezesseis anos então. Deitado ao lado da puta, Jonas sugere que talvez tenham se cruzado por lá sem perceber.

— Gosto de Carnaval, não — ela diz.

Volta a vê-la algumas vezes, e então ela desaparece sem deixar vestígio. Acontece de vez em quando. Elas voltam para casa ou conhecem alguém ou arrumam outro trabalho. Ou então algum cliente começa a incomodá-las e elas simplesmente se mudam. Jonas torce para que a menina de Goianésia esteja bem.

Por esses dias, ele volta a pensar em São Paulo, no vestibular, em seguir em frente.

— O que é que você está esperando? — dizem Hilton, Valéria, os pais, as pessoas com quem divide o apartamento e mesmo alguns colegas de trabalho.

E ele sempre responde que não sabe.

Há um colega de trabalho de quem Jonas se torna mais próximo. Robson. Um técnico de TI. É um sujeito engraçado, trabalhador. Comprou um Monza preto em quarenta e oito prestações. Mas Robson está deprimido, pois é também um desses coitados a quem prometem promoções que nunca se concretizam, mas cuja possibilidade faz com que se animem a trabalhar horrores, mostrar serviço, sempre à disposição. Está deprimido porque finalmente percebeu que o fazem de otário.

Em uma quinta-feira chuvosa, ao dar carona para Jonas e uma colega, Robson bate o Monza em plena EPGU.

Apenas quatro meses depois de comprar o carro.

Por um momento, Jonas tem a impressão de que Robson encheu a traseira do outro carro de propósito.

A colega bate com a cabeça no para-brisa, um inchaço pequeno e o susto. Jonas machuca o pé. Nada sério. Estão todos bem. Robson chora e pede desculpas. Jonas gosta dele. Tenta pensar numa forma de animá-lo. No dia seguinte, fala das putas.

— Eu tenho namorada — ele retruca.

— Eu também.

— Como é que você pode fazer uma coisa dessas?

— É que, assim, ela é evangélica e fica dizendo que só vai me dar depois que a gente se casar. Quem me apresentou foi a Priscila do RH. As duas frequentam a mesma igreja.

— Termina com ela e arranja outra.

— Ah, mas eu gosto dela.

— Então para de procurar as putas.

Jonas considera a sugestão por um instante. — Acho que não gosto dela tanto assim.

Priscila apresentou Márcia a Jonas em um bar de Taguatinga. Combinaram um cinema, depois um teatro. Foi apenas no terceiro encontro que ela permitiu que ele a beijasse. Depois, explicou as regras. Jonas pensou em dizer que não estava interessado, mas depois cogitou que fosse apenas jogo de cena e decidiu levar a brincadeira adiante. Era morena, alta, os cabelos castanhos bem encaracolados. A ideia de que não podia tocá-la o excitava. Certa vez, pediu para ver os seios dela. Não para tocá-los.

— Eu, é, só quero ver mesmo.

— Não vai acontecer — ela respondeu, séria.

A relação se estabeleceu nesses termos. Jonas voltou a frequentar as putas duas, às vezes três vezes por semana. Conheceu a família de Márcia e foi bem recebido. Apresentou a namorada aos pais e às irmãs, que também a receberam bem. Valéria gargalhou quando ele contou sobre o que passou a chamar de A Interdição.

— Qual é o seu problema, rapaz? Sai dessa.

É uma relação estranha. Jantares, cinema, teatro, reuniões de família. Não conversam muito. Os beijos são interrompidos sempre que se tornam mais tórridos. Não têm muita coisa em comum. Jonas gosta do cheiro dela, almiscarado, e da boca. Também aprecia a voz sempre baixa, os olhos verdes contrastando com o tom da pele. Nunca sabe o que se passa na cabeça dela. Tanto que se surpreende quando, um dia, sozinhos no apartamento, assistindo a um DVD, começam a se beijar e ela não o refreia. Chega a tirar a blusa e puxar um seio para fora do sutiã azul, rendado. É a primeira vez em que vê um deles. O mamilo é grande, de bico grosso e pontudo. Ele o envolve com a boca e chupa bem devagar. Quando tenta alcançar o outro seio com a mão direita, também trazê-lo para fora do sutiã, ela o interrompe sem dizer nada, corre e se tranca no banheiro. Volta minutos depois, recomposta.

— Isso não pode acontecer mais — diz.

Mas acontece. No cinema. No carro. Sempre que surge uma oportunidade. Há uma ocasião em que vão para o quarto dele, mais uma vez sozinhos no apartamento. Ela se deita sobre ele. Os dois seios para fora, um e depois o outro. Na boca. Sem interrupções agora.

— Chupa devagar — pede.

Ele obedece, claro.

E aos poucos, com todo o cuidado, sem movimentos bruscos, levanta o vestido, abaixa a calcinha, acaricia e aperta a bunda, o que ela também permite, dois, três minutos, beijando-o com tanta força que chega a lhe machucar o lábio inferior, um cortezinho, o gosto de sangue, e então se desvencilha, gira para o lado, como se quisesse que Jonas a visse inteira, a barra do vestido na altura do umbigo, calcinha arriada até o meio das coxas, os pelos pubianos à mostra, antes de ajeitar a roupa sem a menor pressa e com um sorriso, dizendo:

— Jesus, machuquei sua boca. Melhor parar, né?

Robson passa a usar uma aliança de compromisso. Não significa nada. Um anel de prata, liso. Não é como uma aliança de noivado, mas Jonas acha o gesto bonito e também compra um par. Mostra para Márcia. Ela não entende direito do que é que se trata, pensa se tratar de um pedido de casamento. Estão juntos há quase um ano. Fica realmente emocionada. Jonas não tem coragem de desfazer o mal-entendido.

Noivos.

Ao ouvir a história, em um almoço de domingo, Valéria não gargalha e todos olham preocupados para Jonas.

— É isso que você quer, filho? — o pai pergunta.

Ele não responde.

Márcia e a mãe visitam mansões para a festa de casamento, chegam a escolher uma e pagar uma entrada ou coisa parecida. Ou seja, o casamento está marcado para dali a oito meses. Os preços dos aluguéis para festas são absurdos. Elas também pesquisam bufês.

O padrasto de Márcia odeia Jonas, por razões que ele nunca entende. Certo dia, bêbado, liga e pergunta:

— Que caralho você tem contra mim?

O sujeito ri, solta um palavrão e desliga. Sargento do exército. As pessoas da família dela dão de ombros quando Jonas pergunta qual é o problema, pedem que esqueça, o cara é maluco, deixa pra lá.

Certo, ele pensa.

Continua a frequentar as putas. Continua a acariciar e chupar os peitos de Márcia no cinema, no carro, no sofá de casa. Ela, contudo, não volta a permitir que ele levante a saia ou o vestido, que abaixe a calcinha, apalpe a bunda assim exposta.

— Falta pouco agora — diz, oferecendo um peito como se lidasse com um bebê faminto.

Então, passados três meses desde o "noivado", como quem desfaz um mal-entendido, Jonas rompe com ela. Não é uma decisão pensada, pesada. Não é algo acerca do que ele reflete longamente, conversa com os familiares e amigos, pede conselhos.

Nada disso.

Eles estão jantando em um restaurante nordestino na W3-Sul e as palavras simplesmente saem de sua boca:

— Acho melhor a gente acabar com isso.

Por incrível que pareça, Márcia não se irrita, não tenta demovê-lo da decisão, não se entristece, não chora, sequer parece surpresa ou assustada.

Não.

Limita-se a deixar os talheres no prato e perguntar: — Você tem certeza, Jonas?

Ele pensa um pouco. — Tenho. Eu tenho certeza, sim.

— Ok.

— Acho que eu e você somos muito diferentes.

— Se você diz...

Em seguida, ela pega os talheres e continua a comer. Ele faz o mesmo. Não trocam mais nenhuma palavra até o fim do jantar. Dividem a conta, como sempre fizeram, e depois ele a deixa em casa. Antes de descer, ela o encara e agradece pela carona.

— Desculpa se... — ela começa.

— Se o quê?

— Não sei — ela sorri.

— Você não precisa pedir desculpa por nada. Até mais.

— Até mais.

Márcia desce do carro. Eles nunca mais se verão.

No futuro, sempre que repassar essa noite, sempre que repassar o momento em que disse a ela que achava melhor terminar, Jonas terá a impressão de que Márcia, no fundo, pareceu aliviada.

O zumbido nos corredores se torna ensurdecedor. As pessoas circulam com expressões de velório, exaustas, como se tivessem passado a noite em pé ao lado de um caixão, exibem olheiras, sentam-se meio curvadas às mesas, caminham cabisbaixas, trocam olhares carregados de um desespero mudo. Vai rolar demissão em massa, dizem e repetem aos sussurros, e ninguém mais contradiz isso, não há quem peça calma, quem negue, quem diga que vai acontecer, mas não agora, não neste semestre, talvez no próximo ou mesmo no outro. Não, não.

— Vai acontecer, e vai acontecer logo.

A coisa está no ar. É questão de tempo. Dias, no máximo semanas. Logo, logo. Vai acontecer em todas as operações, de norte a sul do país. Já está acontecendo.

— Não vai sobrar ninguém.

Jonas começa a prestar mais atenção ao noticiário econômico. Há matérias na *Gazeta Mercantil* sobre a insolvência da companhia, notícias sobre empréstimos (ilegais?) tomados do BNDES, especulações sobre drásticas mudanças por vir. As dívidas da empresa são em dólares, dizem. Com a desvalorização do real, a coisa assumiu uma magnitude monstruosa e saiu completamente do controle.

— Não vai sobrar nada.

Prevê-se uma reorganização completa, um enxugamento total, todos são alvos em potencial. A venda de toda a operação não pode ser descartada, pelo contrário. Há possíveis compradores, gente interessada, mas os balanços da empresa não são confiáveis.

— Não vai sobrar ninguém.

Os almoços são tensos. Os colegas só falam em quem vai e quem fica, em quem é — ou parece ser — prescindível e quem não é, fulano está fora, beltrano também, e se lamuriam sobre o casamento marcado, o carro ainda longe de ser quitado, a faculdade por terminar, o aluguel, a escola dos filhos, não posso rodar, nem a pau, ficou maluco?

— Não saia de férias.

— Por quê?

— Sabe como é. Te demitem assim que voltar.

A boataria é alimentada por meses a fio, e adquire contornos apocalípticos após o 11 de setembro. Uma multidão de monomaníacos e paranoicos circulando pelos corredores, aboletando-se às mesas dos restaurantes próximos no horário de almoço, espalhando-se, tensa, pelos botecos do Plano Piloto, do Guará e de Taguatinga após o expediente, todos à espera do pior, e por isso mesmo repentinamente pontuais, ninguém mais se atrasa, ninguém mais adoece, ninguém procrastina, todos prestativos, todos prontos para o que der e vier, nunca a camisa da empresa lhes serviu tão bem, empenhadíssimos em resolver quaisquer problemas o mais rápido possível, todos exemplarmente comprometidos.

Não.

Todos apavorados.

Muitos enviam currículos a torto e a direito. Vários se inscrevem em concursos, mergulham em apostilas, trocam informações, procuram se ajudar; alguns se matriculam em cursinhos.

— Iniciativa privada é caixão e vela preta — diz Robson certo dia, em meados de dezembro, à mesa do almoço. Estão no restaurante da

Imprensa Nacional. — Que segurança a gente tem? Não vou comprar presente de Natal pra ninguém. Nem pra minha namorada.

— Eu não acho que isso vá fazer muita diferença se a gente for pra rua, sabe? — diz Jonas, cortando um pedaço de carne vermelha, que em seguida leva à boca com o garfo. Mastiga fazendo uma careta. — Puta merda. Isso aqui parece acém, que troço mais duro.

— Eles passam demais. Este restaurante já foi melhor. Sabia que a gente não vai receber o décimo quarto no começo do ano que vem? Ficou sabendo disso?

— Mas já não era esperado? Quer dizer, a empresa no vermelho e tudo. Você ainda achou que a gente ia receber?

— Caralho, eles bem que podiam fazer o que têm que fazer logo. Daí a gente não ficava nessa agonia miserável.

— A questão, Robson, é que eu acho que a gente vai ficar nessa agonia miserável de um jeito ou de outro, empregado ou desempregado. Como é que você prefere?

— Porra...

Por um instante, Jonas tem a impressão de que Robson está a um passo de cair no choro e abre um sorriso cansado. — A gente sempre pode falar de outras coisas...

— Tipo o quê?

— Sei lá... não tem ido ao cinema?

— Cinema? Eu só saio de casa pra vir trabalhar.

— Que horror. Isso não faz bem pra cabeça, não. Eu acho. Anteontem eu vi... como é que é? *Vida Bandida*. É bem divertido.

— Vida bandida vai ser a porra do meu futuro se eu perder esse emprego.

Jonas dá uma bufada. — Vem cá, deixa eu te perguntar uma coisa.

— Deixo.

— Você tem um quartinho com armas e mantimentos na sua casa? Um quartinho com umas estantes cheias de enlatados, água mineral, potes de conserva, essas coisas?

— Como assim?

— Porque parece que você está esperando uma espécie de apocalipse zumbi. E não é só você, não. Eu fico observando. É quase todo mundo naquela merda de empresa.

200

— É que...

— É só a porcaria dum emprego, Robson. A gente tem vinte e poucos anos. E você ainda mora com os seus pais, mas age e fala como se vivesse, sei lá, num barracão alugado no Setor O, com uma mulher entrevada e cinco filhos catarrentos pra criar. Tenta relaxar, vai.

— Eu até tento. Juro que tento.

— Olha só. Se perder esse emprego, te juro, mesmo que demore um pouco, você arruma outro. E eu não acho que seus velhos vão te colocar na rua entre uma coisa e outra, não.

— Não tenho tanta certeza disso.

Com o tempo, Jonas fica de saco cheio de manter esse tipo de conversa todos os dias e passa a comer sozinho no terraço da empresa. Leva uma *tupperware* com o almoço (macarrão com carne moída e linguiça ou arroz e peixe e salada ou sanduíche de frango desfiado e maionese, dependendo do dia e da preguiça que sente na véspera, quando prepara a refeição), senta-se a uma mesa e come em silêncio, feliz por não ter de conversar com ninguém sobre o que quer que seja. Claro que há outras pessoas almoçando no terraço, mas elas parecem integrar uma espécie de irmandade silenciosa, em que basta uma troca de acenos de cabeça ao chegar e outra ao sair. Há, por exemplo, uma senhora que trabalha no Departamento Comercial, alguém cujo nome lhe escapa e que está sempre concentrada em algum livro, tanto que prescinde até mesmo de cumprimentar os outros com a cabeça. Jonas começa a prestar atenção nos títulos que ela lê, e eles parecem ecoar o humor e as circunstâncias em que se encontram os funcionários da empresa: *Dia de finados*; *Ao deus-dará*; *Amanhã, na batalha, pensa em mim*; *Uma longa fila de homens mortos*; *Extinção*.

Certo dia, após o expediente, ele vai ao shopping e adentra uma livraria. Nunca foi muito de ler ficção, prefere livros de reportagem ou de crônicas, tem preguiça de encarar romances muito longos, mas sente necessidade de sair da rotina, fazer algo diferente. Escolhe três livros pelos títulos, todos de contos: *O herói devolvido*, *Os amores difíceis* e *Secreções, excreções e desatinos*. Ele os lê com prazer, no decorrer das semanas seguintes, acomodado a uma mesa no terraço, e certo dia a senhora que trabalha no Departamento Comercial sorri ao passar por ele, dizendo: — Calvino não é maravilhoso?

— É, sim, demais da conta.

Ela carrega um livro, mas Jonas não consegue ver qual é. Não faz mal, pensa. Agora tenho os meus.

Chega o Natal.

Na véspera, antes de ir para a casa dos pais, Jonas abre a página de acompanhantes dos classificados. Quer alguém com quem ainda não esteve. Um primeiro encontro. Escolhe em menos de dois minutos. Sem pensar direito no que faz, leva consigo uma garrafa de espumante.

— Mas pra que isso, menino? — a mulher pergunta ao recebê-lo, vestida com um baby-doll azul-marinho, na indefectível quitinete em uma quadra comercial da Asa Norte.

— Então, é véspera de Natal, né? Eu achei que ia ser errado baixar aqui de mãos abanando.

— Mão abanando? Uai, na maioria das vezes, a clientela aparece aqui segurando o pinto mesmo.

É uma mulata de meia idade, alguns quilos acima do peso, os cabelos escovados. O anúncio no jornal dizia: "SORAYA. Coroa morena gostosa. Oral-vaginal-anal. Ele/ela/casais." Tem um forte sotaque mineiro. Depois de hesitar um pouco, estende a mão e pega a garrafa.

— Só pode abrir à meia-noite, hein?

— Olha, eu não prometo nada.

Passa duas horas ali. Ao se despedir, Soraya agradece pelo presente e diz que o espera no Réveillon.

Ele ri. — Pode ser o nosso lance, né? Natal e ano-novo.

Está chovendo quando sai do prédio. Sobe a rua, usando as marquises para se proteger do aguaceiro. Sorri ao avistar um táxi.

— Feliz Natal.

A ceia na casa dos pais é tranquila. Virginia apresenta o namorado à família, um tímido estudante de odontologia com quem Jonas e o marido de Valéria tentam conversar, o papo morrendo uma vez após a outra; ele não gosta de futebol, vai pouco ao cinema, só lê coisas da área que estuda. A conversa então se resume a perguntas e respostas protocolares.

— Pelo menos — Jonas comenta com Valéria depois que a irmã e o namorado se vão, teriam combinado de encontrar uns amigos — ele parece inofensivo, né?

— Seja lá o que isso signifique.

— Que ele não vai entrar aqui armado com um machado e matar todo mundo?

— Olha, Jonas, eu não conheço ninguém que pareça capaz de fazer uma coisa dessas, mas isso não quer dizer que as pessoas com quem me relaciono sejam inofensivas.

— Ela vai mesmo passar o Réveillon em Curitiba?

— Vai, sim. Conhecer a família dele.

— A coisa já ficou séria assim?

— É o que parece.

— Você não acha que ela ainda é muito nova pra se amarrar desse jeito?

— Eu não acho nada. A vida é dela. E não é como se eles fossem casar daqui a seis meses, né?

— É. Acho que não.

— Então.

— Bom. Desejo felicidades ao casal.

Inês entra na sala, enxugando as mãos em um pano de prato. — Não esquece de levar seu livro quando for embora.

— Terminou de ler, mãe?

— Terminei, sim. Gostei muito.

— Que livro é? — Valéria pergunta, os olhos fixos na televisão.

— *A trilogia de Nova York*.

— Aquele que você me emprestou só tem putaria.

— Qual é? — pergunta Inês, abrindo um sorriso.

— *O teatro de Sabbath* — Jonas responde. — Eu te avisei, Valéria. Mas você viu a capa e já foi pegando.

— Não estou dizendo que é ruim, não — sorri a irmã. — Mas ainda preciso terminar de ler.

— Depois quero ler também — diz Inês, voltando para a cozinha. Em seguida, grita lá de dentro: — Alguém quer mais cerveja? Nestor acabou de abrir uma garrafa.

Em meados do mês seguinte, janeiro de 2002, dezenas de funcionários são pouco a pouco encaminhados para o auditório da empresa numa manhã ensolarada.

Jonas entre eles.

Há técnicos, atendentes, secretárias, uma recepcionista e até mesmo alguns coordenadores de área. Priscila vai de departamento em departamento, recita alguns nomes, pede que se dirijam ao auditório.

— O que está acontecendo?

— Só façam o que estou pedindo, por favor.

— Vai acontecer, não vai?

— Daqui a pouco estarei com vocês.

— Mas o que é, Priscila?

— Pessoal, por favor...

— Ai, meu Deus.

Uma mulher sobe ao palco e se apresenta. É a nova gerente de operação. Há um burburinho ao redor. Jonas não entende quando ela se apresenta.

— Qual é o nome dela mesmo?

— Não sei, também não entendi — diz Robson.

— Solange? Simone?

— Algo do tipo.

— Preciso lhes dizer algumas coisas — ela começa. É alta e magra, tem o rosto fino meio que chupado para a frente por um nariz enorme que parece querer se livrar do restante da cara, sair dali o quanto antes, decolar feito um foguete. Os olhos são meio caídos. Os cabelos presos parecem maltratados por uma sequência interminável de pinturas e repinturas; naquele dia, estão castanhos. Jonas sente pena dela, não sabe bem por quê. É do tipo que fica mal não importa como ou o quão elegantemente se vista, os ossos se projetando sob a roupa feito os peitinhos de uma adolescente. — Vou tentar ser o mais direta possível.

— Lá vem.

— Ai, meu Jesus.

As mãos enormes de dedos finos seguram o microfone e tremem um pouco. Talvez seja desagradável para ela também, pensa Jonas. Ou talvez ela apenas não goste de subir em um palco e se dirigir a um amontoado de gente que a encara com os olhos arregalados de pavor.

— Vocês estão sendo *desligados* da empresa hoje. Eu sinto muito. Todos vocês.

Desligados. Ele sempre achou o termo imbecil. Quase tão estúpido quanto os e-mails depois enviados pelo RH aos que ficaram. *Fulano partiu em busca de novos desafios profissionais.* É uma engrenagem escrota, cheia de convenções e códigos escrotos, ele sempre achou isso. Que merda eu vim fazer aqui? Claro, precisava do dinheiro.

Ainda precisa.

No entanto, no momento em que a nova gerente de operação anuncia o seu *desligamento*, não se sente mal, pelo contrário. Há um certo alívio, uma crescente sensação de liberdade. A expressão que o rosto de Márcia assumiu no momento em que foi comunicada do rompimento (*desligamento afetivo*?) lhe ocorre de imediato.

Está sorrindo quando deixa o auditório.

— Qual é a graça, seu doido? — pergunta Robson, puxando-o pelo braço.

— Não sei.

— Fica aí com esse sorrisinho, que porra é essa?

— Desculpa, eu não fiz por mal.

— Maluco.

— Tá, tudo isso é uma merda, mas... alguma coisa me diz que vai ser melhor pra mim.

— Melhor?! Melhor como?!

— Não sei, Robson. Eu estou tão fodido quanto você. Mas, ao mesmo tempo, lá no fundo, tenho uma sensação boa que...

— Você pirou de vez, é isso que aconteceu.

— Que nada. E você vai ficar bem, cara. Eu vou, você vai. Eu sei, sinto bem aqui dentro.

— Puta que pariu.

No corredor, há uma mesa e sobre ela uma caixa em que os funcionários devem deixar os crachás. Alguns choram. Em geral, os mais velhos, que terão mais dificuldade para se *recolocar* no mercado. Jonas suprime o sorriso e assume uma expressão mais condizente com a situação. Sente-se mal pelos outros, é claro. Trabalhou por anos com aquelas pessoas. Sabe quem tem filhos, quem está mais endividado, quem planejava o quê. Ele próprio tem dívidas que contraiu despreocupadamente. Uma televisão maior. Um aparelho celular de última geração. Móveis novos. Roupas.

205

Videogame. DVDs. Some-se isso às contas de praxe e é possível ver o pacote de rescisão descendo pelo ralo em poucos meses. Mesmo assim, ele se sente bem. Renovado. Pronto para seguir em frente. Procurar outra coisa para fazer. Talvez retomar os velhos planos. Quem sabe? Os pais ficariam felizes. E jamais se furtariam a ajudá-lo.

Lá fora, no estacionamento, aproxima-se de Robson e pergunta se ele não quer dar uma volta, quem sabe almoçar. — Onde você quiser, vai. Eu pago.

— São dez e pouco. Muito cedo pra almoçar.

— A gente toma uns chopes até chegar a hora.

Robson não diz que é muito cedo para beber. Ambos sabem que, dadas as circunstâncias, não é. — No Pátio?

— Onde você quiser.

Não trocam uma palavra sequer desde a empresa até o shopping, Robson ao volante do Monza preto que não sabe quando ou se conseguirá quitar.

É mesmo um dia bonito, o céu daquele profundo azul-deserto que se vê sobre Brasília de vez em quando, algo que sempre faz o pai de Jonas repetir uma fala tirada de um filme cujo nome ele não se lembra agora:

— É tão bonito que parece de mentira.

Só que, no filme, isso é dito por uma mulher diante de um mar de plástico e um pôr-do-sol pintado na parede do estúdio, em um cenário propositadamente artificial, cinematográfico, "falso".

Mas Brasília também não é um pouco assim?

Ou costumava ser, pelo menos ali no miolo, no Plano Piloto, quando ainda havia alguma organização, mesmo que só aparente, na tão propalada capital planejada. A cidade era ou parecia ser, então, uma mentira bem desenhada. Agora, ela cresce para todos os lados, sem freios, desorganizada, explodindo, vazando a moldura, e é como se a realidade invadisse a suposta utopia urbana com mais força do que nunca. Daí que Brasília não é diferente de nenhuma outra grande cidade brasileira, pensa Jonas. Não mesmo. Como todas as outras, canibaliza quase todo mundo que vive nela e apodrece do meio para fora, do centro para a periferia, ainda que as pessoas bem postas na vida — ou quase — afirmem e reafirmem o contrário. O Plano Piloto é a medula doente. O resto é efeito da metástase.

— No que é que você está pensando? — Robson pergunta no momento em que o carro se deixa engolir pelo estacionamento do shopping e o dia se torna noite como que do nada.

— Na cidade.

— Na cidade? Que cidade?

— Brasília.

— E o que é que tem Brasília?

— Eu estava aqui pensando que ela não é diferente de nenhuma outra cidade brasileira.

— Jura? Genial. Uhu. E daí?

— E daí que ela acaba de mastigar, digerir e cagar a gente. E está prontinha pra fazer tudo de novo.

Robson estaciona o carro em uma vaga, desliga o motor, tira a chave da ignição e encara o colega. — Fico feliz que você tenha me chamado pra dar uma volta, tomar umas cervejas, almoçar. Espairecer e tudo. Tenho certeza absoluta de que vou sair daqui cheio de esperança, animado, novinho em folha. Valeu mesmo, Jonas.

Nos meses seguintes, a sensação de leveza que Jonas experimentou no momento em que o informaram do *desligamento* permanece, apesar de ele não conseguir outro trabalho de imediato e, bastante endividado, ver-se obrigado a eventualmente voltar para a casa dos pais.

É quando começa a fumar.

E, levado por um vizinho, participa de algumas reuniões e eventos no diretório regional do Partido dos Trabalhadores.

— Podia ser pior — diz Valéria à mesa de um almoço de domingo. — Ele podia ter virado evangélico.

— Mas você se filiou? — Nestor pergunta.

— Não, pai. Só fui mesmo ver uns debates e... tava pensando, acho que o Lula ganha dessa vez.

— Voto em Hitler mas não voto em Lula — vocifera Valéria.

— Assim — diz Jonas —, posso estar enganado, mas acho que o seu Adolf não vai se candidatar dessa vez, não. Teve um probleminha com os russos, parece, e também com os...

— Haha.

A única coisa que o entristeceu foi, antes de se mudar, ter de vender móveis, eletrodomésticos, livros, CDs, DVDs e jogos de videogame para aliviar a situação com o banco e as operadoras de telefonia e cartão de crédito. Aquilo realmente o deixou mal.

— Porra, tem muito livro e filme bacana aqui — disse o dono do sebo, um quarentão cabeludo e sorridente, ostentando uma camiseta com a capa de *Painkiller*, do Judas Priest, estampada. — E olha os CDs. Por que tá vendendo tudo desse jeito?

— É que eu perdi o emprego. Precisando levantar uns trocados, sabe como é.

— Sei bem, cara. Que merda.

As roupas do sujeito estavam muito bem passadas. Deve morar com a mãe, pensou Jonas. Assim como eu.

Em sua primeira noite, depois de deixar as malas no quarto onde dormiu até os dezenove anos e ao qual retornava ainda sem saber direito como se sentir quanto a isso — mas sorrindo ao se lembrar de que foi ali mesmo, naquela cama, que transou pela segunda vez na vida, a primeira realmente boa (pois tão nervoso e desengonçado na ocasião em que perdeu a virgindade com a irmã de um colega de escola, embora ela não tivesse dito nada durante ou depois, talvez porque tão nervosa quanto ele), a primeira em que conseguiu mesmo aproveitar a coisa, dias antes de completar dezesseis anos: a atendente de uma videolocadora das vizinhanças (onde também trabalharia depois, seu primeiro emprego, e graças a ela) aceitando o convite que ele, bêbado, fez ao voltar de um churrasco na casa de um conhecido, a loja prestes a fechar, a moça sozinha ao balcão, sorrisos trocados, alguma hesitação, mais sorrisos, e então: estou sozinho em casa, que horas você sai? —, Jonas sentou-se à mesa com os pais para tomar uma sopa de legumes.

— É só por uns tempos — resmungou, meio sem graça.

— Se tivesse pego a sua rescisão, quitado tudo o que devia e voltado logo pra cá — disse o pai —, acho que as coisas estariam bem menos enroladas, é ou não é?

— Claro, claro, eu... eu sei. É que achei que fosse arranjar outro emprego logo.

— Não estou te repreendendo. É complicado mesmo, filho.

— E aquele seu colega? — pergunta a mãe.

— Qual deles?

— Rodolfo?

— Ah, o Robson. Falei com ele no mês passado. Conseguiu trabalho na Xerox. Ou talvez numa dessas copiadoras de faculdade e eu tenha entendido tudo errado?...

Sente-se estranho ao voltar àquele quarto e à rotina que abandonou anos antes, mas também algum conforto; tem a sensação de fechar um ciclo ou, antes, de retomar uma trajetória depois de pegar um desvio que não foi de todo ruim, é verdade, mas que podia ter evitado.

É com isso em mente que ele se inscreve e presta vestibular para Direito na Universidade de Brasília.

É aprovado, não sabe como.

O pai, a mãe e as irmãs parecem mais felizes do que ele próprio. Hilton também. Quando vai à festa de aniversário da filha mais velha do amigo, ganha um abraço apertado antes mesmo de adentrar o apartamento, tão logo sai do elevador. Ele e Hilton se veem cada vez menos, trocam uma ou no máximo duas ligações por mês e raramente encontram tempo para uma cervejinha.

— Até que enfim você botou a cabeça no lugar.

— Parece que sim.

— Antes tarde do que nunca.

— Bom, é o que dizem.

— O melhor é que nem é tão tarde assim.

— Haha. Espero que não.

— Entra aí.

É a primeira vez que Jonas visita o novo apartamento de Hilton. — Sudoeste? Jurava que você ia acabar na beira do Lago, vizinho de algum juiz do Supremo.

— Um dia desses, quem sabe. Mas as crias adoram o Parque da Cidade. E aqui fica mais perto do trabalho, né?

— Trabalho. Que diabo é isso?

Jonas pega uma cerveja e circula pelo apartamento. Não conhece quase ninguém e, como Hilton está muito ocupado com os outros convidados, acha melhor sair do caminho. Mais e mais pessoas chegam a cada minuto. A sacada parece ser um bom lugar. Pode fumar, há uma caixa de isopor cheia de cerveja por perto e o aparelho de som foi instalado no outro extremo da sala. Ali, algum tempo depois, é abordado por alguém que não lhe parece estranho e que se dirige a ele com familiaridade, mas não consegue se lembrar de onde conhece o sujeito. Do colégio, talvez?

— Apreciando a vista?

— Ué. Sempre.

Falam de política, as eleições se aproximando. — E aí? Você acha que o Lula virou isso mesmo que estão vendendo agora? Fala mansa, banho tomado, tosadinho, amaciado.

— Olha, eu espero que sim. O lance da carta parece que convenceu meio mundo.

— Verdade. Foi uma boa sacada, mas ainda não sei se voto nele.

— Ah, ainda tem tempo. Ele vai te convencer.

— Você tá fazendo campanha mesmo?

— Assim... você não vai me ver indo em comício, organizando carreta ou andando por aí com boné e camiseta do cara, mas... é, o meu voto vai pra ele, sim.

— Eu já não sei. Pode ser preconceito besta, mas tem alguma coisa ali que não parece certa. Nunca pareceu.

— Vai esperar pra ver, é isso?

— Acho que sim.

— Bom, deixa pra votar nele em 2006, então.

Eles riem e, depois, assim do nada, o outro comenta que é uma desgraça o que aconteceu com Lúcia, aquela dos tempos de cursinho. — Vocês namoraram por quase um ano, não foi?

— Peraí, que desg... do que é que você está falando?

— Caralho, como assim? Você não sabia? Ninguém te contou?

— Contou o quê?

— Nossa. Desculpa aí, Jonas. Pensei que você soubesse, eu não queria...

— Contou o quê?

— Ela... ela morreu.

— Morreu?...

— É. Pensei que você...

— Não, eu não... ninguém tinha me... eu não sei... sabia diss... de nada, não.

O sujeito respira fundo. Encaram-se por um instante, cada qual segurando uma latinha de cerveja, depois desviam os olhos para o chão

210

quase que ao mesmo tempo. Jonas ainda não consegue se lembrar do nome dele, mas, pelo que acabou de ouvir, fizeram cursinho juntos. Não que isso tenha alguma relevância, levando-se em conta o que ele disse há pouco. Uma desgraça o que aconteceu. Vocês namoraram por quase um ano, não foi? A cabeça a mil.

— Foi mal, cara. Isso não é jeito de dar uma notícia dessas.

— Relaxa.

Um emaranhado de crianças grita e corre lá dentro, de um cômodo a outro, incansáveis. Os adultos estão espalhados pela sala, pela cozinha, alguns sentados, outros em pé, conversando em pequenos grupos enquanto o som despeja uma coletânea infindável de estridentes canções infantis. Um vazamento obrigou o síndico a interditar o salão de festas na última hora, fazendo com que Hilton tivesse de reunir os convidados no apartamento que, embora seja muito espaçoso, sofre para comportar a pequena multidão. No entanto, dada a enorme quantidade de cerveja, vinho e whisky, além dos salgadinhos e doces, parece que ninguém dá a mínima para a aglomeração.

— Mas... diz aí, como foi que... que ela morreu?

— Foi num assalto. Lá em Goiânia. Tem um tempinho já, é por isso que eu achei que você soubesse.

— É que... pois é, eu acabei perdendo contato com a galera daquele tempo.

— Se não me engano, tem quase um ano. Acho que foi em agosto ou setembro do ano passado..

— E... como foi que...

— Bom, se me contaram direito, ela parou num semáforo, o ladrão veio e colocou a arma contra a cabeça dela. Nem queria levar o carro, só a bolsa mesmo. Tinha uma pessoa com ela.

— No carro?

— É, no banco de passageiro.

— E o ladrão foi e atirou sem mais nem menos?

— Não, não foi bem assim. Quero dizer, ela se assustou e tirou o pé da embreagem de uma vez. O carro deu aquele pulo e, sabe como é, o bandido deve ter achado que ela estava tentando fugir e descarregou o revólver, depois caiu fora.

— Puta merda.

— Pois é. Esses filhos da puta nem pensam duas vezes. Um dos tiros acertou ela na parte de trás da cabeça. Segundo me disseram, ela morreu a caminho do hospital.

Jonas decide voltar para casa logo depois que cantam parabéns e cortam o bolo. Pede desculpas a Hilton, diz que está um pouco bêbado.

— Você está bem? Quer que eu te leve?

— Não, pode deixar. Vim no carro da minha mãe.

— E vai dirigir assim?

— Aqui é o centro-oeste selvagem, lembra? Até a porcaria da polícia dirige chapada.

Hilton sorri. — Nem tanto. Mas por que não espera um pouco? Dá um tempinho, come um bolo? Daqui a pouco a galera começa a vazar e a gente pode conversar com mais calma. Tá uma loucura, não parei um minuto até agora. Acho que tem umas oitocentas crianças ali dentro. Nem sei mais quais são as minhas.

— Não, eu... vou indo mesmo. Se eu ficar, vou é beber mais.

— Então fica e bebe, porra!

— Fica tranquilo, já dirigi em condições piores.

— Eu sei que já.

— Valeu pela festa.

— Valeu por vir. Me liga quando chegar em casa? Só pra eu saber que não se estourou no caminho?

Mas Jonas não vai para casa.

Dirige sem rumo pela cidade, tentando decidir se está sentindo ou não alguma coisa. Cogita parar e comprar um jornal, ligar para uma acompanhante, mas desiste da ideia. Velhos hábitos. Não tem muito dinheiro e, mesmo que não fosse o caso, poucas coisas seriam tão patéticas, não? Entra no primeiro shopping que encontra, escolhe um filme ao acaso e se esconde na sala de cinema.

Um ex-pastor viúvo, seu irmão e um casal de filhos pequenos vivendo numa fazenda. Há uma invasão alienígena. A catarse final. Debelam a invasão, a fé do pastor recuperada.

Sai do cinema se sentindo um pouco melhor. Come um sanduíche na praça de alimentação. Depois, vai para a casa dos pais.

212

Jonas começa a namorar alguém que conhece em um simpósio sobre contratos comerciais. A essa altura, está no quarto período do curso. Ela se formou anos antes e trabalha em um escritório conceituado, no coração de artérias entupidas da capital federal. Eles têm a mesma idade. O bate-papo no cafezinho pós-simpósio, os colegas em comum, a ideia de ir a um barzinho na 107 Norte, a conversa fluindo bem, um convite fortuito (mas não muito), a primeira noite (no apartamento dela, no Guará I), uma sorridente ligação dele no dia seguinte, o segundo encontro (cinema, depois uma esticada no apartamento dela), o terceiro (jantar um restaurante português, depois uma esticada no apartamento dela), o quarto (filme no apartamento dela), o nono (um churrasco na casa dos sogros, depois uma esticada no apartamento dela), o décimo segundo (um almoço na casa dos pais de Jonas, depois uma esticada no apartamento dela), o vigésimo terceiro (um feriado numa pousada em Pirenópolis).

E por aí afora.

Ele continua vivendo com os pais (embora passe mais tempo no apartamento dela), passa a estagiar em um escritório em Taguatinga e, embora a formatura se aproxime cada vez mais, ainda não sabe o que fará. Cogita advogar, cogita prestar algum concurso, cogita continuar estudando e depois lecionar, por que não?

Há muitas opções.

Estão juntos há três anos quando, certa manhã de domingo, à mesa do desjejum, ela comenta que recebeu uma proposta, uma proposta excelente, mas que, se aceitar, significará uma mudança para São Paulo dali a algum tempo.

— Mais pro final do ano. O tio de uma colega minha tem uma firma lá.

— Poxa. São Paulo. É uma tremenda oportunidade.

— Não é? Ela me disse que vão fazer umas mudanças, reestruturar tudo.

Ao ouvi-la falar sobre o que pode ou não acontecer, a mudança possível, o futuro, Jonas pensa no que viveram até ali.

— Só depois é que vão contratar gente nova.

Pensa, por exemplo, na primeira noite que passaram juntos, depois do simpósio, o cafezinho, a ida com os colegas ao bar na 107 norte, ela perguntando se ele precisava de uma carona.

— Vem comigo.

Enquanto a observava se levantar, vestir a calcinha e uma camiseta e caminhar rumo ao banheiro, depois que foderam pela primeira vez naquela noite, deitado na cama com um cigarro aceso, ele disse: — Queria te perguntar... você se incomoda com isso de eu ainda morar com os meus velhos?

— Você ainda mora com seus pais? — ela perguntou, parando por um instante à porta do banheiro e se virando para fitá-lo. — Peraí, só um minutinho. Dá licença.

Entrou, encostou a porta, depois acendeu a luz, levantou a tampa do vaso sanitário e se sentou. Ele a ouviu mijar e se limpar e se levantar e abaixar a tampa e dar a descarga, depois o som da torneira aberta, mãos sendo lavadas. Quando ela saiu, a luz às suas costas recortava a silhueta magra. Voltou saltitando para a cama. Deixou a lâmpada acesa lá dentro.

— Então — disse, depois de se aconchegar e pegar o cigarro da mão dele, dar uma tragada. — Você mora com eles?

— Moro.

— Não sabia.

— Acho que... comentei contigo lá no bar.

— Ah, é. Nossa. Comentou mesmo. Lembrei agora. Eu estava pensando em outras coisas.

— Que coisas?

Ela sorriu. — Você sabe muito bem que coisas.

Ele sorriu. — Mas então. Isso de eu ainda morar com os meus pais te incomoda?

— Não. Nem um pouco. Por quê?

— Por nada. Tem gente que acha, sei lá...

— Eu não acho nada.

— Eu morei sozinho uns anos, quando... eu trabalhava e... mas daí eu perdi o emprego, fiquei bem mal de grana, e depois resolvi fazer faculdade. Eles me receberam de volta numa boa.

— Bacana da parte deles. Podiam ter dito: não quis sair de casa? Não quis trabalhar em vez de estudar? Agora se vira.

— Ah, eles não fariam uma coisa dessas, não. Mas eu não vejo a hora de me formar e começar a trabalhar e... sair. Não que eles... como eu disse, eles são muito bons comigo. Sempre foram.

— Eu também só saí da casa dos meus pais depois que me formei.

— Foi?

— Foi. Até queria sair antes, mas a vida aqui é cara demais. Achei melhor esperar. E eles também não ligavam.

214

— Você é filha única?

— Sou. E você?

— Não, eu não sou filha única.

Ela riu. — Besta.

— Eu tenho duas irmãs. Sou o filho do meio. Valéria, a minha irmã mais velha, é casada e tem uma filha, Mariana. Mora aqui perto, no Guará II, bem ali na 26. Ela e o marido são bancários.

— E a caçula?

— A Virgínia mora comigo, ou melhor... — e foi ele quem riu agora, virando-se para apagar o cigarro no cinzeiro sobre o criado-mudo. Ela aproveitou para se sentar na cama, as pernas entrecruzadas, um dos joelhos junto às costelas dele. Começou a acariciá-lo no peito, na barriga. Jonas continuou: — Eu e minha irmã caçula, a gente mora com os nossos pais. Ela estuda Nutrição na UnB, vai se formar antes de mim até.

— Você acha ruim só ter irmã?

— Não, não. Eu gosto, elas... elas são bem diferentes entre si e tudo, e eu... acho que sou mais parecido com a Virgínia em termos de temperamento. Mas nós três nos damos superbem.

— Eu tenho um primo que todo santo dia maldiz o fato de ter três irmãs e nenhum irmão.

— Ah, eu não maldigo nada, não. Mas eu tinha um amigo que era quase como um irmão, sabe?

— Não tem mais?

— Não, ele se casou muito cedo, teve um monte de filhos e... é natural, eu acho, as pessoas se aproximam, se distanciam, cada um vai prum lado, e a vida... a vida é assim mesmo, acho.

— E hoje você não tem mais ninguém assim? Digo, nenhum amigo tão próximo?

— Pior é que não. Tenho lá os colegas de faculdade, e um pessoal que eu conheci quando trabalhava, a gente ainda se encontra de vez em quando pra beber umas cervejas, mas nenhum *amigo* mesmo.

— Tadinho — ela sorriu, forçando a voz como se falasse com uma criança pequena. — Preocupa não, tá bom? Logo, logo você vai arrumar um amiguinho só pra chamar de seu. Ele vai ser o melhor amiguinho do mundo. Se não arrumar, a mamãe compra um pra você.

— Haha. Mamãe promete?

— Mamãe promete — ela riu e se abaixou para beijá-lo na boca, a mão se imiscuindo sob o lençol, acariciando os pelos pubianos. Em seguida, endireitando a coluna, arrancou a camiseta. Olhou para o próprio corpo. — Quase não tenho peito, você viu?

— Eu gosto.

— Nem bunda, nem quadril. E sou bem mais alta que você. Aliás, sou mais alta que quase todo mundo que eu conheço. Eu não gostava do meu corpo quando era mais nova. Hoje gosto.

— Eu também gosto. E, poxa, isso da altura, olha bem pra mim, quase todo mundo que conheço é mais alto do que eu.

— Meus primos me chamavam de Manoel.

— Tadinha — a vez dele forçar a voz enquanto semilevantava-se, o lençol deslizando devagar até as coxas com o movimento, expondo o pau duro.

— Opa — ela disse. — Opa, opa, opa.

Beijaram-se outra vez, e então ele abocanhou o seio esquerdo, um seio só mamilo, ou quase, vermelhinho, inchado, abraçando o corpo, acariciando as costas, a nuca e os cabelos enquanto sugava, ela buscando o saco com a mão direita, depois o pau, que dali a pouco estava de novo dentro dela, vem, ela pedia.

— Vem.

Primeiro encontro, primeira noite.

Isso se deu no dia em que quatro soldados norte-americanos foram emboscados em Fallujah e seus corpos, queimados e dependurados numa ponte sobre o rio que margeia a cidade. Eufrates. Jonas sabe e se lembra disso porque ele e Manoela foram para a sala depois de foder pela segunda vez e pediram uma pizza, que comeram assistindo ao Jornal da Globo.

— Que coisa horrível — ela disse. — Não consigo nem olhar.

— Nem eu.

E, de fato, ele desviou os olhos da televisão e a fitou. O perfil afilado, a testa grande, os cabelos ruivos que mal chegavam aos ombros, o nariz empinado, a boca pequena se abrindo para mordiscar a fatia de pizza, um sorriso se insinuando ali.

— O quê? — ela se virou, arregalando os olhos. — Vai ficar me encarando agora?

— Só um pouquinho — ele respondeu quase num sussurro. — Só até eu me acostumar.

216

— Ah, não.

— O quê?

— Não se acostuma, não.

— Tá bom.

E quase seis anos depois, naquela escura manhã paulistana em que ela o informa da decisão de aceitar o trabalho que ofereciam e se mudar para o Rio de Janeiro, ao se masturbar às escondidas, espiando pela porta entreaberta, ela tomando banho e se depilando, ignorando o fato de que ele está logo ali, camuflado pela penumbra, ajoelhado no chão do quarto, a bermuda arriada, deitando esperma enquanto a observa, ele se lembrará (depois de gozar e afinal se dirigir à cozinha a fim de providenciar aquele café) dessa conversa em seu primeiro encontro, do pedido para não se acostumar, e pensará, com um sorriso triste, antevendo o futuro próximo, o distanciamento iminente, eu nunca me acostumei, fiz o que você pediu e nunca, jamais me acostumei.

— Olha, eu acho que você tem que aceitar — ele diz agora, os dois à mesa, conversando sobre aquela outra proposta, a proposta anterior, a primeira, que os levará do Distrito Federal para São Paulo. — Brasília é legal, mas trabalhar num escritório bacana em São Paulo é, caramba, outra história. Outro patamar, sabe? Outra vida.

Ela mastiga um pedaço de pão de queijo. Depois de engolir com um gole de café: — Não sei, meu amor. Tenho um pouco de receio.

— Receio do quê?

— É uma mudança e tanto, né?

— Claro que é.

— E tem as nossas famílias.

— Não é uma mudança pro outro lado do mundo. São, sei lá, menos de duas horas de voo.

— Tá, mas... as coisas têm andado tão bem por aqui.

As coisas, ele repete mentalmente, e sorri.

— Que foi?

— Nada.

— Fala.

Um encolher de ombros. — Só pensei que... sei lá, a gente sempre pode voltar se não der certo.

Ela sorri, recuando um pouco na cadeira, uma expressão interrogativa tomando o rosto. — A gente?

5.
RISHIKESH

What is the light
That you have
Shining all around you?
Is it chemically derived?

— The Flaming Lips,
em *What is the Light?*

Haveria uma festa na casa de uma colega de trabalho e Iara teve de convencer Moshe a acompanhá-la. Como então estivessem juntos havia poucos meses, não teve tanta dificuldade para convencê-lo quanto teria no futuro, em circunstâncias similares, ele quase sempre preferindo ficar em casa, coçando a cabeça antes de resmungar alguma desculpa esfarrapada e dizer:

— Veja pelo lado bom.

— Qual?

— Vou lavar a louça enquanto você estiver fora.

— Eu mesma lavo quando a gente voltar.

— Não vou conseguir relaxar. Vou ficar pensando naquela montanha de louça suja. As pessoas vão me achar estranho. Vou ficar me sentindo deslocado e beber demais. Você vai brigar comigo por eu beber demais. Não, não. É melhor eu ficar em casa e lavar a louça.

— Tem certeza?

— Tenho, sim.

— Queria que você fosse comigo. Faz um tempão que a gente não sai e...

— Eu sei. Desculpa. Mas vou ficar por aqui.

— Certo. Até mais tarde, então.

— Até.

Mas esse tipo de conversa só se tornaria comum dali a alguns anos. Antes, no começo, Iara não precisava se esforçar tanto, Moshe quase sempre se mostrando aberto e receptivo ao que ela propunha.

— Você não gosta muito desse tipo de coisa, eu sei.

— É, fico meio sem graça.

— Mas as pessoas tendem a gostar de você.

— Que nada.

— Claro que sim. Elas gostam do seu senso de humor. Acham meio pesado, às vezes, mas em geral elas gostam das suas piadas, dos troca-dilhos e...

— Você está dizendo que eu sou uma pessoa engraçada?

— Eu estou dizendo que você é uma pessoa engraçada.

— Que legal. Mas quando é que elas acham pesadas as minhas gracinhas?

— Você sabe muito bem quando, Moshe.

— Sou meio sem noção. Dá um exemplo, vai?

— Você está tirando onda com a minha cara? Você é impossível — estava rindo.

— Falando sério aqui, me dá um exemplo. Daí vou ter um parâmetro e evito pesar muito a mão.

Ela pensou um pouco, olhando desconfiada para ele. — Bom, no outro dia, na pizzaria, aquela piada que você fez com a sua mãe chocou um pouco as pessoas.

— Mas é uma piada tão singela.

— "Ei, minha mãe morreu num atentado terrorista lá em Israel. Homem-bomba. Sabe qual foi a última coisa que passou pela cabeça dela? A bunda."

Muito sério, fingindo indignação: — É uma piada excelente. E eu não tenho essa voz de retardado.

— Não é uma piada excelente. É até doentia.

— As pessoas riram.

— Riram de nervoso.

— Acho que não, hein?

— Como não?

— Aquele seu colega gordinho, por exemplo, até engasgou com o refrigerante.

— Gualter? Gualter tem problemas.

— Em minha defesa, devo dizer que não inventei isso.

— Ufa, que alívio.

— É sério. Vi no YouTube, um aluno me mostrou. Esqueci o nome do comediante agora. O cara é muito bom, é um ventríloquo e tem esse boneco, o personagem que é um terrorista morto. É muito engraçado. Foi ele quem fez a piada. Eu só adaptei. Qual é o nome do cara? Porra, vou ter que perguntar pro...

— Moshe.

— Sim?

— Não faz a menor diferença se a piada é sua ou de outra pessoa.

— É. Talvez não.

— Só tenta não exagerar hoje lá na festa.

— Peraí, ainda não confirmei presença, não.

— É aniversário da Ana, vai. Você não pode faltar.

Não poderia faltar porque fora graças a essa amiga que ele e Iara se conheceram. Elas dividiam um filé à cubana no Degas e Ana apontou para um sujeito alto, de cabelos quase raspados, parecendo um militar, tênis brancos sem meias, bermuda preta, camiseta do Dr. Dog e óculos de grau, subindo a Teodoro Sampaio sem a menor pressa.

— Putz, olha lá o meu professor de inglês. Ele é uma figura, Iara, você precisa conhecer esse sujeito. Moshe!

Ele se aproximou, desconfiado. Demorou alguns segundos para reconhecer a aluna, lá se iam dois anos que ela frequentara as aulas, e sorriu tão logo deitou os olhos em Iara. Claro que aceitou o convite para se sentar à mesa e tomar uma cerveja, mas não para almoçar.

— Obrigado, já comi. Mas e aí, Ana, o que anda fazendo? Trabalhando em banco?

— Estou. E ela aqui é a minha chefe.

Iara sorriu, encabulada, passando a mão direita nos cabelos, então curtinhos, tingidos de um castanho discreto. — Que nada, eu só trabalho lá há mais tempo. Sou chefe de ninguém, não.

— Nem eu — disse ele.

Dali foram a um barzinho na rua dos Pinheiros, a tarde deslizando sem que percebessem, um beijo ao se despedir, a ligação em meados da semana seguinte, Moshe convidando para um cinema, depois para beber alguma coisa, depois para um jantar em casa, posso cozinhar pra gente, que tal?

Na época em que Moshe e ela se conheceram e começaram a namorar, Iara vivia com Marcelo, seu único irmão, em um apartamento na rua Frei Caneca, o prédio a uns cinquenta metros do cruzamento com a Peixoto Gomide. É muito provável que tivesse demorado bem mais a se mudar dali para Perdizes (se é que um dia se mudaria) (como saber?), aceitando o convite de Moshe (você não precisa ficar aqui sozinha, e a gente já passa a maior parte do tempo junto, quantas noites por semana você fica comigo lá em casa ou eu aqui com você?), se a tragédia não tivesse ocorrido, se não tivessem assassinado Marcelo em um assalto.

Ele e o namorado passavam pelo cruzamento da Antônio Carlos com a São Carlos do Pinhal, subiriam a Ministro Rocha Azevedo até a Paulista. Eram oito e pouco da noite. As ruas movimentadas, estudantes, pessoas voltando do trabalho, moradores de rua. Dois sujeitos vieram numa moto, pararam junto ao meio-fio e anunciaram o roubo, arma apontada, anda logo, arrombado, olha só esses viados, e não houve o menor esboço de reação, entregaram carteiras e celulares sem dizer palavra, o mais rápido que puderam, sem choramingar, sem xingar, sem hesitar, o que foi corroborado pelo namorado e por alguns passantes, e mesmo assim o tiro no pescoço, gratuito, o assaltante que estava na garupa puxando o gatilho a esmo, três tiros enquanto seu parceiro acelerava, quando já deixavam a cena, um gesto corriqueiro, como se celebrasse a ação bem sucedida. Três estalos, uma das balas varando o pescoço, o corpo indo ao chão, sufocando, engasgando, sangrando até morrer enquanto o namorado gritava e gritava inutilmente por uma ajuda que sempre chega tarde demais, se e quando chega.

Foi na manhã seguinte ao enterro que Moshe sugeriu a Iara que se mudasse.

— Talvez seja melhor, você não acha? Talvez assim eu consiga te ajudar mais, te ajudar a passar por isso. Talvez a gente fique mais próximo. E, se não der certo, se depois você sentir falta de um canto só pra você, não tem problema. A gente conversa. A gente resolve. Mudar daqui pra lá ou de lá pra onde quer que seja é o de menos, a gente não precisa pensar nisso agora. De jeito nenhum. A gente precisa pensar em você. Só em você.

E naquele momento Iara olhou para ele, o sujeito magro e alto, de cabelos quase raspados, com seus óculos de armação quadrada, à Clark Kent, e lentes grossas, o rosto congelado em uma expressão séria, você não está mesmo de brincadeira, né?, e sentiu que era a coisa certa a fazer, e pouco importava que só estivessem namorando havia quatro meses e meio.

— Vamos ficar juntos, sim. Eu me mudo.

— Pode deixar que eu organizo tudo.

— Não, eu...

— Vou pedir umas indicações, pesquisar umas empresas de mudança, fazer uns orçamen...

— Não, Moshe — ela o interrompeu. — Claro que não. Não funciona assim. Nós dois organizamos. Nós dois pesquisamos. Nós dois acertamos tudo.

— Ok.

— Ou a gente faz isso junto, cada detalhezinho, cada coisinha chata, ou a gente não faz.

— Sim.

— Não faz sentido fazer se não for desse jeito, você não acha?

— Claro. Acho, sim.

— Eu não virei uma inválida.

— Claro que não. Desculpa.

— Acho que, de qualquer jeito, não ia aguentar ficar aqui sozinha. Passei dez anos com o Marcelo nesse apartamento, desde que os nossos pais morreram e eu trouxe ele pra morar comigo. Dez anos não são dez meses, não são dez dias.

— Não, não são.

— Dez anos são dez anos.

A festa no apartamento de Ana aconteceu dois meses antes disso, dois meses antes que Marcelo fosse assassinado, dois meses antes que Iara aceitasse se mudar para o apartamento de Moshe, quando o mundo ainda girava a uma velocidade mais ou menos aceitável e o casal não passava mais do que duas ou três noites por semana na mesma cama, na rua Dr. Franco da Rocha ou na Frei Caneca.

— Vamos com calma — pedia Iara, embora quisesse passar todas as noites com ele.

— Claro — Moshe concordava, embora quisesse passar todas as noites com ela.

A festa seria memorável não só porque foi nela que Moshe e Jonas se conheceram, mas também por outra razão.

— Acho que eu tive uma puta sorte, né? — Ana diria depois de deixar o hospital. — Que coisa. Faz a gente pensar.

Quando afinal chegaram ao apartamento em Santa Cecília (embora Ana insistisse, meio brincando, meio séria, que vivia em Higienópolis), um pouco atrasados porque resolveram trepar quando já estavam prontos para sair, ele a segurando contra a parede do corredor, a calcinha no chão, o vestido amarrotado, o rosto contra a parede fria, assim encaixados, metendo até que gozassem, e depois, enquanto ele retomava o fôlego estirado no sofá, ela precisou refazer a maquiagem, ajeitar o vestido e tudo o mais, não que se incomodasse com isso, apreciava o que ele chamava de *Blitzkrieg*, o beijo evoluindo para o sexo nas horas mais imprevistas e, em alguns casos, até meio incômodas, ambos atrasados para o trabalho, por exemplo, ou para um compromisso qualquer, como naquela noite, enfim, quando afinal chegaram ao apartamento em Santa Cecília, a festa já se encaminhava para seu término repentino: cinco pessoas (incluindo Ana) estavam sentadas no tapete da sala, ao redor de uma mesa de centro, usando chapeuzinhos de festa infantil e (disse Moshe) cheirando carreiras de cocaína como se dali a pouco fossem tomar parte de um teste para um segundo remake de *Scarface*. Os poucos caretas estavam reunidos na cozinha, entre eles um sujeito de (então) vinte e sete anos, baixo e barrigudinho, de terno e gravata (a essa altura já afrouxada), cabelos loiros penteados para trás, acompanhado por um varapau da altura de Moshe, ruiva de olhos claros, voz roufenha e ares irritadiços, do tipo que parece capaz de ir às vias de fato ao discutir por uma vaga num estacionamento de shopping, e estavam ali porque o namorado de Ana, que integrava naquele momento a rodinha de cheiradores, era aparentado do dono da imobiliária (e funcionário da empresa) onde Jonas trabalhava havia poucos meses, desde que se mudara com Manoela para São Paulo.

Para resumir, os quatro ficaram a hora seguinte na cozinha, bebendo cerveja e ignorando a escalada cocainômana ao som de *The Soft Bulletin* no cômodo vizinho, até o momento em que alguém soltou um berro (Jonas depois juraria que a coisa se deu com "What is the Light?" ao fundo, ao que Moshe daria de ombros, que diferença faz, essa música não fala é de heroína?) e, quando foram ver o que acontecia, a dona da casa (e colega de trabalho de Iara) estava estirada no chão da sala, vômito escorrendo pelos cantos da boca, pondo sangue pelo nariz e convulsionando horrivelmente enquanto o namorado (e colega de trabalho de Jonas) gritava que precisavam ir agora mesmo para o hospital e os demais levavam as mãos às cabeças e também berravam sabe-se lá o quê, todos ainda meio paralisados. Depois de respirar fundo, Moshe sugeriu que talvez fosse melhor passar logo à ação e levar Ana até o pronto-socorro mais próximo, ela não parece nada bem, galera, enquanto isso ele ficaria por ali e limparia aquela zona, vai que algum vizinho chamou a polícia por conta da barulheira, e é claro que se referia à droga espalhada pela mesa de centro. Naquele momento, Jonas admirou seu sangue-frio, sua clareza de raciocínio e de propósito, sua sobriedade, enquanto ia à cozinha e voltava com uma flanela e alguns produtos de limpeza. Por fim, depois de mais alguns segundos de hesitação, o namorado e alguns dos presentes seguiram, ainda que de forma atabalhoada, a sugestão de Moshe.

A experiência (no entender de Iara) acabou sendo boa para Ana: ela escapou por pouco, prometeu para si mesma, e a quem quisesse ouvir, que nunca mais usaria qualquer espécie de droga, matriculou-se em um curso de meditação e, no ano seguinte, sentindo que "podia e queria mais", largou tudo (incluindo o emprego no banco e o namorado, ninguém soube dizer se nessa ordem) e se mudou para Rishikesh.

Antes que a coisa desandasse, antes que a gritaria tomasse a sala, quando os dois casais papeavam na cozinha, Iara depois se lembraria de observar como, não muito depois de se apresentarem e iniciarem a conversa, Moshe e Jonas já pareciam completamente à vontade um com o outro, ensejando um modo bastante particular de trocar ideias, fazer piadas, rir do que quer que fosse, feito dois tenistas se aquecendo antes de um jogo, trocando golpes a meia altura, *backhands* e *forehands*, colocando a força necessária apenas para que a bola passasse por sobre a rede e chegasse ao outro lado da quadra, sem que nenhum dos dois jamais iniciasse a disputa propriamente dita, agredisse o adversário, tentasse tirá-lo da quadra e buscasse o ponto, até porque não havia pontos em disputa. Aquilo era um eterno aquecimento entre dois jogadores que apreciavam única e exclusivamente a troca amistosa de bolas, ignorando todo o resto ao redor.

E, cinco anos depois, na noite em que informou Moshe de sua decisão de ir embora, de deixá-lo, de se separar, antes de procurá-lo para falar com ele a respeito disso, Iara passou um bom tempo trancada no banheiro, pensando em qual seria a melhor maneira de dizer o que precisava dizer, temerosa de que ele reagisse mal, não queria uma briga, não queria agredi-lo ou ser agredida, não queria xingamentos, não queria socos e pontapés nos móveis e nas paredes, objetos voando daqui para lá, espatifando-se, não queria vê-lo furioso. Odiava a maneira como ele falava quando enraivecido, um ódio que parecia dirigido a ela mas, Iara sabia muito bem, era profunda e primordialmente dirigido a si mesmo. Ali no banheiro, enquanto respirava fundo, enquanto escolhia as palavras que usaria, ela se lembrou daquela noite, do aniversário de Ana, da festa interrompida pela overdose. Pensou na rapidez com que Jonas e Moshe se entenderam. Achava ótimo que ele tivesse um amigo tão próximo, uma vez que parecia não cogitar uma aproximação real do pai e, a rigor, não houvesse mais ninguém com quem convivesse e se sentisse à vontade. Por mais que estivesse pronta para ir embora, para deixá-lo, por mais que os últimos dois anos de relacionamento tivessem sido gradativamente horríveis, preocupava-se com ele, torcia para que ficasse bem, até porque (também pensava, também se lembrava de que) Moshe fora essencial para que ela ficasse bem após a morte de Marcelo, para que ela se recuperasse da perda, tornando-se por um tempo a família que lhe fora arrancada, tornando-se a figura imprescindível que estava presente quando mais precisou, que se dispôs a acolhê-la, que cuidou dela e tudo o mais.

Por piores que as coisas tivessem ficado, por pior que ele tivesse se tornado, sobretudo para si mesmo, sempre e sobretudo para si mesmo, há dívidas impossíveis de serem pagas, e Iara jamais esqueceria o quão generoso, o quão importante, o quão bom Moshe fora para com ela. Que tudo tenha saído dos eixos de um jeito tão escroto são outros quinhentos, pensava, apoiada na pia com as duas mãos, a respiração entrecortada, e não havia mais nada que pudesse fazer para ajudá-lo, até porque passava da hora de procurar uma maneira de ajudar a si mesma.

Endireitou o corpo, virando-se para a porta, é agora, ele está na sala, vou sair daqui, vou até lá, vou me sentar no sofá, vou respirar fundo.

— Vou dizer o que preciso dizer.

Mas não se mexeu, ainda não.

— Que droga.

Ainda não estava pronta.

— Que porcaria.

Calma. Só mais um pouco.

— Só mais cinco minutos.

Sentou-se na tampa do vaso. Procurou pensar em outras coisas.

— Cinco minutinhos.

Pensou nos pais.

— Nem um segundo a mais.

Pensou em Marcelo.

Já vivia e trabalhava em São Paulo quando os pais morreram em um acidente de barco, no litoral do Rio de Janeiro. Réveillon. Jamais se esqueceria do então adolescente Marcelo olhando assustado para ela, por sobre os caixões. Eram dois estranhos, afinal. Quando Iara saíra de Espírito Santo do Pinhal para estudar em São Paulo, o irmão era uma criança, e, exceto por um ou outro feriado que ele passara na capital e pelas visitas dela em datas e ocasiões festivas, quase não se viam ou se falavam. No dia em que enterraram os pais, passados nove anos desde que ela saíra de casa, Marcelo fitava a irmã mais velha com os olhos apavorados de quem não fazia a menor ideia do que estava por vir.

— A gente vai vender essa casa — disse ela após o enterro, os dois sentados à mesa da cozinha. — Se você concordar, é claro.

— E depois?

— Depois você vem comigo. Você já conhece o meu apartamento, tem um quarto lá só pra você.

— Mas o que eu vou fazer em São Paulo?

— Estudar, é claro. E, daqui a uns anos, trabalhar. Viver.

— Entendi — a voz dele tremia. Ele inteiro tremia. — O que você achar melhor.

— Você não precisa se preocupar. Eu vou estar sempre contigo, te ajudando no que for preciso. Os nossos pais morreram, mas você não está sozinho. E eu não estou sozinha. Porque eu tenho você. Nós dois somos a nossa família agora.

— Sim — ele sorriu, as lágrimas escorrendo pelo rosto. — Sim. Obrigado.

— Não precisa me agradecer. Por nada. Tá bom?

Anos depois, ao também enterrá-lo (ela também se lembrou, sentada na tampa do vaso), era nessa conversa que pensava junto à cova, no que dissera a ele naquele momento terrível.

Viver.

Olhou para Moshe à sua direita, para Jonas e Manoela à esquerda, havia tão pouco tempo que se conheciam, mas fizeram questão de estar presentes, de oferecer apoio, olhou para o namorado de Marcelo do outro lado da cova, depois para o alto.

Era um dia ensolarado, mas não fazia muito calor.

Quando Moshe a envolveu com o braço esquerdo, trazendo-a para mais perto de si, Iara esboçou um sorriso. À sua maneira, e (de certo modo) por opção, ele também não tinha uma família. Claro que na época ela não conhecia todos os detalhes. Sabia de uma mãe horrivelmente morta em um atentado terrorista do outro lado do mundo e de um pai que ele afastara e com o qual só falava muito de vez em quando.

Na prática, Moshe também estava sozinho.

Horas mais tarde, depois que voltaram do cemitério (ela também se lembrou no banheiro, antes de sair para dizer a ele o que precisava dizer, antes de sair para informá-lo de que estava indo embora, e se lembrou com um misto de ternura e melancolia, não conseguindo conter o choro), ela e Moshe estavam sentados no sofá, o apartamento na rua Frei Caneca parecendo a ela mais vazio do que nunca, e bebiam chá. Sem que se desse conta, Iara repetiu algumas frases que usara ao falar com Marcelo anos antes, após aquela outra cerimônia fúnebre:

— Você não está sozinho. Eu não estou sozinha.

E então Moshe sorriu.

— Que foi?

Ele pousou a caneca no braço do sofá e a encarou, mantendo o sorriso. — Iara.

— O quê?

— Acho que quem devia estar dizendo essas coisas aí sou eu.

Sim, ela pensou. É verdade. — Então diz, vai.

E ele disse, e no dia seguinte logo cedo, sentados à mesa da cozinha, conversariam a respeito da ideia que tivera, da mudança para o apartamento em Perdizes.

— Talvez seja melhor, você não acha? Talvez assim eu consiga te ajudar mais, te ajudar a passar por isso. Talvez a gente fique mais próximo.

6.
NEGEV

O mother
what have I left out
O mother
what have I forgotten

— Allen Ginsberg,
em *Kaddish.*

Sentado ao balcão de um pub em Jerusalém, entre um gole e outro de cerveja, sua última noite em Israel, Moshe se lembrou de uma infinidade de coisas. Lembrou-se, por exemplo, de que durante muito tempo, antes de dormir ou quando acordava no meio da noite, ejetado de um pesadelo que não raro tinha a ver com a mãe, imaginava as circunstâncias da morte dela, o restaurante lotado, as pessoas comendo e papeando e bebendo, incluindo ela e o marido, um sujeito que mal chegou a conhecer, com quem não chegou a conviver de fato, baixo, careca, um autêntico *sabra*, como dizem, um bloco de pedra arrancado do deserto de Israel, foi essa a imagem que lhe ocorreu quando foram apresentados, uma forma de vida concebida para sobreviver na vastidão desolada do Negev, engenheiro como Nili, as mãos enormes e calejadas como se fizesse questão de construir sozinho os prédios que por ventura projetasse, e ao mesmo tempo tão afável, tão carinhoso para com a esposa, tão atencioso para com ela e Moshe, uma sorridente caixa de papelão fazendo o possível para não incomodar o enteado, desarmado, tranquilo, engraçado, quando os três estiveram juntos por duas semanas, em São Paulo, mais de três anos após a tormenta da separação, e durante muito tempo, antes de dormir ou quando acordava no meio da noite, ejetado de um pesadelo, Moshe também pensava no pai, na maneira como ele surtara e fora obrigado (por ele, Moshe) a se mudar para a casa do irmão em São Luís, reduzido a um trapo, bêbado, dopado de ansiolíticos que comprava e tomava sem a prescrição apropriada, há sempre alguém pronto para ajudar, o amigo médico e companheiro de copo colocando o bloco de receitas à disposição, talvez cansado de vê-lo se lamuriar, chorando pelos cantos, aquela vadia, resmungava, me trocar desse jeito por outro, onde é que já se viu?, me diz, onde?, eu não devia ter aceitado, dezenove anos de casamento pra fazer uma coisa dessas comigo, desgraçada, maldita, não, Moshe não aguentava mais e ligou para o irmão de Miguel:

— Não sei mais lidar, tio Bené, o homem está impossível.

— Tão mal assim?

— Falando sério.

— Manda ele pra cá que dou um jeito.

— Mesmo?

— Custe o que custar.

Uma hora depois recebia o telefonema do tio.

— Já reservei a passagem, anota aí. Vai dar tudo certo, Moshe, não se preocupe. Eu coloco ele nos trilhos.

O voo na manhã seguinte, quando tratou de levar o velho ressacado ao aeroporto.

— Vai ser bom pra você, Miguel — disse, os dois parados na fila do check-in. — Não concorda? Sair de São Paulo, esquecer essa história. Superar. Passar um tempo com o tio Bené, com a tia Laura. Faz quanto tempo que vocês não se veem?

— Seu tio é um imbecil.

Não era, ambos sabiam muito bem disso, mas: — É o único imbecil que se dispôs a te ajudar.

— E quem disse que eu preciso de ajuda? — Miguel retrucou, abrindo os braços, ao que Moshe, dobrando o corpo, apoiando-se na mala que fizeram às pressas, gargalhou escandalosamente, quase precisou se sentar no chão, o pai com os olhos arregalados, todos ao redor observando a cena. — Que porra de crise de riso histérica é essa agora? Para com isso.

Moshe gargalhou ainda por quase um minuto, e então estancou o riso, endireitou o corpo, aproximou-se de Miguel e, respirando fundo, disse: — Você é o meu pai. Beleza. Lindo. Mas já deu. Não tenho mais saco pra essa merda. Não tenho mais saco pra sua autopiedade. Não tenho mais saco pro cheiro de cachaça e peninha de si mesmo empesteando a porra do apartamento. Não tenho mais saco pra ouvir os seus resmungos, pra isso de ficar xingando a mãe só porque ela percebeu que também não te aguentava mais e resolveu seguir com a vida noutro lugar, com outra pessoa, o que é a porra de um direito dela, caralho. E que se foda você, que não aceita, que se sente tão ofendido e humilhado, que age como se o universo, como se toda a bosta da Criação tivesse te sacaneado e agora te devesse alguma coisa. Mas, presta bem atenção, a verdade é que não deve. Ninguém te deve nada. *Ninguém*. Nem eu te devo porra nenhuma. Então, por favor, faz logo a porra do *check-in*, corre, não é pra andar, não, tá me ouvindo?, *corre* pra sala de embarque, entra naquela bosta de avião e *reza* pra ele cair, entende o que digo? E é pra rezar com vontade, com todas as suas forças. Mas, se o avião não cair, se por um azar a viagem correr bem e daqui a umas horinhas você chegar inteiro lá em São Luís, faça o favor de dar um abraço no meu tio, seu irmão, assim que encontrar com ele, agradece o cara por se dispor a ajudar, por se importar com a sua pessoa, por dar a mínima mesmo *você* sendo um imbecil. Até porque, adivinha só, ele também não te deve *nada*, ele também não te deve porra nenhuma, e só está fazendo isso, só está se dispondo a te ajudar, porque quer. Ele podia muito bem fazer isso que vou fazer agora, que é te mandar tomar no meio do seu cu, virar as costas e te deixar sozinho. *Sozinho.* Porque você não merece muito mais do que isso, seu velho bêbado, seu chapado nojento desprezível de uma figa, seu corno desgraçado filho de uma vaca.

Disse tudo isso sem levantar a voz, a boca bem próxima da orelha direita de Miguel, disse e, conforme anunciara, virou-se e o deixou ali na fila, sozinho, boquiaberto, os olhos marejados, as mãos trêmulas (pela ressaca, mas também pelo que ouvira), e saiu do saguão, deixou o aeroporto sem olhar para trás.

Só voltaram a se falar anos depois, no começo de 2002, por insistência do tio e da mãe, e a partir daí instituíram o hábito de ligar nas datas de praxe, aniversários, Dia dos Pais e afins.

Melhor do que ficar ouvindo encheção de saco da mãe e do tio, pensava Moshe.

Melhor do que nada, pensava Miguel.

O reencontro se deu em março de 2003, por ocasião da morte de Nili, o pai fazendo uma visita desajeitada, dois estranhos vagando pelo apartamento em Perdizes, enlutados e incapazes de dizer qualquer coisa de significativa um para o outro simplesmente porque não se conheciam mais, talvez nunca tivessem se conhecido para valer, e, mesmo que tivessem, o que haveria para dizer diante daquela ignomínia? Em todo caso, a partir de então, instituíram outro hábito: as visitas eventuais de Miguel, em geral nas férias de julho ou dezembro, quando desembarcava em São Paulo para uma estadia que variava entre cinco e dez dias.

Durante muito tempo (ele se lembra sentado ao balcão do pub hierosolimita), antes de dormir ou quando acordava no meio da noite, ejetado de um pesadelo que não raro tinha a ver com a mãe, Moshe também pensava na última vez em que a vira, a visita que ela e o marido fizeram em dezembro de 2001, corada, sorridente, caminhando de braços dados com Avi enquanto subiam as escadas, arrastando as malas ruidosamente, e ele os esperava à porta.

— Bem-vindos.

— Que saudades, meu filho. Que saudades.

Mais tarde, naquele primeiro dia da visita, saíram para jantar e ela falou sobre o apartamento. — Conversei com o seu pai a respeito. Eu e Miguel decidimos passar para o seu nome.

— Sério? Por quê?

— Porque eu não tenho a intenção de voltar para cá. Haifa é a minha casa agora, é lá que me sinto bem. Além disso, seu pai se fixou em Belém e disse que também não cogita viver aqui outra vez. Enfim, eu e ele conversamos a respeito e tomamos essa decisão. Não foi difícil. Não será. Cuidaremos disso enquanto eu estiver aqui. É você que mora no apartamento, então para que esperar? É seu.

— Obrigado, mãe — respondeu, e os três sorriram. Embora falassem em português, Avi imaginou do que é que se tratava. Moshe se virou para ele. — *First time in São Paulo?*

O padrasto fez que não, alargando o sorriso, tranquilo, carinhoso, sempre buscando a mão de Nili, e era assim que, durante muito tempo, antes de dormir ou quando acordava no meio da noite, ejetado de um pesadelo que não raro tinha a ver com a mãe, Moshe os imaginava no momento derradeiro, exatamente como os vira naquele primeiro jantar em São Paulo: sentados lado a lado, bem próximos um do outro, as mãos unidas sobre a mesa quando, quinze meses depois, alguém entrou naquele restaurante em Haifa (a minha casa agora, é lá que me sinto bem), entrou literalmente vestido com uma bomba, entrou e berrou alguma coisa contra Israel, entrou e invocou Alá ou uma ideia brutalmente pervertida de Alá, entrou e berrou e em seguida tudo foi pelos ares, sangue e membros destroçados em toda parte, o lugar transformado em um útero canceroso, implodido, uma ninhada inteira despedaçada por obra e graça de um filhote enjeitado, um filhote enjeitado e vingativo.

Ao imaginar as circunstâncias da morte de Nili, Moshe se perguntava: ela terá olhado para o homem-bomba? Ela o terá visto? Gritado ao perceber do que é que se tratava? Procurado os olhos e a mão de Avi? Ou, caso já estivessem de mãos dadas, apertado? Sim, um último aperto antes e enquanto o ambiente ao redor era destroçado por um ódio tão mais antigo e duradouro que o amor dela por seu marido, ódio palpável como os estilhaços que voaram, rasgando, cegando, desmembrando, mutilando, matando, e talvez entre os destroços alguém depois tenha encontrado as mãos ainda unidas, arrancadas de seus respectivos corpos, simbolizando tudo o que se perdera naquele dia e no passado e também tudo o que ainda se perderá no futuro, tudo o que foi e ainda será pulverizado, devastado, destroçado, assassinado. Ele pensava nessas coisas antes de dormir ou quando acordava de um pesadelo no meio da noite, e se lembrou delas ao balcão do pub, quando repetiu, baixinho, o nome:

— Nili.

Um acrônimo, ela certa vez explicou, *Netzach Yisrael Lo Yishaker*, a primeira frase do vigésimo nono versículo do décimo quinto capítulo do Primeiro Livro de Shemuel, ou Samuel, "E também (Aquele que é) a Força de Israel não mente nem se arrepende".

Terrível.

Terrível que alguém com um nome desses, um nome que remeta a *isso*, tenha morrido de um modo tal que a única eternidade visível diz respeito não a Aquele ou à sua Força, mas ao Ódio de um outro que, literalmente vestido com uma bomba, adentrou o lugar e mandou tudo, incluindo a si mesmo, pelos ares.

Era cansativo pensar a respeito dessas coisas.

Raras vezes, depois de acordar no meio da noite, ejetado de um pesadelo que não raro tinha a ver com a mãe, depois de pensar sobre essas e outras coisas, raras vezes ele voltava a pegar no sono.

Era cansativo pensar sobre a mãe.

Era doloroso pensar sobre a vida e a morte da mãe.

Uma engenheira israelo-brasileira conhece um engenheiro israelense num congresso em Santiago, eles se apaixonam, eles se encontram outras vezes, em diversas outras cidades, incluindo São Paulo (e isso foi o máximo que Nili lhe contara, ainda à época do divórcio, eu e ele temos nos falado todos os dias e nos visto sempre que possível, aqui e fora do país, nos últimos dois anos e meio, e então percebemos e decidimos que é necessário resolver a situação, que não é possível continuar dessa forma, pois não é justo com seu pai, não é justo comigo, não é justo com Avi), ela decide se divorciar do marido brasileiro e se mudar para Israel, para

237

se casar e viver com o engenheiro israelense, e eles foram ou pareciam muito felizes até o momento em que.

Cansativo, doloroso.

Em todo caso, para Moshe, ou até onde Moshe pôde enxergar, aqueles cinco anos entre o divórcio e a morte no atentado foram ou pareceram os mais felizes da vida de sua mãe, e achava que, mesmo se ela soubesse o que a esperava, mesmo que um anjo sujo desses que vivem debaixo do chão, a quilômetros da superfície, tivesse lhe aparecido em sonho e avisado, tivesse lhe dito, Nili, muda-te para Haifa e viverás feliz por uns poucos anos, e então te explodirão em mil pedaços, permanece em São Paulo e continuarás miserável por décadas, e então morrerás atropelada por um ônibus ou vitimada por um tumor no colo do útero, mesmo que ela pudesse escolher entre cinco anos felizes, ao fim dos quais morreria engolfada por um minitornado de estilhaços, sangue, vísceras e corpos desmembrados, e trinta e cinco anos insossos, ao fim dos quais seria implodida por um câncer ou atropelada por um ônibus ao atravessar, fora da faixa e desatenta, a avenida Sumaré, Moshe acreditava ou gostava de pensar que ela ainda optaria por Avi, por Israel, por uma nova — ainda que breve — vida longe de Miguel, de Perdizes, de São Paulo, dele próprio.

— Longe de tudo.

Isso não era doloroso de pensar.

E ele realmente acreditava nessas coisas, que Nili faria tal escolha de um jeito ou de outro, e gostava dela ainda mais por esse motivo, e jamais a culpou, e jamais a culparia, pelo caminho que escolheu, pelo contrário, a ideia de que tivesse sido feliz em seus últimos anos de vida era algo tão alentador quanto as mãos dadas sobre a mesa, e lá no fundo Moshe torcia para ter a mesma sorte. Se morrer despedaçado por um homem-bomba for o preço a se pagar por isso, pensou ao balcão do pub, tanto melhor, no que imaginou as caras de surpresa e horror dos outros quando Jonas contasse o que aconteceu com ele (como assim você não sabia?) (não sobrou nada pra enterrar), e sorriu.

Moshe não foi a Israel para o enterro da mãe. O telefone tocando, vinte e seis de março de 2003, atendeu e era o pai com uma voz trevosa (ou que depois, ao se lembrar da ligação, ao pensar nela, pareceria trevosa) e a notícia.

— Os restos mortais dela e do marido serão enterrados lá.

Uma explosão do outro lado do mundo e algo cai sobre a minha cabeça aqui, ele pensou antes de ficar um bom tempo com os olhos girando pela sala, como se as paredes fossem confirmar o que ouvira ou ao menos expressar algum pesar, nós sentimos muito e, se pudéssemos, esteja certo disso, nós te abraçaríamos.

— Moshe? Filho?

— Sim. Sim. Eu estou aqui.

Estava mesmo?

Esteve alguma vez na vida?

Puxou uma cadeira e se sentou à mesa, o telefone sem fio grudado na orelha esquerda. Olhou para a pilha de livros que organizava no momento em que recebeu a ligação, às suas costas a estante nova, recém-montada, pronta para acolhê-los. Olhou para a caneca de café, a bandeira da Inglaterra estampada nela (também tinha uma caneca com a bandeira de Israel, presente de Avi quando ele e a mãe o visitaram) (Avi, que morreu com Nili), para a televisão ligada, um desenho animado qualquer, uma explosão muda, teclara *mute* antes de atender, uma pequena nuvem de cogumelo e, do meio dela, Patolino surgia meio tonto, o bico fora de lugar, mas inteiro, vivo, as explosões nos desenhos animados são um pouquinho menos traumáticas, não é mesmo? Sim, porque Nili não ressurgiria do meio de uma pequena nuvem de cogumelo, os cabelos desarrumados, as roupas amarrotadas, zonza mas inteira. Viva.

Não. De jeito nenhum.

Nili estava morta.

Mortinha.

— Você vai?

— Eu... onde?

— Você sabe. Ao enterro.

— Ao enterro?

— Ao enterro. Você quer ir, Moshe?

Se ele queria ir? A Israel? Enterrar a mãe? — Não sei, eu... ainda dá tempo?

— Tenho o telefone do cunhado dela. Foi ele quem me ligou pra dar a notícia. Se quiser, posso avisar que você está a caminho. Eles esperam. Eles dão um jeito. É claro que eles esperam.

239

— Não sei. Não consigo pensar direito.

— Eu entendo. Agora, se quiser ir, você precisa decidir logo.

— Eu sei.

— Acho que...

— Você — ele interrompeu. — Você vai?

O pai respirou fundo. — Não, filho. Eu acho que... acho que não vou, não.

No fim das contas, nenhum deles foi.

Nenhum deles atravessou meio globo para ir ao enterro da mulher feita em pedaços por um terrorista, o enterro de seus *restos mortais*, como disse Miguel, e por muito tempo Moshe pensou em quem estaria presente, pois, salvo pelo irmão que ligou para dar a notícia, Avi não tinha mais ninguém, cunhada, sobrinhos, pais, tios, ninguém além de Nili, que fez o favor de acompanhá-lo na descida.

Mortinhos.

Na época, passado o choque, Moshe disse para si mesmo que não fazia sentido viajar para tão longe a fim de se despedir de um caixão lacrado, o que seria o caso (ele se lembrou) mesmo que a explosão não a tivesse feito em pedaços, mesmo que ela tivesse morrido por qualquer outro motivo, em quaisquer outras circunstâncias, o caixão sempre lacrado em qualquer enterro judaico, e tampouco se dispôs a viajar tempos depois para a outra cerimônia, a colocação da *matzeivá* ou pedra tumular, um ano após o enterro. Teve medo de que a culpa viesse com o tempo e, sempre que pensava a respeito, surpreendia-se ao constatar que ela não viera, que não havia ou sentia culpa nenhuma.

Naquele ano de 2003, ele e o pai passaram juntos o Natal, a segunda visita de Miguel desde que fora despachado para a casa do irmão. A primeira se deu em março, o pai irrompendo no apartamento dias após a ligação em que deu a notícia da morte de Nili.

— Desculpe aparecer desse jeito.

— Tudo bem.

— Mas eu não podia deixar de vir.

— Eu sei.

— Ela se foi, filho.

— Eu sei. Entra.

— Vou ficar alguns dias, se não se importar.

— Eu não me importo.

— Se quiser conversar, se precisar de alguma coisa, qualquer coisa, eu estou bem aqui.

— Ok.

A tal visita desajeitada. Dois estranhos vagando pelo apartamento. Enlutados. Incapazes de dizer qualquer coisa de significativa um para o outro. Porque não se conheciam mais. Talvez nunca tivessem se conhecido. Mesmo que tivessem, o que haveria para dizer?

(Quando abriu a porta e viu Miguel ali parado, Moshe sorriu melancolicamente e pensou que, uau, um homem-bomba realmente aproxima as pessoas.)

Nove meses depois, a segunda visita.

Natal.

E ali estavam os dois, sentados à mesa, no apartamento onde Miguel vivera por tantos anos com Nili e no qual Moshe crescera, ceando a maior parte do tempo em silêncio depois de trocarem presentes (uma edição das *Passagens* de Benjamin para cá, uma coleção de CDs de Dave Brubeck para lá): foi assim o Natal no ano em que despedaçaram Nili em um restaurante em Haifa, Israel, e quase não tocaram no assunto, concentrados no arroz com lentilhas e no peru que fizeram às pressas e de qualquer jeito, correndo até o mercado na última hora, comprando as primeiras coisas em que batiam os olhos.

Quase não tocaram no assunto nos dias que passaram juntos, no decorrer daquela segunda visita, exceto por uma pergunta que Miguel dirigiu a Moshe à mesa do café, horas antes de partir: — Você se arrepende?

— Do quê? — perguntou, passando manteiga numa fatia de pão integral; perguntou, mesmo sabendo do que se tratava.

— De não ter ido lá em março.

Moshe pensou, ou melhor, fingiu pensar um pouco, fingiu porque sabia que não era necessário pensar, tinha a resposta na ponta da língua: — Não, Miguel. Não me arrependo. Não me arrependi. Ainda não. E você?

Ele também hesitou, mas respondeu com sinceridade: — Às vezes, sim, penso que devia ter ido.

— Mesmo?

— Não sei por que não fui. Não sei até hoje.

— Raiva é um bagulho infernal.

241

— Eu não sentia mais raiva. Não sentia mais nada. Ela e Avi foram me visitar quando estiveram aqui no Brasil, lembra?

— Claro.

— E correu tudo muito, muito bem. Nós colocamos uma pedra em tudo o que aconteceu. De vez em quando eu falava com eles. Ligavam no meu aniversário. E eu retribuía, ligava nos aniversários deles. Estava até pensando em fazer uma visita, eles viviam me chamando. Venha. Traga o Moshe. Mas não deu tempo, né?

— Não. Não deu.

— Eu nunca fui lá.

— Israel?

— Israel. Eu não conheço Israel. Acho que eu devia ter ido, sim. No enterro deles.

— Por que não foi, então?

— Não sei. É o que estou dizendo. Não faço ideia.

— Mas acho que nem iam te esperar, certo? O ex-marido.

— Sim, claro. Mas eu ainda poderia visitar os túmulos e...

— E?

— Não sei. Prestar meus respeitos.

— Entendo. Mas isso você pode fazer quando quiser. Pegar um avião, ir até lá.

— Sim. É verdade.

— O que não adianta é ficar se remoendo por causa disso agora. Porque não foi ao enterro. Não serve pra nada.

— Não. Não serve pra nada. Não mesmo. Mas você não pensa a respeito?

— Não — mentiu.

— Acho que você pensa, sim.

— Certo. Eu penso, mas não me arrependo por não ter ido. Não sinto culpa ou nada parecido. Ainda não, pelo menos.

— Mas você espera sentir em algum momento? Culpa?

— Não. Eu não espero nada.

— É — ele disse, encarando-o. — Acho que não.

E nunca mais conversaram a respeito, não nesses termos, nem mesmo quando, anos depois, em julho de 2009, Moshe ligou para dizer ao pai que iria a Israel visitar o túmulo.

— Quando embarca?

242

— No fim do mês. Preciso ver direitinho com o meu chefe antes de comprar as passagens.

— Quanto tempo vai ficar?

— Três semanas.

— É verão lá.

— É sempre verão em algum lugar.

— É. Acho que sim.

— Vou beber bastante água. E cerveja.

— Eu não faria melhor.

— Eu sei.

— Boa viagem, então.

— Obrigado.

Agora, sentado ao balcão do pub em Jerusalém, na véspera de voltar para São Paulo, Moshe não conseguia se lembrar do instante exato em que lhe ocorreu a ideia. Em vez disso, o que estava nítido na memória era o momento em que falou a respeito com Iara. Estavam jogados no sofá da sala, preguiçosos, manhã de domingo, folheando o jornal, a TV sintonizada em uma corrida de Fórmula 1 na qual nenhum deles prestava atenção, e ele disse: — Preciso visitar a minha mãe.

— Sua mãe morreu.

— Preciso visitar o túmulo da minha mãe.

Ela, que até então olhava para o jornal aberto no colo, virou-se para ele. — Em Israel?

— Sim. Em Haifa. Em Israel.

Iara não gostou nem um pouco da ideia, poucos meses antes Gaza fora bombardeada e invadida pelo exército israelense. — E esse negócio que vivem falando? Acabei de ler alguma coisa a respeito agorinha mesmo, se quiser eu te mostro, essa patacoada com o programa nuclear iraniano e ameaça de guerra e não sei mais o quê? E se você estiver lá quando alguma coisa acontecer?

— Sempre acontece alguma coisa.

— Não esse tipo de coisa. Não sempre.

Encolheu os ombros. — Eu realmente estou cagando pras notícias. Sempre caguei.

— Não me parece uma atitude muito inteligente nesse caso — ela disse, e a discussão terminou aí.

Iara sabia que, se ele estivesse mesmo decidido, nada o faria mudar de ideia. Tanto que, horas mais tarde, quando subiam a João Ramalho vindos do Geribá, onde almoçaram, ela procurou a mão dele (coisa que raramente fazia) e a segurou.

— Que foi?

— Se você acha mesmo que precisa fazer isso, então vá.

— É. Acho que vou mesmo.

— Ok, então.

— Não esquenta.

— Mas eu esquento. É claro que eu esquento.

— Eu sei. Mas é como você falou. Uma coisa que eu preciso fazer. Que já passou da hora de eu fazer.

— Sim. Eu entendo.

— Vai dar tudo certo.

— Se você diz.

Quando entraram em casa, Moshe parou no meio da sala e olhou para o jornal que deixaram espalhado sobre o sofá e pela mesa de centro. Iara foi direto para o banheiro. Feito um pai que junta os brinquedos do filho pequeno, ele pegou as folhas do jornal e as reorganizou, encaixando os cadernos na ordem correta. Deixou sobre um dos braços do sofá e, em seguida, pegou o celular no bolso da calça e ligou para Miguel.

E assim, dias depois, Moshe embarcou em um voo da El Al para cumprir com suas obrigações filiais, isto é (e conforme descreveu para Jonas): — Bater papo com um pedaço de pedra, cercado de corpos ou pedaços de corpos se putrefazendo por todos os lados.

— Quem nunca? — Jonas retrucou, e eles riram.

No pub, Moshe também se lembrou de um vizinho, alguém que viveu no prédio por um curto período, em meados de 2008. Era eletricista. Certa vez, o sujeito falou sobre o quanto instalações malfeitas gastavam mais energia, "puxam" foi o termo que usou:

— Elas puxam energia demais. Sem falar no risco de queimar algum eletrodoméstico ou, é claro, Deus nos livre, de matar alguém eletrocutado.

— Deus nos livre — Moshe repetiu.

— As piores coisas acontecem quando a gente não toma cuidado — disse o vizinho, empostando a voz, como se recitasse um versículo do Livro de Isaías do alto de um púlpito.

Na ocasião, Moshe estava sentado no vaso sanitário, sobre a tampa fechada, segurando um copo americano cheio de Wild Turkey, sem gelo, as pernas cruzadas, descalço, olhando para o sujeito aboletado numa escada dentro do box, entretido com a fiação do chuveiro enquanto falava pelos cotovelos. Fora chamado para executar aquele servicinho, depois que Iara se surpreendeu com o fato de Moshe não ter capacidade para trocar um mísero chuveiro

— Tenho capacidade, sim — ele retrucou. — Tenho capacidade, mas não interesse em desempenhar uma tarefa que pode muito bem ficar a cargo de alguém com maior destreza, a um custo baixíssimo, enquanto me ocupo de coisas que me interessam mais.

— Por exemplo?

— Nada.

Ou (ele poderia ter acrescentado) ficar sentado no vaso sanitário com um copo de bourbon enquanto o vizinho falava sem parar a respeito dos perigos de uma instalação malfeita, oferecendo uma quantidade absurda de exemplos que pinçava de seus quase trinta anos "mexendo com essas coisas". Moshe, então, pensou (mas não disse) que eram tantos os perigos, tanta coisa que podia dar errado, que talvez fosse melhor se todo mundo permanecesse no escuro, que tal? Aquilo simplesmente lhe ocorreu, mas não elaborou a ideia com vagar, isto é, não imaginou uma existência pré ou pós-apocalíptica, não procurou antever as circunstâncias em que viveriam assim ou assado, e por quê, e onde, nada disso, apenas uma frase solta e irresponsável: talvez fosse melhor se todo mundo permanecesse no escuro.

Essa frase voltaria a lhe ocorrer em duas outras ocasiões, sendo a primeira delas algum tempo depois da troca do chuveiro, quando o zelador veio lhe contar que aquele vizinho morrera eletrocutado enquanto fazia um serviço numa boate da Pompeia.

— Alguma coisa deu muito errado e, meu Deus... — o zelador não conseguiu completar a frase.

— Que desgraça, seu Geraldo.

E então ficaram os dois parados no corredor, olhando para o chão.

(O que poderia dar tão errado, Moshe pensava, para matar alguém que "mexia com essas coisas" havia quase trinta anos?)

(Ora, como assim?, muita coisa pode dar errado, um segundo de distração, algum imbecil que se esqueceu de desligar o medidor, um fio desencapado pendendo feito uma cobra pronta para dar o bote. Muita, muita coisa pode dar errado.)

Passado um momento, o zelador respirou fundo e disse: — Pelo menos ele era sozinho.

— Como?

— Sozinho. Não tinha família, mulher, filho, nada. Não deixou ninguém aqui, você sabe.

— Ah, sim. Sozinho.

— Pelo menos isso.

— É, seu Geraldo. Pelo menos isso.

— Coisa mais triste quando deixa filho, mulher, neto, né? Deus me livre.

E foi naquele momento que Moshe pensou (ou se lembrou): talvez fosse melhor se todo mundo permanecesse no escuro. Mas, como da outra vez, não disse nada, não formulou a frase, não se ocupou dela, não elaborou a ideia, não a compartilhou com o zelador, mas guardou para si.

— Bom, já vou indo.

— Até mais, seu Moshe.

A segunda ocasião em que a frase (solta, irresponsável) lhe ocorreu foi ali mesmo naquele pub em Jerusalém, pouco depois de entrar e se sentar ao balcão. Todos levaram um tremendo susto com um estrondo do lado de fora e a queda de energia que se seguiu. Um estrondo pode muito bem significar uma explosão, e uma explosão em Israel é o tipo de coisa que, por exemplo, varreu a mãe e o padrasto de Moshe do mapa, e inúmeras outras pessoas, antes e depois daquele dia. Ficaram todos em silêncio, no escuro, as respirações suspensas.

É tudo tão escuro em Israel, ele pensou.

No decorrer daquelas três semanas no país, Moshe não tinha passado por nenhuma experiência desagradável (além do calor). Ele segurou o copo de cerveja com uma força desproporcional enquanto o estrondo ainda arrefecia, como que lentamente mastigado e engolido pela própria noite, e seus olhos tentavam se acostumar com a escuridão. Será que foi tão perto assim?, pensou (ou imaginaria depois que tivesse pensado).

246

Será que foi aqui dentro e estamos todos mortos? E, em seguida, veio à cabeça a tal frase: talvez fosse melhor se todo mundo permanecesse no escuro. Ficou imóvel por um bom tempo, até que o *bartender* estendeu a mão para tocá-lo no braço e disse, em inglês, como se recitasse não uma passagem do Livro de Isaías, mas a letra de um reggae, *'cause every little thing is gonna be alright*, que um transformador ou coisa parecida tinha estourado lá fora.

— Daqui a pouco consertam. Eles sempre consertam as coisas bem rápido por aqui.

— *Thanks* — disse Moshe, e tomou um longo gole de cerveja.

Aos poucos, as pessoas ao redor voltavam a conversar, meio nervosas. Algumas saíram para esticar as pernas, dividir um cigarro. Ele, contudo, não se mexeu, continuou sentado ao balcão, no escuro. Uma garçonete acendeu algumas velas e Moshe se lembrou dos quadrinhos que lia quando moleque, *A Espada Selvagem de Conan, o Bárbaro*, as tabernas da Era Hiboriana deviam ser mais ou menos desse jeito, velas acesas, o som das sombras papeando e rindo em várias línguas distintas e uma sensação onipresente de perigo, mas, não obstante o susto que levara com o estouro, ou depois de passado o susto, sentiu-se subitamente aconchegado, estamos todos debaixo de um mesmo e confortável edredom e não há nada lá fora (ou aqui dentro) que possa nos ameaçar, estamos em paz, tranquilos, uma dúzia de estranhos que por acaso dividem este espaço, respiram o mesmo ar, bebem e conversam e se assustam e se acalmam juntos, uma irmandade involuntária, mas de repente inquebrantável, estávamos juntos antes, durante e depois de tomar um puta susto em Jerusalém, quantas pessoas podem dizer que tomaram um puta susto em Jerusalém?, muitas, eu sei, mas estamos juntos aqui, agora, na semiescuridão das velas acesas, e por um instante ele desejou que não consertassem tão rápido assim o gerador ou o que quer que tivesse estourado lá fora, por que não damos um tempo para os nossos olhos?

É tudo tão claro em Israel.

Dias antes, fora a Massada e depois ao Mar Morto, o sol a pino, o céu azulíssimo, mesmo as pedras pareciam faróis ou rebatedores de uma claridade pontiaguda. Sentou-se à beira da água e observou as dezenas de pessoas boiando, fotografando, rindo, e teve uma sede tremenda, a garrafa de água mineral vazia. Tinha caminhado a manhã inteira pelas ruínas de Massada, quarenta e tantos graus, evitando as hordas que se arrastavam, bovinas, atrás dos guias turísticos, fazendo o próprio itinerário, sozinho ao subir e descer de teleférico, sempre buscando com os olhos o Mar Morto lá embaixo, e depois a caminho dele, descendo do ônibus e caminhando, sob o sol, rumo à praia, sentando-se à beira da água, fitando as pedrinhas de sal, os corpos boiando, a outra margem, a garrafa vazia, os braços suados, e era justamente na claridade agressiva que lhe castigara as vistas em Massada e às margens do Mar Morto que pensava quando a energia foi restabelecida e a primeira coisa que viu foi o *bartender* sorrindo para ele.

— Falei que era coisa rápida. Vou te servir mais um por conta da casa

Moshe agradeceu, os olhos ainda se acostumando com a luz. O *bartender* perguntou quando voltaria para casa.

— Amanhã.

— Mas tão cedo?

— Pois é.

— Mas gostou de Israel?

— Gostei muito, apesar das circunstâncias.

— Que circunstâncias?

— Bom, é que não vim pra cá exatamente de férias.

— Não precisa contar, se não quiser.

— Não, tudo bem. Minha mãe vivia aqui. Ela morreu uns anos atrás e só agora consegui visitar o túmulo.

— Meus sentimentos.

— Obrigado.

— Ela foi enterrada aqui?

— Não, em Haifa.

— Ah, sim, lembro de você dizer que ia pro norte.

— O quê? Você se lembra?

— É claro que eu me lembro.

— É que tem três semanas que eu passei por aqui.

— Sim, mas essa é a minha vida, sabe? Só o que eu faço é ficar atrás desse balcão servindo bebida e jogando conversa fora. Preciso me lembrar dos fregueses.

— Mesmo assim, é impressionante.

— E que tal a viagem?

— Foi tranquila. Espero voltar um dia pra ficar mais tempo.

— Do que você mais gostou?

— Acho que daqui. De Jerusalém.

Ele sorriu. — Jerusalém é especial.

— Sim — Moshe concordou. — É mesmo.

— Jerusalém é muito especial — reiterou o *bartender*, e então o deixou em paz e se dirigiu ao outro extremo do balcão, um casal acenava de lá, queriam uma dose de alguma coisa.

Moshe bebeu mais um gole e pensou na viagem. Jerusalém, Haifa, Tel Aviv, Be'er Sheva, Jerusalém. Vinte dias, três longas semanas em que ficou quase que o tempo todo sozinho. Pensou na tarde mormacenta em que visitara o túmulo.

Haifa. Haifa também é especial, certo?

(Avi chegara a dizer algo nesse sentido, mas ele não conseguia se lembrar exatamente o quê.)

A camisa grudava no corpo, ele se sentia sujo, estava louco por um banho frio quando se sentou perto da lápide e fez um esforço para pensar nela, trazer à consciência uma lembrança boa, e então os viu, os três sentados a uma mesa do Krystal, era rotina, os almoços de domingo, caminhar alguns quarteirões, Miguel e Nili de braços dados, alguns passos à frente, quase não conversavam, escolhiam sempre a mesma mesa, a um canto do restaurante, e ele, um mesmo prato, o bife à parmegiana, que às vezes comia tomando um suco de laranja, às vezes um Guaraná. Miguel, então, procurando conversar, comentando alguma coisa do trabalho, e, mesmo aos sete, oito, nove, dez ou onze anos, Moshe percebia o quanto Nili se desinteressava, não queria realmente saber o que fulano dissera numa reunião do departamento, a resposta de beltrano e como o marido, bacana, contemporizador, sangue bom, gente fina, diplomata, conseguira apaziguar as coisas, contornar a situação, resolver o problema, só não era diretor do departamento porque não queria, muito chato, dizia, odeio política, ela concordava com a cabeça, sim, garfava um ovo de codorna, muito chato, jogava um pouco de sal, chato demais, e o levava à boca.

— Nem me fale.

Ali, sentado no chão, fitando a lápide, lembrando-se daquelas e de outras coisas, Moshe pensou que, olhando daqui, mãe, não me surpreende que tenha dado o fora, pelo contrário.

— O que me surpreende é que tenha demorado tanto tempo.

Sentia muita ternura por ela, pelo modo tranquilo como o acordava de manhã para ir à escola, aos sussurros (enquanto Miguel entrava no quarto aos berros, chacoalhava a cama, fazia um escarcéu horroroso e quase o matava de susto. Moshe passou a infância inteira sobressaltado, à espera de um berro que sempre vinha, por qualquer motivo, e muito embora ele nunca tenha encostado a mão no filho, nada, sequer uma palmada no traseiro, uma chinelada, era terrível a maneira como erguia a voz por qualquer motivo, sobretudo os mais reles, como se o menino fosse surdo ou vivesse se esquecendo das suas obrigações, o que não era o caso, nada lhe agradava mais do que fazer logo as tarefas, livrar-se delas o mais rápido possível e, assim, ter o resto do dia à disposição, e tirava boas notas, raramente aprontava na escola ou na rua, um bom menino, dizia a mãe, é um bom menino, por que pega tanto no pé dele?, ao que o pai respondia, dando de ombros, para que continue assim), pelas tardes em que, nas férias, às vezes ficavam os dois sozinhos em casa, assistindo a um filme qualquer, em silêncio.

— Era tão boa a sua companhia, mãe — ele disse, fitando o túmulo. — Era tão confortável. Não era como as outras mães que conhecia. Você não me cobrava, você não berrava comigo, não me enchia o saco, talvez porque o pai já fizesse essas coisas em excesso e daquele jeito grosseiro, destrambelhado, estúpido.

Também iam ao cinema e só voltavam para casa à noitinha, sem a menor pressa, e se deparavam com Miguel sentado no sofá, latinha de cerveja na mão, cara amarrada, onde foi que vocês se meteram?

— Não podia deixar a porcaria de um bilhete, Nili?
— Desculpe. Esqueci.
— Eu fico preocupado.

Foi se lembrando dessas coisas que, ali sentado no chão, suado e sujo, Moshe chorou um pouco, e depois não pensou em mais nada, ou deixou de prestar atenção no que pensava, a cabeça esvaziada, enfim despreocupado do suor e da sujeira, sentado como se meditasse, os cotovelos apoiados nos joelhos, as mãos estendidas para a frente, abertas, como se estivesse agachado à beira de uma piscina, pronto para trazer alguém da água para fora.

Não saberia dizer quanto tempo ficou ali.

No mínimo uma hora, talvez bem mais, não saberia dizer, até o momento em que se levantou e, antes de deixá-la, sussurrou:

— Descanse em paz, Nili.

O *bartender* serviu uma dose de Bushmills para si e outra para Moshe e eles sorriram um para o outro e brindaram, *Lehaim*, e beberam, após o que o israelense disse algo em hebraico e depois traduziu para o inglês:

— Tenha uma boa viagem de volta.

— *Thanks*.

O sujeito lembrava alguém.

Desde a primeira vez em que pisara ali, a primeira noite em Israel, em Jerusalém, Moshe adentrou o pub, sentou-se ao balcão, pediu um pint e, enquanto ele enchia o copo, olhava e se perguntava, quem você me lembra, caralho?, e agora, três semanas depois, talvez catapultado pela dose do whisky irlandês, vieram-lhe à cabeça, do nada, o rosto arredondado e os olhos muito pretos e os cabelos lisos e arrepiados e os braços abertos daquele que pedia que lançasse logo a bola de basquete, fica aí girando feito uma enceradeira, passa logo essa porra, vieram-lhe à cabeça o corpo e a presença de João Gabriel.

Sim.

Era com ele que o *bartender* se parecia, como foi que eu demorei tanto pra sacar?, seu colega de escola desde a quinta série até a sétima, o moleque desbocado e indomável que aterrorizava os colegas e professores e freiras e funcionários do Santa Marcelina, ótimo em Matemática, excelente em Educação Física, medíocre em Língua Portuguesa e o que mais houvesse, destemperado, agressivo, brigão, os punhos sempre estourados por conta de alguma troca de sopapos na rua detrás, invariavelmente com um moleque maior.

— Pra que se dar ao trabalho de bater nos menores? — ele perguntava.

A partir de um dado momento, João Gabriel estava sempre brigando, por qualquer motivo ou por motivo nenhum, e, ao menos uma vez por mês, a mãe dele, uma professora que lecionava em uma escola para crianças surdas no Ipiranga (o pai raramente por perto, funcionário do IBGE, sempre viajando a trabalho, Moshe deve tê-lo visto apenas duas ou três vezes naqueles poucos anos de convivência), era chamada à escola e levada à sala da coordenação para uma conversinha. João Gabriel destruiu a pontapés a porta de um dos reservados do banheiro *feminino*. João Gabriel socou um colega no corredor. João Gabriel levou um filme pornográfico para a apresentação de um trabalho de Organização Social e Política do Brasil. João Gabriel furtou os absorventes da bolsa da professora de Inglês e os pregou com fita adesiva na porta da sala dos docentes. João Gabriel xingou o professor de Ciências de viado chupador de pica.

Durante muito tempo Moshe não compreendeu por que não o expulsavam, até porque vira gente ser defenestrada dali por muito menos, por coisas bem menos sérias do que aquelas perpetradas pelo colega, e só mais tarde descobriu que João Gabriel era sobrinho de uma freira muito importante no esquema geral das coisas, mulher que sempre intercedia em seu favor, pelo menos até o dia em que ele amarrou uma camisinha cheia de esperma na coroa de uma imagem de Nossa Senhora do Divino Pranto, não sem antes respingar um pouco no rosto da santa.

— Como foi que fizeram isso?

— Usaram uma escada?

— Mas como foi que ninguém viu?

A camisinha emporcalhada e dependurada lá, quem mais teria feito uma coisa daquelas? Foram chamar João Gabriel. Quando questionado, como sempre fazia, ele encolheu os ombros, fez uma careta de tédio e disse:

— Fui eu, sim, irmã. Por quê? Não podia?

Expulso no último bimestre da sétima série sem que ninguém (nem mesmo Nossa Senhora do Divino Pranto) pudesse interceder em seu favor. Exaustos, os pais optaram por despachá-lo para o interior do Paraná, para a fazenda que fora do avô paterno (e na qual o pai crescera), agora administrada por um tio.

— Eu não queria ter que fazer isso — disse a mãe. — Mas você deixou a gente sem escolha.

— Você deixou a gente sem escolha — repetiu o pai.

— Tem quadra de basquete lá perto?

Moshe nunca mais viu João Gabriel. Pensando nele enquanto bebia ao balcão de um pub hierosolimita, depois de levar um susto tremendo com a explosão de um transformador ou coisa parecida lá fora, concluiu que o mais provável era que estivesse preso ou no Exército. Ou, talvez, preso *no* Exército. E, passados todos aqueles anos, ainda se lembrava do colega menos em função de tudo o que ele aprontava, das brigas e parvoíces e brincadeiras grotescas e agressões, e mais por causa dos reais motivos de sua raiva, de sua animosidade, de seu descontrole, porque a verdade é que ele não fora sempre assim.

Quando se conheceram, na quinta série, João Gabriel era um moleque desbocado e preguiçoso, mas não eram todos ou quase todos desbocados e preguiçosos? Mas algo aconteceu e ele começou a brigar e quebrar coisas e xingar professores e furtar absorventes, algo aconteceu em uma ocasião em que os dois estavam sozinhos na casa em que João Gabriel morava, na rua Bartira, a mãe no trabalho, o pai viajando, jogaram um pouco de videogame, comeram torradas, beberam refrigerante, e ele então disse a Moshe que pensara numa maneira de abrir as gavetas da escrivaninha do pai.

— Aposto que tem um monte de filme e revista pornô lá dentro. Não deve ser difícil abrir. A fechadura é bem ruim. Mesa velha.

— Bora tentar, então.

João Gabriel pegou um alicate de bico e um pedaço de arame e logo estavam os dois agachados junto à escrivaninha, forçando a fechadura, suando, fungando, e para Moshe aquilo já estava de bom tamanho, a tentativa, a mera intenção de transgredir já valendo pela transgressão, algo com que se ocupar naquela tarde em que não havia muito mais o que fazer.

— Tenta mais pra esquerda e depois gira.

— Assim?

— É.

— Nada.

— Continua girando.

Uns dez minutos se passaram e, então, ouviram um estalo, Moshe puxando a primeira gaveta e ela vindo com a sua mão, João Gabriel rindo, muito vermelho, os olhos de ambos arregalados.

— Não acredito que a gente conseguiu.

— Filho da puta. *Você* conseguiu.

— E você duvidava?

Não havia nada demais na primeira gaveta, documentos, papeis, contas pagas. Passaram, então, à segunda, mais papeis, diplomas, um histórico escolar, algumas fotos 3 × 4 espalhadas, e à terceira, um álbum com fotografias muito antigas, do pai ainda criança.

— Acho que isso é no Paraná — disse João Gabriel. — É, sim. Olha o meu avô. Meu pai cresceu nessa fazenda aqui, ó.

— Onde fica?

— Perto de Francisco Beltrão. Sabe onde é?

— Não.

— Depois te mostro no mapa. Me levaram lá uma vez quando eu era pequeno.

Olharam as fotos por alto e com desinteresse e quase davam a brincadeira por encerrada quando Moshe notou, debaixo de uma caixa de grampos e de um estojo com pincéis atômicos, bem no fundo da gaveta, um grande envelope pardo.

— E isso?

Gordo, recheado. Abriram, descarregando o conteúdo no chão. Vários envelopes menores, de todas as cores, caíram lá de dentro, espalhando-se pelo chão.

— Nossa.

As cartas tinham remetentes distintos, mas eram todas endereçadas ao pai de João Gabriel.

— Quem são? Parentes de vocês?

Estava muito sério enquanto lia os nomes e balançava a cabeça. — Não. Não conheço nenhum.

— Sério?

Leu o endereço abaixo do nome do pai. — Não é daqui de casa.

— E de onde é?

— Caixa postal, olha.

Escolheu um dos envelopes menores. Roxo. Dentro, havia algumas folhas manuscritas. Ao abri-las para ler, meia dúzia de polaroides caíram no chão, todas de um homem magro, de pele morena, que escondia o rosto mas mostrava o pau duro, este sempre em primeiro plano, oferecido à lente da câmera.

Todos os envelopes, cerca de uma dúzia, estavam recheados com cartinhas manuscritas ou datilografadas e mais fotografias. Homens gordos, magros, brancos, negros, orientais. Paus grandes, pequenos, finos, grossos, tortos, duros, moles, limpos, sujos, a imagem de uma mão aberta e, no meio da palma, um tanto de esperma.

Quando já fuçava no sexto ou sétimo envelope, Moshe sentiu um soco na boca do estômago e, em seguida, o corpo de João Gabriel sobre o seu, imobilizando-o, a boca bem perto da orelha direita:

— Você não viu nada disso, tá me entendendo? — ele gritou. — Você não viu isso, não viu nada, se contar pra alguém eu te mato, arranco a sua cabeça e te queimo vivo, filho de uma puta.

Moshe não disse nada. Esperou que o outro saísse de cima, levantou-se e foi embora. Por um instante, enquanto se reerguia, pensou em devolver o soco, xingá-lo, mas, ao mesmo tempo, sentiu muita pena do amigo, uma angústia lhe tomando o peito, desarmando qualquer possibilidade de retribuição, qualquer possibilidade de violência. Deixou-o sentado ali no chão, os envelopes e as cartas e as fotos espalhados ao redor, voltara a fuçar, ofegando, lágrimas escorrendo pelo rosto, o choro testemunhado por uma profusão de caralhos em riste. Saiu sem dizer nada e, não por causa da ameaça sofrida, pois não temia o outro, responderia à altura, se fosse o caso, se fosse mesmo necessário, jamais comentou a respeito do ocorrido e das coisas que vira com ninguém.

Eles se evitaram por algumas semanas, até o dia em que, no recreio, João Gabriel se aproximou, deu um soquinho amigável no braço direito de Moshe e pediu: — Esquece aquilo.

— Esquecer o quê?

Um sorriso. — Bora lá na quadra arremessar um pouco.

— Bora.

E foi depois disso.

Foi depois disso que João Gabriel se tornou incontrolável, animalesco e enraivecido, freiras e professores e colegas e a mãe tateando no escuro, o que há com você?, por que faz essas coisas?, você não era assim, por que apronta desse jeito?, qual é o seu problema?, ninguém entende por que age desse jeito.

— Você enlouqueceu, menino?

E certo dia a professora de Ensino Religioso, depois de ouvi-lo agredir violentamente um dogma dos mais importantes (se não descabaçou Maria na hora de entrar, deve ter descabaçado na hora de sair, né?), balançou a cabeça e disse com desprezo:

— Deve ser a puberdade.

Ao que Moshe pensou, fazendo um esforço tremendo para não cair na gargalhada, só se for a puberdade do pai dele.

João Gabriel seguiu aprontando, esmerando-se nisso, progredindo no que fazia, até o momento em que não aguentaram mais, uma camisinha cheia de esperma dependurada na imagem da Virgem?, e o expulsaram.

Duas semanas após aquele derradeiro ataque à moral católica, duas semanas após a expulsão, Moshe deparou-se com ele na padaria, sentado a uma mesa, lendo um gibi do Capitão América e tomando chocolate. Ao vê-lo se aproximar, João Gabriel levantou a cabeça, sorriu. — Fala.

— Beleza?

— Beleza.

— Te liguei um montão de vezes.

— Eu sei.

— Passei na sua casa, chamei.

— Eu sei.

— Por que não retornou? Por que não abriu a porta?

Encolheu os ombros do mesmo modo como fazia quando as freiras perguntavam por que fizera isso ou aquilo.

— Mas, e aí? Foi pra outra escola?

— Não, não — e explicou que seria "exilado" (foi a palavra que usou). — Viajo na semana que vem. Só esperando meu pai chegar. É ele que vai me levar lá pro meio do mato.

Moshe quis perguntar se o pai alguma vez dissera algo desde aquela tarde, havia então mais de um ano, em que descobriram o que escondia, sua outra vida, os registros de uma existência paralela atochados naquele envelope pardo, pois era impossível que não soubesse ou no mínimo presumisse que fora João Gabriel quem fuçara ali até encontrar as cartas, o homem chegando de viagem para se deparar com a escrivaninha arrombada, as correspondências e as fotografias remexidas, João Gabriel não teria como reorganizar tudo antes de guardar, não conseguiria reorganizar mesmo que quisesse, despejaram no chão sem o menor cuidado, evisceraram os envelopes menores, abriram e misturaram as folhas manuscritas ou datilografadas, o mais provável era que, cansado de olhar e extremamente perturbado com o que vira, tivesse enfiado tudo no envelope maior e socado no fundo da gaveta, ou talvez levado para o quintal e ateado fogo, o pai chegando de viagem dias depois e notando as gavetas destrancadas e o envelope maior comportando não um inventário sexual mais ou menos organizado, mas uma confusão de garranchos e pirocas, ou nem isso, acaso João Gabriel tivesse queimado, apenas um espaço vazio no fundo da gaveta, um espaço vazio e mais nada. Moshe quis perguntar o que João Gabriel fizera depois que ele fora embora, quis perguntar se lera as cartas antes de devolvê-las ao envelope, se as rasgara ou queimara, mas pensou melhor e disse apenas: — Que merda.

— Sei lá. Talvez seja legal.

— Sério?

— A viagem, não, é claro que não, isso vai ser uma desgraça, meu pai falando na minha cabeça daqui até Beltrão.

— O quê, então?

— A mudança. Eu não ligo de morar na roça.

— Me conta depois. Me escreve.

Abriu um sorriso, depois balançou a cabeça, negando, enquanto voltava a se concentrar no gibi. — Carta é coisa de viado.

Moshe ainda ficou um tempo parado ali, próximo à mesa, olhando para João Gabriel, mas, como ele não lhe desse mais atenção, não o tivesse convidado a se sentar, deu meia-volta e caminhou até as prateleiras do outro lado do balcão para pegar o marrom-glacê que a mãe lhe pedira (o maço de cigarros e as balinhas de café compraria no caixa, ao sair), razão pela qual fora à padaria.

Ele e João Gabriel nunca mais se viram ou se falaram.

Enquanto servia mais um pint, o *bartender* quis saber se Moshe também tinha passado por Be'er Sheva.

— Sim, mas só fiquei dois dias lá. Por quê?

— Fui criado em Be'er Sheva. Estudei na Universidade Ben-Gurion. Só depois é que vim pra Jerusalém.

— E o que foi que você estudou?

— Não importa — ele sorriu. — Larguei o curso no meio. Meus pais queriam me matar.

— E onde é que eles estão?

— Em Be'er Sheva. Meu pai nasceu lá.

— E sua mãe?

— Ela nasceu em Smolensk.

— Que louco — sorriu Moshe. — Sua mãe nasceu em Smolensk e veio pra Israel, minha mãe nasceu em Israel e foi pro Brasil.

— Sim, mas a sua mãe voltou pra cá depois, não?

— É verdade, ela voltou. Voltou pra ficar.

Ainda sorrindo, o *bartender* colocou o copo cheio de cerveja sobre o balcão, dizendo antes de se afastar (alguém o chamava na cozinha):

— Saúde.

Moshe tomou um gole e começou a pensar em Be'er Sheva, na viagem de apenas dois dias. No deserto.

Talvez porque olhasse para ele quando caiu no sono, sonhava com o deserto. Acordou com um telefone celular que tocava e tocava e tocava algumas poltronas à frente.

Lá fora, Be'er Sheva.

A primeira coisa que viu era estranhamente familiar, algo escrito em português à direita na avenida Yitzhak Rager: "Casa do Brasil", uma "churrascaria brasileira". Mais à frente, à esquerda, os prédios da Universidade Ben-Gurion meio que recolocaram as coisas no lugar e ele se sentiu, de novo, abençoadamente estrangeiro.

No dia anterior, ainda em Haifa, depois da visita ao cemitério, foi a um bar perto do hotel em que se hospedara, na Moshava Germanit, e se sentou a uma mesa. As luzes dos enormes jardins Baha'i acesas, ascendendo na escuridão. Pediu uma taça de vinho e ficou olhando para as luzes enquanto pensava no que fazer a seguir. Lembrou-se dos livros que trouxera, ambos de Amós Oz, comprados no aeroporto pouco antes de embarcar. Um autor israelense para uma viagem a Israel, certo? Lembrou-se do que diziam as orelhas, do lugar onde Amós Oz morava, Arad, perto de Be'er Sheva. Ao redor, o deserto. É isso, pensou, vou pra Be'er Sheva amanhã.

— Vou pro Negev.

E agora estava no ônibus, recém-desperto, olhando para a cidade lá fora. Dormiu durante quase toda a viagem, exceto por um momento em que, na estrada, no meio do nada, o ônibus freou bruscamente e parou no acostamento. O deserto à esquerda e à direita e acima e abaixo, em toda parte, para onde quer que olhasse. Um dos passageiros desceu correndo. O ônibus continuou parado. O que está esperando?, pensou. O cara já desceu. Olhou para fora, talvez alguém se aproximasse, um novo passageiro, mas aqui?, vindo de onde? Não havia ninguém, contudo. O que está esperando, caralho? Foi então que viu, duzentos metros adiante, o passageiro urinando. Ao terminar, ele ajeitou a roupa e se virou e, feito o cristão jogador de futebol que se abaixa e arranca um pouco de grama e se benze ao entrar em campo, agarrou um pouco de terra e, enquanto voltava correndo para o ônibus, esfregou as duas mãos. Moshe recostou-se no assento e logo cochilava outra vez.

A rodoviária era menor do que esperava, e estava praticamente vazia. Desceu do ônibus e o calor o abraçou como se fossem velhos conhecidos. Na saída, um taxista que não falava inglês achou graça da maneira como Moshe pronunciou "Ha'atzma'ut, 79". Tudo bem, ele sinalizou com as mãos e um sorriso. Trafegaram por avenidas muito largas e esvaziadas, como se a cidade esperasse por mais e mais carros e pessoas que nunca chegavam, pelo menos não ao mesmo tempo. O taxista cobrou 20 NIS pela corrida e Moshe sorriu para ele: o preço parecia justo. No hotel, pagou adiantado por duas noites. Não era bem um hotel, mas, conforme anunciava uma enorme faixa logo na entrada, o Beit Yiatziv Summer Camp, resultado de uma rápida pesquisa na internet, ainda em Haifa. Ajardinado, espaçoso, limpo. Vazio. O quarto tinha duas camas, banheiro, televisão (dois canais locais), ar condicionado, armários e duas pequenas escrivaninhas. Deixou a mala no chão e, sentado em uma das camas, respirou fundo enquanto pensava se era o caso de dar uma volta pela cidade ou deixar para o dia seguinte. Estava cansado, mas.

Mas.

Havia bem pouca gente na rua. Muitos carros estacionados. Algum silêncio, como o de Jerusalém no *shabat*. Procurou pelo que pareciam ser as avenidas principais. Não tinha um mapa. Não sabia para onde ir. Encontrou uma rua estreita e curva, Balfour. Alguém despejava um pouco de água sobre um carro. As casas eram todas muito parecidas, esbranquiçadas. Seguiu pela Balfour e depois dobrou à direita, quando reencontrou a mesma avenida Rager que o recebera ao chegar à cidade. Atravessou. A torre do que uma placa dizia ser o HaNegev Mall à direita. Seguiu em frente. Adentrou uma espécie de galeria à sombra de alguns prédios muito altos da administração local. Havia uma pequena cascata, na verdade alguns degraus pelos quais corria um pouco de água. E cafés e lanchonetes e lojas. O lugar estava semiesvaziado. Algumas pessoas em uma lanchonete, poucas. Uma outra lanchonete prestes a fechar, as cadeiras sobre as mesas, coisas sendo recolhidas. Entrou, foi ao refrigerador, pegou uma Carlsberg e uma garrafa de água mineral. O funcionário não falava inglês. Sentou lá fora, ao sol, e bebeu os quinhentos mililitros de cerveja em quatro, cinco goles que prolongou ao máximo. Limpou a boca com a camisa e olhou ao redor. Uma senhora se dirigiu a ele e perguntou algo em hebraico. Entendeu duas palavras, *tahaná merkazit*, e indicou a direção da rodoviária para ela, que agradeceu. De volta à Rager, uma placa informava que a Cidade Velha estava adiante. O Negev ao redor, sempre. Caminhou por quase duas horas sem trocar uma palavra sequer com quem quer que fosse. Sentiu-se deslocado, prescindível, absurdo, como se o enorme mundo ao redor permitisse sua existência única e exclusivamente por conta de uma ironia insustentável e, também ela, absurda. Via o deserto sempre que fechava os olhos. Passava das nove da noite quando voltou ao hotel. Tomou um banho demorado. Antes de dormir, ligou a televisão. O presidente Shimon Peres discursava no Yad Vashem, em Jerusalém, antes de um concerto em memória das vítimas da *Shoah*. Por sorte, além dos caracteres em hebraico, alguém se dispusera a colocar alguns em inglês na parte inferior da tela. Então, terminado o discurso, Moshe foi informado de que lá estava a Orquestra Sinfônica de Israel executando a Sinfonia Kaddish, de Leonard Bernstein. Diante do termo, *kaddish*, era inevitável, pensou em Nili. Assistiu ao concerto do princípio ao fim. Chorou um pouco antes de dormir.

No dia seguinte, enquanto caminhava em direção à Cidade Velha, ainda se surpreendia com a relativa vaziez das ruas, com o silêncio de alguns quarteirões, com a quietude geralmente tão contrária ao concreto. Aqui e ali, vislumbrava o Negev à distância e quase sentia o gosto da areia na boca. Era como andar por uma cidade litorânea e, por entre os prédios, ver algo do mar. Divisou edifícios inacabados de dez, doze andares, e teve a sensação de que eles nunca seriam terminados.

Em contraposição à Be'er Sheva que conhecia até então, das galerias meio vazias e avenidas largas, a Cidade Velha o recebeu com ruas estreitas, pessoas e bastante movimento. Caminhou pelas ruelas empoeiradas, cruzou becos, uma ou outra praça com gente às mesas de pequenos restaurantes e bares, e a vida na cidade como que aparecia e desaparecia, feito miragens, ou como se a cidade inspirasse e expirasse e às vezes prendesse a respiração a fim de surpreender incautos como ele. Ou talvez fosse o deserto, indeciso quanto a permitir ou não a existência da cidade, que, por isso, às vezes falhava, uma projeção ruim, fantasmagórica.

Andou por mais de uma hora e não encontrou o *shuk*. Parecia que sempre tomava a decisão errada, dobrava à esquerda quando deveria dobrar à direita ou seguir em linha reta. O mercado estava próximo e ele, ignorantemente, ficava a rodeá-lo. Não quis perguntar a ninguém. Adentrou um pequeno restaurante. O dono, os funcionários, os fregueses, ninguém ali falava inglês. Conseguiu pedir uma Goldstar e se sentou a uma mesa de frente para a rua. Com a cerveja, a garçonete trouxe um pequeno prato com pimentão, pedaços de limão e picles. Olhou para a moça. Quinze ou dezesseis anos e todo o enfado do mundo. Talvez preferisse estar em Haifa ou Tel Aviv. Talvez ainda mais longe, do outro lado do mundo. Na América, qualquer que fosse. Nova York, Oranjestad, Salvador. O verão parecia lembrá-la do quanto tudo pode ser sufocante. Ele a imaginou com o namoradinho ou namoradinha em um beco qualquer, talvez dentro de um carro emprestado pelos pais. Suados ou suadas, tediosa e mutuamente se dedilhando. O que fazer quando os piores dias são os melhores? Pediu outra cerveja. Quando afinal se levantou e foi pagar a conta, o dono do lugar escreveu em um papel o quanto devia. Antes de sair, olhou de relance para a garçonete; tentou imaginar uma história melhor para ela, mas não conseguiu.

Lá fora, optou pela esquerda e seguiu em frente. Um enorme ajuntamento de carros. Contornou o estacionamento improvisado e viu o que parecia ser o *shuk* à esquerda. Atravessou um terreno baldio onde beduínos estendiam toalhas no chão e sobre elas colocavam calçados, roupas, tecidos. Tudo inconcebivelmente empoeirado, gasto. Nenhuma sombra à vista. Uma fileira de crianças sentadas a um canto, todas em silêncio e imóveis. Sobre uma das toalhas, calçados sem par. Ninguém pedia nada, nada era oferecido a ele. Deixou o terreno baldio e caminhou até o *shuk* pela calçada. Lá, depois de almoçar (pita, homus, falafel, tehina, salada), conversou em inglês com um turista junto a uma banca repleta de peixes. O homem era finlandês e dizia não saber direito por que diabos estava em Israel. Era funcionário de um grande banco, divorciado, a única filha vivia em Tenerife.

— Estou com essa câmera desde cedo e ainda não tirei uma única foto — disse, apontando para a máquina pendurada no pescoço. — Dá pra acreditar numa coisa dessas? Você não trouxe câmera?

— Não.

— Por quê?

— Não sei.

— Não vai registrar nada?

— Vou. Acho que vou. Mas não desse jeito aí.

— Entendi.

— Mas você trouxe a sua câmera.

— Nunca viajo sem ela.

— E por que ainda não fotografou nada?

— Não sei. Acho que nada chamou minha atenção.

— Nem o deserto?

— Nem o deserto.

— Por que não fotografa as pessoas? Vi um monte de beduínos aqui perto.

— Eu também vi. Mas não gosto muito de fotografar gente. Pessoas que não conheço, quero dizer.

— Por quê?

— Porque acho invasivo demais. E porque depois fico com uma sensação esquisita, de que tirei alguma coisa delas. Algo que nunca vou conseguir repor ou ressarcir.

Beberam algumas cervejas por ali e depois o finlandês se despediu dizendo que voltaria para Tel Aviv. — E você devia voltar para Jerusalém — sugeriu paternalmente.

Não, pensou Moshe. Ainda não

À noite, em seu quarto de hotel, viu o deserto assim que se deitou na cama e fechou os olhos. O deserto, pensou, eu não sei, mas tenho a impressão de que ele cresce com a noite. Poderia muito bem desaparecer ali, cortar todos os laços, adeus, Iara, adeus, Miguel, adeus, Jonas, e viver anônimo naquela cidade à beira do deserto, indo todos os anos ao norte visitar o túmulo da mãe, talvez se casar com a garçonete, um estrangeiro diminuiria seu enfado, ao menos por um tempo, não? Não. Provável que não. Também pensou nela antes de dormir. Na pele empoeirada, nos cabelos castanho-claros, nos seios pequenos, quantos anos terá? Dezessete, no máximo. As pernas longas e firmes, como não seriam?, o dia inteiro em pé, caminhando de um lado para o outro, servindo mesas. Pensou nela adentrando o quarto, acendendo a luz do abajur, depois puxando uma cadeira e se sentando. Os cabelos engordurados, a roupa meio suja, a expressão cansada de quem trabalhou o dia todo, mas o sorriso singelo.

— É aqui que a gente vai morar?

Ele balançaria a cabeça afirmativamente.

Ela encolheria os ombros.

— Mas aqui não é uma casa, não é um lar.

— A gente pode ir pra onde você quiser.

— Ok — ela sorriria. — A gente pode ir pro deserto.

— Sim. A gente pode.

Então, ela tiraria os sapatos e as meias e se levantaria, a bermuda aberta escorregando pelas pernas, a calcinha listrada (vermelho, preto, branco, verde), a camiseta arrancada, o sutiã aberto, as roupas ao redor, no chão. Por fim, depois de se livrar da calcinha, daria alguns passos na direção da cama, ele estirado ali, à espera.

— Deita virado pra cá — pediria.

— Como?

— Com a cabeça assim pra fora do colchão.

Ele obedeceria, ela dando mais um passo e encaixando a boceta suada, de gosto salgado e cheiro bem forte, em sua boca.

Deitou tanta porra que teve de tomar outro banho, os pelos pubianos e da barriga enrodilhados de esperma.

Não foi para Jerusalém no dia seguinte, como sugerira o finlandês, mas para Tel Aviv. Não quis prolongar a estadia em Be'er Sheva, talvez por medo, por receio de decidir mesmo desaparecer, por mais irracional que isso fosse ou parecesse, e rumou para Tel Aviv porque o único antídoto para o deserto é o mar, pensou. Precisava ver o Mediterrâneo, precisava sentar-se na areia com uma cerveja gelada e se deixar vendo as ondas, da mesma forma como, antes, hipnotizara-o a imensidão desolada do Negev. Fez isso no decorrer dos onze dias seguintes, hospedado em um hostel a poucos quarteirões da praia, não exatamente em Tel Aviv,

263

mas em Yafo, e todos os dias caminhava até a praia com um livro que não lia, as horas escorrendo, as ondas trazendo e levando e trazendo a lembrança da mãe, que deixara ao norte, descansando.

— Espero que não esteja com fome.

Moshe levantou os olhos. O *bartender* sorrindo para ele, enxugando as mãos com um pano de prato.

— Como?

— Espero que não esteja com fome — ele repetiu. — Um probleminha lá dentro, na cozinha.

— Mesmo?

— Pois é. A gente não vai ter como preparar mais nada hoje.

— O que houve?

— É o gás. Estamos sem.

Ele se lembrou do estrondo que causara a queda momentânea de energia. Talvez a falta de gás seja um bom sinal, pensou. Sem mais explosões por hoje.

— Tudo bem. Não estou com fome.

— Quer dizer, tem amendoim e pretzels, se você quiser.

— Não, não, obrigado. Estou bem mesmo. Essa cerveja de trigo mata a fome de qualquer um.

— Ah, a gente estava falando de Be'er Sheva agora há pouco.

— Sim?

— Acabei de lembrar. Lá tem uma churrascaria brasileira.

— Sim, eu vi. Bem na entrada da cidade.

— Pois é — o outro começou a rir. — Este mundo não é uma bagunça desgraçada?

— Nem me fale. Nem me fale.

Nunca mais se viram ou se falaram, mas, naquela noite em Jerusalém, véspera do retorno a São Paulo, Moshe também se lembrou do dia em que conheceu João Gabriel, na quadra do mesmo colégio do qual, menos de dois anos depois, ele seria expulso.

Um jogo de basquete.

Ele jogava e Moshe assistia, pois seu time não estava em quadra, seria o próximo, e, sentado ao balcão do pub, lembrou-se de como João Gabriel trocou a bola de mãos com um quique por entre as pernas, da esquerda para a direita, e então usava o cotovelo esquerdo para se proteger, para proteger a bola, mantê-la consigo, à disposição, à espera de um gesto decisivo, do momento e do espaço oportunos, os olhos já procurando a tabela, mensurando a distância, quicando rápido e baixo, considerando as possibilidades, rápido e baixo, como se a bola dialogasse com o chão, contasse um segredo, desfolegada, aos atropelos, e avançava, o corpo meio abaixado, ele avançava, um, dois passos curtos, o mínimo de espaço possível entre a bola e o chão, dialogasse, sussurrasse, e quais eram as possibilidades?, ora, ele poderia abrir a jogada, outro que arremessasse, ou recuar para o companheiro que se posicionara atrás dele, na boca do garrafão, ou recuar ele mesmo, recuar e passar ou recuar e se infiltrar de novo ou recuar e inverter com um dos alas, quebrar a marcação pelo lado ou arrastar um ou dois adversários e deixar alguém livre pelo meio ou no outro extremo da quadra, um passe por baixo ou mesmo uma ponte aérea, que tal?, não, Moshe imaginou que ele tivesse pensado, que se foda, avançando, os solados dos tênis raspando no piso e incrementando a impressão de um deslizar contínuo, o adversário junto dele, fungando, peito contra cotovelo, braços abertos, poderia cavar uma falta, se quisesse, poderia tentar, deixar que o corpo do outro caísse sobre si, seria fácil, mas não o fez, avançava já pelo meio do garrafão quando outro adversário percebeu que ele não ia passar ou recuar e irrompeu à direita, olhos fixos na bola, a boca escancarada, esticando e chacoalhando as mãos como se quisesse espantar uma mosca, um besouro, um morcego, e então tudo aconteceu muito rápido: o sujeito estapeou o vazio, a bola não mais ali, pois João Gabriel tinha girado e estava agora nas costas do primeiro marcador e usava o corpo deste para se afastar do segundo, para se proteger do segundo, por um instante parecia que os dois marcadores iam se beijar no meio do garrafão, surpreendidos pelo giro, e então ele saltou, sabia não ter escolha, estava momentaneamente desmarcado, agora ou nunca, uma merda que precisasse fazer a bandeja com a mão esquerda, o braço direito se ocupando das costas do outro, não era canhoto, saltou, a bola descansando na palma da mão até que, lá em cima, com um impulso gentil, um convite para seguir viagem, uma sugestão para se desprender, uma carícia, assim animada, partiu em direção à cesta, e alguém ainda tentou cortá-la no meio do caminho, outro tapa no vazio, antes que beijasse a tabela e retornasse para o centro do aro, cruzando-o sem tocá-lo, o cicio da passagem pela rede como um suspiro de satisfação e agradecimento, e ele não só já aterrissara como iniciava a corrida para o outro lado da quadra, sem olhar para trás, cumprimentando os companheiros que estendiam as mãos, vibrando, sorridentes, estavam quase lá, faltava pouco, bem pouco. Eles jogavam e, no oco da tarde paulistana, aquela partida se aproximava do fim. Estavam ali desde as duas da tarde, começaram com seis equipes e agora restavam três, o time de Moshe já classificado para a finalíssima e os demais se enfrentando na última das semifinais, os perdedores tinham ido embora, não havia prêmios, ou sequer plateia, as freiras deixavam que usassem a quadra, melhor que fiquem aqui brincando que soltos pelo bairro, não?, apenas um jogo, e depois outro, e outro, seguindo uma tabela organizada de improviso e conforme as pessoas chegavam. Faziam isso pelo menos uma vez por semana, às vezes duas ou até mesmo três (nas férias), um jogo, depois outro, e outro, e agora, posicionados na defesa, João Gabriel e os seus esperavam pelo time adversário, que veio a toda, olhos enraivecidos, desconcentrados, afoitos, estendendo em demasia a linha de ataque, uma descoordenação que beirava o constrangimento, muito distantes uns dos outros, sem que ninguém gritasse, chamasse a atenção, pedisse que se aproximassem para receber, para trocar passes, o que fosse, e não foi preciso muito para que houvesse uma interceptação e a bola fosse conduzida com calma até o outro lado, de novo, mais dois pontos de uma bandeja meio desajeitada, a bola não beijando, mas socando a tabela e voltando com estupidez, contra o aro e através dele, de encontro ao chão. Eles vibraram. O jogo estava no papo, a quatro pontos dos vinte e um, com nove de vantagem. Os gritos de alegria e raiva ecoando pelo ginásio vazio junto com o som emborrachado dos solados contra o piso, da bola quicada lenta ou rapidamente, das respirações mais ou menos descompensadas, dos grunhidos, dos xingamentos, e era a voz do próprio jogo, o modo como falava e se deixava. Outros cinco garotos estavam sentados nos degraus às margens da quadra, espalhados por ali, e Moshe era um deles, integrava o próximo time a entrar tão logo a marca dos vinte e um fosse atingida, ali sentados em silêncio, observando

266

como, agora, João Gabriel esperou que um adversário tentasse driblá-lo pela esquerda, um drible telegrafado, para alcançar e tocar a bola com toda a delicadeza, tocá-la com as pontas dos dedos, oferecendo-a para o companheiro que fechava pelo outro lado e correndo para receber o passe lá na frente. Outra bandeja, mais dois pontos. Os dois voltavam caminhando, sorrindo, cruzando com os adversários, quando alguém esbravejou ao passar por João Gabriel no meio da quadra, um xingamento sussurrado com raiva, uma provocação gratuita, e ele riu, balançando a cabeça, ao que o sujeito se virou, um sujeito grande, o maior de todos ali, Kelcy era o nome, todo mundo tinha medo de Kelcy, tão grande quanto imprevisível, o humor sempre oscilando, a língua solta, incapaz de se controlar, com ele não se brinca, o tipo de cara que não se furta de provocar mas reage com socos à menor provocação, e talvez João Gabriel não soubesse disso, pensou Moshe, pois se mudara para o bairro havia então menos de um mês, um novato, talvez sua despreocupação fosse fruto da ignorância, talvez ele só se desse conta tarde demais, até porque foi Kelcy quem João Gabriel envolvera em dois lances nos últimos minutos, aquele giro e a cesta havia pouco e o roubo da bola agorinha mesmo, Kelcy caminhando de costas, os lábios ainda se mexendo,

filho de uma puta,

João Gabriel ainda balançando a cabeça, fingindo que não era com ele, talvez (Moshe imaginou) dizendo para si mesmo que é do jogo, não se importando, mais dois pontos e já era, vocês estão no papo, pode xingar à vontade. Os adversários voltaram a atacar, a tentar, girando a bola interminavelmente ao redor do garrafão, incapazes de se infiltrar, até que um deles anotou uma cesta de três pontos, um arremesso feito com raiva, como quem se livrasse da bola, ela se chocando com a tabela e descendo depois de girar duas vezes pelo aro, meio que por acaso, e em seguida não os esperaram posicionados na defesa, tentavam sufocar a saída, roubar logo a bola, gritando entre si, queriam voltar para o jogo, queriam mostrar que ainda não estavam batidos, que ainda havia o que fazer. João Gabriel se movimentava, correndo de um lado a outro, até receber a bola quase no meio da quadra, ensombrecido por Kelcy, a quem deu as costas, quicando rápida e nervosamente enquanto o empurrava aos poucos com o traseiro, protegendo a bola. Tentou um giro, não, tentou pelo outro lado, nada, o sujeito ali, em toda parte, falando enquanto tentava roubar a bola, xingando de novo e de novo e de novo, e então João Gabriel meio que jogou o corpo para a direita, isto é, fez a menção de um giro, a menção de uma nova tentativa de giro, tão ostensiva que Kelcy o acompanhou, ou melhor, acompanhou o que não se completaria, acompanhou a menção, no que João Gabriel afinal girou para o lado oposto e saiu jogando, o corpo do outro já inteiro naquele vazio, com todo o seu peso, no lugar em que o novato deveria estar mas não estava, pois já avançava, livre, enquanto Kelcy se desequilibrava e caía de lado, um tombo seco, estranho, o chão tornado subitamente movediço, e João Gabriel seguiu imperturbável até a boca do garrafão para servir um companheiro que, desmarcado, já se posicionara sob a cesta: dois pontos, vinte e um, fim de papo.

Sentado ao balcão do pub, bebericando o enésimo chope de trigo, Moshe se lembrou daquela tarde com tantos detalhes que era como se estivesse lá, no ginásio da escola, assistindo ao jogo enquanto esperava a vez de seu time.

Lembrou-se de que, logo após a derradeira cesta, começou a chover, o som ensurdecedor da água fustigando o teto do ginásio.

Lembrou-se de como João Gabriel caminhava para um dos cantos da quadra, rumo ao lugar onde deixara a mochila, queria tomar um gole d'água, descansar um pouco antes do próximo jogo, o último naquela tarde, cinco, dez minutos de descanso enquanto o outro time aquecia.

Lembrou-se de como ele caminhava quando se viu obrigado a driblar outra vez: Kelcy viera correndo para empurrá-lo contra os degraus, e não foi preciso que ninguém gritasse ou avisasse, até porque não haveria tempo, e ele sequer ouviria o som da chuva contra o teto.

Lembrou-se de como ele jogou o corpo para o lado, sem se virar, não precisava se virar, e deixou a perna direita no caminho, e logo Kelcy estava outra vez no chão, xingando, gritando.

Lembrou-se de como Kelcy ergueu-se com dificuldade, lágrimas nos olhos, punhos cerrados, uma briga de verdade agora.

Lembrou-se de como eles se estudavam, o outro não calando a boca por um segundo sequer, contrastando com o mutismo de João Gabriel, vou te matar seu filho de uma puta quem você pensa que é caralho novato desgraçado vai tomar no meio do seu.

Lembrou-se de como João Gabriel esperava e esperava e esperava, e os outros fizeram um círculo ao redor e também esperavam, outro jogo aqui, talvez o melhor de todos.

Lembrou-se de como Kelcy tentou acertá-lo no rosto com um direto tão grosseiramente pensado e executado que João Gabriel mal precisou se esquivar enquanto o atingia em cheio na boca do estômago, com a canhota, e depois na cabeça com o punho direito, entre a orelha e a bochecha esquerdas, os golpes tão rápidos que pareceram um só, ou um mesmíssimo movimento dividido em duas partes, introdução e conclusão.

Lembrou-se de Kelcy afinal calando a boca, o corpo desabando pela terceira vez, as pernas meio abertas, alguns desatando a rir, após o que João Gabriel recolheu a mochila, tomou um gole de água de seu cantil e disse que era melhor deixar o jogo final para outro dia.

— Talvez amanhã, se vocês quiserem.

Lembrou-se de que ninguém tentou convencê-lo a ficar.

Lembrou-se de como todos, em silêncio, acompanharam João Gabriel com os olhos enquanto ele caminhava sem a menor pressa para a saída do ginásio, na direção da chuva torrencial, e até mesmo o nocauteado o observava, ainda no chão, meio sentado, inteiro dor e vergonha, chorando, a mão na barriga como se estivesse prestes a vomitar ou parir sabe-se lá que espécie de animal.

Moshe foi alcançá-lo lá fora, na calçada defronte ao colégio, sob a chuva. O novato olhou para ele e sorriu.

— Vam'bora?

Logo os dois corriam feito loucos Cardoso de Almeida acima, Moshe não sabia para onde iam e não se importava, era gostoso correr sob a chuva, atrás do novo amigo, enquanto o vento gelado chacoalhava as árvores como se tentasse acordá-las de um pesadelo. Dobraram à direita na Bartira, uma leve subida e então a ladeira.

— Cuidado pra não escorregar, meu primo quebrou o braço desse jeito.

Moshe o observava Tinham a mesma altura, mas o corpo de João Gabriel era melhor definido, como se cada músculo dissesse a que viera, soubesse o que queria da vida desde aquela idade, doze anos incompletos.

Correram até que ele fez um sinal e gritou: — Moro naquela casa.

No alpendre, ensopados, ele tirou uma chave de mochila, destrancou a porta, pode entrar, não tem ninguém, só não pisa no tapete, Moshe obedecendo, sentindo que poderia obedecê-lo para sempre, esse sujeito sabe o que faz, vem aqui no banheiro, vou pegar uma toalha pra você, tiraram as camisetas e os tênis e as meias, tudo encharcado.

— Espera aqui.

Voltou dois minutos depois com uma bermuda, uma camiseta, uma sacola plástica e a toalha. Tinha se trocado no quarto.

— Melhor tirar tudo. Coloca a roupa molhada aqui dentro.

— Beleza. Você jogou muito hoje.

— Você também não foi mal. Precisa treinar mais o arremesso.

— Preciso treinar mais tudo.

— É — ele riu. — Todo mundo precisa, mas você se posiciona e passa a bola direitinho.

— Mais ou menos.

— Que nada. Se treinar mais arremesso, pode ter um aproveitamento bacana, e é isso que decide jogo.

— É, acho que sim.

— Pronto?

Atravessaram a sala espaçosa e organizada, carregando a sacola com as roupas e os tênis encharcados, Moshe usando a bermuda e a camiseta que João Gabriel lhe emprestara. Deu uma olhada ao redor. Viu uma estante vazia, exceto por um aparelho de televisão, o receptor da TV a cabo e um videocassete. O jogo de sofás parecia novo, bem como o tapete branco e grosso e as cortinas roxas. Havia uma mesinha com o telefone a um canto e uma cadeira improvisada ao lado; uma agenda descansava sobre a cadeira. Tudo estava limpo, e até mesmo coisas que pareciam fora de lugar (duas almofadas deixadas no tapete, a agenda sobre a cadeira, a própria cadeira, retirada da sala de jantar) não davam, afinal, a impressão de estar mesmo deslocadas. E eles se mudaram havia o quê, dez dias?

— Vem logo pra cá — João Gabriel gritou da cozinha.

Havia outra TV, instalada sobre um armário. Estava ligada.

— Quer umas bolachas? Vou pegar uma Coca na geladeira.

Sentaram-se à mesa e comeram e beberam em silêncio por um bom tempo, até o momento em que Moshe disse: — Você fez uma coisa muita boa lá na quadra.

— O quê?

270

— Bater no Kelcy. Ele é muito filho da puta, vive enchendo o saco de todo mundo.

— Ele já te encheu?

— A gente brigou uma vez. Foi no final do ano passado. No banheiro. Sem motivo nenhum. Eu não tinha feito nada, mas ele tem dessas coisas. É meio louco. Veio e me deu uma porrada no peito e depois me empurrou. Com força. Do nada. Cheguei a cair pra trás.

— O que você fez?

— Levantei e fui pra cima dele. Apanhei mais do que bati, mas quando vieram separar eu ainda estava na briga e o desgraçado botava sangue pelo nariz.

— Massa.

— Foi muito bom fazer isso. Ele nunca mais me encheu o saco.

— É porque ele é covardão. Se você tivesse arregrado, ele ia te perseguir pra sempre. Ele é bem escroto mesmo.

— Não teve a menor chance contra você.

— Lerdo demais.

— É mesmo.

— Grandalhão, mas lerdo. E burro. Quando foi pra cima, como você fez? Agarrou ele?

— Foi, sim. A gente acabou indo pro chão. Até puxar meus cabelos ele puxou. Deu unhada.

— Pois é. Quando for brigar com uns caras assim, você precisa manter distância. Sabe como é?

— Igual boxeador?

— É. Mais ou menos daquele jeito.

— Entendi.

— O tal do Kelcy é afobado. Ele vai tentar te agarrar ou te acertar de qualquer jeito, e é aí que você pega o otário. Foi assim que eu fiz hoje. Fiquei esperando.

— Eu vi. Todo mundo viu.

— Aquele murro dele, você viu como foi? Todo desengonçado. Levou uma semana pra armar e ainda por cima veio todo torto, parecia que tava movendo o braço em câmera lenta.

— Acabou rapidinho.

— Tive até vontade de bater mais.

— Por que não bateu?

— Porque não precisava. Ele já tava caído, chorando na frente de todo mundo.

— Foi mesmo.

— Tinha mais nada pra fazer ali, não.

Terminaram de comer e foram para a sala. Colocaram um VHS de *Duro de Matar* e assistiram às sequências de pancadaria e tiroteio, avançando as cenas em que, nas palavras de João Gabriel, não acontece porra nenhuma, depois jogaram um pouco de *Rocky* no Master System, viram mais um pouco de televisão, e então Moshe precisava ir embora.

— Onde você mora?

— Aqui do lado, na Franco da Rocha. Mas a minha mãe já deve estar preocupada. Ela não fica até tarde no escritório. Prefere ir cedinho e sair no meio da tarde pra evitar o trânsito.

— Ela é o quê? Contadora?

— Engenheira.

— Ah. A minha é professora. Quer fazer alguma coisa amanhã à tarde?

— Pode ser.

— Vem pra cá depois do almoço. Tem aquela caixa ali dentro cheia de filmes, né? Você já viu *De Volta para o Futuro II*?

Moshe pegou os tênis molhados da sacola e os calçou no alpendre, sem as meias.

— Deixa as roupas aí, vou botar pra lavar junto com as minhas. Depois você pega.

— Tá bom.

Eles se despediram na calçada com um aperto de mãos. A chuva cessara. Moshe desceu a ladeira correndo, sentindo que João Gabriel o acompanhava com os olhos. Sentia-se leve, a nítida sensação de que, se corresse rápido o bastante, os pés se desprenderiam do chão por alguns segundos, poucos, mas suficientes para que flutuasse pelo menos até o portão do prédio em que morava.

Acenou para o *bartender* e pediu mais um pint. Vai ser o último, pensou. Mas o que teria sido feito de João Gabriel? Nunca tropeçara nele no Facebook. Tampouco procurara, é verdade. Tampouco procuraria.

Tantos anos sem pensar no sujeito e agora essa avalanche. Culpa da cerveja e desse uísque irlandês, sorriu, e da viagem, do cemitério, do Negev, do Mediterrâneo, de Jerusalém. Melhor voltar logo para o hotel. Ainda precisava ligar para Iara, passar o número do voo, o horário previsto de chegada, uma viagem dessas pela frente e eu aqui bêbado, as malas ainda por fazer.

— *Lehaim* — o *bartender* depois de servir mais uma dose de Bushmills para si e outra para Moshe, mais um brinde.

— Saúde.

Mas o que era aquilo? A cabeça insistindo em se lançar no passado, como se ainda estivesse em Haifa, cercado de corpos ou pedaços de corpos se putrefazendo e, ao mesmo tempo, inspirando cada osso de seu corpo a se lembrar de todas aquelas coisas. Mais um pouco, pensou com um sorriso, e será o bartender quem vai dizer aos outros fregueses, referindo-se a ele, e o nosso Moshe, *alav ha-shalom*, a paz esteja com ele, que veio do Brasil até aqui, que esteve em Israel para visitar o túmulo da mãe, *aleha ha-shalom*, a paz esteja com ela, *Hashem yinkom dama*, possa Hashem vingar o seu sangue, o nosso Moshe esteve aqui, bem aqui nesse balcão, bebendo cerveja, bebendo whisky, como bebia o nosso Moshe, conversando comigo, esteve e depois foi embora, mas não foi embora para o Brasil, não, ele não voltou para o Brasil, ele disse que não havia mais nada para ele no Brasil, que não havia mais nada para ele em lugar nenhum, e ele também disse que o Brasil trata as pessoas muito mal, coisa da qual eu duvido, sabe?, tão lindo o Brasil, não é mesmo?, vocês não concordam?, mas ele deve saber do que fala, eu nunca estive no Brasil e ele nasceu e foi criado e viveu por uns trinta anos lá, e foi o que ele disse, o que disse o nosso Moshe, o que ele disse bem aqui nesse balcão, sentado ali na ponta, aí mesmo onde a senhora está, ele disse que o Brasil trata as pessoas muito mal, muito, muito mal, tanto que ele não voltou para lá, não quis voltar, como eu dizia, não, ele ficou aqui em Israel, o nosso Moshe, ficou em Israel e voltou para o sul, ficou em Israel e foi para o deserto, foi para o Negev, o nosso Moshe foi para o deserto e se enterrou lá.

— *Lehaim*.

7.
AINDA ESTAMOS EM ABRIL

"Quem se descolará de mim e passará
a me tratar como sombra?"

— Maira Parula,
em *Não feche seus olhos esta noite*.

Enquanto se dirige ao aeroporto de Congonhas, Jonas pensa no quanto é engraçado que Manoela esteja a caminho, esteja chegando, mas não *engraçado* na acepção mais pura do termo, e sim noutra, meio corrompida, um tanto desviada, embora não propriamente errada ou ruim. É engraçado no sentido de coisa assim inusitada, não esperava te ver nunca mais, não esperava falar com você outra vez, quanto mais me encontrar com você, buscar no aeroporto, levar pra minha casa, lembra quando era a *nossa* casa?, é isso, o mero fato de ela existir, ou melhor, de (dali a pouco) passar a existir ou voltar a existir bem perto dele (outra vez), e em um espaço que compartilharam por anos, é que lhe parece extrema e insuportavelmente *engraçado*.

Mas por que isso?

Ele pensa (de maneira um tanto confusa) que talvez seja porque não se veem há mais de um ano e meio, há quase dois anos, na verdade, porque não se encontraram em Buenos Aires, ela não esperou por ele, o apartamento vazio e Jonas adentrando o lugar para não encontrar nada além de uma cama feita às pressas, a caneca com um resto de café na pia da cozinha e uma toalha esquecida dentro da banheira, embolada. Não se veem desde o rompimento, desde quando, ao voltar a São Paulo semanas depois, ela o surpreendeu em casa e pediu desculpas por não tê-lo esperado em Buenos Aires, dizendo que não planejara nada daquilo, que não fizera por mal.

— Mas é que eu precisava sumir, eu tinha que...

— O quê?

— A gente já passou por tanta coisa, né? Mas é que essa última mudança, os últimos meses, tudo isso me fez ver que a minha vida está no Rio, e que eu quero... eu quero...

— O quê?!

Ela suspirou. — Desculpa toda essa confusão, Jonas, mas eu vi que preciso recomeçar.

E então ele enfim compreendeu que ela já havia recomeçado, que muito provavelmente tinha conhecido outra pessoa e ficara indecisa

277

durante algum tempo entre romper de vez com ele e iniciar para valer o novo relacionamento ou se manter onde estava (onde estava?), que a viagem abortada à Argentina seria a forma de buscar alguma certeza quanto isso. Alguns dias juntos, grudados como nos velhos tempos, mas então, quando já estava lá, quando já se encontrava no apartamento em Buenos Aires, à espera dele, a poucas horas da chegada dele, ela percebeu que nada daquilo era necessário, que não havia mais o que manter ou remediar ou reparar no que dizia respeito a Jonas, que (como diria depois para ele) era preciso recomeçar, e logo, sem mais perda de tempo, dela e dos outros, porque não é justo com você, não é justo comigo, não é justo com ninguém etc. e tal. Era preciso dar por encerrado aquele longo, hesitante e atabalhoado capítulo final de sua relação, era preciso iniciar o tomo seguinte, iniciá-lo no lugar em que já se encontrava fazia tempo, aquele novo lugar, aquela outra cidade, aquela outra vida, e era isso, não havia nada que Jonas pudesse fazer a respeito, nada a remediar, nada a reparar, nada a acertar além do término, do rompimento em si, ou nem isso, não havia nada a acertar, ela já não morava com ele, nada a acertar, mas algo para, bem ou mal, aceitar.

A conversa derradeira foi pesada, raivosa, pois ele se sentiu traído, embora Manoela se recusasse a confirmar que havia mesmo outra pessoa.

— Não importa — disse ela. — Deixa isso pra lá. Estou falando de nós dois, estou tentando botar um ponto final nisso da melhor maneira possível. Me ajuda a fazer isso? Por favor?

Naquele momento, Jonas se sentiu traído, abandonado, pequeno, ínfimo, ridículo. Mas, talvez um tanto inesperadamente, isso passou rápido, algumas semanas, e se sentiu senão inteiro, pelo menos pronto para seguir com a vida, e quase aliviado, pois a verdade era que os longos meses de crescente distanciamento após a mudança dela para o Rio meio que o prepararam para aquele momento, por mais que vivesse em negação, por mais que insistisse em pegar a ponte aérea mesmo quando era evidente que mal ou sequer a veria, por mais óbvia que fosse a situação em curso, as circunstâncias em andamento, em negação, sim, mas não em negação completa, como a conversa com Moshe no café de uma livraria no Leblon e o choro ao balcão daquele pé-sujo da João Ramalho, na véspera do embarque para a Argentina, demonstraram clara e inequivocamente.

Jonas sabia.

Jonas soube no momento em que Manoela o informou da decisão de aceitar o trabalho que ofereciam, naquela manhã chuvosa e escura de janeiro de 2010, um domingo, eles ainda estirados na cama, estirados depois de foder, o quarto penumbroso e abafado, ele recém-chegado de Brasília, recém-chegado do enterro do pai, na tarde anterior a conversa tão ríspida quanto absurda ainda no aeroporto, no saguão de desembarque, e então o silêncio estrangulando a saudade, arruinando o retorno, deslocando-o de um cômodo a outro do apartamento até alta noite enquanto ela procurava pelo melhor momento e pelas palavras certas (haveria palavras certas?) para contar o que decidira, coisa que só faria na manhã seguinte, depois que treparam, depois que a ele pareceu ter, enfim, chegado em casa.

A exemplo do que aconteceria com Moshe e Iara tempos depois, mas por razões diferentes, muito, muito diferentes, outra dinâmica, outro tipo de raiva e dor, outro modelo de distanciamento, outra espécie de mútua incompreensão, a relação deles boiava em um oceano de intranquilidade, até o momento em que Manoela se lembrou de que podia muito bem nadar em outra direção, e fez isso.

— Pensei que você fosse ficar pior — disse Moshe. Fora correndo para o apartamento do amigo assim que ele ligou dizendo que, ao voltar de Buenos Aires, deparara-se com Manoela à espera, e a conversa que tiveram foi definitiva, agora acabou mesmo, e pelo menos ela se deu ao trabalho de vir aqui dizer isso na minha cara, nada de telefonar ou escrever, estava aqui quando eu cheguei e já foi logo falando. — Juro que pensei.

— O lance é que eu passei um tempão sofrendo a prestação, não foi assim?

— Foi.

— E agora que acabou mesmo eu... eu já estava...

— Vazio?

— Eu ia dizer "pronto", mas... é, tá valendo. Vazio.

— Sim.

— Claro que eu fiquei puto com ela agora há pouco, disse um monte de coisas, esperneei e fiquei perguntando se... se ela conheceu... se tem outro cara.

— E tem?

— Ela não disse, mas também não negou.

— Entendi.

— Mas que diferença isso ia fazer a essa altura?

— Nenhuma.

— E, eu pensei aqui, a melhor coisa que me aconteceu foi mesmo essa viagem pra Argentina. Talvez ela tenha feito... o que você acha?

— O que eu acho do quê? Você não completou a frase.

— Ela fez de propósito, não fez?

— O quê?

— Deixar... ir embora e deixar a cidade só pra mim.

— Como assim?

— Ah, você sabe, eu fui pra lá esperando encontrar com ela, achando que a gente ia passar um tempo junto, numa boa, e... porra, eu fui com a esperança de resolver tudo e... e recomeçar... eu e ela, a gente... mas aí ela deu pra trás na última hora e eu fui assim mesmo, não cancelei a viagem nem nada.

— E?

— E... e eu acabei lá sozinho. Fritando, a cabeça a mil, mas... o apartamento vazio, a cidade. Sozinho, entendeu?

— Acho que sim.

— Foi bem ruim, sobretudo nos primeiros dias, mas me deu espaço pra... pra pensar nessas coisas todas.

— Sem falar no silêncio.

— É. Sem falar no silêncio.

— A gente subestima demais o silêncio. As pessoas dizem que o tempo cura tudo, mas não acho que seja bem por aí. No meu caso, por exemplo, o tempo nunca curou porra nenhuma. É o silêncio, cara. O silêncio cura tudo.

— Parar e ouvir a própria cabeça.

— Parar e ouvir. Isso mesmo.

Mas, de repente, *agora*, não poderia ser mais *engraçado*, isto é, inusitado, que, passado todo esse tempo, ela esteja vindo, esteja chegando, o que (ele pensa a caminho do aeroporto) exige um novo entendimento, uma nova maneira de enxergá-la e a si mesmo e àquela situação — situação que julgava encerrada, situação que considerou resolvida —, ou, pelo menos, para início de conversa, uma nova adjetivação para o que acontece, seja lá o que for (o que é?), uma adjetivação menos imprecisa, que de fato dê conta das circunstâncias para além do *engraçado*, isto é, do meramente inusitado, inesperado ou coisa parecida.

Mas (ele pensa mesmo assim) é *engraçado* que foi ela quem o procurou, o e-mail pipocando na caixa de entrada e a resposta intempestiva, quando não se falavam havia tanto tempo, desde o *tudo meio que superado*, desde o *está tudo bem agora*, o *somos adultos*, desde a *vida que segue* (ou deveria):

> Sonhei com você ontem à noite. Foi algo bem real. A gente se encontrou e se abraçou. Foi um abraço bem forte, que durou um tempão. Foi bom. Um abraço cheio de saudade.

O curioso, talvez também *engraçado*, foi que ela não se fez presente por aquele e-mail e, mais do que isso, não personificou para ele ou incutiu nele qualquer espécie de urgência, ou pelo menos alguma coisa que, mal ou bem, ele pudesse identificar como saudade. Mas, talvez inusitadamente, ele respondeu de imediato:

> Bonito isso. O sonho, a saudade... É sempre bom ser lembrado. E lembrar, também.

No dia seguinte, uma ligação, e depois outra, e outras mais nas semanas que vieram, dela para ele, dele para ela, até o momento — *agora* — em que, inadvertidamente (pois, mesmo com as ligações e a óbvia tentativa de reaproximação, Jonas não sentiu qualquer espécie de urgência, ou sequer alguma coisa que, mal ou bem, pudesse identificar como saudade), ele se vê a caminho do aeroporto pensando no quanto é *engraçado* que ela esteja a caminho, esteja chegando, e ele indo ao seu encontro, passado todo esse tempo desde a conversa final, ou que ele julgara ser a conversa final, definitiva, depois de tudo o que viveram, desde Brasília até São Paulo, e de São Paulo ao Rio e Buenos Aires e de volta a São Paulo.

— Meu Deus — sussurra nos fundos do ônibus, vendo a cabeceira da pista através da janela. — Estou chegando.

Saiu de casa duas horas antes do horário previsto para a chegada do voo porque tinha decidido, na noite anterior, noite que passou em claro, pensando em tudo e em nada, sem conseguir organizar direito o que ia pela cabeça (tudo, nada), tinha decidido ir de ônibus para o aeroporto, quando (considerou) teria tempo para pensar e organizar direito o que quer que passasse pela cabeça e começar a entender o que acontecia, porque era óbvio que acontecia alguma coisa (ela está a caminho, chegando), algo que ele precisava entender ou, pelo menos, adjetivar melhor antes que fosse tarde demais, se é que já não era tarde demais.

Saiu do prédio e parou na calçada.

Olhou à esquerda, na direção da avenida Santo Amaro, o cruzamento a poucos metros de onde se encontrava. Sentiu como se já estivesse no aeroporto, a esquina fosse o portão de desembarque e ela estivesse prestes a chegar por ali, descer a Padre Antônio, tão familiar para ambos, caminhar até ele, arrastando a mala, o ruído das rodinhas contra o concreto, e parar à sua frente.

— Cheguei. Estou aqui.

Só depois de enxergá-la ali, de imaginá-la vindo ao seu encontro e sentir um arrepio, é que ele se colocou em movimento e atravessou a rua, balançando a cabeça negativamente com um meio sorriso no rosto, as mãos nos bolsos da calça jeans e os olhos fixos no chão.

A idosa sentada no ponto de ônibus olhou para ele como se fizesse um esforço para reconhecê-lo, alguém de fisionomia familiar cujo nome lhe escapasse, encarando-o assim interrogativamente desde o momento em que ele, parado do outro lado da rua, mãos nos bolsos, olhava para o cruzamento acima. Ela desviou o olhar tão logo Jonas chegou ao ponto e, virando-se, parou sobre o meio-fio, de frente para a rua. Ele estava com os braços agora cruzados, bendizendo mentalmente o vento gelado, pensando, caralho, e ainda é abril.

Depois de embarcar e se esconder na última fileira, o ônibus meio vazio seguindo pela Padre Antônio rumo à Vieira de Moraes e a velha ficando para trás, ainda sentada no ponto, sozinha, desaparecendo, ele fechou a janela e, em seguida, esfregou as mãos uma na outra e as escondeu entre as coxas. Ainda estamos em abril, pensou de novo com um sorriso, não um meio sorriso dessa vez, mas um sorriso inteiro. Gostava do frio. O frio é a melhor época do ano. Estava muito frio em Buenos

Aires. O sorriso desapareceu. Frio demais. E agora ela está a caminho, está chegando, e eu não sei o que pensar ou esperar, não faço a menor ideia do que ela está fazendo, do que ela quer, do que eu estou fazendo, do que eu quero.

Não comentou com Moshe a respeito. Não conseguiu contar que estivera em contato com a ex no decorrer das semanas anteriores, dizer que ela estava a caminho. Temia a reação do amigo.

— Como assim se encontrar com a Manoela? — ele talvez dissesse. — Como assim ela vem pra cá? Depois de todo esse tempo? Depois de tudo o que aconteceu? Ficou maluco?

Sacolejando nos fundos do ônibus, fez as contas: um ano e oito meses entre a mudança dela para o Rio de Janeiro e a chegada dele de Buenos Aires, quando tiveram a conversa (que julgara) derradeira. E agora, passados vinte meses desde aquele (que devia ser o) último desdobramento, estava a caminho do aeroporto para recepcioná-la.

Moshe provavelmente riria se ele contasse. — E ela precisou do quê? Dois ou três e-mails, meia dúzia de ligações? Depois eu é que sou travado.

Acho que fiz certo em não comentar com ele, pensou. E, dependendo do que acontecer, incluindo nada, decidiu (com um sorriso triste) que jamais comentaria, jamais diria coisa alguma, para Moshe e para ninguém.

— Acho que essa eu vou guardar só pra mim, irmãozinho — sussurrou, esfregando as mãos outra vez, com força. — A não ser... a não ser que tudo mude.

A não ser que tudo mude? Que diabo isso queria dizer? Haveria mesmo alguma possibilidade de reatarem? Será que é isso que ela quer? Será que é por isso que está a caminho, está chegando? E o mais importante: se for o caso, se for essa a razão dos e-mails e ligações, da viagem, será que é isso que *eu* quero?

— Eu... eu...

Não. Sim?

Ele respirou fundo. Como isso era cansativo. Teve vontade de saltar do ônibus. Teve vontade de voltar para casa. Teve vontade de não ir ao aeroporto, afinal, de não recebê-la, de.

De quê?

Embora estivesse a caminho, embora tivesse respondido àquele primeiro e-mail e trocado outros, além das ligações, algo lhe dizia que nada

283

mudaria, porra nenhuma, que tudo isso, todo esse teatro, não passava de um esforço inútil e possivelmente doloroso, mas.

Mas o quê?

E um esforço inútil e possivelmente doloroso visando o quê?

Um esforço inútil e possivelmente doloroso visando nada, e do qual não conseguiu se desviar ou escapar.

Por alguma razão, não soube dizer *não*, não soube ignorá-la, não soube dizer que não havia mais nada a ser dito, que ela tomou a decisão, a decisão foi sua, lembra?, sua, só sua, que ela se mudou e se distanciou e por fim acabou com tudo, não, por alguma razão ele não soube se conter e ali estava, a caminho.

— Quantas vezes na vida a pessoa pode se dar ao luxo de ser idiota? — Moshe talvez lhe dissesse.

Mas, e se agora eu *não* estiver sendo idiota? E se isso for a coisa *certa* a fazer?

Valéria também debocharia se soubesse. Ele imaginou Valéria e Moshe gargalhando.

— Não é possível, Jonas.

— Larga a mão de ser burro.

— Depois eu é que sou travado.

— Depois o Moshe é que é travado.

"Um abraço cheio de saudade": sentia saudades dela?

Queria mesmo vê-la, reviver o que já estava ou parecia morto, superado, enterrado?

Não sabia.

Acaso soubesse, não estaria a caminho do aeroporto, ou, sim, estaria, mas com a certeza de estar fazendo a coisa certa.

Foi quando viu a cabeceira da pista. Estava chegando. Engraçado ou não, certo ou errado, estava chegando. E ela também.

Não estava?

Manoela não parece a mesma pessoa, embora não haja nada de radicalmente diferente nela, em seu corpo macérrimo, nos cabelos lisos e ruivos cortados na altura dos ombros, nas roupas discretas, no jeito masculino de andar, os pés um pouco voltados para fora, mas: não parece a mesma pessoa. A porta se abriu e ela irrompeu no saguão de desembarque rodeada por outros recém-chegados, puxando uma mala de rodinhas e procurando por ele. Jonas a viu tão logo a porta automática se escancarou, como não a veria?, tão mais alta do que quase todos ao redor, mas ela só o enxerga agora que ele para à sua frente, um meio sorriso de boas-vindas, tímido, desarmado, o que eu faço agora?, como devo me comportar?, o que eu espero?, o que você espera que eu espere?, que eu faça?, ao que ela solta a haste da mala e o envolve com força, o abraço do sonho que tivera (dirá depois), e diz, como que surpresa não só com o fato de, depois de tudo, ele realmente estar ali, à sua espera, mas também com o fato de ela própria estar ali, junto dele (outra vez) (depois de tudo, depois de passado todo esse tempo), naquele lugar e naquele abraço, ela diz:

— Gente. — E depois, quando se desvencilham, enquanto olha para os olhos dele, repete, com um sorriso: — Gente.

E só então se afasta um pouco, como se precisasse tomar alguma distância para de fato reconhecê-lo, e diz o nome dele, ao que Jonas, como se seguisse alguma regra de etiqueta ou, pior, o script de um capítulo de telenovela, e como se fosse algo de que não pudesse escapar, diz o nome dela, e Manoela o puxa novamente para junto de si e o beija nos olhos e depois nos lábios, de leve, segurando-lhe o rosto com as duas mãos, sem abraçá-lo dessa vez, apenas um beijo e depois outro.

— Foi assim que eu sonhei — ela diz, no táxi. Não encara Jonas, o rosto virado para a janela. — O abraço e tudo. Foi desse jeitinho.

— A gente estava no aeroporto?

Pensa um pouco. Balança a cabeça. — Não. Quero dizer, não sei, não me lembro. Só me lembro do abraço mesmo. Não sei onde é que a gente estava. Mas a sensação foi bem essa.

Ele não consegue pensar em nada para dizer a seguir. Não quer perguntar sobre o trabalho, o maldito trabalho dela.

O que é que resta, então?

É ela quem volta a falar, enfim virando o rosto para ele, para fitá-lo, ao perguntar sobre Moshe. — Fiquei sabendo que a Iara terminou com ele. Não que eu tenha ficado surpresa, mas, você sabe, é complicado. Como é que ele está?

— Não muito bem, mas acho que vai superar. Ainda é meio recente, né?

285

— Foi quando? Em dezembro?

— Foi. Você falou com ela?

— Algumas vezes, sim. Mais pelo Facebook. Ela parece bem. Ficou de me visitar quando for ao Rio.

— Acho que, no fim das contas, a chacoalhada vai fazer bem pro Moshe, mas por enquanto ele ainda está digerindo a coisa. É o que eu acho, pelo menos. Você sabe como é a figura.

— Ele vai ficar bem.

— Vai, sim. Claro que vai.

Manoela reclama do frio tão logo entra no apartamento.

— E a gente ainda está no começo de abril — ele diz.

— Mas você gosta. Sempre gostou.

— Hein?

— Do frio.

— É. Eu gosto.

Ele está fechando a porta. Ela está parada no corredor, de costas para a sala, como se pronta para sair e não para entrar, os braços cruzados, a mala ao lado feito um obediente animal de estimação, ambas bloqueando a passagem, impossível vencer o corredor e avançar para o interior do apartamento com as duas ali daquele jeito, Jonas percebe tão logo se vira para elas.

— Descruza os braços — pede.

— Por quê?

— Não sei. Só descruza.

Ela obedece. Por algum motivo, tão logo o faz, abre um sorriso bobo, como se o movimento de descruzar os braços implicasse nisso, num sorriso bobo. Um reflexo, algo involuntário. No táxi, vindo do aeroporto, ela não o tocou, não se beijaram outra vez, não se deram as mãos, nada. Agora, ela descruza os braços e sorri bobamente.

— Quer alguma coisa? Fiz compra hoje cedo.

— Não. Só quero um pouco d'água.

Sentam-se no sofá da sala, no sofá maior, de três lugares, cada qual numa extremidade, assim que ele volta da cozinha (a mala continua no corredor, a três passos da porta), e ela fica segurando o copo cheio, hesitando em levá-lo à boca, como se não estivesse com sede realmente, mas só quisesse alguma coisa, um objeto qualquer para segurar. Há o espaço entre eles, o espaço de um assento vazio, três palmos ou mais, mais espesso do que uma parede, e o silêncio que se instala é repentino feito Manoela, feito a sua vinda, esta aparição, feito sua presença aqui.

— Você trocou o tapete — ela diz, dois minutos depois, ainda segurando o copo, o copo ainda cheio, não o levou à boca, não tomou um gole d'água sequer, ainda não.

— É, eu troquei. Aquele estava bem gasto, né?

— E as cortinas.

— Foi. Também.

— O que mais?

— Acho que... deixa ver... acho que só isso mesmo. Ah, a geladeira também é nova. Mas não mudei quase nada por aqui.

— Que bom — ela esboça um sorriso.

— É, eu... é.

Ele cogita ligar a televisão, mas não o faz, não se mexe; cogita procurar a mão dela, o seu joelho, teria de esticar o braço ou quicar para o assento do meio, mas também não o faz. Sente vergonha da barriga, ainda maior do que quando terminaram, e dos cabelos finos e ralos, um emaranhado de palha seca no alto da cabeça. Sente-se feio e gordo e meio careca e envelhecido. Quer pedir desculpas por não ter se cuidado melhor, olha só o que eu virei, um anão branquelo e pançudo, você não se deu ao trabalho, você não veio até aqui pra *isso*, né?

— Que bom — ela repete, e então leva o copo à boca, afinal, dá um gole, menos que isso.

— Quer... — ele começa e para, não sabe o que perguntar. Não sabe o que oferecer.

— Quero — ela diz e põe o copo sobre o braço do sofá e se vira e faz o que ele cogitara fazer segundos antes, quica para o assento do meio, para junto dele, e eles se abraçam com força e se beijam e se tocam, a princípio por sobre as roupas, depois as camisas são desabotoadas, as braguilhas abertas, o sutiã puxado para cima, expondo os seios que ele acaricia enquanto a beija na boca e na orelha e no pescoço e ela o masturba, ele também quer fazer isso, também quer masturbá-la, a mão esquerda por sob a calcinha, chega a sentir os lábios com a ponta do dedo médio, quando ela o afasta de repente, ajeitando o sutiã justo quando ele, desenhando o trajeto com a língua, também se aproximava para sugar o seio esquerdo.

— Espera, espera — ela diz, olhando de relance para o pau ali exposto (pau que havia pouco punhetava com força, parando às vezes para pressionar a glande com o dedão e o indicador) enquanto abotoa a camisa.

— Que foi, eu?... tudo... tudo bem?

— Me dá um minuto.

— Ok.

Ali sentado, enquanto coloca o pau ainda duro para dentro da cueca, abotoando a calça e fechando a braguilha em seguida, ele se lembra de como ela nunca gostou muito de chupar, preferindo masturbá-lo enquanto oferecia um dos seios, e quando ele gozava, então, só então, é que levava a boca até lá embaixo e desferia uma ou duas lambidas na glande, bem na pequena abertura uretral, antes de se deitar ao lado dele e, com um sorriso, perguntar se tinha sido gostoso. Foi o que aconteceu no hotel em Garanhuns, por exemplo, naquela noite em que assistiram a uma apresentação do *Réquiem* de Mozart. Foderam até que ela gozasse e, dizendo-se satisfeita, fizesse com que ele se deitasse de costas para masturbá-lo, o corpo longilíneo debruçado sobre o dele, menor e delgado (sete ou oito quilos mais magro então), seios à disposição da boca, e não demorou muito para que a porra esguichasse e ela descesse para tocar a glande com a ponta da língua, como se selasse, com uma ligeira lambida longitudinal, a abertura. Agora, ele pensa, lançando o corpo para a frente como se fosse se colocar de pé, sentindo-se frustrado, que porra é essa que está acontecendo aqui? Ao seu lado no sofá, não voltou para o outro extremo, para o assento vizinho que ocupava antes, ela não diz nada. Ainda ofega um pouco, e olha para a frente, na direção da TV desligada, impassível, dois botões da camisa branca ainda abertos. Ficam assim por vários minutos, imóveis, em silêncio, após o que, como se sentisse necessidade de fazer alguma coisa, qualquer coisa, ela alcança o copo d'água e toma outro gole, bem mais longo do que o primeiro. Talvez ela diga ou faça algo agora, pensa Jonas, mas isso não acontece e, após hesitar um pouco, ele respira fundo e se levanta com brusquidão.

— O que você?... — ela se assusta.

Em silêncio, sem se voltar para Manoela, ele vai ao corredor e pega a mala, que arrasta até o quarto e coloca sobre a cama, cuidadosa, quase carinhosamente, depois vai ao banheiro e, com o pau já mole, mija pensando em algo que possa dizer quando voltar à sala. Nada lhe ocorre, exceto: está com fome? Quer que eu prepare alguma coisa? Comprei vinho, quer tomar uma taça? Acho que vou tomar uma. Quer tomar um banho? Quer ligar a televisão? Nada de relevante lhe ocorre, nada que possa dizer ou perguntar para trazer alguma luz à situação, esclarecer o que estão fazendo ali, o que ela quer, o que ele quer, nada, nada, nada.

— Que merda — resmunga, enxaguando as mãos. Ao terminar, fica alguns minutos apoiado na pia, os olhos fechados. — Que merda.

Quando afinal retorna à sala, depara-se com Manoela de pé, ainda segurando o copo d'água com a mão direita, mas agora completamente nua.

— O que você...

As roupas estão no sofá, no lugar que ela ocupava até pouco antes, o assento do meio. Impecavelmente dobradas.

— Eu...

A janela e as cortinas às suas costas estão abertas. Ela não se importa, ou não parece se importar.

— Eu...

Ela o encara, muda, mais ou menos como a velha no ponto de ônibus fizera antes: como se esperasse ou procurasse reconhecê-lo ou, mais do que reconhecê-lo, nomeá-lo.

— O que...

Toma mais um gole de água, longo dessa vez.

— O que você...

Recoloca o copo no braço do sofá, os olhos fixos nele. Depois, mantém os braços estendidos junto ao corpo.

— O que você quer fazer?

Ela ainda permanece calada por um tempo, mas não como se pensasse numa resposta, e sim como se a pergunta dele não fizesse o menor sentido, fosse absurda, irracional.

— Você quer...

E então, interrompendo-o, ela diz: — Eu te vi.

— Me... me viu?

— Lembra daquele dia?

— Que dia?

— Depois que você voltou de Brasília. Naquele dia de manhã, quando eu te contei que ia pro Rio.

— O que é que tem?

— Eu te vi. A gente conversou lá na cama, depois você saiu do quarto. Disse que ia passar um café.

— Sim, eu... eu me lembro.

— Você saiu do quarto e eu fui tomar banho. Eu te vi. Você entrou de novo no quarto. Você foi de mansinho até a porta do banheiro. Eu te vi. Você se ajoelhou e ficou me olhando. Quando comecei a me depilar, eu me virei e te vi. Seu vulto. O quarto estava escuro, mas dava pra te ver ali de joelhos. Dava pra ver o que você fazia. Eu me assustei um pouco. Você não percebeu?

— É... não. Não. Eu não percebi nada. Achei que você não estava me vendo, achei que...

— Eu continuei me depilando. Eu passei a mão na porta do box. Pra não ficar muito embaçada. Lembra? Pra você me ver, pra você continuar me olhando. Eu vi quando você gozou. Foi bom?

Ela demora um pouco a responder. — Foi... foi bom, mas...

— Mas o quê?

— ... doeu...

— Doeu?

— Doeu porque... você sabe.

— Porque eu ia embora?

— É. Por isso.

— Depois que você gozou e saiu, eu... aquilo me deu muito tesão. Eu me masturbei.

— Foi... foi bom?

— Foi, sim. Foi muito bom.

— Não...

— Não, não doeu. Não doeu nada. Nada doía.

— Eu até... eu quis...

— Seu pau endureceu de novo. Eu estou vendo o volume aí. Tira ele pra fora. Tira. Assim. Olhando pra mim. Vou ficar bem aqui. Se ajoelha? Isso. Eu quero ver. Igual da outra vez. Isso. Arria as calças um pouquinho. Olha pra mim. Bate punheta olhando pra mim. Bate, bate com força.

290

Quero te ver gozando. Igual da outra vez. Com força. Assim. Olha pra mim. Não segura, não. Goza, Jonas. Goza, goza pra mim. Goza.

Quando acontece, Manoela abre um sorriso e se agacha, as pernas bem abertas, apoiando as costas na parede.

— O que você...

— Não diz nada. Não se mexe. Fica aí. Fica olhando. Agora é a minha vez.

Jonas volta ao banheiro. Ainda está ofegando quando enxágua as mãos e o rosto. Ao gozar, ela soltou um grito curto, roufenho, e jogou a cabeça para trás, a barriga pronunciando-se, o corpo soerguendo-se um pouco, como se houvesse algo que o suspendesse e empurrasse desde o meio das costas, depois se encolheu e escorregou até o chão, sempre colada à parede. Deitou-se de lado no tapete, apoiando a cabeça no braço direito, os olhos fechados, as pernas agora bem juntas, a mão esquerda presa entre as coxas.

Uma visão e tanto, ele pensa agora.

Ficaram imóveis por um longo momento, ele ainda de joelhos, contemplando-a deitada no chão como se cochilasse, e então Manoela abriu os olhos e perguntou: — Não vai se limpar?

Ele foi.

Terá de trocar as calças, a cueca, ou tomar logo um banho, mas pode muito bem fazer isso depois.

Porque precisa voltar lá.

Quer tocá-la, quer ajudá-la a se levantar, quer trazê-la para o quarto, quer se deitar com ela na cama e abraçá-la e beijá-la e chupá-la, as pernas escancaradas mais uma vez, mas ao alcance dos dedos e da língua, quer ouvir outra vez aquele grito curto, roufenho, vê-la jogando a cabeça para trás, quer vê-la, fazê-la gozar.

Quer, precisa.

Mas, quando volta à sala, depara-se com Manoela terminando de se vestir. A janela e as cortinas estão fechadas.

— Eu não sei se vou ficar — ela diz, cabisbaixa, afivelando o cinto.

E é a vez de Jonas não compreender, considerar sem sentido, absurdo, irracional, o que acabou de ouvir. — Hein?

— Não sei se vou ficar — repete, desviando os olhos para a parede à esquerda, depois para o sofá.

Ele encolhe os ombros, abre os braços por um instante, as mãos abertas. — Eu...

— Não sei se *posso* ficar — ela diz.

Ele inspira e segura o ar nos pulmões.

Cogita perguntar *o quê?* ou *por quê?*, perguntar qualquer coisa, você veio lá do Rio pra tirar a roupa e me ver batendo punheta e depois tocar uma na minha frente? Você me escreveu aquele e-mail e me ligou e veio lá do Rio só pra fazer isso? Era esse o plano?

Ele expira.

Cogita perguntar essas e outras coisas, mas algo lhe diz que não terá as respostas, que ela não tem as respostas, que ela não tem resposta alguma, sobre porra nenhuma, que ela não saberia o que ou como dizer, e, mesmo que respondesse algo, seria a vez dele incompreender, e assim ficariam, presos em uma sucessão enlouquecedora e desarrazoada de colocações surdas, de parte a parte.

— Não sei se *posso* ficar — ela repete.

— Sim — ele diz, colocando as mãos nos bolsos da calça, vencido. Olha para baixo. Um tanto de esperma na altura das coxas. Mais um pouco no tapete. Secando. Foi bom? — Eu sei.

Ela o encara pela primeira vez desde que ele voltou do banheiro, abrindo e sustentando um sorriso pequeno, e então alcança o copo, toma um último gole d'água, um gole prolongado, depois o recoloca com cuidado sobre o braço do sofá, o copo agora vazio.

Finalmente vazio.

Manoela se aproxima e, ao se aproximar, enquanto se aproxima, cruza os braços. Chega a abrir a boca para falar, mas não diz nada, não consegue dizer, e, de súbito, descruza os braços, contorna Jonas, vai até o quarto, pega a mala, retorna, atravessa a sala, o corredor, destranca a porta e, sem olhar para trás, sem olhar para ele, sai, vai embora, fechando a porta com suavidade, deixando-o ali sozinho com as calças sujas de esperma e o copo recém-esvaziado, descansando no braço do sofá.

8.
BEIT LEHEM, PARÁ

"— Existe a vida de todos. Existem todos, eles, os outros."

— Heleno Godoy,
em *As lesmas*.

Estavam se beijando, ela encurralada no banco do passageiro e o corpo dele investindo sobre, sofregamente. O freio de mão puxado entre os dois dificultava um pouco a tentativa masculina e adolescentemente desajeitada de iniciar para valer os trabalhos, mas o problema maior era outro: ele a buscava na mesma medida em que ela, não se mexendo, a boca assim entreaberta com a língua meio inerte lá dentro, impunha toda a distância do mundo.

Não havia correspondência ou harmonia.

Não passariam daquilo.

Mas ele a beijava e beijava, acariciando o rosto, a orelha direita, o pescoço, torcendo para encontrar um ponto qualquer de ignição, algo que a acendesse, que a fizesse acariciá-lo também, retribuir o beijo com a mesma vontade, algo que a fizesse tão presente quanto ele. Em vez disso, no momento em que a mão esquerda aterrissou, trêmula, no limite entre o colo e os seios, ela o afastou com a brusquidão habitual e, indicador em riste a meio centímetro da ponta do nariz, tratou de informá-lo que iria embora para nunca mais se ele tentasse passar a mão nos peitos dela mais uma vezinha que fosse, está me entendendo?

— E agora se afasta, sai pra lá com essa coisa nojenta cheia de dedos, olha essas unhas mal cortadas, não é pra encostar mais em mim desse jeito imundo, não, estou avisando.

— Ei, calm...

— Estou *farta* disso, Márcio.

Na verdade, o que ele tentava fazer era algo mais do que meramente *passar a mão* nos peitos dela (e, mesmo que fosse apenas isso, as unhas estavam muito bem cortadas e limpas): ele queria envolver e acariciar e sentir um seio dela por sobre a roupa e, depois, se ela deixasse, se ela não se importasse, em outra oportunidade, no domingo seguinte ou mesmo no outro (ele não teria pressa se percebesse alguma evolução, se visse que progrediam, que se encaminhavam para algum lugar, se notasse o desabrochar de uma correspondência, de uma consonância, a alvorada de um encontro assim harmonioso), descobri-lo com cuidado e olhar bem e esfomeadamente para ele e envolvê-lo e acariciá-lo, sentir a pele macia como se deve, com a ponta dos dedos, na palma da mão, quente, pulsante; por fim, passado mais algum tempo (quatro, ou quem sabe cinco semanas?), após outras ocasiões em que voltasse a descobri--lo e a olhar bem e esfomeadamente para ele e envolvê-lo e acariciá-lo e senti-lo, só então é que o tocaria com a ponta da língua, bem de leve, de novo e de novo, lambendo em círculos ao redor do mamilo, antes de colocar na boca e sugar assim bem devagar, com todo o cuidado, e então, e aos poucos, com mais e mais intensidade, conforme ela respondesse (correspondência, consonância, harmonia), conforme ela deixasse e se deixasse, permitisse e se permitisse.

— A gente sabe o que está e o que não está fazendo aqui, certo? — ela vociferou. Era o que sempre fazia depois de empurrá-lo. — Ou será que não? Você tem pelo menos *noção* do que a gente está e do que a gente *não* está fazendo aqui, Márcio? Tem?

Mas ele não conseguia afastar a ideia.

A maldita ideia.

E, de tão detalhada que se tornava em sua cabeça, dia após dia, era mais uma ideia do que um desejo, mais do que apenas uma vontade animal, ainda que ela dissesse e repetisse todas as vezes, semana após semana, um domingo depois do outro:

— A gente não é animal, Márcio. Entende isso?

Era assim, vez após vez, sempre a mesma coisa, os mesmos passos, a mesma dança. Antes ele pudesse dar o primeiro passo sem que ela o afastasse e ameaçasse, aquele bendito dedo em riste, dedo que triste e ironicamente remetia ao pau duro dentro das calças. Olhar. E depois *envolver*, com todo o cuidado. Dedos, língua, boca. *Cuidar* dele assim. Com todo o carinho. Só isso.

— A gente tem que se controlar, poxa.

E era óbvio que ele sabia muito bem o que eles estavam fazendo ali: nada. Ou muito, muito pouco. Mas, se não estavam fazendo nada demais, aquelas outras coisas tampouco seriam excessivas. Desaparecê-lo na palma da mão e, por um momento, acreditar e sentir que compartilhavam de uma mesmíssima pele. Ou algo do tipo. O que poderia haver de ruim nisso? De *mal*? De *sujo*? Continuariam bem. Terminariam bem. Harmoniosamente bem. Mas, para ela, estavam ou deveriam estar na

Paz do Senhor, e não no carro dele tendo de lidar com esse *descontrole* (você tem problemas, Márcio, você tem que se tratar) que, por sua vez, levava àquele tipo de conversa desagradável, e toda vez é isso agora?

— Será que eu vou ter de pegar carona com outra pessoa?

Não, ele balançava a cabeça, derrotado, rendido, quase conformado. — Não precisas pegar carona com outra pessoa, não. De jeito nenhum, Carol.

— Você não me *respeita*?

— Respeito, sim.

— Porque não parece.

— É claro que eu te respeito.

— Porque eu estou ficando bem cansada desse... desse seu... dessa sua... *insistência*.

Às vezes, ele também ouvia *safadeza*. Porque eu estou ficando bem cansada dessa sua *safadeza*. Por mais que estivessem inteiramente vestidos. Por mais que o carro estivesse estacionado junto ao meio-fio diante da casa dela porque a mãe dizia confiar cegamente neles dois; podiam ficar a noite inteira ali, se quisessem. Por mais que a rua fosse muito bem iluminada e, em tese, apenas estivessem ali curtindo o pós-culto na Paz do Senhor, isto é, ouvindo música abençoada a uma altura razoável e falando sobre coisas elevadas, como: — A gente ainda vai se casar no final do ano que vem, não vai?

— Vai, sim.

— Então. Você precisa segurar a sua onda.

Depois de afastá-lo e ralhar com ele, Carolina Patrícia adotava um tom de voz mais tranquilo, mesmo compassivo, quase maternal, e procurava contemporizar, mostrar que estavam no mesmo barco.

— Também é difícil pra mim, sabia? Você tem que me ajudar aqui, porque sozinha eu não consigo, Márcio, sozinha eu não dou conta.

Era um jogo.

Desde sempre e não mais do que isso.

Um jogo entre eles e entre todos os casais de amigos com os quais conviviam e com os quais viajavam para os retiros e encontros de jovens e carnavais evangélicos e grupos de aconselhamento e coisas do tipo.

Um jogo.

Uma sequência de ações e inações, avanços e recuos, permissões e proibições que acabavam por constituir uma espécie de liturgia. Sim, era bem isso. Uma vez que a região pubiana dele ficava como sempre prestes a explodir e a tesão dela aumentava na medida em que o repudiava e censurava e ameaçava, eles se viam atirados em uma espécie muito particular de liturgia, algo viciosamente circular que, salvo acidentes, iria se prolongar até o casamento, quem sabe por mais algum tempo, talvez pelo resto de sua vida a dois, quando a coisa passaria ao estágio seguinte, permissões e proibições se alternando conforme o dia, conforme o humor dela, conforme o que ele fizesse ou deixasse de fazer, hoje, não, talvez amanhã, estou cansada, você precisa se controlar, será que eu vou ter de ir pra casa da minha mãe?, guarda essa *coisa* e vem dormir.

— Eu quero. Eu também quero. Você sabe que eu também quero. Mas a gente precisa esperar, amorzinho.

Quando a respiração dele ensaiava se normalizar, ela engatava uma conversinha suja a respeito de alguém próximo, e aqui entravam noutra dimensão ou fase do mesmíssimo jogo: Carolina adorava falar palavrões quando sozinhos, coisa que também o excitava (por mais que, dadas as circunstâncias, dado o contexto assim febril e periclitante, *qualquer coisa* fosse capaz de excitá-lo), e muito, de tal modo que a respiração seguia ofegante e o pau, duro. Percebendo uma e outra coisas, ela se esmerava nas descrições e no palavreado.

— Chupando o pau dele.

— Hã? Quem?

— Cristina, ué. Quem mais? Ela está chupando a pica dele. Neste exato momento. Pode apostar. Lambendo o saco enrugado dele. Colocando tudinho na boca. Aquele saco *velho*. Passando a língua com gosto, pra cima e pra baixo. Sugando a cabeça do pau, fazendo os olhinhos dele girarem. Aposto que até *porra* ela já *engoliu*. A porra daquele namorado *estrangeiro* dela.

— Ele não é estrangeiro, Carol.

— Ele não é da cidade. Ele nem é da porcaria do estado.

— Mas a tua família não veio do Tocan...

— E daí? Isso não interessa, caralho! Que se foda de onde ele veio, de onde a gente veio! O que interessa é que ela está chupando e *sentando* no caralho dele. Chupando e sentando com vontade. Todos os dias. Sem parar. Feito louca. Feito uma depravada, uma...

Falou isso olhando para a frente, desfolegada, a rua a perder de vista, os postes com as luzes acesas a uma distância regular e sonolenta um do outro até onde os olhos alcançavam, e ela não enxergava o fim, a rua comprida, interminável, distanciando-se na noite como se estivesse viva e se movesse e se expandisse ou mesmo fugisse deles.

— Chupando o pau dele — Carolina repetiu.

Ele, então, pensou (como sempre pensava a certa altura desse tipo de conversa) que aqueles termos, muito utilizados por ela quando sozinhos, e somente quando sozinhos, eram no mínimo inconvenientes; por mais que o excitasse, achava contraditório que ela se expressasse daquela forma e agisse de outra, como se tais coisas coubessem em sua boca de uma maneira, mas não de outra.

— Peraí. E tu viste isso?

— Não, Márcio. É *óbvio* que eu não *vi*.

— Como é que sabes, então?

— Sabendo. Ela é a minha irmã, porra!

— Ela te contou?

— Mais ou menos. E que diferença faz como eu fiquei sabendo? Importa que eu *sei*. Pode acreditar em mim, querido.

— Mas...

— E quer saber qual é a nova? Eles estão pensando em morar juntos. Você acredita numa merda dessas? Seis meses de namoro e já querem juntar os trapinhos. Vai *matar* a minha mãe.

— Porque ele não é da igreja. Por isso?

Ela o encarou, estupefata. — Oi? Porque ele é *oitocentos* anos mais velho do que a Cristina. E, ok, também tem isso, claro que tem, o desgraçado não é da igreja, é um...

— Ela vai morar com ele?

— Não, Márcio. Ele vai se mudar aqui pra casa. Minha mãe tá superanimada, você precisa ver. Aliás, se quiser, pode vir também. Eu e você, a Cristina e o Miguel, todo mundo dormindo juntinho, imagina só. No mesmo quarto. Na mesma *cama*, que tal?

— Não tem necessidade de falar desse jeito.

— É que você às vezes...

— Ok, ele não é da igreja. Ele não é daqui. Ele é bem mais velho do que ela, e sua mãe está pirando com a história toda. Certo?

— Certo — ela concordou, bufando.

— Mas, apesar de tudo, a tua irmã não está feliz com o sujeito? Eles não se...

A expressão que o rosto dela assumiu fez com que Márcio temesse pelo pior. Carolina parecia prestes a vomitar no painel. — Cristina tem só vinte e cinco anos.

— *Só?*

— Ele tem mais que o dobro da idade dela, e ela não sabe, ela não faz ideia do que é melhor...

— Minha mãe se casou aos dezessete, minha tia aos dezenove, e, até onde eu sei, elas...

— Mas não tem a menor comparação! — ela interrompeu, socando o próprio joelho. — Seu pai não tinha mais de cinquenta anos no lombo. Seu pai não apareceu aqui do nada.

— Mas o namorado da Cristina também não apareceu aqui do nada, ele é profes...

— Seu pai era da igreja.

— Na verdade, não.

— O quê?

— E ele não é daqui. Veio do Maranhão, de Grajaú, ou seja, também é um... como é que é? Um *estrangeiro*. E não frequentava a igreja, não. Começou a frequentar por causa da minha mãe, na época do namoro, no começo do namoro, pra tranquilizar os meus avós, que não iam muito com a cara dele, pra variar. Mas, depois de um tempo, nem demorou muito, ele parou de ir e nunca mais voltou.

— Que mentira! Eu sempre vejo seu pai na igreja. Sempre! Hoje mesmo eu vi.

Ele não conseguiu conter uma gargalhada. — Aquele é o meu tio. Não é possível que depois de todo esse tempo ainda confundas os dois. Se quiser, te mostro onde meu velho está neste exato momento.

— Onde?

— Lá no Dedão, enchendo a cara e choramingando por causa do Remo.

— Mesmo assim, eu...

— Olha, queres saber o que eu acho? A tua irmã é maior de idade, trabalha e paga as próprias contas, e o que quer que ela faça não é da conta de ninguém, nem mesmo da tua conta ou, com todo o respeito, da conta da tua mãe.

— Ah, é o que *tu achas*?

— Sim, é o que eu acho.

— Do alto dos seus dezenove aninhos?

— Achas pouco os meus dezenove aninhos?

— Eu e qualquer pessoa com um pingo de juízo na cabeça.

— Então o que é que estás fazendo aqui comigo? Por que não arranjas alguém mais *velho*? Tua irmã arranjou, não arranjou? Aposto que também consegues.

Não houve resposta para isso. Márcio manteve o sorriso no rosto pelo máximo de tempo que conseguiu, fazendo com que Carolina, previsivelmente, desviasse o olhar para fora. Esperou que ela socasse os joelhos outra vez, ou mesmo o painel, saísse do carro, batesse a porta, como aliás já fizera em outras ocasiões, mas nada disso aconteceu. Olhou para o peito dela. Arfava. Voltou a pensar neles. Em descobri-los, envolvê-los, acariciá-los etc. Como se adivinhasse o que ia pela cabeça do namorado, Carolina cruzou os braços. Ele suspirou, jogando a cabeça para trás e olhando para cima, o teto do carro. Fechou os olhos. Passaram-se alguns minutos. Quando já cogitava se despedir e dar o fora dali, talvez ir ao Dedão, sentar-se à mesa do pai, pedir um refrigerante e um salgado e também choramingar sobre o Remo, ouviu:

— A questão é o que ela está fazendo com um cara tão mais velho, que veio sei lá de onde e nem é da igreja. O que ela tem na cabeça? Sempre foi uma imbecil com essas coisas. Não tem mais *postura*, mais nada. Totalmente perdida. Virou uma boqueteira, isso é o que ela virou.

Ele abriu os olhos, encolhendo os ombros e suspirando outra vez, depois endireitou a cabeça e olhou adiante, a rua desaparecendo em si mesma e no escuro fora dela.

Uma *boqueteira*, repetiu mentalmente. Isso é o que ela *virou*.

Sorriu.

De novo como se adivinhasse, Carolina olhou para ele e disse, ainda mais séria do que antes, o velho dedo em riste: — Eu. Não. Vou. Chupar. O. Seu. Pau.

— Eu sei, Carolina Patrícia.

— Não vou.

— Eu sei.

— Falando sério aqui. Não vou mesmo.

— Já disseste isso.

— Mas eu não vou *mesmo*. Nunca!

— Entendido.

— Você já leu alguma passagem da Bíblia com Deus mandando a esposa chupar o pau do marido?

Ele fingiu pensar um pouco. — Não. Acho que não.

— Porque não tem nada disso na Bíblia.

— É. Creio que não. Eu me lembraria.

— *Não. Tem.*

— É. Eu ia me lembrar se tivesse lido algo do tipo por lá. Com toda a certeza, eu ia me lembrar.

Ela voltou a olhar para o outro lado, cruzando os braços. Respirou fundo. Quatro anos mais velha do que ele. Vinte e três a dezenove. Era como se estivesse sozinha no carro. Ele não estava ali com ela, estava? Ele era a porcaria de uma sombra, feito as sombras desmaiadas dos postes descendo a rua, imperturbáveis, mortas. Falou como que para as sombras lá fora: — Pois é. E agora eles vão morar juntos.

— Então. Queria te perguntar. Eles vão se casar?

— Não. Eles não vão se casar. Eles vão morar juntos e tudo, mas *não* vão se casar.

E tudo, ele pensou. Morar juntos *e tudo*. — Jesus.

— Minha mãe *morrendo* com essa merda toda.

— Ela nem foi à igreja hoje, foi?

— Aqueles dois vão acabar matando todo mundo.

— Nossa. É mesmo...

— *Matando.*

— ... tua mãe não estava na igreja hoje.

— Ela está *de cama*. Nada bem, mas nada bem *mesmo*. Chora o dia todo e depois grita com quem estiver perto. Totalmente perturbada. Totalmente. Totalmente. *Horrível* de se ver.

— Perturbada — ele repetiu.

Mais um bom tempo calados. Olhando fixo na mesma direção. Adiante. Ele não pensou mais na irmã dela com o sujeito. Não foi difícil. Distantes, fantasmagóricos, apesar do que ouvira pouco antes. Figuras em um filmezinho sujo, do tipo a que assistiam na casa de um amigo cujos pais estavam sempre fora, as fitas VHS pirateadas, a molecada espalhada pela sala, todos escondidos atrás das poltronas e sofás. A irmã dela e o sujeito. Que tenho eu com isso? Não passavam de imagens, figurinhas sujas saindo da boca de Carol. Povoando a boca e a cabeça dela. Não, para que se ocupar disso? Por quê? Havia coisas mais urgentes, mais próximas. Como eles próprios, os dois ali naquele carro. Isso. Pensar em si e nela. Peças soltas. Toda a liturgia. Aquele *jogo*. Quanto tempo mais? Por quanto tempo mais aguentaria essa porcaria? Alguma coisa muito errada. Alguma coisa solta. Tem conserto, isso? Um meio de parafusar, deixar firme, *funcionando*? Olhou para ela. Esperava ver alguma coisa.

Não.

Não via nada.

Bonita, claro. Quase tanto quanto a irmã mais velha. Os cabelos muito pretos e escorridos, o rosto de maçãs altas, a boca bem desenhada, o nariz redondinho.

Mas o que havia além disso?

Nada.

Uma escalada de frustrações seguida por uma ladainha maledicente. E o pior é que eram iguais aos outros. Iguaizinhos. Eles dois e todos os casais que conheciam da igreja, com os quais conviviam. Havia quem fizesse uma coisinha ou outra e havia quem sequer conversasse a respeito. Ela conversava a respeito, mas não fazia absolutamente nada. Não havia nada que quisesse fazer. Na Paz do Senhor ou fora dela. Então, foi ele quem se sentiu sozinho ali dentro. Fechou os olhos mais uma vez. Não ouvia sequer a respiração da namorada. Estaria viva?

Sozinho ali. Da pior maneira possível.

Colocou a mão direita sobre o púbis. O pau ainda duro. Antes Deus tivesse ordenado a Eva que. Sim, por que não? E Deus disse: "Não é bom que o homem esteja só. Vou fazer uma auxiliar que te chupe gostoso, inclusive antes do casamento". *Gênesis*, 2,18. Mas não é o que diz lá. Não é o que está escrito. Não é o que o pastor troveja desde o púlpito. Não é o que está nos planos do Senhor.

Sozinho.

Começou a falar: — Eu...

— Matando todo mundo — ela interrompeu, como se (pela terceira vez) adivinhasse. A voz saiu fraca dessa vez. — Todo mundo.

— Eu estava pensando — ele voltou a tentar.

— Que bom que meu pai não está mais aqui. Ele não merecia passar por isso.

— Carol, eu...

— Ninguém merece. Nem eu, nem minha mãe. Mas que bom que meu pai não está mais aqui. Que bom. De verdade. Sério. Que bom.

— Eu estava pensando — ele insistiu, levantando um pouco a voz.

— A filha favorita dele juntando os trapos com a porcaria de um *velho*. Belém inteira comentando. Chupando o pau dele. Aquele pau meia bomba. Alguém tinha que capar o desgraçado. *Castrar*. Sério mesmo. Cortar o pau dele fora usando uma faca cega, cortar bem devagar, o infeliz berrando feito o porco que é.

— Eu est...

— Além de velho, é *ateu*. Ela me contou como se isso não fosse nada demais. Acredita nisso? Ele não é católico, nem espírita, nem porcaria nenhuma. Nada. A porcaria de um *ateu*.

— Estava...

— Meu pai ia morrer só de *pensar* numa coisa dessas.

— ... pensando, sabe?

Ela se virou para ele, nervosa. Parecia prestes a esbofeteá-lo, os olhos quase saltando das órbitas, vermelhos e assustados. Nunca o vira tão sério. O volume ainda perceptível dentro das calças, mas o rosto seriíssimo, o que era no mínimo curioso.

— Pensando no quê? — disse, afinal, as lágrimas escorrendo pelo rosto.

Segurava no volante ao falar, e a voz saiu clara, decidida: — Acho que isso aqui já deu, Carol. Acho melhor a gente terminar.

Miguel colocou a escova de dentes sobre a pia, abriu o tubo da pasta dental, colocou um pouco nas cerdas, fechou o tubo e o devolveu ao armário, que fechou antes de pegar a escova com a mão esquerda e iniciar a escovação. Vestia camiseta branca e calças jeans. A braguilha estava aberta: ele mijara antes de se colocar diante da pia para escovar os dentes e se esquecera de fechá-la. Estava descalço. No momento oportuno, abriu a torneira com a mão direita, afastou a escova da boca, curvou-se e cuspiu dentro da pia. Ficou olhando a água turva, esbranquiçada, girar e escorrer pelo pequeno ralo. Em seguida, fechou a torneira, levou a escova à boca e retomou a escovação. À sua esquerda, a luz amarelada dos postes da rua espalhava-se pelo vidro feito um ovo podre atirado contra a janelinha. Comprara a casa havia oito meses. Uma decisão importante. Para ele, significava que não iria embora, que não voltaria para São Paulo. Significava que não estava apenas de passagem, que não retornaria à terra natal dali a uns anos, quando se aposentasse. Sempre olhava na direção da janela enquanto escovava os dentes. A pequena janela na parede oposta, dentro do box do chuveiro. Entreaberta. A luz não incidia diretamente, uma vez que o banheiro ficava em uma das laterais da residência, mas chegava até o beco como o eco de um grito distante, um eco mastigado pela distância. Abriu a torneira e cuspiu pela última vez. Enxaguou a escova de dentes e fechou a torneira. Abriu a porta do armário. Encaixou a escova no suporte. Fechou o armário. Enxugou as mãos usando a toalha de rosto pendurada acima do interruptor, na parede ao lado da porta, depois ficou ali parado por alguns segundos. O som da televisão vinha desde o quarto, atravessando o corredor. Um carro subiu a rua. O cachorro do vizinho. Desligou a luz, mas não saiu. Um momento no escuro. O amarelo da luz que vinha de fora esborrachado no vidro da janela, amarelecendo um pouco a parede, alguns azulejos, suas mãos e seus dedos. Esperou que os olhos se acostumassem. Quando isso aconteceu, ainda esperou um pouco antes de abrir a porta e sair.

No quarto, sentada no meio da cama feito um Buda, Sayonara Cristina assistia à televisão. Acariciava a aliança no anular da mão esquerda com o indicador da outra mão. Acariciando como se acaricia a testa de um recém-nascido, delicada e carinhosamente. Ele se acomodou ao lado dela.

— O que é que você está assistindo mesmo?

— Um filme. — Metida em uma camisa do Paysandu. Abraçando uma almofada. Os cabelos pretos amarrados em um rabo de cavalo. Os olhos bem abertos. — Um filme meio tenso.

— Meio tenso — ele disse, a velha mania de repetir as últimas palavras da pessoa com quem conversava, e se deitou logo atrás de Cristina, meio de lado, apoiado no braço esquerdo.

— Mas desse jeito eu fico bem na sua frente, não vai conseguir ver o filme.

— Ah, relaxa, não quero ver. Perdi quase tudo já.

Ficou olhando para as costas dela. Com a mão direita, começou a massageá-la muito levemente na altura dos ombros. Ela se encolheu um pouco, mas não se virou, nem disse nada. Continuava concentrada na TV. Ele massageou e acariciou as costas e a nuca. Passado um tempo, levantou-se, tirou o jeans e a camiseta, os quais dobrou e colocou sobre o criado-mudo, e se estirou ao longo no colchão. Não se cobriu com o lençol. No filme, um bebê chorava dentro de um berço e uma mulher vinha e o pegava e ele parava de chorar. Por alguma razão, bastava olhar a cena para perceber que não era a mãe da criança. Uma estranha. A criança estava em apuros? A trilha sonora sugeria que sim. A mulher olhava pela janela. Lá fora, à beira da piscina, a mãe (era a mãe, certo?) acenava efusivamente (certo). O alvo era ela, informavam a expressão no rosto da mulher que segurava o bebê e a trilha sonora. Alguns filmes são à prova de idiotas, pensou Miguel. A sessão foi interrompida pelos intervalos comerciais.

— Falou com a sua mãe? — ele perguntou. Cristina continuou em silêncio, fingindo estar concentrada no anúncio estridente de uma loja de eletrodomésticos. — Falou, não falou?

— O quê?

— Você só fica assim depois de falar com a dona Cida.

Não respondeu de imediato, decidindo se conversaria a respeito ou não. Mas: casados. A essa altura, pensou, que diferença faz? — Ela ligou assim que eu voltei do trabalho. Você ainda não tinha chegado.

— E?

Suspirou. — Foi desagradável, né?

— Você contou pra ela que a gente...?

— Ainda não.

— Então. Talvez se contasse...

— É que eu não quero contar assim por telefone.

— Claro, claro. Você tem toda a razão. É a melhor coisa a fazer. Contar pessoalmente. Sobre o que é esse filme aí mesmo?

— É sobre uma mulher louca atacando uma família. Você não usa mais cueca?

— Não. E por que ela faz isso?

— Porque é louca.

— E o que mais?

— Acho que busca vingança.

— Então alguém da família aprontou com ela.

— É possível. Perdi o comecinho.

— Talvez só expliquem no final.

— Pode ser.

— Talvez não expliquem nada e deixem a coisa no ar.

— Sem chance. Não é desses filmes.

— Que pena.

Ela sorriu. Miguel desviou os olhos da televisão e encarou o teto. Pensou na família dela e em sua própria família. Quem faria um filme sobre ambas? Eu estou tão cansado. Feliz por estar com ela, mas cansado de toda a bendita confusão. Jamais lhe diria isso (exceto a primeira parte, óbvio). Se dissesse, Cristina talvez perguntasse, cansado do quê? E ele não se atreveria a dizer. Nunca disse uma palavra sequer contra a sogra. Nada, nem um resmungo. Nem mesmo quando a mulher o abordou em um supermercado, aos berros, poucos meses antes. Chamando-o de velho safado. *Estuprador*. Fica longe da minha filha, seu cachorro sarnento. Porco desgraçado. Ele não disse nada. Virou-se e foi embora, deixando o carrinho lotado de compras para trás. A decisão de se casar foi a consequência imediata do escândalo. Falou com Cristina naquele mesmo dia, explicou o que tinha acontecido prescindindo de qualquer adjetivação ao falar.

— A gente já vive junto, que tal oficializar a coisa? Sua mãe não teria como dizer mais nada.

Ela concordou. Apesar das circunstâncias, aquele foi um momento feliz. Viu, dona Cida? Olha só o que a senhora conseguiu. Meus parabéns. Nunca disse palavra, nunca a xingou, nunca respondeu às ofensas, mas daria qualquer coisa para ver a cara da velha quando Cristina contasse. É melhor desistir, mãe, é melhor parar de fazer essas coisas, de incomodar a gente, de agredir o Miguel, porque eu e ele nos casamos no mês passado. Queremos fazer uma festa, chamar a família, os amigos, até o pastor deve ir, mas, se não aprender a se comportar, *nós* não vamos convidar a senhora. Abriu um sorriso. No momento seguinte, sentiu a mão direita dela em sua coxa esquerda, na virilha. No pau. Cristina continuava olhando para a televisão. O filme chegava ao clímax, coisa que os gritos, a correria e a trilha também deixavam bem claro. Ela lambeu a palma da mão e a esfregou na glande, depois passou a acariciar as bolas, o períneo, e então a masturbá-lo bem devagar. Ficou nisso por um tempo. Quando os créditos subiram, curvou-se e colocou o pau na boca. Os dois olhos fechadinhos. Chupando, lambendo, sugando. Então ele a puxou para si e eles se beijaram na boca enquanto ela se livrava da calcinha. Montou. Tirou a camisa. Levou um seio até a boca dele, depois o outro, enquanto encaixava. Cavalgou. Beijaram-se de novo e rolaram na cama, ele restando por cima. Ela abriu bem as pernas.

— Come a sua mulher, come.

Ele obedeceu. Ela fechou os olhos e o abraçou com força. Gemeu alto duas ou três vezes. Esperou e esperou, mas ele não vinha e ela própria tampouco. Muito na cabeça.

— Goza, vai. Aqui em cima.

Ele se concentrou e acelerou e tirou quando sentiu que estava próximo. A porra na barriga. Ela riu, limpando-se com o lençol, e em seguida fez com que ele se deitasse no meio da cama. Esperou alguns segundos, que retomasse o fôlego, e então engatinhou e se sentou na cara dele, encaixada em sua boca, arreganhando os lábios com os dedos da mão direita. Começou a rebolar bem devagar, sorriso aberto.

— Chupa, seu puto.

O pão de forma estava sobre o balcão que separava a cozinha da sala. Esta, espaçosa, era dividida em dois ambientes, a mesa de jantar ocupando uma metade e o jogo de sofás e a estante, a outra. Apesar do tempo em que viviam ali, ainda não tinham comprado um tapete e uma mesa de centro. Também queriam outro aparelho de TV, um novo armário para a cozinha e mais uma estante para o escritório que montavam em um dos quartos, os livros disputando espaço nas prateleiras, empilhados sobre a escrivaninha, pelo chão, uma desordem dos diabos. Sempre combinavam ir às compras, mas, uma vez no shopping, optavam por assistir a um filme e jantar, outro dia a gente compra aquelas coisas, não tem nada mais chato que escolher móveis. Seus temperamentos e manias eram muito parecidos, o que decisivamente ajudou a dirimir a diferença de idade. Odiavam discutir e, se um não quisesse fazer algo, o outro deixava para lá. Embora preferisse os thrillers repletos de perseguições e explosões aos filmes a que ele em geral assistia, Cristina sempre reagia de forma bem-humorada quando, por exemplo:

— Lá vem você com outro drama de época chinês palestino do Leste Europeu falado em mandarim.

— Tenho bom gosto. O que eu posso fazer?

— Bom gosto? Cadê o meu Matt Damon atirando e dirigindo feito louco em Paris, homem?

— Quem gosta dessas porcarias é o Moshe.

— Não é porcaria.

— Relaxa que daqui a pouco o Matt Damon aparece, pode confiar — ele respondia às gargalhadas enquanto, na tela, surgia o nome Apichatpong Weerasethakul.

Cristina pegou pratos, copos e talheres e os levou à mesa enquanto Miguel abria a geladeira, dava uma boa olhada lá dentro e alcançava os frios e a maionese. Era a fome brutal que sentiam todas as vezes depois de trepar, ela de repente saltando da cama e ele, desajeitado, correndo atrás, os dois nus e ridentes pela casa. Feito crianças, ele pensou ao dispor a comida sobre a mesa, não sem antes quase derrubar a embalagem com as fatias de mortadela. Mantiveram apenas a lâmpada do corredor acesa. A meia-luz era agradável.

— Quer leite ou suco? — ele perguntou depois de voltar à cozinha, outra vez parado defronte à geladeira aberta.

— Suco.

— Qual? De caixinha?

— Não, esse que está na jarra. Fiz hoje à tardinha e só tomei um pouco. É de graviola.

— De quê?

— Graviola. Traz logo. E tenta não derrubar mais nada, como você é trapalhão.

Prepararam dois sanduíches com bastante queijo e mortadela e comeram em silêncio. Depois, os copos reabastecidos, Cristina sorriu, a boca suja de maionese, e disse: — Velho safado. Dona Cida tá é muito certa. Você não passa de um velho safado.

— Quem? Eu?

— Tem mais alguém aqui?

— Devo ser mesmo.

— Deve ser? Você é.

— E olha que você nem sabe de metade das coisas que eu já fiz.

— Ah, não?

— Metade? Você não sabe de vinte por cento delas. Quinze. Dez!

— Cinco?

— Você, minha cara, não sabe de porra nenhuma.

Ela riu, segurando desajeitadamente o copo junto à boca. Derrubou um pouco de suco, que respingou no colo, descendo por entre os seios. — Olha só que porca.

Miguel estendeu o rolo de papel-toalha. — Depois eu é que sou desastrado. Aqui, ó.

— Obrigada. — Ela destacou uma folha e começou a se limpar. — Mas por que não me conta alguma coisa, então? Uma coisa sua.

— Suja?

— Isso! Sua e suja. Quero ver o que sai aí desse autoproclamado campeão da safadeza humana.

Ele sorriu, malicioso. Tomou um gole. — Ah, não sei.

— Anda logo, homem, deixa de frescura. Quero ouvir. Depois decido como vou te castigar.

— Me castigar?

— Se menininho travesso tem que ser castigado, imagina o que eu vou fazer com um velho degenerado feito você.

— Ok, você me convenceu.

Ela riu, depois embolou a folha de papel, colocou no meio do prato recém-utilizado e se recostou na cadeira, um sorriso expectante se desenhando no rosto. Ele respirou fundo e, apoiando-se com os cotovelos na mesa, começou a contar. Perdizes, anos antes. Em plena *queda*.

310

— Você sabe, depois que a Nili me largou, o divórcio e tudo o mais, eu só queria saber de me acabar. Abandonei o trabalho, enchia a cara todo dia, estava na pior. No chão. Pois bem.

Num domingo qualquer, foi a um boteco na Pedroso de Morais e passou a tarde e boa parte da noite bebendo com um bando de conhecidos por conta do aniversário de um deles. Eram quase duas da manhã quando o dono os expulsou, precisava fechar, já é segunda-feira, seus imprestáveis. Nenhum táxi à vista (ou talvez estivesse bêbado demais para ver), os ônibus já não circulavam, os companheiros desaparecendo noite adentro sem que ninguém oferecesse carona ou, para ser justo, Miguel se lembrasse de pedir. Quando deu por si, subia sozinho e capengando a Teodoro Sampaio. Xingou muito a princípio, vencendo com dificuldade os primeiros quarteirões do que parecia uma viagem interminável, mas aos poucos se animou, ah, que se foda, vou andando mesmo, uma hora, uma hora e pouco, logo estou em casa, vai me fazer bem, curar o porre, daí tomo um banho, depois abro um vinho e me tranco no quarto, ligo a TV, e era isso que ia pela sua cabeça ao finalmente dobrar à esquerda na Henrique Schaumann, o vinho que deixara na geladeira, a essa altura trotando célere, com passos decididos, e ignorando os táxis que cruzavam seu caminho, tomara que Moshe não tenha bebido, não, ele prefere os tintos e aquele lá é um Torrontés muito digno e bem-apessoado, quem foi que me deu mesmo?, vou meter dentro de um balde com gelo, levar comigo pro quarto e me jogar na cama, ah, se vou.

— O que pode ser melhor do que isso?

Não demorou muito e despontou na Paulo VI sem maiores dificuldades, a Sumaré logo adiante, assim que passasse sob os viadutos da Oscar Freire e da Dr. Arnaldo, mais e mais próximo de casa, viu?, bem rapidinho, banho e vinho e cama e TV, um fim de noite dos mais tranquilos. Seguia feliz até o momento em que, ao se aproximar da praça Caetano Fraccaroli, percebeu dois vultos logo atrás do ponto de ônibus. Sentiu o coração acelerar.

— Me deu um puta medo e eu diminuí o passo, pensando no que fazer. Correr pra onde? Era bem tarde, tudo deserto ao redor, e os caras não iam ter o menor problema pra me alcançar se eu tentasse fugir.

— Essa é a sua ideia de história safada?

— Calma. Eu chego lá.

— Eu sei que chega.

— Bom, como não tinha escolha, eu segui em frente. A cabeça a toda, pronto, ali estão dois marmanjos que vão me roubar e encher de porrada. E, pra piorar, lembrei que estava sem celular e só com uns quarenta reais na carteira. Maravilha. Os caras iam ficar putos e me dar um tiro na fuça pela desfaçatez.

— Azar dos infernos.

Mas, logo em seguida, ao se aproximar mais um pouco, Miguel ouviu uns risinhos pouco condizentes com assaltantes perigosos e sanguinários espreitando uma vítima em potencial no escuro, alta noite. A cada passo que dava, os vultos se agitavam e riam mais alto.

— Opa.

Não, não eram bandidos. De jeito nenhum. Um pouco menos nervoso, depois de vencer mais uns metros, viu que eram duas garotas.

— Ahá! Sozinhas?

Ele fez que sim com a cabeça. — Bom, eu pensei, acho que estou a salvo. Enquanto isso, elas continuavam rindo e se dando uns empurrõezinhos, como se tomassem coragem pra aprontar alguma, sabe como é?

— Sim, senhor.

Miguel voltou a apertar o passo, mas não desviava os olhos delas. A praça penumbrosa e as duas perto de uma árvore, como que se escondendo. E então pararam de se empurrar, houve uma sucessão de gestos rápidos, barulho de zíper, farfalhar de roupas, e elas se agacharam.

— Oi?

— Ao mesmo tempo.

— Mas...

— Isso mesmo que você ouviu.

— Elas se agacharam e começaram a mijar?

— Elas se agacharam e começaram a mijar.

— Bem na sua frente?

— Bem na minha frente. Lado a lado, atrás do ponto de ônibus, perto do tronco da árvore. Duas meninas, mais novas que você, dezoito, dezenove anos, por aí. Mijando bem à vista.

— E o que você fez?

— Eu ia passar direto, fazer de conta que não tinha visto, mas notei que elas ainda riam e olhavam direto pra mim. E não era como se tivessem vergonha, sabe? Estavam me provocando.

Como se fizessem questão que ele visse, como se fizessem questão que *assistisse*. Miguel contornou o ponto de ônibus, pensando, se elas gritarem, xingarem, se mais alguém aparecer ou se eu tiver entendido tudo errado, peço desculpas e dou o fora rapidinho.

— Mas não teve nada disso.

A moça à esquerda era negra, os cabelos em um lindo penteado afro valorizado por um turbante vermelho à Simone de Beauvoir, e Miguel se aproximou no momento em que ela terminava de mijar e se colocava de pé, encarando-o, os dentes à mostra, as calças e a calcinha ainda arriadas, expondo o púbis com sua trilha de pelos grossos e escuríssimos, cheios, mas bem aparados em um desenho moicano. Ele parou a uns dois metros de distância, hesitante, pronto para dar meia volta e sair correndo a qualquer sinal de alarme, mas ela não fez menção de gritar ou reagir, e muito menos de se vestir.

— Ficou ali parada, olhando e rindo pra mim com aqueles dentes muito brancos, perfeitinhos, enquanto a outra continuava agachada, segurando o vestido embolado na altura dos peitos com as duas mãos. "Não acaba nunca", dizia, se acabando de rir, também me encarando.

Era branca, a que ainda urinava, os cabelos lisos e muito compridos e claros, mais pesada que a amiga, o rosto infantilmente rechonchudo, as coxas grossas. Miguel olhou bem para os lábios vermelhos da boceta, visíveis à pouca distância em que se encontrava, e sorriu para eles no momento em que o espesso jato de mijo foi interrompido. Até que enfim, disse a negra, acariciando os pelos pubianos com as pontas dos dedos, os olhos fixos no sujeito embasbacado à sua frente. Nem me fale, a outra resmungou.

— A branquela continuou agachada e, assim como a amiga, não se cobriu, não soltou o vestido para que ele descesse.

— Como era? — Cristina perguntou, soltando um risinho. — Peludinha também?

— Não, era toda raspada. Igual à sua.

— O que elas fizeram depois?

— A branquela ergueu o queixo e falou: "Noite, tiô. Ana Lívia." E a negra fez a mesma coisa, o mesmo movimento com a cabeça, e também se apresentou: "Poliana". "Miguel", eu respondi. "Quer usar o banheiro?", a tal da Poliana perguntou, e as duas gargalharam bem alto.

— E você queria, "tiô"?

— Bom, meio que sem pensar direito no que fazia, eu desabotoei a calça, abri a braguilha e tirei o pinto pra fora.

Elas pararam de gargalhar na hora, os sorrisos congelados nos rostos, e olharam para o que era exibido, duro. Dá pra mijar com ele desse jeito?, Poliana perguntou. Não, ele respondeu. É difícil. Bom, disse Ana Lívia, alguma coisa tem que sair daí. Tem mesmo, a outra concordou.

— Daí elas disseram quase que ao mesmo tempo: "Vai, pode começar."

— E você bateu uma? — Cristina perguntou.

— Mas é claro. Elas ficaram ali na minha frente, paradinhas e expostas daquele jeito, a branquela ainda agachada, as pernas abertas, sorrindo pra mim, até que eu gozei. Nem demorei muito. Olhando pra elas. Um minutinho, nem isso.

— E depois?

— Eu mal tinha terminado e elas já ajeitavam as roupas e saíam correndo, rindo feito loucas. Sumiram na esquina, e adeus. *The end*.

Cristina respirou fundo, depois tomou o que restava de suco com um só gole e disse, colocando o copo na mesa: — Espera aqui.

— Hein?

— Espera aqui, *tiô*.

Foi correndo até o quarto e voltou menos de um minuto depois, parando na boca do corredor. Usava um vestido preto de algodão, com girassóis estampados. Os cabelos, agora soltos, cobriam parte do rosto. Desligou a luz, mas o cômodo não ficou às escuras: deixara a lâmpada do quarto acesa, a claridade rebatendo nas paredes brancas do corredor e resvalando onde estavam. A visibilidade era mais do que suficiente para o que quer que ela planejasse fazer.

— Eu esperei — disse Miguel, os cotovelos ainda apoiados na mesa. — E agora?

Sem dizer nada, Cristina passou por ele e caminhou até o outro lado da sala, obrigando Miguel a girar a cadeira a fim de acompanhá-la com os olhos, a madeira raspando o piso. Ela parou entre o sofá e a estante. Séria, as mãos na cintura, os pés descalços no chão nu.

— E agora? — ele repetiu, o braço direito apoiado no encosto da cadeira que ainda ocupava.

Ela abriu um sorriso, demorando-se.

— Vai me castigar?

De novo, não obteve resposta verbal. Ela mexeu nos cabelos, jogando-os de um lado para o outro. Depois esfregou os braços com as duas mãos, bem devagar, não como se sentisse frio, mas, sim, feito uma modelo que aplicasse filtro solar em câmera lenta, num comercial televisivo. A pele se arrepiava ao toque. Abriu um sorrisinho melífluo, quase inocente, as mãos livres, mas por pouco tempo: logo começaram a brincar com a barra do vestido.

— Alguma coisa tem que sair daí — disse, afinal, erguendo o queixo feito as meninas da história que ouvira.

Ele terminou de virar a cadeira e ficou de frente para ela, o pau duro batendo na barriga. Como o sofá estivesse entre eles, Cristina deu dois passos para trás, afastando-se até quase encostar na estante.

— Pode começar.

Miguel obedeceu enquanto ela, rebolando um pouco, subiu o vestido até o meio da barriga só para soltá-lo com um gesto displicente. Estava sem calcinha. Em seguida, com a mão direita, livrou uma das alças e expôs o seio esquerdo, cujo mamilo passou a acariciar. Com a outra mão, voltou a levantar o vestido até a altura do umbigo, mantendo-o ali dessa vez. O sorriso desapareceu no momento em que se agachou.

— Você sabe o que tem que fazer — disse.

Ele se levantou e contornou o sofá. Parou a um metro e meio dela, à sua direita, as costas contra a parede. Tapando a boceta com uma das mãos enquanto a outra mantinha o vestido suspenso, Cristina se levantou, deu dois passos para a frente, virou-se para Miguel e deu mais um passo para trás, parando no centro do cômodo, entre a estante e o sofá. Estava agora a uns dois metros do marido. Encarando-o, levou a mão direita à boca, expondo mais uma vez o púbis, umedeceu o indicador e o anular com a língua e, curvando-se um pouco para a frente, as pernas meio afastadas, introduziu ambos os dedos, delicada e lentamente.

— Não mandei você parar — disse, estremecendo.

Obediente, Miguel voltou a se masturbar, acariciando o saco com a outra mão. Ela tirou os dedos da boceta e, endireitando o corpo, levou-os de novo à boca, sugando-os com força, ruidosamente, para em seguida estimular o mamilo do seio ainda exposto com a ponta do indicador. Foi só depois de fazer isso é que voltou a se agachar.

— Agora vem — ordenou. — Aqui embaixo.

Sem hesitar, ele se estirou no chão da sala, de barriga para cima, o rosto bem debaixo dela. Era uma posição similar à que assumiram mais cedo, na cama, mas, agora, ela estava virada para o outro lado, de tal forma que via todo o corpo de Miguel. Se ele erguesse um pouco a cabeça (ou ela baixasse o corpo), poderia, como antes, tocá-la com os lábios, chupá-la, meter a língua lá dentro. Mas, claro, não se tratava disso.

— Hora do castigo — disse ela, sorrindo mais uma vez.

— Sim, senhora.

— Pronto?

— Prontinho.

— Então abre bem essa boca, vai.

Miguel abriu ao mesmo tempo em que acelerava a punheta. Cristina soltou um gemidinho; o mijo não demorou a sair.

Com a saia suspensa, Maria Aparecida puxou a calcinha para baixo e se sentou no vaso sanitário, apoiando o cotovelo direito na coxa correspondente e o queixo na palma da mão. Urinou com alguma dificuldade, lamentando que não tivesse o hábito de beber a quantidade de água que deveria, vivo me esquecendo, dia desses acabo com um monte de pedras nos rins e aí eu quero ver, não foi mais ou menos isso que matou o pastor André? (Na verdade, e esse pensamento ela tratou de reprimir tão logo lhe ocorreu, o tal pastor morrera por complicações decorrentes da aids, negando até o fim, e com a veemência dos justos, que sofresse da doença, reclamando da maledicência alheia e, coerentemente estúpido ou estupidamente coerente, optando por não tomar o coquetel de medicamentos.) Que pena, ela pensou, morto tão jovem, deixando esposa e filho pequeno, a mãe se descabelando junto ao caixão. As mães são as que sofrem mais, sempre, desde que o mundo é mundo.

— Deus o guarde — disse ao se limpar. — Mas que morte mais besta teve o pastor.

Em seguida, levantou-se, ajeitou as roupas, deu a descarga, lavou as mãos diligentemente, saiu do banheiro e caminhou pelo corredor até o quarto. Uma vez lá, depois de acender a luz, sentou-se na cama com um gemido, a cama gemendo de volta como se quisesse iniciar uma conversa, descalçou os chinelos e calçou os sapatos presenteados pela irmã Cláudia, a mesma que ela censurava abertamente por ter se casado outra vez menos de um ano após as mortes do esposo e do único filho em um acidente de carro, o filho provavelmente dormindo ao volante e o automóvel saindo desgovernado da rodovia e capotando e capotando. Calçou e quase urrou de dor porque o número dos sapatos era menor do que o número indicado aos seus pés.

— Bruxa vingativa — vociferou. — Deus tenha piedade.

Descalçou, abriu a gaveta do criado-mudo e pegou uma faixa branca, que envolveu em cada um dos pés e voltou a calçar. Em seguida, levantou-se, deu alguns passos, a careta de dor refletida no espelho da cômoda, respirou fundo, apagou a luz e saiu do quarto. No meio do corredor, olhou para a porta fechada do quarto da filha caçula. Gritou o nome dela.

— Quase pronta — Carolina respondeu.

— Eles já devem estar passando — gritou de volta.

— Quase pronta — a filha repetiu.

Foi à cozinha e sentou-se à mesa. Alcançou a garrafa térmica que estava ali em cima, uma xícara, um pouco de café. Não vou descalçar. Não vou trocar. Bebeu como se a dor tivesse chegado à boca e à garganta, seu rosto uma careta horrenda. Não vou e pronto! Mais um gole, e então a filha apareceu. Carolina contornou a mesa, pegou um copo, encheu com água do purificador, virou-se e ficou encostada na pia, às costas da mãe.

— Ligou para a sua irmã?

— Não.

— Não?

— Ela não vai mesmo. Ligar pra quê?

A velha respirou fundo. — Aquele demônio. Ainda bem que seu pai não está vivo para...

Desistiu da frase no meio. A raiva quase sempre fazia com que ela desistisse das frases no meio. A filha terminou de beber a água, enxaguou o copo e o devolveu ao escorredor, depois ficou ali, quieta, olhando para o chão. Vou ficar aqui até o chão se abrir, pensou com um sorriso. Vou, porra.

— Era tão bom o Márcio — a mãe suspirou. — Levava e trazia a gente todo domingo. Tão bonzinho.

— Um ano e meio, mãe.

— Como?

— Um ano e meio que o Márcio me deu um pé na bunda.

— Não fala assim.

— Ele está pra se casar com outra e a senhora ainda ench...

— O que você *fez* com ele, Carol?

Ela riu. Sempre a mesma conversa. E a resposta na ponta da língua: — Acho que foi mais o que eu *não* fiz.

— Dobra essa sua língua. Era um rapaz de bem.

— Claro que era. Um rapaz de bem. No fim das contas, bem lá no fundo, quase todos são.

— Você deve ter feito alguma coisa.

— Eu *devia* ter feito alguma coisa.

— Você é difícil.

— Difícil. Eu.

— Não fica aí atrás repetindo tudo o que eu falo.

— Não estou repetindo.

— Você não está repetindo?

— Eu não estou repetindo.

— E está fazendo o quê?

— Concordando, mãezinha. Só concordando.

A velha respirou fundo. Pouco depois, a filha também respirou fundo às costas dela. Terrível, você. Terríveis, vocês.

— Mãe? — disse, esticando o pescoço.

— O quê?

— Esses sapatos.

— O que tem eles?

— É aquele par que te deram de presente?

— É.

— E não está assim meio... *muito* apertado?

Terrível, terríveis.

— Não, Carol. Os meus sapatos *não* estão apertados.

— Eu acho que eles estão apertados, mamãe. *Bastante*.

— Eles não estão apertados. Foi a irmã Cláudia quem me deu e eles não estão nem um pouco ap...

— Olha, não quero ser chata, mas eu *realmente* acho que eles estão assim apertados pra dedéu.

Demônio.

— Pois eles estão muito confortáveis.

— Olhando pra sua cara, não é o que parece.

— Você está *atrás* de mim. Como é que sabe da minha cara? Me diz, espertalhona.

— Olhei pra ela quando entrei na cozinha, ora.

Não.

— Eu me sinto como se estivesse descalça.

— A senhora reclamou que eles estavam apertados, lembra? No dia em que ganhou de presente e a gente chegou aqui em casa e foi experimentar. Quando foi mesmo? Terça, quarta-feira? Eu *vi* a senhora experimentando. Eu *ouvi* a senhora reclamando como eles estavam apertados. A senhora até xingou a pobrezinha da irmã Cláudia. Lembra?

— Eu não xingo, Carol. Eu *nunca* xingo. E a Cláudia não tem nada de *pobrezinha*.

— A senhora xingou naquele dia.

— Xinguei do quê? Não lembro disso.

— Bom, a senhora chamou a irmã Cláudia de *rameira* e disse que ela fez isso de propósito.

— *Isso* o quê?

— Do que é que a gente está falando? Te presentear com uns sapatos de número menor.

— *Rameira* não é xingamento.

— Ah, não? A senhora ia gostar se te chamassem de rameira?

— Nunca dei motivo pra isso.

— Aliás, esses sapatos ficaram apertados até em mim, lembra que eu experimentei também? E olha que os meus pés são um pouco menores que os da senhora.

— Pela última vez, Carol, eles não estão...

Apertados?

— Então a senhora foi até a loja da irmã Cláudia e trocou por outro número? Deu esse *gostinho* pra ela?

— Eu...

— Aposto que ela soltou uns desaforos. O que andam comentando é que armou essa de propósito, sabia?

— Como?

— É, tudo pra senhora ir lá na loja ouvir umas *verd*...

— Não!

— ... *ades*. Não? É o que andam dizendo por aí, pelo menos. Ela não quer te confrontar na igreja, ali não é lugar de bate-boca, prefere que a senhora dê um pulo na loja onde...

— Eu não fui à bendita loja.

— Não foi lá trocar os sapatos?

— Não.

— Então são os mesmos.

Não vou responder isso. Não vou.

— Bom, se são os mesmos, então eles estão apertados, mãe. A não ser que os pés da senhora tenham diminuído.

Filha de uma.

— Meus pés não diminuíram, Carol.

— Então os sapatos aumentaram de tamanho. Assim, do nada. Sozinhos. Deve ter sido um *milagre* ou coisa parecida.

Louca.

— Filha, eu já estou *louca* com tudo isso que a sua irmã está fazendo com a vida dela. Então, por favor.

— Louca, a senhora?

— Sim. *Louca*. Eu... fica calada, por favor?

— Ela me chamou pra ir lá depois. Me convidou.

— A irmã Cláudia?

— Não — ela riu, sacudindo os ombros. — A Sayonara Cristina, sua tonta.

— Onde? Fazer o quê?

— Uma visita. Na casa dela. Conversar, comer uma pizza.

— Aquele desgraçado não coloca os pés nesta casa.

— *Ela*. Cristina. Minha *irmã*. Sua *filha*. Na casa *dela*. *Ela* me convidou para ir lá. Entendeu? Ela não ligou perguntando se podia vir com o marido dela *aqui*, não, ela me chamou para ir *lá*.

— Marido? Marido? Essa é boa, Carolina Patrícia. Muito boa. Eles *não* são marido e mulher.

— Ops.

Maria Aparecida se virou para encarar a filha e, ao fazer isso, esbarrou na xícara com o antebraço esquerdo. — Inferno!

A xícara espatifada no chão.

— Eu limpo — disse Carolina, respirando fundo. — Ah, quase nem tinha café. Que bom. Menos sujeira.

— Espera. Ela não...

— Ela vai falar com a senhora — Carolina se abaixara e catava os cacos. — Explicar tudo. Estão organizando uma festa.

— Então eles ainda não se casaram?

— Casaram, sim. No cartório, tudo certinho.

— Isso não é *nada* aos olhos de Deus.

— Ah, é *alguma* coisa, vai. E, mesmo que não fosse, a senhora devia ser menos irascível.

— Menos o quê?

— Eu também pensava desse jeitinho aí, falava um monte, cuspia marimbondo, e a melhor coisa que fiz foi conversar com ela.

— Conversar...

— *Conversar*. Com a minha *irmã*. Sua *filha*.

— Quando foi que?...

— Que diferença faz?

— Ele não é...

— *Foda-se*. Eles estão felizes.

— Felizes, como...

Carolina se levantou e jogou os cacos na lixeira sob a pia, depois saiu para a área de serviço, Maria Aparecida acompanhando seus movimentos, remexendo-se na cadeira, virando-se de um lado para o outro. Ela voltou com um pano de chão e um detergente e se agachou outra vez. Enquanto limpava os respingos de café, disse: — Eu agi feito uma babaca e tenho vergonha disso, mãe. Falei e fiz um monte de merda, meio que virei as costas pra ela. Deixei a minha irmã sozinha no meio de toda a bagunça. Bagunça que, aliás, a *senhora* aprontou.

— Eu não...

— A senhora também devia se envergonhar, sabia?

— Eu não tenho motivo nenhum para me enverg...

— E o Miguel é um sujeito bacana. Um homem bom. A gente não pode sair julgando os outr...

— Cala essa boca! *Agora*! Pelo amor de Deus, cala cala cala a sua boca, Carolina Patrícia!

— Que seja.

Os sapatos, a filha, a outra filha, o genro, *marido*?, tudo crescia dentro dela e Maria Aparecida sentia algo como um inchaço, uma bolha tomando conta de suas entranhas, maior a cada segundo, logo subiria e vazaria pelos olhos e ouvidos e nariz e boca e poros, por toda parte, uma coisa gosmenta, misto de ranho e sangue e pus, estourada, escorrendo.

Todos contra mim. Todo mundo.

Tudo.

Sentiu uma bruta vontade de vomitar.

Por que você foi embora, Jarbas? Por me deixou aqui sozinha com essas, com esses, com... por quê?

— Mas esses sapatos, mãe — disse Carolina, outra vez em pé, segurando o pano de chão, o detergente e um sorriso dos mais sacanas. — Eu realmente acho que eles estão muito, mas muito apertados. Tem certeza que a senhora não quer que eu te empreste um dos meus?

— Já terminou?

— Terminei.

— Por que não vai lá nos fundos guardar essas coisas? O que é que está fazendo aí parada desse jeito?

— Eu? Nada. Esperando o chão se abrir.

— Você blasfema sem sentir.

— Imagina só? — o sorriso enorme. — O chão se abre e engole nós duas, a casa, *tudo*. Nossos problemas acabariam. Que tal?

Pensava no que responder à filha, algo que a fizesse atinar para o absurdo que dizia, isso não tem a menor graça, para com isso, sua demoniazinha, e então ouviram a buzina. — São eles.

Assim que se instalaram no banco traseiro, Maria Aparecida desandou a falar.

— É tão bom o carro de vocês. Eu ainda vou ter um carro, o *meu* carro. Eu já falei isso para vocês, não? Não falei, irmão Dorival, irmã Rita? Um *compromisso*. Deus falou comigo. Eu senti isso. Deus me vê e sabe o quanto eu sou fiel. Deus me vê e sabe das minhas necessidades, e sabe que tudo o que eu tenho e tiver um dia é para colocar a serviço d'Ele. Ele falou comigo. Ele fez com que eu sentisse. Está perto. Muito perto. Quando eu menos esperar, Ele...

Só quando estavam bem próximos da igreja é que ela interrompeu a ladainha. Rita se virou para trás e disse, um sorriso amistoso: — Quando a gente te pegou lá na sua casa, irmã Cida, eu te vi caminhando em direção ao carro e não pude deixar de notar uma coisa.

— O quê?

— Os teus sapatos. Talvez seja impressão minha, mas eles estão um bocado apertados, não?

Assim que se sentou lá dentro, como de hábito na quarta fileira, Maria Aparecida descalçou e sentiu a presença de Deus em si, da cabeça aos pés (sobretudo nos pés). Não demorou muito para que começassem a cantoria. Depois, não demorou muito para que o pastor iniciasse a pregação. E, por fim, não demorou muito para que todos, ou quase todos, ali se vissem enredados, esmagados pela Verdade. Ela pensava na filha, na outra filha, e seu coração se enchia de pena por ela e ódio pelo sujeito que a arrancara de casa. Bárbaro. Demônio. Maldito. *Velho*. Ela queria a filha de volta e desejava que o sujeito desaparecesse da vida deles, *sumisse*, que ele não existisse mais, deixasse de ser uma realidade incômoda, uma presença ultrajante, não estivesse ali tão próximo, desgraçadamente colocado entre ela e a filha mais velha, desgraçadamente vivo, um animal, uma criatura desprovida de Deus, alguém largado no mundo, um professorzinho ateu *deitado* sobre a vida delas, indecentemente deitado sobre a vida delas, *arreganhando* tudo, separando e destruindo a família. O pastor falava sobre Salvação. O pastor ironizava aqueles que estavam lá fora levando as suas vidinhas mundanas desprovidas de significado. O pastor segurava o microfone com as duas mãos e urrava coisas nem sempre compreensíveis, mas que todos, ou quase todos, ali entendiam como iluminações ou emanações de uma Verdade tão maior do que tudo. Tão maior, tão acima. Maria Aparecida pedia a Deus que arrancasse aquele homem da vida dela e da vida de sua filha mais velha e que sua filha mais velha voltasse para casa e para a igreja, para a *vida*. Rezava para que a história do casamento fosse mentira, invenção, mais uma das peças de Carolina Patrícia, ela apronta o tempo todo, ainda vai me deixar louca. Pedia também que a graça lhe fosse logo concedida: um carro, sim, conforme ela sonhara, conforme ela *vira*, um carro só dela, para que pudesse ir à igreja e voltar para casa quando bem entendesse e com quem bem entendesse. Na verdade, assim que começou a pensar no carro, Maria Aparecida se esqueceu quase que por completo de Sayonara Cristina e daquele homem e até mesmo do pastor que, poucos metros à frente, chacoalhava os punhos fechados e urrava contra as abominações do demônio e do mundo material e dos homens carentes de fé, drogados ateus estupradores católicos ladrões espíritas corruptos infiéis assassinos & criminosos em geral aos olhos de Deus Nosso Senhor. Os olhos de Deus, ela pensou, reconfortada, os olhos de Deus vendo tudo e a tudo julgando, incansáveis, infinitos. Olhos infinitos. Mas como seria um olho infinito? O próprio universo talvez fosse o olho de Deus. É uma hipótese válida, não? Mais do que os jogos de palavras do sujeito. Qual não será a surpresa do marido (*marido*?) da filha quando descobrir que está instalado bem no meio do olho de Deus. O mesmo Deus que ele ignora. O mesmo Deus que o comerá vivo. Ah, sim. Pode apostar. O mesmíssimo Deus que.

Hora de ir embora.

— Passou tão depressa que eu nem vi — disse para a filha que, ao lado, nem se dava ao trabalho de disfarçar um bocejo. — O que significa isso, Carolina Patrícia?

— Sono?

— Imagina se o pastor vê.

— Ele está ocupado, papeando com o seu Dorival, olha lá como gesticulam. É engraçado.

— Mesmo assim, que falta de respeito, é...

— Não vai calçar os sapatinhos?

— Não começa.

— Vou lá fazer aquela visita — anunciou, fazendo menção de se levantar. — Algum recado pra Cristina?

— Não.

— E pro Miguel?

Uma bufada teatral. — Tenta não voltar muito tarde.

Depois que a filha rumou para a saída, Maria Aparecida calçou os sapatos e não conseguiu conter um gemido de dor. Esperou um pouco antes de se colocar em pé e caminhar com dificuldade, cumprimentando com a cabeça e um sorriso torturado as pessoas pelas quais passava.

Rita esperava por ela lá fora, uma expressão esquisita estampada no rosto. Uma criança de cinquenta e tantos anos fazendo bico.

— Tudo bem, irmã?

— Eu é que pergunto — disse Rita, os olhos faiscando. — Tu devias ver a careta que estás fazendo.

— Careta, eu?...

— E o pior é que a Cláudia nem veio ao culto.

— Mesmo? Não sabia.

— Viajou com o marido. Falou pra todo mundo que era uma segunda lua de mel.

Maria Aparecida tentou disfarçar a raiva. Desviou os olhos, fingindo procurar alguém. Carolina ainda estava por ali, perto das escadas, conversando com um casal de amigos. Falavam alguma coisa sobre Cristina, sorridentes, mas era impossível ouvi-los com exatidão em meio ao burburinho. Algo sobre o pastor, também. O que mais? Uma festa? A *maldita* festa para celebrar o *casamento*?

— E o irmão Dorival? — perguntou com desinteresse, ainda olhando intrigada para onde a filha se encontrava, tentando pescar mais alguma coisa. Queria ir logo para casa. Tirar aqueles sapatos. *Queimá-los.* Cláudia e sua segunda lua de mel que fossem pro diabo. — Ele já vem?

— Sei lá — Rita respondeu com rispidez, o rosto se encrespando ainda mais. — Ficou lá dentro, conversando com o pastor. Mal esperou o homem descer do púlpito. Disse que teve uma revelação agorinha mesmo.

— Que benção.

— Pois é — disse a outra, elevando a voz. A raiva crescia a cada palavra. — E parece que é algo relacionado com a tua pessoa.

Surpresa com o tom, Maria Aparecida voltou-se para ela. As veias no pescoço de Rita pareciam prestes a estourar, o rosto, uma máscara vermelha de ódio. — Comig... eu?

— Sim!

Foi nesse momento que, alarmada com o princípio de escândalo, Carolina se aproximou delas, as mãos para trás, imaginando do que é que se tratava a cena. Colocou-se meio que entre as duas, um sorriso sem graça. — Uma revelação, dona Rita? Eu ouvi direito?

— Ouviu, sim, não é marav... oso? — a mãe engasgou sem que houvesse qualquer sinal de maravilhamento em sua voz.

— Do que é que se trata, irmã?

— Vou contar.

Maria Aparecida se encolhia toda, e só não dava um passo para trás, girava sobre os calcanhares e descia as escadas aos pulos, fugia rumo à calçada, porque os pés doíam excruciantemente. Queria dar o fora dali. Queria ir logo para casa. Queria desaparecer.

— Estou ouvindo — disse Carolina.

Rita encolheu os ombros, cruzando os braços, e disse sem desviar os olhos de Maria Aparecida, meio escondida atrás da filha: — Pois é isso mesmo, uma revelação. Foi o que o Dorival me disse antes de sair correndo feito louco atrás do pastor.

— Mas que raio de revelação foi essa, mulher? — perguntou Carolina, perdendo a paciência com a outra. O círculo de curiosos já se formara ao redor.

— Carolina, eu...

— Espera, mãe.

326

— Parece que Deus falou com ele — disse Rita. — Hoje. Durante o culto. Vejam só.

— Foi, é?...

— Agorinha mesmo. Falou e ordenou que ele se fizesse instrumento de Sua vontade.

— Da vontade de... Deus?... — Carolina tentou sorrir, olhando constrangida para os lados.

— Olha, eu não estou entendendo mais nada.

— Fica quieta, mãe.

— Como, se essa daí...

— Da vontade de Deus! — a outra berrou e uma chuva nada cristã de perdigotos despencou sobre os que estavam mais próximos.

— Puta que pariu, caralho!

— Carolina Patrícia, olha o palavrea...

— De Deus!

Aparecida engoliu em seco. — Que lindo, irmã, mas... mas o que isso tem a ver comigo?

— Bom — vociferou Rita no ápice da estridência, de tal modo que pudesse ser ouvida desde o estacionamento até os banheiros da igreja —, parece que tu, irmã Maria Aparecida, com toda essa tua conversa mole, depois de meses *investindo* nessa ladainha, conseguiste o que queria: o *imbecil* do meu marido vai te presentear com a *bosta* de um carro porque está *crente* que essa é a vontade de Deus!

Não se falou de outra coisa enquanto esperavam a pizza, Carolina contando que, se não fosse pela intervenção do pastor, a mãe delas estaria em apuros, pois a raiva de Rita crescia à medida que gritava, até que o pastor e Dorival vieram lá de dentro e *içaram* a mulher.

— Nunca na história daquela igreja eu vi escândalo igual.

— Mas, e aí?

— Ela continuou berrando lá dentro, mas a coisa logo perdeu a graça e a turma se dispersou. Foi meio que um surto mesmo, coitada.

— A mãe falou alguma coisa?

— Voltei com ela pra casa, de táxi, daí inclusive eu ter demorado pra chegar aqui. Dona Cida ficou calada na maior parte do tempo, só quando a gente estava quase chegando é que, tremendo ainda, resmungou alguma coisa sobre a porcaria do carro.

— O carro?!

— Se entendi direito, ela está com medo que o irmão Dorival dê pra trás por causa do escândalo que a mulher dele armou. Eu ri, né?

— E ela?

— Não falou mais nada. Nem tchau.

— Ai, Carol. Será que eu devia ligar?

— Ué, você pode até ligar, mas o que vai acontecer é meio óbvio, né? Maria Aparecida descarregando tudo na sua cabeça. Ainda mais porque eu deixei escapar que vocês se casaram.

— Sério?

— Foi mal. Ela meio que não acreditou. Mesmo assim, ligar hoje é pedir pra mãezinha arregaçar com a sua noite de domingo. E com a minha, também, porque depois eu tenho que voltar pra lá, né?

— Melhor deixar pra depois — disse Miguel, que em seguida passou a especular sobre o modelo do carro com que Deus presentearia Maria Aparecida por meio do irmão Dorival, mero instrumento de Sua vontade. — O que você acha, Carol?

— Olha, se ainda tiver algum circulando por aí, acho que um Fiat 147 é o mais indicado.

— Por quê?

A fim de comprovar o que dizia (e depois de correr até a estante, lançar mão da Bíblia, voltar quicando à mesa e limpar a garganta), Carolina recitou os versículos correspondentes em cada um dos quatro evangelhos (Mateus: "... por essa razão prometeu, sob juramento, dar-lhe qualquer coisa que pedisse"; Marcos: "Na verdade, sempre tereis os pobres convosco e, quando quiserdes, podeis fazer-lhes o bem, mas a mim nem sempre tereis"; Lucas: "Em seguida, contou uma parábola aos convidados, ao notar como eles escolhiam os primeiros lugares. Disse-lhes: ..."; e João: "Se me conheceis, também conhecereis meu Pai. Desde agora o conheceis e o vistes"), após o que concluiu que Mateus era o mais condizente com as circunstâncias, ainda que a descendente de Herodíades agora dançasse não para pedir a cabeça de alguém (exceto, talvez, a minha, pensou Miguel), mas apenas e tão-somente o bendito automóvel.

— Se bem que a nossa Salomé não ia conseguir dar um passinho sequer com aqueles sapatos apertados — riu Carolina.

— Imagina só se encontrarem um evangelho apócrifo enterrado debaixo de uma fábrica da Fiat — disse Miguel, também rindo. — O que será que Fiat capítulo 14, versículo 7 vai dizer?

A única que não achava a menor graça no rumo da conversa era Cristina. — Fico surpresa contigo.

— E eu com você, mana — a outra rebateu de imediato, contendo o riso e se levantando para recolocar a Bíblia na estante. — Eu juro que pensei que...

— Eu só não frequento mais a igreja, e isso por conta de toda a confusão por... você sabe. Não suportava mais os olhares, os risinhos, a conversinha fiada rolando solta, as farpas voando. Você sabe bem como é isso, teve uma demonstração prática hoje mesmo.

— É. Tive mesmo.

— Agora, a minha fé não tem nada a ver com isso. Nada mesmo. Ela está onde sempre esteve.

— Desculpa, Cris. Não quis ofender.

— Nem eu — Miguel emendou, erguendo a mão direita como se fosse prestar um juramento.

— E falar desse jeito da mãe, por mais que ela... não sei, desculpa bancar a chata, mas eu acho meio pesado. Ela é solitária e infeliz, me agrediu bastante, agrediu o Miguel em público, só Deus sabe o que você aguenta dela em casa. E essa história toda do carro é vergonhosa, pior que isso, é patética, mas... — parou para recuperar o fôlego, os olhos marejados. — Ela ainda é a nossa mãe, Carol.

— Tá, tá. Foi mal.

— Desculpa bancar a chata.

— Você é a irmã mais velha — Carol forçou um sorrisinho, ainda à frente da estante. — É o seu trabalho.

Depois disso, instalou-se um silêncio meio constrangido. Ao voltar à mesa, veio à cabeça de Carolina aquele momento no carro, tantos meses antes, o momento imediatamente posterior à frase dita por Márcio, acho melhor a gente terminar, quando não houve nada, nada em absoluto, que ela conseguisse dizer em resposta. Fitou-o em silêncio, às lágrimas, a mão direita (como se tivesse vida própria) abriu a porta e, quando deu

329

por si, estava na calçada olhando, sozinha, para a rua deserta. Quanto tempo ficou ali, paralisada? Sequer viu Márcio dar a partida, acelerar, dobrar à esquerda dois quarteirões abaixo e desaparecer. Não viu nada. E, em seguida, tampouco se viu entrar em casa, dizer boa noite para a mãe que, estirada no sofá, assistia à televisão (disso só saberia depois, na manhã seguinte, à mesa do café, a mãe comentando sobre a forma como ela entrou e foi direto para o quarto, pálida, parecia um zumbi, aconteceu alguma coisa ontem?), um estalo e estava na cama, de camisola (como e quando se trocara?), as mãos cruzadas sobre a barriga feito uma defunta. Aquilo foi assustador. Dois cortes secos, do carro à calçada, da calçada à cama. Dois saltos, na verdade, como numa projeção defeituosa. À exceção das lágrimas que deitou no carro, não chorou mais. Também não procurou Márcio, não disse nada a respeito para a mãe, que só ficaria sabendo do rompimento dias depois e pelos canais de praxe (os "multiplicadores de conteúdo", como dizia o falecido Jarbas, reunidos após o culto ou em alguma reunião na porta da igreja a fim de colocar as "notícias" em dia), irrompendo em casa e perguntando, enfurecida, o que ela aprontara para *perder* um rapaz tão bom, tão correto, tão limpo, você é uma *perdida* mesmo, você e aquela sua irmã. Quando ouviu a mãe dizer isso, Carolina sentiu pela primeira vez desde a noite do término uma tremenda vontade de chorar, mas não pelo que supostamente *perdera*, não pelo ex-namorado, pelo fim do relacionamento, e, sim, por Cristina. Foi naquele momento que se deu conta não só da falta que sentia da irmã, como, também, do quanto fora injusta, mesquinha e histérica. Levantou-se do sofá onde estava, encarou Maria Aparecida e soltou um berro libertador, um emaranhado de palavrões cabeludos que fizeram a mãe dar alguns passos para trás, os olhos arregalados de quem por acaso fitasse (diria isso depois) uma criatura *possuída*, e depois saiu de casa batendo a porta. Foi à procura da irmã. Era uma tarde de quinta-feira e ela estancou na calçada defronte à prefeitura, esperando que Cristina saísse do trabalho. Quando a viu ali parada, desgraciosamente encolhida feito uma criança que tivesse ateado fogo ao tapete e quase incendiado a casa, Cristina sorriu, compreendendo tudo de imediato. Houve um abraço caloroso e um pedido de desculpas. Na semana seguinte, quando Cristina foi para a casa de Miguel, Carolina ajudou com a mudança. Suportaram juntas e em silêncio a saraivada de ofensas e impropérios de Maria Aparecida enquanto arrumavam e saíam com as malas e caminhavam até o táxi, os vizinhos assomando à rua para ver o que acontecia. É verdade que, não obstante o entendimento alcançado entre elas, a reaproximação, Carolina visitava a irmã com menos frequência do que gostaria (embora se falassem todos os dias, por telefone), muito em função dos escândalos armados pela mãe e um pouco, também, por comodismo (acaso soltasse outros daqueles berros, é bem provável que a velha se encolhesse e a deixasse em paz, ao menos por um tempo, até o berro seguinte; mas passar a vida berrando era mesmo uma opção?). Ela queria abandonar a igreja, ver a irmã sempre que quisesse, sair, conhecer outras pessoas, de outros círculos, mudar-se, talvez, mas não conseguia fazer nada disso. Continuava presa à mãe, à casa da mãe, à religião ou, mais precisamente, à rotina dos cultos aos domingos, dos retiros periódicos, das festinhas regadas a refrigerantes e maledicência, das tentativas (forçadas pela comunidade) de aproximação deste ou daquele "bom partido", você aí solteira e ele também, quem sabe não está *escrito*?, ao trabalho como farmacêutica em uma drogaria mal localizada e porcamente administrada por um velhinho que falava todos os dias, ao ver o telejornal, o quanto sentia falta de Getúlio, aquele, sim, era bom, e, por fim, à virgindade. Após o término do namoro com Márcio, saiu algumas vezes com rapazes da igreja, os "bons partidos" que tentavam lhe enfiar goela abaixo, encontros desajeitados em pizzarias de shopping, em sorveterias, em festinhas de conhecidos, mas, com um deles, um advogado de nome Abdias, que, não obstante a sua pouca inteligência (tivera de prestar o exame da Ordem cinco vezes para ser aprovado; era o que diziam, pelo menos), tratava-a com carinho e atenção incomuns, sentiu que era o momento. Cristina não conseguia parar de rir ao ouvi-la contar que, ironicamente, foi Abdias quem tratou de afastá-la quando suas *intenções* (sozinhos no apartamento dele, aos beijos, a camisa desabotoada revelando o sutiã, alisando-o, prestes a desafivelar o cinto) se tornaram assim mais do que evidentes. Mais do que afastá-la, exigiu que ela se recompusesse, abotoasse a camisa, ajeitasse a saia, e aplicou um sermão sobre as virtudes da paciência e o quão importante era para ambos que *esperassem*. Ela se desculpou e foi embora para nunca mais voltar, e os olhares atravessados que recebeu na semana seguinte, durante o culto, deixaram claro que Abdias não conseguira manter a boca fechada. Os únicos que a procuraram depois disso eram aqueles pouco comprometidos com as regras do meio, isto é, moleques carregados de hormônios, criaturas muito jovens e afoitas com as quais ela jamais consideraria levar a cabo qualquer espécie de *experimento*. O escolhido, portanto, não se encontrava entre aquelas paredes, mas lá *fora*, em algum lugar, no meio da imponderável noite pagã. À espera. No entanto, Carolina não encontrava disposição para sair à procura. *Ainda* não, Cristina sempre lhe dizia. Cristina, a irmã mais velha, "chata", mas sensata. Que ainda amava e respeitava a velha e louca dona Cida, apesar de tudo. Que ainda tinha *fé*, seja lá o que isso for.

Todas essas coisas passaram por sua cabeça num átimo, ao se sentar de novo depois de devolver a Bíblia à estante, uma sucessão de imagens e sensações, e então, do nada, ela se lembrou de outra história envolvendo a mãe e teve de fazer um esforço tremendo para não começar a rir. Miguel por certo não sabia dessa; adoraria contar para ele (em outra oportunidade, é claro). Maria Aparecida e uma amiga viajaram para Maceió. Curtiam a praia, passeavam, a única coisa ruim era que o dinheiro de ambas andava curto, gastaram quase tudo com as passagens e a hospedagem, não podiam aproveitar a cidade como gostariam, ir a bons restaurantes, fazer compras, o que as deixava inconformadas, não é possível que alguma graça não nos seja concedida, tanto que, certa noite, no quarto de hotel que dividiam, oraram fervorosamente antes de dormir. No dia seguinte, bem cedo, a caminho da praia, a amiga teve a ideia (inspiração?) de passar no banco e checar o extrato, quando constataram, estupefatas, um depósito de cinco mil reais. Quase se ajoelharam diante do caixa eletrônico. Oraram, agradecendo. Choraram de alegria. Aquele foi o grande dia. Shopping, praia, passeio de lancha, jantar no Le Sururu. Estavam exaustas quando afinal voltaram para o hotel, tarde da noite, e a recepcionista informou que, no decorrer do dia, houvera treze ligações de Belém, era só o que faltava, será que aconteceu alguma coisa? O marido da amiga irreconhecivelmente enfurecido quando ela afinal retornou. O que você fez? Por que gastou o dinheiro? Era da minha mãe, esqueceu? Ela depositou na nossa conta pra cobrir aquele cheque que eu emprestei. O cheque caiu hoje e voltou. Voltou! O que você tem na cabeça?! Ao lhe ocorrer isso, Carolina evitava trocar olhares com a irmã, controlando a vontade de gargalhar. Respirou fundo, mas a cabeça vadiou de uma coisa para a outra: Fiat capítulo 14, versículo 7? Qual é, porra. Larga a mão de ser chata. Vai dizer que isso não é engraçado?

Miguel tomou um gole de cerveja e, passado um minuto, como ninguém dissesse nada, comentou que a pizza estava demorando.

— É mesmo — Carolina concordou, as bochechas coradas, ainda se esforçando para conter o riso. — Eu até já me esqueci qual foi que a gente pediu.

Ele tampouco se lembrava: — Metade portuguesa, metade?...

Calabresa: a pizza foi entregue minutos depois e a conversa, reanimada quando passaram a falar sobre a festa de casamento. Carolina se prontificou a ajudar a irmã a organizar tudo, encontrar um lugar que fosse bom e não muito caro, e que ainda fosse possível reservar.

— Quatro meses é bem em cima da hora nesse negócio, mas a gente dá um jeito, relaxa, sempre tem quem desista.

Também disse que iria com ela conversar com o pastor. A ideia era que ele dissesse algumas palavras, nada tão formal quanto uma cerimônia propriamente religiosa, coisa que, elas sabiam, o homem não recusaria.

— Claro, ajuda se você disser que vai voltar a esquentar o banco durante as pregações dele.

— Eu não sei se vou.

— Seja inteligente: minta.

— Talvez — sorriu Cristina.

A velha era outro problema, mas as irmãs concordaram que conseguiriam dobrá-la com o passar do tempo.

— Dona Cida não suporta ser deixada de lado — disse Carolina. — Mas ela nunca vai se desculpar contigo, Miguel. Pode esquecer. Na melhor das hipóteses, vai agir como se nada daquilo tivesse acontecido.

— Eu não me importo com isso — disse ele, chupando um caroço de azeitona. — Só não acho saudável a gente viver nesse clima horrível pelo resto da vida.

Cristina suspirou. — Ninguém acha.

— No final desta semana ou da outra — Miguel comentou —, acho que vou a São Paulo visitar Moshe.

— Você conseguiu falar com ele?

— Liguei, mas não atendeu. Ele tem dessas. Liga quando quer, atende quando tem vontade. Vou tentar de novo depois.

— Será que aconteceu alguma coisa?

— Ele está passando por uma fase complicada, só isso. — E contou toda a história, ou pelo menos o que sabia dela, o que ouvira falar, o rompimento com Iara no final do ano anterior, as notícias pouco animadoras que recebia de segunda mão, via Facebook, Jonas sempre tão prestativo nesse quesito, dando conta do gênio difícil de Moshe, a mania de se isolar, a teimosia. Conhecera o amigo do filho anos antes, em uma de suas passagens por São Paulo. Eles se deram bem de imediato, e Jonas tornou-se o canal que Miguel utilizava para estar mais ou menos a par do que acontecia com Moshe. Antes, Iara também era solícita nesse sentido, sempre tão atenciosa com o então sogro. — Mas o Moshe sempre foi assim complicado, arredio. Tem umas fases em que a gente se fala mais, mas às vezes ele simplesmente some, fica meses sem dar notícias, não atende o telefone. Sempre foi assim. Raivoso, sabe como é? Contra o mundo, contra tudo. Mesmo antes da mãe dele morrer. Caramba, antes até do meu divórcio.

— Mas quando você vai mesmo?

— No final desta semana ou da próxima, como eu falei. Pensando em embarcar numa sexta e voltar no domingo à tarde. Por quê?

— Deixa pra ir na outra.

— Na outra quando? No dia 21?

— Sim. Daí, no fim de semana que vem, você pode ir comigo ver o lugar pra festa, se a gente encontrar.

— A gente vai encontrar — disse Carol.

— Pode ser — Miguel concordou. — A gente vai e deixa tudo acertado.

— E na outra semana eu posso ir junto com você pra São Paulo, se quiser.

Ele considerou a possibilidade. — Não, eu realmente acho melhor ir sozinho. Passar uns dias, fazer companhia, conversar com ele. Ver se consigo ajudar de alguma forma. E, claro, convencer o maldito a vir pra nossa festa de casamento.

— E você acha que ele vem?

— Pro casamento? Acho que sim. Vamos ver.

— Outubro — ela sorriu. — Tá logo ali.

— Vai dar tempo pra organizar tudo — Carolina voltou a dizer, afastando o prato. — A gente só precisa escolher logo o local e tratar da reserva.

— Não precisa ser nenhum lugar muito... a gente vai convidar o quê? Cem pessoas, cento e cinquenta?

— Uma festa pequena — riu Miguel. — Olha, da minha parte, além do Moshe, do meu irmão e da minha cunhada, só vou chamar uns colegas de trabalho e um punhado de alunos. Talvez o Jonas também venha. Umas vinte pessoas, se tanto. O resto é por sua conta.

— Cento e cinquenta — as duas irmãs disseram, em uníssono.

— É bom ter uma pequena multidão *cercando* o lugar — complementou Cristina. — O risco de você correr com a sela diminui bastante.

— Correr com a sela? Que raio de expressão é essa?

Elas riram. Carolina explicou: — A gente saiu de Gurupi faz um tempão, mas Gurupi nunca saiu da gente.

Não foi a primeira vez que ouviu algo do tipo. Na verdade, em seu encontro de número um, não no dia em que se conheceram, mas no restaurante ao qual levou Cristina uma semana depois da festa junina onde foram apresentados por uma aluna dele e conhecida dela (da igreja), uma dessas expressões saltou por sobre a mesa e, depois de gargalharem, ele a ouviu dizer aquilo sobre si e Gurupi, e também: — Odeio meu nome.

— É incomum mesmo.

— Você está sendo gentil porque eu não sei onde é que meu pai andava com a cabeça quando foi me registrar.

— Não faz nem uma ideia?

— Ah, sei lá. Acho que tem a ver... ele era fã do Marlon Brando e tem aquele filme de guerra que eu só fui ver outro dia, meio que por acaso, e achei ruim de doer.

— Nunca vi.

— Não perca seu tempo. Mas, por favor, dá pra me chamar só de Cristina?

— Claro.

— Esquece o Sayonara, pelamor.

— Você trabalha na prefeitura, Cristina?

— Dependendo do horário em que você ligar, é a minha voz que vai ouvir antes de qualquer outra.

— As pessoas elogiam muito a atual administração.

— Como é que você veio parar em Belém?

— Da mesma forma que você foi parar na prefeitura.

— Falta de opção?

— De certo modo. Eu prestei um concurso.

335

— Nós dois prestamos, sim. E veja bem: eu gabaritei a prova de conhecimentos gerais.

— Uau. Não cheguei a tanto, não gabaritei nada, mas os meus concorrentes foram piores.

— Você é evangélico? Eu sou.

— Estou ciente disso, mas, não, eu não sou nada.

— Todo mundo diz que eu não pareço evangélica.

— Você não parece evangélica.

— Todo mundo vai dizer que eu tenho idade pra ser sua filha.

— Daí eu vou dizer a eles da minha extrema alegria quando descobri que você não é.

— Acho melhor a gente ir mais devagar.

— Do jeito que achar melhor.

— Por que não me conta alguma coisa sobre você?

— Qualquer coisa.

— Tem um filho, certo?

E Miguel falou sobre o filho e a mãe dele, sobre São Paulo, São Luís, um atentado em Haifa, sobre antes do atentado, o divórcio, a mudança da ex-mulher, sobre sentir-se morto e acabado e, de algum modo, com o empurrão do filho e a ajuda do irmão, superar isso.

— Nossa.

— Existe segundo ato nas vidas brasileiras.

— Se você está dizendo.

— Você quer mais cerveja? Eu quero mais cerveja.

— Eu quero mais cerveja, sim. Mas não aqui.

Mas não aqui, ele sorriu ao se lembrar. Lá se iam dois anos desde aquele jantar. Dezoito meses que passaram a dividir o mesmo teto. Um mês desde que se casaram.

— Não existe o menor risco de eu correr com a sela.

— Bom saber, cunhado.

— Eu estou feliz — ele disse, procurando a mão da esposa sobre a mesa.

— Eu também — sorriu Cristina.

— Eu também — interveio Carolina, rindo bestamente. — "Pois o marido não cristão é santificado pela esposa."

— Amém — disse o casal.

9.
LSD

"Amo o inferno de ter a noite do outro em mim
E de derramar, no outro, o segredo de minha morte constante."

— Wesley Peres,
em *Palimpsestos*.

Ali estava o casal, tarde de sábado no Parque Ibirapuera, vinte e um de dezembro de 2013, prestes a fazer o que depois (ao ficar sabendo da história) Moshe chamaria de "reaproximação lisérgica da Saturnália".

Ou não.

Talvez fosse melhor deixar para mais tarde, Rafaela pensou, quando voltassem ao apartamento, as malas prontas para a viagem do dia seguinte, uma garrafa de vinho aberta depois de treparem na cama ou no banheiro ou no grosso tapete da sala. As trepadas vespertinas eram as melhores, ambos concordavam, os corpos relaxando sob a luz crepuscular, o cheiro do dia impregnado neles, cheiro de suor e rua.

Nada como estar em casa.

Nada como aguardar o momento oportuno para dizer, ok, vamos tomar esse negócio, os corpos estirados lado a lado, anoitecidos, tomar e ver o que acontece, e ainda teriam a noite inteira e a manhã do dia seguinte (só embarcariam no meio da tarde) para o caso de o efeito se prolongar em demasia.

Ou talvez fosse melhor tomar *após* a viagem, depois que retornassem de Brasília, sim, deixar para o final de semana seguinte, dois dias inteiros para isso, todo o tempo do mundo, não há pressa.

— Certo?

— Hein? — Jonas perguntou, distraído.

— Hã? Nada. Pensando alto.

— Sobre?

Estavam à sombra, ele, sentado, observando uma mulher gorda que passeava com um *golden retriever* e ela, deitada de costas, os olhos bem abertos. O céu começava a fechar, o cinza-concreto pouco a pouco preenchendo tudo, mais uns minutos e engoliria o sol.

— Vai chover — ela disse, bocejando. — Não sei. Acho que vai. Ou talvez mais tarde.

Jonas olhou para o alto. — É. Mais tarde.

A mulher e o cachorro tinham desaparecido quando ele voltou a olhar ao redor. Era um cachorro enorme e muito velho, dava para ver pelo modo como caminhava, lerdo e desinteressado, nem sombra daquela curiosidade hiperativa dos mais jovens. No entanto, havia algo de majestoso em sua indiferença canina, como se fosse ele quem levasse a dona para passear, estou no comando aqui, só mais um pouquinho e a gente volta pra casa porque vai chover.

— Você viu aquele *golden*?

— Não. O que é que tem?

— Quero envelhecer como ele.

— Eu metendo uma coleira em você e te levando pra dar uma voltinha? — ela riu. — Por mim, tudo bem.

— Uma coleira que combine com os meus sapatos, por favor.

— Mas como ele era? O cachorro? Eu não vi.

— Ah, era assim digno, tranquilão...

— Dono do próprio focinho?

— Exatamente.

— Andando por aí como se já tivesse cuidado de todos os assuntos que precisava?

— Sim.

— Aquela postura de quem viu de tudo, de quem teve filho, plantou árvore e escreveu livro, aquele jeitão de animal bem-sucedido, mas sem a arrogância que, na verdade, é fruto de insegurança?

— Olha, eu acho que não ia descrever melhor, não.

— Taí. Meu tipo de cachorro.

Com um gesto, Jonas levou a garrafinha de água mineral à boca e tomou um gole, depois outro; reteve o terceiro e, virando o corpo, debruçou-se levando a boca até a dela. No momento em que os lábios se tocaram, eles os escancararam. A água desceu direto, um gole inteiro, e então se beijaram prolongada e ruidosamente.

— Isso foi bom — ela disse depois. Ele voltou à posição anterior; ela permaneceu deitada. — Eu estava pensando.

— Sim?

— Acho que não quero tomar hoje, não.

Jonas encolheu os ombros, depois virou um pouco a cabeça e fitou as pernas roliças dela, esticadinhas. — Mas por quê? — perguntou. Os joelhos ou os pés talvez soubessem. Ou a grama ali debaixo. — Eu... eu pensei que você quisesse.

— Pois é.

— A ideia foi sua, né.

— Eu sei que a ideia foi minha, mas... sei lá. A gente viaja amanhã e tudo.

Ele levantou a cabeça, voltou a olhar para a frente. O parque se esvaziava. Fazia muito tempo que não vinha ali. A ideia fora dela, também. Se for pra tomar, dissera, rindo, quero que seja lá fora, na rua, não trancada dentro de casa. Quero ver o mundo inteiro *mudando*. Respirou fundo, pensando na viagem que fariam no dia seguinte. Brasília. Família. Natal. Então, gente, essa é a Rafa, minha namorada. Eu e ela ficamos doidões ontem. Em pleno Ibirapuera, dá pra acreditar? Viajar para conhecer a família. O teor oficial da coisa. Oficialesco. Qual seria o passo seguinte? Morar juntos? Bom, Rafaela já passava quatro noites por semana no apartamento dele (e as outras três Jonas passava no dela).

— Ela não poderia ser mais diferente de você — Moshe dissera meses antes, quando Jonas os apresentou. — E, no entanto, não poderia ser mais perfeita.

— Perfeita?

— Sim. Perfeita pra você. Sacou, seu jumento?

Em outubro, quando foram a Belém para a festa de casamento, Miguel também lhe dissera algo parecido. A princípio, ele julgava que diziam isso pelas semelhanças físicas, os dois baixinhos e gorduchos, as pessoas tendem a observar esse tipo de coisa ao falar sobre "casais que combinam", mas depois percebeu que não se referiam a isso, ao menos Moshe e Miguel. Falavam de um outro tipo de consonância, outra espécie de empatia e tudo o mais. E sentiu-se feliz com isso. Além do que (em Belém) foi ótimo ver aqueles dois juntos, rindo, brincando. Próximos. Feito pai e filho, afinal. Ou como pai e filho deveriam ser. Como ele, Jonas, era com o velho Nestor. Sim, aquilo foi muito, muito bom. Pagou a viagem, diria depois a Moshe, que riria, sem essa, a festa também foi boa pra caralho.

— Eu vou tomar — disse, decidido.

Ela não moveu um músculo.

Ele, então, complementou (embora soubesse que jamais tomaria sozinho): — Você não se importa, né?

Agora o céu estava inteiramente concretado. Rafaela fechou os olhos, virando a cabeça para o outro lado, como se tentasse pegar no sono.

Se eu me importo? O vento frio parecia vir a meio centímetro do chão, deslizando. Abriu os olhos, girou a cabeça outra vez. As costas dele ao alcance da mão direita. Pensou em acariciá-las, mas não se mexeu. Chegou a ver a mão percorrendo os ombros, a coluna. Não. A mão de dedinhos gordos, pequena e branca, passeando pelas costas, a camiseta amarela. Não, não. Odiava aquela camiseta amarela. Solar demais. Preferia as cores neutras. Ele ficava mais bonito quando usava cores neutras. Quando ia trabalhar, por exemplo. Terno, gravata. Como é que os garçons do Ibotirama o chamavam mesmo? Deputado. Olhou para cima e sorriu para a ausência do sol. O espaço deixado por um e não preenchido pelo outro. Por nada, por ninguém. Por coisa alguma. Escuro.

— Ah, quer saber?

— O quê?

— Se você for tomar, eu também vou.

Embora também soubesse que ele jamais tomaria sozinho. Não, de jeito nenhum. Não o meu Jonas. Além de tudo, ele está certo, a ideia foi minha.

— Agora — disse ela.

— Agora?

— Agora.

Sentou-se quando ele enfiou a mão em um dos bolsos da bermuda e puxou a carteira.

— Fica — ela disse, voltando a sorrir. — Vai ter doce.

Um quarto do troço dividido entre os dois, depois ele guardou o resto na carteira e a carteira no bolso, dois gestos tão rápidos que ela mal pôde acompanhar. Quase que um só gesto. Sim, um só gesto maior, mais extenso, dividido em dois gestos menores.

— Agora — ele repetiu.

Colocaram na boca ao mesmo tempo. Passado um instante, ela voltou a se deitar na grama. Concreto armado sobre as nossas cabeças, pensou. Fechou os olhos. Concreto armado prestes a despencar. Uma chuva de pedaços de concreto arrebentando quem estiver aqui embaixo. Corpos atingidos, cabeças rachadas, fraturas expostas, carros destruídos, pânico nas ruas. Em qual filme ou série os mafiosos concretavam os desafetos? (Em qual filme ou série os mafiosos não concretam os desafetos?) Embalavam os infelizes e jogavam no cimento fresco. Ainda vivos? Não me lembro, mas tudo é possível. Em Belém, papeando com Cristina, horas falando sobre filmes de gangster. Não enterraram Joe Pesci vivo em *Cassino*? *Meio* vivo, pelo menos. Uma surra tremenda com tacos de beisebol, a cara toda arrebentada, fraturas expostas, depois a cova aberta no meio de um milharal. Mas em qual filme ou série os mafiosos?... espera. Foi num episódio de *Law and Order*. A mãe adora aquilo. Mas só a série original, diz. Os *spin-offs* são muito fraquinhos.

— Você gostava de *Law and Order*? — perguntou.

— Gostava, sim — disse Jonas. — Ainda gosto.

— Dos *spin-offs* também?

— Deixa eu ver... achava bacana aquele com o gorducho de *Nascido Para Matar*, qual é o nome dele mesmo?

— Gomer Pyle! — ela berrou.

— Não, o nome do ator, sua mala.

— Tá na ponta da língua, mas não consigo me lembrar.

— Odeio quando isso acontece.

— A ideia de deixar os celulares em casa foi sua, meu bem.

— Ué, não rola tomar esse troço e depois atender ligação, né? Imagina, o meu chefe ou minhas irmãs ligando e eu falando assim igual o Syd Barrett?

Cantou: — *Shine on you crazy diamond.*

— Você é tiazona demais.

Ficaram mais um tempo por ali, jogando conversa fora enquanto o ácido não batia, e então resolveram ir embora, mas não para casa, queriam mesmo estar na rua quando (e se) acontecesse. Deixaram o parque, subiram a Brigadeiro Luis Antônio, de mãos dadas, sem pressa. Só quando chegavam à Paulista é que começou. O céu encoberto, carregadíssimo, e de repente a avenida sangrava luzes natalinas de uma ponta a outra; o colorido tornou-se ensurdecedoramente intenso. O vermelho, o branco e o amarelo, Rafaela parecia senti-los sob a língua, derretendo, e era como se tudo brotasse de seus próprios globos oculares, fosse emanações deles, ondas e mais ondas indo e vindo, escorrendo, arrastando-se pelos concretos acima e abaixo, céu e asfalto, prédios e pessoas.

— Caralho.

— Bateu? — ele sorria.

— Caralho. Puta que pariu.

— Bateu.

— Bateu demais. Nossa.

— É. Bateu... bateu com tudo.

— Caralho.

Seguiram pela calçada, lerdos e imprecisos. Pareciam prestes a esfarelar (ou sentiam como se estivessem). Na esquina com a Pamplona, deram com um policial montado. Ela se aproximou. O cavalo era de um marrom borrado, como se tivesse sido colorido por uma criança manuseando um giz de cera sem ponta. As mãozinhas brancas acariciaram de leve o animal. Perguntou qual era o nome.

— Conhaque — respondeu o policial.

Aquilo pareceu realmente engraçado, um cavalo marrom chamado Conhaque. Ela começou a rir bem alto e Jonas a puxou. Seguiram viagem sob o olhar desconfiado do policial.

Atravessaram a rua.

Ainda estava rindo, e agora ele também, quando, alguns quarteirões adiante, um moleque se aproximou pedindo que pagassem um lanche. O amarelo de um McDonald's resplandecia à direita, e, sem pensar, ela entrou na lanchonete. As cores todas pareciam recém-inventadas e se movimentavam à frente, efusivas. Fez o pedido o mais rápido que pôde, o amarelo caindo sobre ela feito uma falange de espartanos. Cruzou os braços. Ok, já deu. Isso não é jeito de ver as coisas. Talvez se eu fechasse os olhos, talvez se eu. Entregou o lanche para o moleque, que ficara todo esse tempo ao lado dela, ouviu um agradecimento distante e saiu da lanchonete.

Jonas esperava lá fora, parado na calçada, as mãos nos bolsos da bermuda. Rafaela olhou para ele e se sentiu subitamente completa. — Que bom que você está aqui, seu chapado de uma figa. Que bom, que bom, que bom.

— Eu amo você.

Beijaram-se.

Dois sistemas autônomos súbita e momentaneamente unidos, conectados, intercambiáveis, tão próximos que eram quase absorvidos um pelo outro.

— Também te amo.

Voltaram a caminhar pela calçada apinhada de gente. O céu não cumpria com a ameaça de despencar, mas pendia, escuríssimo, sobre todos eles. Não entrem naquele McDonald's, ela pensou em dizer às pessoas dali até a Augusta e pela Augusta abaixo, depois de dobrarem a esquina, não entrem no maldito McDonald's, aquele amarelo é capaz de matá-los. Os globos oculares explodindo ou implodindo, um pipoco seco e já era — não vejo mais (nunca vi) nada. No entanto, olhou para o lado. Ele seguia cabisbaixo, de novo com as mãos enfiadas nos bolsos. Como se também estivesse cansado de *ver*. Cores demais, luzes demais. Eu sei, meu amor. Eu entendo você. Eu sinto a mesma porcaria.

Desceram em silêncio até a esquina com a Antônio Carlos. Enquanto esperavam para atravessar, ela perguntou, do nada: — Do que era mesmo que o Moshe me chamava?

— Oi?

— Quando a gente começou a namorar, esqueceu?

— Eu...

— Aquele apelido engraçadinho.

Ele abaixou a cabeça e sorriu ao se lembrar: — Ah! Tinha esquecido. Bebê Grunge.

Ela riu. Era engraçado. Tudo porque usava uma camisa de flanela e uma camiseta do Mudhoney na primeira vez em que se encontraram, e (segundo Moshe) aparentava bem menos idade do que tinha.

— Tem certeza de que não tem dezesseis anos e está enganando o meu amigo? — ele dissera na ocasião.

— Sim, tenho certeza.

— Jura?

— Palavra de honra.

— Porque o nosso Jonas aqui é idoso.

— Ah, é?

— Claro que é. Ele é velhinho e nem enxerga direito mais. Acho que nunca enxergou.

— Não?

— Catarata.

Atravessaram a rua, mãos dadas, e continuaram a descida. Carros e mais carros e mais carros. Ela riu mais um pouco, e ele também. Conhaque. Bebê Grunge. Os faróis deixavam uns riscos finos, feito arranhões numa vidraça. Uma mesma nota musical, aguda e branca, impossivelmente sustentada por um tempo demasiado longo. Desciam, os sinais todos abertos para eles. Fomos premiados.

345

— Que tal se... se a gente sentasse em algum lugar, bebesse uma cerveja?... desse um tempinho?

— Vamos, sim — ela respondeu. — Vai ser bom.

De tal forma que era tarde quando finalmente adentraram o apartamento de Rafaela. O efeito do ácido passara havia um tempinho, mas ambos ainda se sentiam deslocados, aéreos, e bastante cansados. A *roommate* não estava, viajara para visitar os pais no interior do Mato Grosso. Natal. Família.

— Acho que usar droga exige demais da pessoa — ele dissera ainda no bar.

— Verdade. Exige muita dedicação.

— Trabalho em tempo integral.

— É por isso que eu nunca chamei os nóias de desocupados.

— Nem eu.

— Os caras têm mais comprometimento que muito funcionário do mês por aí.

A mala estava no chão do quarto. Feita. Rafaela se sentou na cama, exausta, e olhou para Jonas, parado à porta.

— Você curtiu?

— Foi...

— Curtiu?

— Foi... foi bacana, sim.

— Meio cansativo, né?

— É. Um bocado.

— Não sei se usaria de novo.

— Pra mim, uma vez já foi mais do que o suficiente — ele sorriu. — Vamos indo? A gente toma banho lá em casa.

A chuva afinal despencou assim que entraram no táxi. Ele informou o endereço e sugeriu um trajeto ao motorista, que se limitou a concordar com a cabeça. O rádio estava sintonizado em um programa no qual debatiam sobre a Copa do Mundo que aconteceria (aconteceria?) dali a seis meses. Havia alguns prós e uma infinidade de contras, diziam os debatedores. O taxista mudou de estação. *Shine on you crazy diamond* preencheu o carro.

— Isso é o que eu chamo de coincidência — ela disse, alcançando e acariciando a mão dele.

— Tiazona.

— Bebê Grunge ou Tiazona? Decidam-se.

Quando a música deu lugar a outra, David Bowie com *Be my wife*, Rafaela se virou para Jonas e o encarou, séria.

— Que foi?

Passado um instante, ela disse, do nada: — Quero saber tudo.

— Tudo o quê?

— Da sua vida. De você.

— Hein? Viajando até agora? Você já sabe.

— Sei assim pelo alto. Quero os detalhes. Tudo o que você conseguir se lembrar. Entendeu?

Ele pensou um pouco, olhando para a mão que segurava, ambas pousadas no colo dela. — Não aconteceu muita coisa na minha vida.

— Acontece coisa pra caralho na vida de todo mundo — ela disse, e o beijou de leve, no pescoço. — Sem exceção.

— Tá, mas... mas pra que isso agora?

— Você nasceu e foi criado em Brasília. Trabalhou numa empresa de telefonia.

— TV a cabo. Na época, era uma empresa só de TV a cabo, depois é que...

— TV a cabo. Beleza. Depois conheceu Manoela na faculdade de Direito.

— Foi num evento, ela já era formada e...

— Mudou pra São Paulo com ela. Arranjou trabalho como corretor, coisa que é até hoje. Seus pais morreram, primeiro o seu pai e depois... não, primeiro a sua mãe, depois o seu pai. Certo?

— Certo.

— Daí a Manoela arranjou trabalho no Rio e vocês se... vocês acabaram terminando.

— Foi ela quem terminou, na verdade.

— Você continuou por aqui. Me conheceu.

— É — ele sorriu. — Acho que você não se esqueceu de nada nesse resumo aí.

— E é só isso mesmo. Um resumo.

— E você quer... o que você quer? Detalhes?

— Tudo aquilo que você conseguir se lembrar. Quero... eu quero ouvir coisas que você nunca contou pra ninguém. Mesmo coisas que você não ache importantes. Coisas insignificantes, tipo...

— Tipo?...

— Aquilo lá que rolou no parque. Você sentado olhando pra mulher passeando com o cachorro.

— Tá. Por quê?

— Porque acho importante saber. Porque *eu* também vou te contar tudo. Tudo sobre mim.

— Por exemplo?

— Sei lá. Minha infância. Meu primeiro dia na escola, as visitas que eu fazia pra minha avó. Caralho, eu adorava a minha avó. A vez em que meu vestido pegou fogo numa festa junina e eu saí correndo. Fui saltar a fogueira e deu no que deu, todo mundo apavorado atrás de mim e a única coisa que eu pensava era que o fogo ia queimar a minha roupa e eu ia ficar pelada. Tinha uns sete anos. Alguém veio e jogou um balde de água em cima de mim... foi muito engraçado. E a vez em que eu fui acampar com uma galera e todo mundo bebeu demais e uma colega minha quase se afogou. Foi por pouco. Um puta susto. E a minha primeira vez...

— Acontece coisa pra caralho na vida de todo mundo.

— Acontece. E eu quero ter a sua história na minha cabeça e quero que você tenha a minha história na sua cabeça. Entendeu?

— É... acho que sim. Tipo uma troca?

— Sim e não. Porque você vai continuar sendo você e eu vou continuar sendo eu, é óbvio, mas você vai ter muito mais de mim aí dentro e eu vou ter muito mais de você aqui dentro.

Ele a abraçou com força. Falar e ouvir. Conhecer e se dar a conhecer. Que mal poderia haver nisso?

— Quer tomar banho agora? — perguntou assim que entraram no apartamento. — Eu vou deixar a sua mala lá no quarto.

Ela concordou com a cabeça. — Toma comigo?

— Claro.

Ficaram quase uma hora abraçados sob a água quente, em silêncio. Não seria tão simples, ele voltou a pensar. Minha história, sua história. A história de qualquer pessoa. Falar, ouvir. É bem mais complicado do que parece. Mas o que é fácil?

10.
EUFRATES

"Como acolher o homem cujo coração
não é uma demanda extravagante?"

— Juliano Garcia Pessanha,
em *Ignorância do sempre.*

Na última ocasião em que o veria com "vida" — uma tarde de domingo, vinte e três de junho de 2013 —, Moshe fez questão de acompanhar o pai até o aeroporto de Guarulhos. Ele o hospedara por cinquenta e uma horas nas Perdizes, no apartamento em que morava desde os cinco anos de idade e que dividira com Iara de meados de 2007 até o momento em que ela decidira dar o relacionamento por encerrado. Foi uma visita-relâmpago que, no entanto, serviu muito bem ao seu propósito, excedendo quaisquer expectativas que Miguel por acaso tivesse ainda em Belém do Pará, ao decidir viajar, ao informar sua decisão a Sayonara Cristina, ao fazer as malas, ao assoviar o tema de *Fellini Oito e Meio* enquanto a fila de passageiros escorria pelo portão de embarque, a senhora à frente visivelmente incomodada com a melodia e reclamando com seu acompanhante, o qual por sua vez encolhia os ombros, o homem alto, de cabelos grisalhos e encaracolados que assoviasse o que e o quanto quisesse, quem se importa, daqui a pouco a gente não vai ouvir nada além de turbina de avião mesmo, ao aterrissar, ao pegar um táxi no aeroporto e reclamar do preço da corrida até Perdizes, ao adentrar o prédio e cumprimentar o zelador e ouvi-lo dizer que Moshe não estava, mas deve voltar logo, o senhor ainda tem a chave?, ao subir as escadas e parar diante da porta e destrancá-la e entrar no apartamento e respirar fundo e pensar, seja o que Deus quiser.

— Que bom ainda te ver vivo — brincou Jonas na tarde de sábado, assim que entrou no pub, abraçando Miguel calorosamente. Em seguida, ao se desvencilhar, apontou para a moça baixinha e de sorriso tímido que vinha logo atrás e disse: — Então. O Moshe você já conhece. Esse aqui é o Miguel, pai dele. Miguel, essa aqui é a minha namorada, Rafaela.

— Olás — ela deu um passo adiante, colocando-se ao lado de Jonas. Usava um vestido preto, meias de cores diferentes (uma verde, outra amarela) e uma jaqueta jeans, de tal modo que nem passou pela cabeça de Moshe chamá-la de Bebê Grunge, como fizera dias antes, quando foram apresentados e o trio dividiu uma garrafa de vinho no Café Creme. — Muito prazer. Tudo bom?

— O prazer é todo meu — disse Miguel, estendendo a mão direita.
— Vamos sentar. O que vocês querem beber?

— Cerveja.

— Cerveja.

Moshe e seu pai se acomodaram no banco traseiro do táxi e não trocaram uma palavra sequer durante todo o trajeto até o aeroporto, mas não porque houvesse qualquer cisma entre eles: ainda estavam ressacados por conta da quantidade escabrosa de álcool que consumiram no decorrer da tarde e da noite de sábado naquele pub, acompanhados por Jonas e Rafaela, e antes, no decorrer da tarde e da noite de sexta, em um boteco na rua Bartira, quando estavam apenas os dois, pai e filho. Em circunstâncias assim, cabeça latejando, estômago embrulhado, mãos um pouco trêmulas, as pessoas tendem a calar a boca e rezar para que os outros também o façam.

— Moshe me falou que já está tudo nos conformes — disse Jonas, depois de tomar o primeiro gole.

— Quero todo mundo lá — intimou Miguel.

— Mas, primeiro, a gente tem que retificar um erro cometido por vossa excelência — disse Moshe para Jonas.

— Qual?

— Você chegou e disse pra ele: "que bom ainda te ver vivo".

— Sim, eu disse.

— Ocorre que o nosso velho aqui já se casou no cartório, de tal modo que, tecnicamente, você não o está vendo, sabe como é, "vivo".

— Estou mais vivo que vocês, seus escrotos.

Como a festa de casamento estivesse confirmada para dali a quatro meses, o tema da conversa se dispersava para retornar ao mesmo ponto, o noivo dizendo a cada meia hora, mais ou menos, quero todo mundo lá, e ali pelo terceiro chope, passado o constrangimento inicial:

— Incluindo você, Rafa.

— Oba. Eu vou, hein?

— É pra ir mesmo, o convite é pra valer.

— Nunca fui a Belém.

— É uma bela cidade. Você vai gostar.

— Tenho certeza.

— E eu estou avisando com bastante antecedência, que não é pra ninguém vir depois com desculpa esfarrapada.

— Mas — Jonas interveio — quatro meses é, assim, tempo mais do que suficiente pra pessoa bolar uma desculpa bem boa, é ou não é?

— Sem essa, engraçadinho. Quero todo mundo lá.

— Ouviu, engraçadinho? — Rafaela cutucando o namorado.

E Miguel reiterou pela enésima vez, erguendo o copo para mais um brinde: — Todo. Mundo. Lá.

Após o esforço reiterativo do noivo, a conversa então voltava ao que quer que estivessem falando antes, circulando pela mesa com crescente naturalidade. Miguel gostou tanto do lugar, um pub na rua Cônego Eugênio Leite, que anunciou logo de cara que pagaria a conta.

— Quero nem saber.

Ele também não parava de tirar fotos, as quais enviava para Cristina e para o irmão em São Luís (e quem mais encontrasse na agenda do celular, incluindo alunos que perguntavam, bem-humorados, se era o caso de procurar outro orientador). A certa altura, Benedito chegou a ligar pedindo que pegasse leve.

— Estou celebrando.

— Eu sei, imprestável. Estamos muito felizes por você.

— Obrigado, mano. De verdade.

— Mas quero te ver antes de outubro.

— Acho ótimo.

— Quando é que volta pra Belém?

— Amanhã. Ainda tenho o que fazer na Federal. Mas aparece mesmo, precisa nem avisar. A Cristina vai adorar te ver. Ou talvez a gente possa dar um pulo aí.

A timidez de Rafaela perdurou até a metade do segundo copo de cerveja, rindo e concordando com Moshe ao ouvi-lo perguntar a Jonas se ele não botava fé na relação.

— Mal se conhecem, mal começaram a se ver, e você já expõe a coitada pra gente feito eu e meu velho aqui? Qual é a porra do seu problema?

— É uma desgraça, eu sei, mas é que não conheço mais ninguém, não... não tenho mais ninguém nesse mundo.

— De fato, é uma desgraça.

— Mas, olha só, acho que ia ser pior se ela pensasse que eu não tenho amigos.

— Não necessariamente.

Mas era evidente que ambos botavam muita fé na relação, não só pela maneira como falavam um com o outro e se tocavam, mas por algo indefinido e que Moshe, já um tanto bêbado, horas mais tarde definiu (ou tentou definir) como uma "aura de conforto".

— Que... hein? O que isso quer dizer?

— Não é tão complicado.

— Eu estou bêbado.

— É só que vocês dois realmente parecem muito confortáveis um com o outro.

O casal concordou, sorrindo, e Miguel acenou para a garçonete, mais quatro chopes. — Nãoesqueçegentequerotodomundolá.

— Se a gente sobreviver a hoje — Jonas gargalhava.

— O futuro a Deus pertence — o noivo retrucou.

— O futuro, adeus — disse Moshe, que não se lembrava de alguma vez ter visto o pai tão feliz. Aquele era o dia dele, para ele, todos ali apenas coadjuvando a coisa, inebriados com a alegria, o desprendimento, a atmosfera, e era nisso que ele pensava, disso que ele se lembrava no domingo, enquanto o táxi seguia pela Marginal Tietê, o rádio sintonizado em um jogo da Copa das Confederações no qual o Uruguai goleava impiedosamente o Taiti, pensava e se lembrava do dia anterior ou, mais precisamente, dos dias anteriores, porque fora na tarde de sexta-feira que, ao voltar do trabalho, dera com Miguel largado no sofá da sala, bebericando uma cerveja e assistindo a um jogo da Bundesliga, na verdade uma reprise, o campeonato encerrado havia cerca de um mês.

— Por que não fica à vontade? Pega uma cerveja, liga a TV, deita no sofá?

A mala estava sobre a mesa que contornou para cumprimentá-lo enquanto Miguel se levantava. Trocaram um aperto de mãos.

— Desculpa ir entrando desse jeito.

— Relaxa, só te enchendo.

— Não sabia que horas você voltava do trabalho ou se ia pra outro canto depois. E sabe como é, ainda tenho a chave...

— Sem problema — e Moshe realmente não se importava, até porque o apartamento fora de Miguel por muitos e muitos anos, de Miguel e Nili (que também teria uma cópia das chaves consigo lá em Haifa, se estivesse viva). — Veio sozinho? Não trouxe a Cristina?

Ele fez que sim com a cabeça. — Dei um pulo no mercado e abasteci na geladeira. Talvez te ajude a perdoar a invasão.

Claro que o velho não entraria desse jeito se Iara ainda vivesse ali. Naquela época, Moshe sorriu ao pensar, como se fizesse tanto tempo assim, costumava ligar antes, avisar com semanas de antecedência. (Mas ele ligou, não?, insistentemente e por dias a fio, eu é que não atendi a porra do telefone e demorei séculos para retornar.) Houve vezes em que se hospedou num hotel, mesmo antes de conhecer Sayonara Cristina e trazê-la consigo. Não quero incomodar vocês, dizia, muito sério, muito digno. Acompanhado pela namorada, viera a São Paulo apenas duas vezes, em julho do ano anterior (não é possível que já se passou quase um ano) e, antes, no Natal de 2011; no de 2012, o casal viajou para Santiago, o que Moshe achou ótimo, amargava o então recentíssimo rompimento com Iara e estava sem condições de receber quem quer que fosse.

— Quer dizer que tem mais dessas lá dentro?

E por que não levou a mala para o quarto?, ele também se perguntou. Uma valise pequena, será que veio apenas para o fim de semana? Talvez pretenda dormir no sofá, adora tirar os sapatos e desafivelar o cinto e se jogar ali, pegar no sono com a televisão ligada em um programa qualquer, as cabeças falantes de sempre debatendo o que quer que esteja na pauta do dia e usando, para tanto, os mesmos chavões, ele sempre reclama, mas não muda de canal, não procura outra coisa para ver, e acaba dormindo no meio de uma longa, tortuosa e insensata elucubração acerca do estágio terminal da chamada Nova República.

O mesmo aceno de concordância: — Geladinhas.

Certa vez, Moshe sonhou que era Nili quem aparecia sem avisar. A mãe destrancava a porta e entrava. O problema era que, então, havia mais de cinco anos que ela morrera. Iara acordou às três e pouco da manhã e se deparou com ele sentado na beira da cama, dando as boas-vindas para alguém que não estava ali ou em qualquer outro lugar, oi, mãe, quanto tempo, hein?, tava com saudades. Vendo aquilo, hesitou por um momento, arrepiada, antes de começar a sacudi-lo, Moshe, para com isso, não me assusta desse jeito, para com isso agora mesmo. Mesmo depois de acordar, ele demorou alguns minutos para entender que Nili não destrancara a porta e entrara no apartamento, que Nili não estava ali dentro, recém-chegada para uma visita-surpresa, que Nili estava morta havia mais de cinco anos e ele, bom, ele estava sonhando. Não pegou mais no sono naquela noite, e Iara tampouco, ambos deitados na cama com os olhos arregalados. Ele fitava o teto e pensava no quão vívido fora o sonho, revivendo-o em seus mínimos detalhes, o som da chave girando na fechadura, a certeza de que era Nili e não outra pessoa, qualquer outra pessoa, em parte pelo modo como ela suspirou ao fechar a porta atrás de si e avançar pelo corredor, ganhando a sala. Minha mãe sempre suspirava ao entrar em casa, comentou com Iara, não me lembro de uma única vez em que não tenha suspirado depois de entrar por aquela porta. Esta era uma das muitas pequenas coisas relativas a Nili, uma dentre tantas idiossincrasias, que guardava consigo.

— Nesse caso, vou até dizer que estou feliz em te ver.

— Obrigado. Você vai lá dentro? Se for, traz outra pra mim?

— Pode deixar.

Moshe deu meia-volta, contornou de novo a mesa e entrou na cozinha. O velho também lavara a louça? Abriu a geladeira: além das cervejas, comprara frios, refrigerantes, sucos e vinho branco. Havia também pão de forma, manteiga e uma enorme barra de chocolate sobre o balcão. Voltou à sala com as garrafas, entregou uma para Miguel e se jogou na poltrona, a mesma na qual Iara se sentara havia exatamente uma semana, quando viera buscar a caixa com os pertences e se certificar de que não deixava nada, absolutamente nada, para trás.

— Você fez as compras do mês.

— Que nada. Só pro final de semana mesmo.

— E limpou a cozinha.

— Tinha um escorredor sujo em cima do micro-ondas. Um escorredor de macarrão.

— Não sei como ele foi parar lá.

— Eles fazem isso, às vezes.

— Malditos escorredores.

Moshe abriu a cerveja, deu um gole curto, para sentir o gosto, está mesmo geladinha, outro gole, mais longo, fechando os olhos por um instante, respirou fundo, depois olhou para o sujeito ao lado e ofereceu um sorriso amistoso, agradecido pela bebida e, quem sabe, pela visita, sorriso que Miguel retribuiu ou, na verdade, prolongou, pois era o que mantinha no rosto desde que o filho voltara da cozinha, ou desde que entrara no apartamento, para dizer a verdade.

— Você é um homem difícil de encontrar.

— Sabe como é, todo homem bom é difícil de encontrar — Moshe retrucou, Miguel dando uma risadinha. — Mas retornei suas ligações. Demorei uns dias, mas retornei. Ando meio enrolado por aqui.

— Eu sei. Quer dizer, imagino.

— Desculpa não ter atendido antes.

— Não tem problema.

— Mas depois tentei falar contigo no sábado, no domingo, na segunda, na terça, e nada.

— Meu celular pifou. Só tive tempo pra comprar um novo ontem. Você sabe como eu sou, vivo derrubando e quebrando as coisas.

— Tem uma palavra pra isso em iídiche, mas esqueci qual é.

— Como embarcava hoje, achei melhor te fazer uma surpresa.

— Bem-vindo.

— Mas você não tem o número da Cristina?

— Pior é que não. Nem o do telefone fixo.

— Depois eu te passo. Mas, bom, não importa. Aqui estou.

— Bem-vindo.

— Obrigado.

— Mas aconteceu alguma coisa? Você está bem?

Os olhos de Miguel estavam agora fixos na televisão, alguém descendo pela ponta direita com a bola dominada, levantando a cabeça, parecendo prestes a cruzar, mas não cruzando, afinal, e optando por recuar a bola para um companheiro de equipe; não havia ninguém na área. O jogador gesticulando, irritado, horrível correr e correr até perto da linha de fundo e, no momento de cruzar, perceber que não há ninguém posicionado, ninguém pronto para receber a bola, uma subida solitária e estéril, rumo a lugar nenhum, a nada.

— O cara ficou fulo da vida.

— E com razão.

— O que você me perguntou mesmo?

— Se aconteceu alguma coisa.

— Não, não aconteceu nada de ruim, estou ótimo — ele disse, e tomou um gole, uma expressão engraçada no rosto, feito a de um adolescente que bolinou a menina mais gostosa da sala. — Não podia estar melhor.

— Desembucha, porra. Vai casar?

O sorriso que Miguel escancarou foi tão luminoso que Moshe não conseguiu evitar retribuí-lo. Eles brindaram.

— Como é que uma coisa dessas foi acontecer?

Um encolher de ombros tão adolescente quanto a expressão no rosto.
— Bom. Sabe como é, eu e a Cristina já vivemos juntos faz um tempinho, e depois tem toda aquela complicação com a mãe dela, acho que cheguei a comentar com você.

— Comentou, sim.

— Eu e ela pensamos bastante a respeito e chegamos à conclusão de que a melhor coisa a fazer era oficializar logo a situação. E demos um pulo no cartório.

— Foi assim que você falou com ela? Bora oficializar a situação? Nesses termos?

— Mais ou menos.

— Que romântico.

— Ela não reclamou.

— Ela sabe que você é um homem sério.

— Eu tento. Juro que tento. É uma luta diária, sabe.

— Então já estão casados.

— Sim, sim. Mas também vamos fazer uma festa.

— Maravilha. Quando vai ser?

— Em outubro. A gente alugou uma chácara em Ananindeua. Vai fazer a festa lá, por mais que já tenha ido ao cartório e assinado o papel. Acho que é importante, você sabe, celebrar.

— Uma chácara? Então a coisa vai ser grande.

— Nem tanto, mas pensei em fazer... eu e a sua mãe, a gente... a gente se casou no cartório aqui mesmo nas Perdizes, tirou umas fotos, almoçou com uma dúzia de parentes e conhecidos num restaurante em Santa Cecília, e isso foi tudo. Não estou dizendo que foi ruim, mas é que... agora eu quero... — não encontrava as palavras certas. Temia ser indelicado com a memória da ex-esposa.

Moshe olhou para ele. Não se preocupe, teve vontade de dizer, ela está morta e não dá a mínima. Aliás, não daria a mínima mesmo que ainda estivesse viva.

360

— Quer tirar mais fotos, almoçar com uma caralhada de gente, dançar, dar uns tiros pra cima e o escambau.

— É. Mais ou menos por aí. Você acha que é besteira?

— Eu não tenho que achar nada, doutor Miguel. A questão é vocês dois. Se vai fazer vocês felizes...

— Sim. Vai.

— Então pronto.

— Obrigado, Moshe.

— Por nada.

Mais um brinde. O jogo estava no intervalo e a TV exibia uma horrenda propaganda de posto de gasolina. Miguel se endireitou no sofá, colocou a garrafa com cerveja já pela metade sobre a mesinha de centro e olhou para o filho. Lá vem, pensou Moshe, rindo por dentro. Será que foi assim que ele fez o pedido? O corpo meio lançado para a frente, as mãos unidas, os olhinhos de vira-lata pidão, Sayonara Cristina incapaz de resistir, de negar, de escapar, balançando a cabeça em concordância, sim, meu amor, sim, eu digo sim.

— Então. Eu e a Cristina... a gente gostaria muito que você fosse lá pra...

— É claro que eu vou.

— Na verdade, vim até aqui só pra isso. Pra te convidar. Pra te dar a notícia e te convidar.

— Eu vou, sim.

— Se quiser, mando as passagens e...

— Não tem necessidade. Eu cuido disso.

— Obrigado, filho. É muito importante pra mim.

— Eu sei.

Quando o jogo chegou ao fim, Moshe sugeriu que saíssem um pouco. — A gente pode jantar fora, se você não estiver muito cansado da viagem. Fica até quando, a propósito?

— Domingo à noite. Ainda tenho uns trabalhos pra corrigir e entregar, as notas... Quer mesmo sair?

— Quero.

— Não tem coisa melhor pra fazer?

— Tipo o quê?

— Sei lá. Eu cheguei de repente, vim sem avisar nem nada, daí que, se tiver compromisso, não quero atrapalhar e...

— Que o quê. Absolutamente nada programado. Confraternizar com um jovem feito você me fará bem.

— Se é assim, e por falar em jovens, chama o Jonas.

— Não dá. Ele, sim, tem compromisso.

— Arranjou uma namorada?

— Parece que sim.

— Bom pra ele.

— Mas, se quiser, posso combinar alguma coisa pra amanhã.

Subiram a Bartira até a esquina com a Ministro Godói. Uma ladeira íngreme. Pararam lá em cima, no cruzamento, ambos ofegando horrores. À esquerda, a Pontifícia Universidade Católica de São Paulo. À direita, um dos botecos de estimação de Moshe.

— Era melhor ter vindo pela João Ramalho — disse Miguel, as mãos na cintura. — A subida é mais amistosa.

— E perder essa pequena emoção guerreira?

Só atravessaram a rua depois de Miguel retomar o fôlego. — Ah, lembro daqui. Vim com a Iara uma vez. Eles ainda servem aquele frango empanado no *corn flakes*?

— Servem, sim.

— Todo esforço será recompensado.

Galgaram as escadas de madeira até o segundo ambiente e se sentaram a uma mesa na beirada, de onde viam toda a movimentação no quarteirão vizinho, a universidade na fervura de fim de semestre, e uma nesga da rua Dr. Franco da Rocha lá embaixo, paralela à Ministro e de onde vieram, o prédio baixinho e acanhado em meio aos novos, enormes e mais ou menos luxuosos, que se erguiam ao redor.

— Estão acabando com o bairro — Moshe resmungou.

— Você acha?

— Olha só o tamanho daquela monstruosidade que estão construindo, parece um Transformer enrabando o nosso prediozinho.

— Eu vi, claro. E fizeram rápido. Na minha última visita, se me lembro bem, os caras ainda trabalhavam nas fundações. Quantos andares? Trinta?

— Por aí. Quase pronto.

— São Paulo sempre foi assim. Não dá tempo pra se acostumar com nada.

— Pois é, odeio essa merda. Tem outros prédios parecidos subindo a rua. Mais obras desse porte. Parece uma invasão alienígena. Quer uma porção daquele frango empanado?

— O que você quiser. Ligou pro Jonas?

Moshe concordou com a cabeça, os olhos ainda voltados para a ladeira. — Sugeriu que amanhã a gente fosse almoçar com ele num pub aqui perto.

— Onde?

— Em Pinheiros. É um lugar bacana. Pertinho mesmo. Você vai gostar de lá.

A despeito da movimentação lá fora, ao redor da universidade, ainda era cedo e não havia muitas mesas ocupadas no bar. Os estudantes preferiam os botecos defronte à PUC, ao redor dos quais enxameavam em pequenos grupos, ocupando boa parte da rua e não raro travando o trânsito por alguns quarteirões. Também eram comuns festas lá dentro da universidade, na Prainha, cujo acesso mais fácil se dava pelo outro quarteirão, via rua Monte Alegre, o portão ao lado do teatro. Os vizinhos em ambas as ruas reclamavam do barulho constante, mas não havia muito o que se pudesse fazer.

— Diz pro Jonas levar a namorada.

— Acho que não preciso nem falar.

— Você conhece?

— Saí com os dois anteontem. Ele parece bem animado. E ela é bacana.

— Ótimo. O que mais você me conta?

Pediram cerveja e o garçom não demorou a trazer, Miguel tão feliz que nem mesmo a notícia de que Moshe abandonara o mestrado pareceu incomodá-lo muito. Demonstrou uma ponta de frustração, já via o filho seguindo seus passos, mestrado, doutorado, concurso, professor universitário em vez de professor de inglês em um curso molambento, e gostaria de conversar a respeito, é evidente, saber o que de fato acontecera, o que o fizera desistir, mas se conteve porque ainda perdurava essa distância entre os dois, a regra não escrita sobre até onde ir, como se caminhassem nas bordas um do outro, ignorando o que havia ou poderia haver lá no meio, no fundo. Assim, depois de informá-lo sobre a desistência, Moshe conduziu a conversa para outro rumo, pediu mais detalhes sobre os arranjos da festa, notícias da agora madrasta, perguntou sobre a lua de mel, e

363

Miguel se deixou levar, ciente de que se firmava uma boa atmosfera entre eles, bem distante da rarefação dos primeiros encontros no decorrer da década anterior, depois que voltaram a se falar, rarefação que diminuiu (mas não foi extinta) com a presença e a boa vontade de Iara em anos mais recentes, sempre disposta a sair e conversar com o então sogro, procurando sutilmente diminuir a tal distância e, pelo que viam agora (viam, mas não comentavam, não diziam nada a respeito) (e por que falariam?, não havia necessidade, a coisa que se desenrolasse por si ou não se desenrolasse), os esforços dela não foram em vão, o desconforto, a mágoa, a culpa e o que mais houvesse entre pai e filho caíram a níveis aceitáveis, de tal forma que, naquela noite de sexta e depois, ao longo de todo o dia de sábado, eles se viram papeando com naturalidade e, vale dizer, confortavelmente, ainda que procurassem evitar, mais por uma espécie de reflexo condicionado por anos de alheamento que por qualquer incômodo real, um ou outro tópico.

— Ela quer — disse Miguel quando interpelado quanto à possibilidade de (nas palavras de Moshe) botar outro filho no mundo. — Quer dizer, ela comentou algumas coisas a respeito, mas a gente nunca sentou e conversou pra valer. Mas não vejo problema, se ela quiser mesmo.

Depois, Moshe falou sobre a visita de Iara na semana anterior, não de maneira pesada ou como se lamentasse, pelo contrário, fim de caso, ambos estamos bem, e isso era tudo.

— Mas você está bem mesmo?

— Estou, sim.

— Você está diferente. Não quero... você sabe, não vou me meter na sua vida, mas você parece mesmo um pouco mais leve. Não sei explicar. Acho que nem sei direito do que estou falando. Faz muito, muito tempo que a gente não convive, e mesmo antes, quando você era moleque... Bom, é só uma impressão que tive.

— É, eu tive um período bem ruim, uma fase complicada, mas acho que isso já ficou pra trás.

— Que bom.

Mais cervejas, o olhar vadiando lá fora enquanto pensava no quanto Miguel devia ter lamentado o término do relacionamento com Iara, sempre gostara dela e não foram poucas as vezes em que saíram juntos, só os dois, iam ao cinema, ao teatro, comiam fora, conversavam sobre

Moshe, mas não muito e nem sempre, apenas quando Miguel se sentia confortável para dizer alguma coisa, Iara sempre animada quando ouvia Moshe dizer que o pai estava a caminho.

— Ela está melhor assim, e eu também. A gente era muito diferente, né?

— É. Acho que sim.

— Seguir com a vida é importante. Você é um ótimo exemplo.

Miguel encolheu os ombros. — Tive sorte. Muita gente me ajudou. Você me ajudou como pôde, e o seu tio Bené também, é claro. Mas já faz um tempinho que você e a Iara se separaram.

— Seis meses.

— Tem saído com alguém?

— Tenho saído com o Jonas.

— E só?

Pensou um pouco antes de responder, mas logo concluiu que hesitar desse jeito era besteira, estavam ali conversando sem ruídos, razoavelmente confortáveis, que mal faria mentir um pouco? Claro, teria de dar um toque para Jonas não desmenti-lo no dia seguinte, mas o pai parecia tão interessado, a conversa fluindo tão bem que: — Então. Tropecei numa conhecida no último final de semana. Foi legal.

— Que bom — Miguel sorriu. Um sorrisinho maroto.

— Não sei se vai mesmo virar alguma coisa.

— Vou conhecer amanhã?

Mal algum, afinal. — Na próxima vez. Ela viajou pra visitar uns parentes em Penápolis. Aniversário do bisavô.

— E ainda existe bisavô vivo no mundo?

— Um ou outro, pelo que consta.

— Qual é o nome dela?

— Sara.

— O que faz de você Abraão.

— Nem tanto.

— Ela é judia?

— Que nada. A família é presbiteriana, mas ela não frequenta a igreja faz um bom tempo. E se divorciou tem poucos meses. A gente está indo devagar.

— Como é que vocês se conheceram?

365

— Então. É aqui que as coisas ficam meio pesadas, pra não dizer chocantes. Foi em janeiro passado, numa festa de aniversário que terminou com o suicídio da própria aniversariante.

Miguel arregalou os olhos. — Hein?

— Falando sério. Eu e a Sara, a gente encontrou o corpo no banheiro da churrascaria onde se deu a festa.

— Puta que pariu.

— A moça pediu licença, foi ao banheiro e se enforcou usando o próprio cinto. Pensei que o Jonas tivesse comentado a respeito. Vocês estão sempre batendo papo pelo Facebook.

— Não, ele não... puta merda, Moshe. E você viu?...

— Foi do jeito que eu falei. Eu e a Sara encontramos o corpo.

— Que desgraça.

Ele explicou quem era a suicida, as circunstâncias em que se reencontraram após tantos anos, a desajeitada troca de confidências em uma noite de bebedeira na Augusta, o convite para o jantar na churrascaria, a conversa desconfortável e grosseira com o então marido de Sara, a ida ao banheiro, o corpo dentro do reservado. — Essa merda quase me fodeu a cabeça, que já não andava muito boa por causa da separação.

— Eu imagino.

— Fiquei um tempão pensando no que podia ter feito, se deixei passar alguma coisa, sabe como é.

— E a sua colega, ela... deixou uma filha pequena, é isso?

— Deixou.

Miguel tomou um gole de cerveja. — Eu... é complicado isso. A gente nunca sabe o que... os outros, eles...

— Deixa eu te perguntar uma coisa.

— Sim?

— Você ficou bem mal naquela época.

Os olhos mirando o copo pela metade. — Sim.

— Alguma vez pensou em...

— Não. Não desse jeito. Claro, o que eu fazia já era uma espécie de programa de suicídio à prestação, mas uma ação tão direta nunca passou pela minha cabeça.

— E o que é que passava?

— Eu só queria... — levantou os olhos. A rua lá fora. Um casal se beijando encostado em um carro. — Doía muito, eu não me conformava, e a bebida anestesiava a merda toda. Claro que, se continuasse naquele ritmo, cedo ou tarde eu ia me estrepar bonito.

— Mas não continuou.

— Não. Não continuei.

— É o que importa.

— Então — Miguel respirou fundo, voltando os olhos para Moshe e, em seguida, erguendo o copo.

— Então?

— Vamos beber ao fato de eu não ter bebido até morrer.

Ainda estavam rindo quando o garçom se aproximou, tudo certo por aqui, querem mais alguma coisa?

— Mais cerveja, por favor. E uma porção daquele frango empanado, já ia me esquecendo.

— É pra já.

A partir daí a conversa foi em todas as direções. Moshe finalmente contou ao pai sobre o sonho que tivera mais de uma década antes, os dois em um Lincoln Continental, Miguel assoviando o tema de *Amarcord* enquanto descascava uma laranja, a caminho do Eufrates. — Não é estranho?

— É. Um pouco. Mas é bonito, também. Talvez a gente possa mesmo fazer uma viagem, só nós dois.

— Sim. Um dia desses.

Miguel sorriu, erguendo o copo. — Tudo a seu tempo, certo?

— Tudo a seu tempo.

Depois, passando de um tópico a outro, inevitavelmente chegaram ao povo tomando as ruas — esta foi a expressão que Miguel usou, o povo tomando as ruas, o povo tomando a cidade, o país. — Você foi a alguma manifestação?

— Não, não fui.

— Por que não?

— Não sei.

— Acha que isso é besteira? Não vai dar em nada?

Moshe pensou um pouco antes de responder que achava importante o que estava em curso, mas tinha um pé atrás, não os dois (como Jonas),

367

só um. — Tanta gente pedindo tanta coisa diferente, isso pode ir pra qualquer lado, não acha?

— Sim, pode.

— E nos últimos dias ouvi com muita frequência essa expressão, isso de tomar e retomar as ruas, a cidade, o país, e me peguei pensando que, se o país precisa ser tomado e retomado, seja pelo povo, seja pelo Estado, ou por ambos e sucessivamente, um toma, o outro retoma, o outro toma de volta e assim por diante, bom, se isso acontece é porque o país não é de ninguém, no fim das contas, está como que jogado na porra dum vácuo e fica por lá, inalcançável, e acaba virando uma espécie de delírio permanente, não diria coletivo porque não existe nada parecido com uma coletividade no Brasil, nem de longe, mas um delírio mais ou menos compartilhado por cada um desses elementos, tanto de um lado quanto de outro, que dedicam seu tempo a tomar e retomar o país, ao passo que o país propriamente dito, esteja onde estiver, caga pra todo mundo.

Falou tudo isso de forma atropelada, o pai ouvindo com atenção e, depois, tomando mais um gole de cerveja quando ele silenciou, como se não pudesse conciliar as duas coisas, ouvir e beber, tomou o gole, olhou para o filho e disse, muito sério, muito grave: — Que porra é essa que você está falando, Moshe?

— Desculpa, doutor Miguel — um sorriso —, estou meio bêbado e não me faço entender.

— Mas não se faz mesmo — ele riu, intrigado.

Endireitou o corpo, afastou o copo, colocou as duas mãos sobre a mesa. — Me deixa tentar de novo.

— Vá em frente.

— Ok. Lá na *República* do Platão tem uma hora que o Sócrates diz que a pólis é o homem escrito em letras grandes, ou coisa parecida. Certo?

— Certo.

— É óbvio que, nos dias de hoje, a gente não tem nada parecido com uma pólis, aqui ou em qualquer outro lugar.

— Não, a gente não tem. Você está certo.

— Obrigado, professor. O que a gente tem no lugar da pólis é a cidade, e a cidade é outra coisa, tem outras características, típicas de outro momento histórico e coisa e tal. Mas, se você não se importa, vou cometer um anacronismo aqui.

— Eu não me importo. Nunca me importo com anacronismos quando bebo.

— Ótimo. Lá vai: a cidade é o cidadão escrito em letras grandes. Tudo bem?

— Vou sobreviver.

— Mas, se a cidade é o cidadão escrito em letras grandes, eu acho que o cidadão brasileiro, por assim dizer, não se escreve de jeito nenhum. Nunca se escreveu. E ele não se escreve porque a cidade está alheia a ele. É como se não houvesse qualquer correspondência entre um e outro, não houvesse correspondência entre cidade e cidadão.

— Você vai ter que explicar isso melhor.

— Pois não. Existe desde sempre no Brasil um esforço pra isolar o cidadão da cidade, quero dizer, pra esvaziar um e outro daquilo que tornaria cada um deles o que deveria ser.

— Ok...

— Como o cidadão é impedido de constituir a cidade, e vice-versa, ambos perdem a razão de ser. Daí que a cidade brasileira não é cidade, mas um amontoado de gente e concreto e sujeira e violência. É uma *coisa*, não um organismo.

— Uma coisa, não um organismo. Certo.

— E o cidadão brasileiro não é cidadão, porque não passa de um pedestre, de um passeador do concreto, da sujeira, da violência. Ele vive como que no exílio, ou naquele limbo de que eu falei antes, porque está na cidade, mas não constitui a cidade, não é visto com ela, não é visto por ela, e vice-versa. De certo modo, ele é uma figura assim meio bastarda. Daí que eu acho que essa gritaria que a gente ouve nas ruas, nas manifestações, são os gritos dos bastardos, e eu acho que esses gritos ficam ecoando no vazio, indo pra lugar nenhum, e se perdem no concreto, morrem nele, porque o concreto é surdo ou não dá a mínima pra gritaria das porras desses pedestres, desses passeadores, incluindo os que, como eu, nem estão lá, mas na calçada ou dentro de casa mesmo, vendo tudo pela televisão e só botando a cabeça na janela pra ver o circo pegar fogo.

Moshe não saberia dizer por quanto tempo o pai ficou olhando para ele, os olhos meio arregalados, antes de se recostar na cadeira e dizer:

— Que coisa mais triste.

— É. Acho que sim.

— O que você diz, eu... é meio confuso, mas acho que consegui entender o sentido geral, e...

— Que bom.

— ... caramba... tudo o que eu consigo dizer agora é que... é uma pena que você pense desse jeito. — Pigarreou. — É uma pena mesmo. E torço pra que você esteja enganado. Torço de verdade.

— Olha, de certo modo, eu também torço. E, seja como for, a minha opinião não tem a menor importância.

— Seja como for, ninguém sabe direito o que está acontecendo e no que vai dar tudo isso.

— Não. Ninguém sabe. Ninguém faz a menor ideia.

— Mas eu espero o melhor. Eu espero, mesmo depois de tudo o que eu vi esse país sofrer, eu... sei lá, deve ser um traço geracional. Ou a idade. Sei lá.

— A verdade é que o Brasil trata as pessoas muito mal.

— Nem sempre, filho. Nem sempre.

— Quase sempre. Alguém me disse isso faz muito tempo, eu meio que discordei na época, mas a cada dia que passa eu me convenço mais um pouco de que é mesmo o caso.

— Agora você falou igualzinho ao Jonas.

— Nem tanto. Ainda falta eu me desapontar com alguma coisa pra falar como ele.

— Eu também me desapontei. Sei como é.

— Eu nunca acreditei, daí nunca ter me desapontado. Não que isso seja alguma vantagem. Estamos fodidos de um jeito ou de outro. Em sendo assim, vou pedir uma cachaça.

— Duas, por favor.

Depois, Miguel contou histórias de Belém, da família da noiva, do dia a dia na universidade. Nada demais. A essa altura, meio bêbado, Moshe mal prestava atenção, procurando rir nos momentos certos. Quando, por fim, voltaram trôpegos para casa, descendo a Bartira em silêncio e com cuidado para não tropeçar e rolar ladeira abaixo, pensava em Sara, ou melhor, na mentira que contara a Miguel. Sentia-se ridículo por inventar aquilo, mas, ao mesmo tempo, também estava feliz que o velho tivesse comprado a história. Não se lembrava da última vez em que se interessara tanto pelo bem-estar dele, ou se alguma vez na vida se interessara.

Tão animado, papeando, desejando, consciente e inconscientemente, que o filho também estivesse assim. Por que decepcioná-lo? Por que não dar a entender que as coisas também estavam se ajeitando ali em Perdizes? E, aos poucos, devagar, parecia mesmo que estavam. Ou não?

— Que cara é essa? — Miguel perguntou diante do prédio, Moshe pegando as chaves no bolso da calça.

— Sei lá. Deve ser a cachaça.

— Jonas confirmou que vai amanhã?

— É a segunda vez que você me pergunta isso.

— Acho que não preciso de outra dose, então.

— Talvez. Mas, se fizer questão, acho que tem uma garrafa de Santo Grau no armário da cozinha.

Quando chegaram à fila do check-in, foi impossível não remeter àquela outra vez, às circunstâncias superficialmente similares, o filho acompanhando o pai ao aeroporto, mas as coisas mudaram tanto desde então, pensou Moshe, que era como se a lembrança saltasse de uma outra vida. A gente percorreu mesmo todo esse caminho? Olhou para o pai ao seu lado. Segurava a carteira de identidade, aguardando a vez. Recém-casado. Organizando uma festa. Feliz como nunca antes. Vindo até aqui só para se certificar de que eu vá à celebração. Quero todo mundo lá. Sim. A gente percorreu mesmo todo esse caminho.

Miguel fez o check-in e então caminharam até as escadas rolantes. Minutos depois estavam à mesa de um restaurante no segundo piso, em silêncio, já não dissemos tudo? O filho pediu uma água com gás e o pai, um suco de laranja. Beberam em silêncio. Volta e meia Miguel respondia alguma mensagem no celular. Moshe olhava ao redor. Um casal de coreanos comia espaguete. Uma garota folheava um livro. Duas garçonetes conversavam e riam junto ao balcão.

A certa altura, Miguel guardou o celular no bolso do paletó e disse:
— Meia hora. Acho que já vou pro portão de embarque.
— Beleza.
Ele sorriu, olhando para o rosto do filho. — Quarenta e oito e-mails para responder. Que ideia genial eu tive, hein? Viajar bem no fim do semestre.
— Foi, sim.
— O quê?
— Uma ideia genial.
Eles se despediram lá embaixo, à entrada dos portões de embarque, um abraço, sorrisos, boa viagem, te esperamos lá.
— Não vou faltar.
— Eu sei que não.
E depois Moshe o observou se distanciar, levando a valise numa mão, o andar meio trôpego, os cabelos brancos e despenteados, os ombros largos como os dele, e sentiu pelo velho uma ternura inédita, algo im-

pensável um, cinco, dez, quinze ou vinte e cinco anos antes, impensável até uma semana atrás, feliz com a visita, com a notícia, com a ideia de viajar a Belém em outubro para a festa, para a celebração, e então deu meia-volta, caminhou para fora do saguão, na direção do ônibus que o levaria até o Terminal Barra Funda, apressou o passo porque um deles parecia prestes a sair, entrou, pagou a passagem, sentou-se nos fundos, à janela, não demorou muito e estavam em movimento, o ônibus deixando o aeroporto, e, no momento em que chegou à rodovia, Moshe olhou para fora e o que viu foram algumas nuvens escuras e carregadas, o céu vai despencar e não há nada que ninguém possa fazer além de procurar abrigo e esperar a tempestade passar, ele pensou, e, em seguida, recostando a cabeça, respirou fundo, fechou os olhos e tentou, inutilmente, tirar um cochilo.

São Paulo, inverno de 2018

NOTAS E AGRADECIMENTOS

Furtei os detalhes do projeto acadêmico de Moshe da dissertação de mestrado *Sensibilidade e Observação Social em* Nine Stories *de J. D. Salinger*, escrita por André Ferreira Gomes de Carvalho, sob orientação da profª. dra. Maria Elisa Burgos Pereira da Silva Cevasco, e defendida no dia 20 de maio de 2013 na Faculdade de Filosofia, Letras e Ciências Humanas da Universidade de São Paulo. É possível baixar a dissertação pelo site da universidade.

A citação de *Uma temporada no inferno*, de Arthur Rimbaud, é da tradução de Paulo Hecker Filho lançada pela L&PM.

Em sua conversa imaginária com Sara, Moshe parafraseia um trecho do conto "Um homem bom é difícil de encontrar", de Flannery O'Connor, conforme a tradução de Leonardo Fróes dos *Contos completos* (ed. Cosac Naify).

O comediante cujo nome Moshe não consegue se lembrar é o norte--americano Jeff Dunham.

As citações bíblicas foram tiradas da *Torá* (ed. Sêfer, tradução do rabino Meir Matzliah Melamed) e da *Bíblia de Jerusalém* (ed. Paulus, diversos tradutores).

Agradeço a Marianna Teixeira Soares, minha agente, e aos editores Carlos Andreazza e Luiza Miranda.

Este romance foi tomando forma aos poucos, no decorrer dos últimos doze anos, quando eu não estava trabalhando em meus outros livros. Trechos dele apareceram como contos no meu site e em diversas publicações, incluindo as revistas virtuais "Histórias possíveis" e "Pessoa". Agradeço a Martim Vasques da Cunha por chamar a minha atenção para o fato de que algumas daquelas narrativas (como a viagem de Jonas a Buenos Aires) pediam para pertencer a algo maior.

Agradeço, por fim, a Kelly Leones, Erwin Maack e Flávio Izhaki pelo apoio e pela interlocução.

Este livro foi composto na tipografia Classical
Garamond BT, em corpo 11/15, e impresso em
papel off-white no Sistema Cameron da
Divisão Gráfica da Distribuidora Record.